LAS ESPINAS DE LA VERDAD

Títulos de la autora
publicados por Editorial Atlántida

Los lazos del silencio

Las espinas de la verdad

EILEEN GOUDGE

LAS ESPINAS DE LA VERDAD

Traducción
Valeria Watson

EDITORIAL ATLANTIDA
BUENOS AIRES • MEXICO

Diseño de interior: Natalia Marano

Título original: THORNS OF TRUTH

Primera edición publicada por EDITORIAL ATLANTIDA S.A.,
Azopardo 579, Buenos Aires, Argentina.
Hecho el depósito que marca la Ley 11.723.
Libro de edición argentina.
Impreso en España. Printed in Spain. Esta edición se terminó
de imprimir en el mes de abril del 2000 en los talleres gráficos
Rivadeneyra S.A., Madrid, España.

I.S.B.N. 950-08-2324-1

Para Sandy, quien me lo enseñó todo.

Agradecimientos

Más o menos durante la última década, desde la publicación de mi primera novela *El jardín de las mentiras*, lectores de todas partes del mundo y de todos los caminos de la vida, han musitado las palabras mágicas que todo autor quiere oír: "Esos personajes me resultaron tan reales, que no hago más que preguntarme qué puede haberles sucedido después". Yo tampoco podía dejar de preguntármelo. Y después de escribir este libro en el que, por fin, esa pregunta encuentra su respuesta (por lo menos por ahora) quiero hacerles llegar mi agradecimiento a todos aquellos que se interesaron bastante como para hacer la pregunta y también a todos los libreros que creyeron en mí y me apoyaron desde el principio.

Un agradecimiento particular para el más dedicado e incansable de mis apoyos, Hermine Lieberman y el grupo de Bronx Bookplace.

La verdad y las rosas tienen espinas.
–Proverbio

Julio 6 de 1966

Mi queridísima hija:

Sí, mi hija. Sé que estás pensando que no es justo. ¿Cómo puedo reclamarte como hija si nadie, aparte de nosotros tres (tú, yo y Nikos) conoce la verdad? La razón es sencilla; soy tu madre. Si no a los ojos del mundo, en la realidad y dentro de mi corazón.

Te escribo esto, no como una disculpa, sino con la esperanza de derramar un poco de luz en ese lugar oscuro que mi secreto te ha obligado a ocupar. Sólo Dios sabe hasta qué punto lamento la vida que pudo haber sido tuya, nuestra, si hace muchos años yo hubiera hecho una elección distinta. Te he contado lo que sucedió... Pero ¿sabes cuántas veces he tenido ganas de sentarme a tu lado y sencillamente conversar contigo, desde ese día que viniste a mí por primera vez, exigiéndome que te dijera la verdad? Escuchar tus pensamientos y tus sentimientos... y contarte los míos. En una época creí tener todo el tiempo del mundo. Ahora, sentada junto a la ventana de mi dormitorio que da al jardín, en lugar de ver las rosas que estuve podando toda la mañana, sólo veo hasta qué punto se alargan las sombras.

Porque sabrás, mi querida Rose, que estoy muriendo. El doctor Choudry me dice que tal vez sea sólo una cuestión de meses; parece que el corazón que ha sido mi fiel pastor durante estos setenta y cuatro años está tan gastado como lo estoy yo. Cuando leas esta carta, ya me habré ido. Y ruego que también se habrá ido toda la amargura que puedas sentir hacia mí.

Por eso te escribo esta carta, la última de muchas que te dirigí pero que nunca envié. Al principio me contuve porque no habrían tenido sentido (ni siquiera habrías sabido quién era yo) y más tarde porque tuve miedo. Temí que las vieras, no como una expresión de amor, sino como un pálido sustituto de lo que pude haberte dado personalmente. Hasta que me vaya, guardaré también esta carta junto con las otras. Tal vez entonces comprendas que no te pido nada, sólo que sepas que fuiste profundamente querida.

Porque, más allá de lo que puedas pensar, jamás habría permitido que te criara otra mujer de haber sabido lo cruel que era ella. En verdad, no fue una decisión que me imaginé que me vería obligada a tomar. Nuestras vidas, nuestro futuro, todo habría sido distinto si no fuera por lo que sucedió la noche de tu nacimiento. El incendio. ¡Oh, Rose, no puedes imaginar lo que fue! Humo, sirenas, gente que corría como enloquecida por los corredores.

Creo que yo también me volví un poco loca. Mi único pensamiento coherente era que debía encontrarte. Rescatarte.

Pero cuando llegué a la nursery del hospital sólo había un bebé que no había sido rescatado... y no eras tú. Después, cuando todo el mundo supuso que la bebita que había salvado era mía, tuve la sensación de que no me quedaba más alternativa que continuar por el sendero en el que el destino me había colocado. ¡Estaba tan desesperada! Con tus ojos oscuros y tu pelo negro, Gerald, mi marido, habría sabido enseguida que no eras hija suya. Las sospechas que abrigaba acerca de Nikos, tu verdadero padre, se habrían confirmado.

En un momento de locura, creí con honestidad que la bebita que tenía en mis brazos, con su piel clara y sus ojos azules, era la respuesta a mis oraciones. ¿Quién era yo para cuestionar lo que sin duda alguna era el plan de Dios? Era como si se me acabara de conceder una última oportunidad de salvarme... y de salvarte a ti. Sí, aunque a ti te parezca una locura, en realidad creí que estarías mejor.

No demoré en comprender mi equivocación. El error terrible que acababa de cometer. Pero entonces ya era tarde. Decir la verdad no sólo me habría costado mi matrimonio, sino que también habría significado tener que renunciar a Rachel, a quien ya amaba profundamente. Lamento si te duele saberlo, mi querida Rose, pero si no fuera así, ¿qué sentido tendría todo esto? De no ser por Rachel, no habría habido ninguna necesidad de guardar el secreto después de la muerte de Gerald. Ya no tenía necesidad de proteger a nadie.

No creas que no sé lo que esto te ha costado. ¿Y cómo te lo he pagado? En lugar de reconocerte abiertamente, te obligué a prometer que guardarías mi secreto. No sólo te he robado una madre, sino también una abuela para tus hijos. ¿Y por qué? Para que Rachel, la hija a quien debes considerar injustamente favorecida, no perdiera su paz de espíritu.

¡Ojalá fuera tan simple como eso! Pero, como bien sabes, la situación es mucho más complicada. ¿Quién fue el que dijo que cuando se planta una mentira, crecen mil más? Ahora, después de tantos años, no sólo debo pensar en Rachel... sino también en su hija. ¿Cómo reaccionaría Iris al enterarse de que todo lo que ha llegado a creer, en lo que ha llegado a confiar, no es más que un engaño? Si ella fuese más fuerte, tal vez no necesitara protección. Pero tú sabes tan bien como yo lo frágil que es Iris. Y la facilidad con que algo como esto la empujaría a hacer cosas irreparables.

Así que debo dejarte como te dejé antes, lamentándolo. Lo siento. No sólo por haberte fallado... sino por haber hurgado en todo esto en lo que debe parecer el peor momento posible. Sé lo que es perder un marido a quien uno ama. Con Max tuviste la clase de amor más especial: pasión unida a la amis-

tad. Aunque nunca nos hemos casado, eso es lo que he encontrado en Nikos. Te pido que lo cuides. A él no le resultará fácil vivir sin mí. Y no lo culpes. Nada de esto fue culpa suya. Mantuvo el silencio durante tantos años por lealtad hacia mí... no por falta de amor hacia ti, su única hija.

Trata de no culpar tampoco a Rachel. Lo creas o no, en ciertos sentidos ella te envidia. Envidia tu sabiduría. Tu coraje. Porque así como la adversidad te ha convertido en una mujer fuerte, ella en cambio tiende a ser cabeza dura. Corre hacia lugares en los que los ángeles no se animarían a entrar, y muchas veces está tan decidida a salvar al mundo, que no se da cuenta cuando ella misma tiene necesidad de que la salven.

Pero tu mayor don, querida Rose, es también tu mayor carga: la compasión. Si no fuera por la bondad de tu corazón, hace años que me habrías dado la espalda. ¿Y quién sabe? Tal vez en ese caso tu vida hubiera sido mejor.

Lo único que te puedo decir con seguridad es que la mía ha sido más rica porque tú estabas en ella. El milagro es que, de alguna manera, tú y yo sobrevivimos. Y, espero, nos acercamos más en el camino. Porque el amor, una vez que ha sido plantado, puede sobrevivir en la más dura de las tierras. Y si se le da una oportunidad, hasta llega a florecer.

Confía en la fuerza del amor, Rose. No temas abrir tu corazón a sus posibilidades cuando se te presenten, cosa que te prometo, sucederá. No significará que no amaste a tu marido. Por el contrario. Será un tributo a todo lo que tú y Max compartieron.

Y ahora debo terminar. Si no me apuro en vestirme, llegaré tarde a la fiesta en honor de Brian. Aparte de Nikos, nadie sabe lo enferma que estoy, de manera que quiero estar lo mejor posible. Tú también estarás allí. Te sonreiré y conversaremos de temas intrascendentes. Y abrigaré la esperanza de que algún día lo veas tal como lo veo yo: que en la vida, algunas elecciones son iguales a la muerte. Definitivas, sin esperanzas de poder volver atrás. Uno, sencillamente, debe vivir esas situaciones con toda la buena voluntad posible.

Con el amor de siempre,

Julio

La anciana vivió durante muchos años una vida pacífica y feliz, en compañía de sus hijos. Se llevó consigo los dos rosales, que se alzaban frente a su ventana y que cada año florecían con las rosas blancas y rojas más hermosas.

Cuentos de hadas de Grimm

Capítulo 1

—Mamá, ¿qué te parecería la posibilidad de que Drew y yo nos casáramos?

Rachel Rosenthal McClanahan no oyó, sino que sintió la pregunta de su hija. La sintió como un golpe entre los omóplatos. Estaba luchando con el cierre del collar de perlas que Brian le regaló para el último Hanukkah y quedó como petrificada delante del espejo redondo de su cómoda Art Decó, con los brazos en alto como alas, luciendo su vestido negro.

Permitió que un extremo del collar se le deslizara por los dedos y bajó los brazos con tanta lentitud y cuidado como si fuera una paciente que se somete a un examen. Había estado deseando que llegara esa noche, esa fiesta en honor de su marido... pero lo que sentía en ese momento era algo más parecido al terror. La clase de terror que años atrás le provocaba Iris, antes de que...

De golpe evitó dejarse llevar por ese pensamiento. "Antes de que Iris empezara a ver al doctor Eisenger", pensó ya con más tranquilidad. Se volvió con lentitud. Su hermosa hija, en ropa interior, estaba de pie frente a su ropero, buscando una chaqueta que le había pedido prestada. Descalza, Iris no debía medir más de un metro cincuenta; su pelo, de color dorado oscuro como la miel de alfalfa, le caía suelto en ondas hasta la cintura. Su rostro, que parecía un delicado camafeo, con la barbilla redondeada y una frente que de alguna manera le daba una apariencia antigua, estaba arrebolado y sus ojos castaños brillaban.

Rachel permaneció inmóvil, casi sin atreverse a respirar, mientras los brazos y las piernas le pesaban muy fríos y cada vez más entumecidos. Lo único que no estaba inmóvil era su corazón, que se le acababa de caer hasta la boca del estómago con la velocidad de una piedra con precario equilibrio.

"Debo de haber comprendido mal", pensó.

El día anterior, Rose le había confiado durante el almuerzo que Drew tenía ganas de terminar su relación con Iris. Rose aclaró que su hijo la amaba tanto como siempre, que no podía imaginar la vida sin ella. Pero que lo estaba matando de a poco eso de no saber nunca lo que Iris podía llegar a hacer al minuto siguiente. El estado de ánimo en que estaría. Las acusaciones que le haría.

Rachel estaba tan sorprendida que ni le pudo contestar.

¿Drew sin Iris? Eso sería lo mismo que la luna sin las estrellas. Cuando los trató de imaginar a uno sin el otro, sólo logró verlos a los dos, como una fotografía de un álbum familiar. Drew arrastrando a Iris dentro de su carro colorado, mientras ella lanzaba gritos de alegría. Drew e Iris apagando las velas de la torta de cumpleaños que insistían en compartir a pesar de que cumplían años con una semana de diferencia y que Drew, a pesar de ser más fornido y de haberse salteado un año en la escuela, era un año menor que ella. Ambos en la cabaña del lago George, que Rose y Max alquilaban todos los veranos, donde Iris trotaba detrás de Drew a todas partes donde él fuera, como un cachorrito. Hasta lo seguía hasta el centro del lago, a pesar de que, en visitas anteriores, gritaba y se enfurecía cuando Rose trataba de enseñarle a nadar.

Luego en la escuela secundaria, después de que Iris... cuando estuvo tan enferma... y allí estaba Drew, que pasaba a visitarla todas las tardes para sentarse con ella en el cuarto, teniendo cuidado de dejar la puerta abierta para que Rachel no se preguntara qué estarían haciendo. Entonces le contaba todo lo sucedido ese día en el colegio y cuáles de sus compañeros habían preguntado por ella. Y con cada sonrisa, con la suavidad de su voz, le aseguraba a Iris que no estaba loca y que mejoraría. Drew le daba a su hija lo que ni ella ni Brian, ambos demasiado estremecidos por el episodio, podían proporcionarle en ese momento: la seguridad de que era normal.

Asistir a universidades distintas sólo los unió más, y las facturas telefónicas sumadas de ambos equivalían a una dote en el tercer mundo. Drew estudiaba en Yale, e Iris en Bryn Mawr. Durante los fines de semana parecían perros de caza que seguían rastros distintos; Drew viajaba en tren desde New Haven e Iris tomaba el ómnibus desde Filadelfia. Los dos llegaban con las mochilas colgadas en hombros opuestos, para que les permitieran caminar lo más cerca posible sin que la mochila de uno golpeara en el otro. Reían y conversaban a un kilómetro por minuto, con los rostros brillantes y el pelo revuelto de tanto besarse.

Y ahora ahí estaban... definitivamente en sus casas. Iris se preparaba para ingresar en Parsons en otoño. Drew trabajaba para ganar algo de dinero antes de ingresar en la Facultad de Medicina de la Universidad de Nueva York. Había alquilado un pequeño estudio en el Village, donde Iris pasaba todos los instantes del día en que no se encontrara frente al caballete ni Drew en el negocio de computación donde trabajaba. ¿Casamiento? Rachel supuso que algún día se casarían. Algún día. Cuando fueran mayores. Cuando Drew finalizara su residencia e Iris estuviese.... bueno, más estabilizada.

¿Qué pudo haber sucedido tan de repente?

Y si Rose tenía razón, ¿por qué estaba Iris tan alegre que parecía Times Square iluminado la víspera de Año Nuevo?

Rachel sonrió y contestó con aire intranscendente.

—¿Hay algo que yo debería saber? —Tenía la esperanza de haberlo preguntado en un tono animado, el tono de una madre a quien no ahogaba la preocupación.

Iris sonrió con aire misterioso.

—Todavía no. Pero Drew dijo que debíamos hablar. Esta noche. Después de la fiesta. —Sus ojos de pestañas oscuras, del color del ámbar egipcio, parecían contener una historia propia.

—¿Y qué te hace pensar que la conversación será sobre el matrimonio? —preguntó Rachel.

—Algo que dijo Drew, acerca de tomar decisiones con respecto al futuro. ¿Qué otra cosa puede significar? —En ese momento la sonrisa de Iris vaciló, pero sólo apenas... como si recién se le acabara de ocurrir que tal vez las cosas no fueran tan rosadas como ella suponía. —Bueno... no sé —se arriesgó a decir Rachel—. Puede tratarse de cualquier cosa. Todas las parejas tiene problemas que deben solucionar.

Iris le dirigió una mirada extraña, como si tuviera la sensación de que Rachel le estaba ocultando algo. Luego lanzó un suspiro y confesó:

—¿Te enteraste de la pelea que tuvimos, no es cierto? ¿Te lo contó Rose? Bueno. Pero no fue nada del otro mundo. Creo que Drew y yo todavía nos estamos recobrando de haber estado tanto tiempo separados. Pero ahora que estaremos estudiando en universidades que están tan cerca, ¿por qué no convertir nuestra relación en algo oficial? —Lanzó una carcajada. —No me mires con esa expresión de pánico, mamá. Todavía nos faltan unos años antes de que nos podamos casar. Pero si nos comprometiéramos... —Se le fue perdiendo la voz.

Rachel esperó unos instantes antes de preguntar:

—¿Ustedes dos se pelean mucho?

Iris frunció el entrecejo.

—Mamá... no me estás escuchando. ¡Por supuesto que peleamos! De eso se trata. Si estuviéramos más juntos, no estaríamos tan estresados.

Frente al espejo, Rachel miró de cerca el collar que tenía en la mano. Recordó el momento en que Brian se lo regaló, la manera en que las perlas resplandecían en su cajita de terciopelo, a la luz de la lámpara de plata que había sido de su bisabuela. ¿Cómo será, se preguntó sobresaltada, no saber de dónde procede una?

—Un anillo de brillantes no es siempre la respuesta —contestó.

—Entre nosotros no es así. —Iris parecía un poco irritada con Rachel por no comprender lo que a ella le parecía tan evidente. —Nunca ha sido una cuestión de "si", sino de "cuando". Desde que recuerdo, Drew y yo hemos hablado sobre cómo será cuando nos casemos y sobre la cantidad de hijos que tendremos.

—Ya sabes lo que tu padre y yo sentimos por Drew. Nada nos gustaría tanto como que él fuera nuestro yerno —contestó Rachel con cautela.

—¿Entonces, por qué actúas así? Como si... ¡Oh, no sé! Como si acabara de decirte que estoy embarazada o algo así.

Rachel se alarmó.

—¿Lo estás?

—¡Dios mío! Eres una verdadera madre judía. —Iris alzó los brazos y con un suspiro exagerado se dejó caer de espaldas sobre la cama. Sopló para alejar los mechones de pelo que le caían sobre la cara y esbozó una sonrisa soñadora. —Lo único que quiero es pasar el resto de mi vida con Drew. Eso es todo.

Las palabras de Rose resonaron en los oídos de Rachel: Drew la quiere... te aseguro que la quiere... Tal vez eso sea parte del problema. Cuando uno ama tanto a una persona, duele verla sufrir...

Luchó por no dirigir una mirada furtiva a su hija que estaba con los brazos desnudos extendidos sobre la colcha de la cama y fijarla en sus muñecas. No lo hagas, le advirtió una voz interior. No mires. Pero no lo pudo evitar. Y sí, ¡oh, Dios! allí estaban: pálidas cicatrices que, como pulseras de plata, rodeaban cada muñeca. Eran apenas visibles... a menos que uno las buscara con la mirada.

Pero en ese momento Iris no sufría. Parecía feliz. En realidad se la veía casi en éxtasis. Sólo que Rachel sabía con cuánta rapidez podía cambiar el estado de ánimo de su hija... era como una tormenta tropical que surgía de un claro cielo azul, ocultando el sol y aplastando a todos los que la rodeaban.

Con suavidad, Rachel dejó caer el collar sobre la cómoda, junto al frasco de cristal de perfume que había sido de su madre. Las perlas hicieron un sonido resbaladizo al deslizarse sobre la superficie pulida, un sonido que por algún motivo la erizó. ¿Y ahora qué? ¿Dónde había instrucciones escritas para reparar a una criatura herida? ¿Cómo había llegado a ese punto en su vida, en que el piso que siempre creyó era de roca sólida, se derretía bajo sus pies?

Una mirada en el espejo le devolvió la imagen de una mujer de mediana edad, razonablemente atractiva, con pelo rubio que le caía sobre los hombros, que se iba llenando de canas con suavidad, y que sólo vagamente se parecía a la imagen que Rachel tenía de sí misma en la cabeza: la residente médica que viajó por medio mundo para ayudar a curar a los heridos y moribundos en un pueblo del que nadie había oído hablar, en una zona del infierno conocida como Vietnam.

"No porque sea tan vieja", se recordó enseguida. Todavía podía subir el cierre relámpago de sus pantalones de talle ocho y el mentón cuadrado que le daba una expresión de persona cabeza dura, acabó por convertirse en una bendición; se negaba a aflojarse. Y hasta las finas arrugas que nacían en las esquinas de sus ojos la beneficiaban porque suavizaban ese azul severo que inquietaba a algunas personas.

Había sido la mejor madre posible. De algo no cabía duda: si Iris fuese la hija de su propia sangre y su propia carne, Rachel no hubiera podido quererla más. Por eso le resultaba tan frustrante tener que luchar contra demonios con cuya creación ella no tuvo nada que ver. Contra la mujer que dio a luz a Iris y que, dieciocho años antes, se alejó para ir al baño en un MacDonald's... dejando a su hija de tres años esperándola en un reservado para que alguien más la encontrara, como si se tratara de un plato sucio.

Rachel se dejó caer sobre la cama, junto a su hija.

—Querida, suceda lo que suceda, yo sólo quiero lo mejor para ti —dijo.

Iris debió percibir algo en el tono de su voz, porque de repente se quedó muy quieta y la expresión de su rostro se oscureció.

—Si eso es lo que implicas, te diré que Drew jamás, pero jamás me dejaría. No lo haría. Sencillamente no lo hará. Y si lo hiciera... —se calló.

—Lo conversarían. Solucionarían los problemas que tuvieran —agregó Rachel con rapidez utilizando su tono de médica para cubrir su propio y creciente terror

Entonces Iris miró, a través de ella, algo atemorizante, con la vista fija en algún punto que sólo ella alcanzaba a ver. En un tono tan desapasionado como el del locutor que anuncia que al día siguiente lloverá, aseguró:

—Me mataría.

El piso que se estaba derritiendo bajo los pies de Rachel se desmoronó. De repente se encontró cayendo hacia atrás por la pendiente resbaladiza que había dedicado los últimos siete años a escalar; ese día terrible pasó por su mente en manchas de color y en recuerdos fuera de toda secuencia. Vio sangre. Por todas partes. Manchando de un color óxido profundo el agua de la bañadera, y empapando la alfombra de baño que estaba junto a ella, salpicada sobre los azulejos en los que formaba extraños dibujos. Lo extraño fue que en su primera expresión de espanto, Rachel encontró que esos dibujos se parecían a los dibujos que Iris hacía en el jardín de infantes, utilizando helechos que hundía en la pintura.

Y vio a Iris flotando, pálida e inmóvil, en esa espantosa agua enrojecida. La cara parcialmente sumergida de manera tal que la parte inferior aparecía distorsionada, y se reflejaba de una manera grotesca bajo la superficie teñida de sangre. Sus muñecas abiertas parecían sonreírle a Rachel.

Toallas. ¡Tantas toallas! Cubriendo a Iris como a una criatura enorme mientras esperaban la llegada de la ambulancia. Dejando rastros de agua ensangrentada sobre el parquet del vestíbulo. Rachel dejó las toallas apiladas sobre el piso, junto a la puerta de entrada donde, hasta la actualidad, a pesar de que el vestíbulo había sido rasqueteado íntegro ya dos veces desde entonces, un leve lugar más oscuro marcaba el sitio en el viejo piso de roble.

Un recordatorio.

Rachel volvió al presente de una manera tan repentina que se mordió la lengua. Sintió un dolor intenso y percibió el gusto de sangre dentro de la boca.

Miró fijo a su hija. En el término de quince minutos debían estar vestidas y abajo, preparadas para que un automóvil las pasara a buscar, pero Iris parecía estar a un millón de kilómetros de distancia. Miedo, furia, impotencia, abrumaron a Rachel al caer sobre ella en una marea sucia y llena de espuma. Pero luchó contra ella, recordándose que Iris ya no estaba en peligro. El doctor Aisenger les habría advertido si su hija hubiera mostrado señales de volver a caer en el abismo.

—No harías nada por el estilo —reprendió a su hija con la suavidad con que el médico aplica presión sobre una herida, pero no con la de una madre que tenía la sensación que ella estaba sangrando—. Suceda lo que suceda, nos tienes a tu padre y a mí y también a tu abuela.

Al oír mencionar a su abuela, Iris se iluminó y en su boca apareció una leve sonrisa. Adoraba a Sylvie, en cierto sentido aún más de lo que quería a su propia madre. Desde el primer momento ellas dos se habían prendido una a la otra. Como si tuvieran un pacto silencioso de alguna especie, un pacto que no la incluía a ella.

De repente, Iris se sentó en la cama.

—¿Abuela estará en la fiesta?

—Me dijo que haría todo lo posible por asistir. Siempre que esté en condiciones de hacerlo. —Rachel suspiró y colocó en su lugar uno de los breteles del corpiño de su hija que se le había deslizado al brazo. En ese momento no quería pensar en la salud cada vez más precaria de su madre.

Iris le dirigió una mirada penetrante.

—¿Me lo dirías, no es cierto? Me refiero en caso de que ella estuviera realmente enferma. Siempre asegura que está bien, sólo un poco cansada... pero no sé.

—Yo me sentiría mejor si pidiera una segunda opinión —confesó Rachel—. Pero ya sabes lo cabeza dura que es.

—Ella dice que lo heredó de ti —Iris se permitió sonreír.

Sentada en la cama, Rachel también tuvo que sonreír a pesar del terror que la sofocaba.

—Tu padre tiene otro nombre para eso, que no pienso repetir —bromeó—. Creo que él extraña lo que yo era antes, cuando me ganaba la vida trayendo niños al mundo. En cambio, los administradores tenemos que ser duros como piedras.

—¿Y tú no extrañas lo que hacías? —preguntó Iris—. ¿Toda esa sangre y esas entrañas?

Rachel volvió a suspirar mientras pensaba: "¿Cómo lo puedo explicar?". ¿Cómo explicar todas esas sensaciones demasiado complejas para reducirlas a una sola frase? Si tuviera que hacerlo, lo definiría como una sobredosis de adrenalina que tuvo durante esos primeros años, la locura de Vietnam seguida por su residencia en obstetricia en Beth Israel, luego la batalla por instalar su clínica gratuita. Sólo que la verdad era que, de una manera perversa, le encantó todo, en lo profundo de su ser, donde la lógica no contaba.

Antes de que Rachel pudiera explicar que ahora su lugar estaba en el Centro de Salud de la Mujer del lado Este, junto con Kay, Iris saltó de la cama exclamando:

—¡Dios! Mira la hora. ¡Son más de las siete! Si papá me ve así le dará un ataque.

Al observarla salir corriendo del cuarto, Rachel sonrió. Brian lanzaría algunos ruidos incomprensibles, por supuesto, pero estaba demasiado fascinado con su hija para enojarse en serio con ella.

En el momento en que Rachel se ponía perfume detrás de las orejas, su marido entró en el dormitorio. Ella alcanzó a verlo reflejado en el espejo mientras se le acercaba: un hombre alto que se movía con la soltura de alguien más acostumbrado a los jeans que a los trajes de etiqueta. Lucía el traje azul marino que se mandó hacer a medida el año anterior en Londres, para promocionar la edición británica de *Doce grados al norte*. Sin embargo ahora, el saco le quedaba más suelto de lo que ella recordaba. ¿Habría adelgazado?

Aunque hubiera adelgazado, no había perdido nada de su encanto. Pensó que Brian tenía esa clase de postura que los otros hombres no valoraban demasiado, pero que a las mujeres parecía resultarles irresistible. Como esa mujer de Cincinnati, que mientras estaba de pie formando fila para que él le firmara un libro, susurró lo suficientemente fuerte como para que Rachel la oyera, que le encantaría pasarle los dedos por el pelo, pelo todavía tan espeso y largo como lo tenía antes de los treinta años, aunque su castaño oscuro ahora estaba canoso en las sienes. Su rostro juvenil, de facciones algo irregulares, siempre daba la impresión de que escuchaba con intensidad todo lo que uno le decía, mientras sus ojos grises y pensativos parecían decir: "Sí, sé exactamente lo que trata de explicarme".

Y lo peor, pensó Rachel, es que por lo general lo sabe. Era lo que lo convertía en un escritor excelente.

La fiesta de esa noche, ofrecida por el editor de Brian, era para celebrar que había ganado el Premio Nacional de Críticos Literarios por *La temprana luz del amanecer*. Cien invitados entre los que se contaban periodistas de diarios y televisión y pesos pesados del negocio editorial, se reunirían en el pent house de Avery Hammersmith en Riverside Drive, para pagar tributo a su marido. Y sin embargo, Rachel habría preferido que los dos hubieran podido escaparse solos a alguna parte. A algún lugar tranquilo donde pudieran conversar. O hacer el amor.

Últimamente no habían hecho mucho de ninguna de las dos cosas.

Volvió a tomar el collar de perlas y se apartó el pelo del cuello mientras Brian se lo abrochaba. La cálida presión de los dedos de su marido mientras luchaba con el cierre la tranquilizó, pero al mismo tiempo hizo que le corriera frío por la columna vertebral. No le había contado sus conversaciones mantenidas con Rose y con Iris; de alguna manera, hacerlo habría convertido sus temores en algo más real. ¿Y qué sentido tenía preocupar a Brian con respecto a algo que tal vez terminara siendo, como diría su madre, nada de nada?

Ése no era el momento. No debía permitir que nada le arruinara esa noche a Brian. Se lo diría al día siguiente.

—Hace un minuto oí que sonaba el portero eléctrico. ¿Sería nuestro auto? —preguntó, nerviosa de repente.

—Tómate tu tiempo —la tranquilizó él, palmeándole un hombro—. Le dije al chofer que demoraríamos algunos minutos. —Si debiera elegir algo que me encanta de mi marido, pensó Rachel, es que siempre parece darse cuenta de que algo me está molestando. Como en ese momento, en que le preguntó con suavidad: —¿Quieres conversar sobre el asunto?

—Puede esperar —contestó ella.

—Fue lo que me dijiste la última vez.

Entonces ella comprendió, con una oleada de culpa, que Brian le estaba recordando lo ocupada que había estado últimamente... y lo distraída. Durante los últimos meses, cuando su marido la abrazaba en la cama, ella estaba tan cansada que sólo le daba un beso. Luego se levantaba al amanecer, con la mente llena de todo lo que debía hacer en la clínica, tanto que no le alcanzaban las horas del día.

—Tenemos todo el fin de semana por delante. Bueno, por lo menos la mayor parte —agregó al recordar su reunión con el técnico de Pura Lógica, agendada para el sábado por la mañana, la única hora en que las computadores de la clínica no estaban en uso y podrían instalar los nuevos programas que había encargado—. El domingo podríamos ir en auto hasta el lago Waramaug.

—El domingo por la noche debes hablar en el banquete del Comité Femenino de Brandeis —le recordó Brian—. Tendríamos que volver muy temprano para evitar el tráfico.

—¿Y si, en lugar de eso, hiciéramos un picnic en el parque? El sábado o el domingo. Tú eliges.

—¿Una especie de sándwich entre tus compromisos? —bromeó Brian, pero ella percibió la ironía que había tras sus palabras—. En realidad se supone que lloverá todo el fin de semana. Yo sugeriría que hiciéramos algo adentro... siempre que te pudiera convencer de que desconectaras el teléfono.

—Ya se nos ocurrirá algo —dijo Rachel.

De repente sintió una gran frialdad cuando la mano de su marido se apartó de su nuca. La doble hilera de perlas cayó en su lugar con un sonido suave. Rachel sintió que le latía la base del cuello, donde se apoyaban.

Observó a Brian acercarse a la ventana donde permaneció observando Gramercy Park, tres pisos más abajo, una isla de sombras donde los canteros de flores resplandecían a la luz de los faroles de hierro forjado. Sintió una aguda ansiedad. ¿Cómo hemos llegado a esto? Buscar momentos robados, negociar horas como si se trataran de acciones de la Bolsa de Comercio. Brian siempre había sido el risco sólido contra el que giraban sus días. Salvo cuando estaba de gira, siempre lo encontraba allí en la casa, encerrado en el escritorio, escribiendo en la computadora. Podía llamarlo en mitad del día para desahogarse por los pleitos intranscendentes en la oficina del alcalde, o por los funcionarios de cuello duro de la oficina de Salud de la Comunidad. Y por la noche, cuando ella se arrastraba hasta su casa, tan tarde que la comida estaba fuera de la cuestión, él nunca se lo echaba en cara, sino que le servía un cognac y la rodeaba con un brazo mientras ella hablaba, salvo que últimamente Brian ya no estaba tan disponible como antes. A veces no abandonaba su escritorio hasta que ella ya se había acostado. Y cuando Rachel llamaba a su casa, por lo general la atendía el contestador.

Pensó en otra época... una época en que cada elección parecía tan clara como un camino que se dirigía en una sola dirección. En su mente, veía a un soldado moribundo, tendido en una camilla, cubierto de sangre y con una herida del tamaño de un puño en el estómago, provocada por la explosión de una mina. En ese momento, ella no se detuvo a pensar. Actuó con rapidez, con decisión, con insistencia, superando las objeciones de sus superiores y convenciéndolos de que lo operaran enseguida.

Ese joven sargento era Brian.

Dos meses después se casaban en el cuarto trasero de un bar de Da Nang. Rachel recordaba cada instante como si estuviera tallado en cristal: el hibisco que Brian eligió para ella, las cortinas de cuentas que tintineaban como campanillas, el *chong sam* que ella lucía en lugar de traje de novia. Y sobre todo, el rostro de su novio, descarnado y sufriente, pero rebosante de amor. Un hombre que todavía se estaba recobrando de sus heridas, pero que no vaciló en volver a internarse en la jungla para rescatarla detrás de las líneas enemigas.

Rachel sintió que se le apretaba el pecho.

¿Qué había pasado con esas dos personas? Esa muchacha idealista con el corazón en llamas... y el joven soldado que arriesgó por ella la vida? Por supuesto que tuvieron épocas mejores y peores, sobre todo al principio... pero, ¿cómo llegaron a lo que eran ahora? Una pareja de mediana edad que se dirigía a una fiesta, y que no se decía casi nada de lo que debían saber los dos.

Cuando Brian se alejó de la ventana, Rachel tuvo ganas de acercársele, de alisar los rizos que sobre las sienes se escapaban de su pelo húmedo. ¿Sabría él cuánto lo amaba? ¿Sabría hasta qué punto deseaba a veces poder alejarse de todo, del Centro del Lado Este, y de todas sus exigencias, tan sólo para "ser"? Para disfrutar de los placeres simples como el de tomar café por la mañana con su marido... y de quedarse dormida en sus brazos por la noche.

Dándole la espalda, Brian comentó con tono despreocupado:

—Avery nos ofreció su casa de Amagansett durante las dos últimas semanas de agosto. Estaba pensando en aceptarla.

—¡Oh, Bri! No sé cómo podría alejarme en esa época. —Rachel sintió que casi lo odiaba por menear frente a ella lo que tanto deseaba. Pero no podía haber elegido un momento peor. Su propuesta de una beca para la Fundación Siwell sería sometida al comité la semana antes del Día del Trabajo.

Brian se encogió de hombros y, de alguna manera, eso a ella le dolió más que si hubiera protestado.

—De todas formas, yo podría utilizar ese tiempo para terminar este borrador antes de salir de gira en octubre. Si cambias de idea, siempre podrás reunirte conmigo.

—Si de mí dependiera... —Pero se calló al ver que él no se volvía a mirarla. ¿Qué sentido tenía? Brian ya había oído todo eso antes.

Minutos después, mientras viajaban por Park Avenue en la limosina alquilada, Rachel deseó poder aferrar a su marido y a su hija, entre quienes estaba sentada, y no soltarlos jamás. Tenía la sensación de que estaban atrapados en una roca con marea alta y que en cualquier momento una ola enorme podía arrastrar a alguno de ellos al mar embravecido.

Y si eso le sucedía a Iris, bien podría ser que desapareciera para siempre. Rachel se estremeció en el aire acondicionado que, en el asiento trasero, la rodeaba como una cápsula de hielo.

Entonces recordó que Rose estaría en la fiesta. Era alguien con quien podía compartir sus preocupaciones, alguien que siempre parecía saber lo que se debía hacer. ¿No fue Rose quien les consiguió a Iris tantos años antes? Además ella tenía hijos. Sabía lo que era. No tendría que explicarle lo que era ser madre y tener miedo a lo impensable.

El taxi se detenía en la esquina de la calle Ochenta y Seis y Riverside, cuando Rose Griffin se inclinó hacia el asiento delantero y ordenó con tono cortante:

—Dé una vuelta manzana, por favor. —No sentía ninguna necesidad de explicarle al chofer del taxi por qué no estaba lista para bajar. ¿Qué importancia tenía que él la creyera loca?

El chofer pakistaní le dirigió una mirada por sobre el hombro que indicaba que no debía estar en sus cabales, pero luego se encogió de hombros. Ella no debía ser peor que las tres cuartas partes de la población de la ciudad. "¡Al diablo con eso!", pensó Rose. El taxi ya marcaba una suma abultada, gracias al atascamiento de tráfico de la Octava Avenida. ¿Qué importancia tenía un dólar más? Unos instantes más de paz bien lo valían.

La verdad era que, aunque se hubiera pasado toda la noche preparándose para ello, no estaría más lista de lo que estaba para enfrentar a la multitud que concurriría al banquete. Sólo por afecto hacia Brian aceptó la invitación. En ese momento deseó haberla rechazado. ¿En qué estaría pensando cuando aceptó?

Para empezar, las grandes fiestas le resultaban odiosas. Desde su punto de vista no eran más que una excusa para evitar conversaciones serias: el equivalente social a los *hors d'oeuvres*, que pocas veces eran tan sabrosos como parecían y nada nutritivos. Fue Max quien convirtió las fiestas en algo tolerable y hasta divertido. En el momento en que ella pensaba que preferiría someterse a cualquier tortura antes que tener que seguir escuchando un solo minuto más a algún idiota que le hablaba al oído, su marido le guiñaba el ojo desde el otro extremo de la habitación. O cuando luchaba por abrirse paso entre la multitud para llegar al bar, encontraba a Max, con una copa para ella ya en las manos. Después estaba la vuelta en taxi hasta la casa, apoyada contra él y con la cabeza sobre su hombro, mientras reían de la peluca del señor Zweillerbach o del rumor de que Myra Kennedy tenía una aventura con el portero de su casa.

El acontecimiento de esa noche, con la inevitable embestida de nombres y caras poco familiares que Rose no recordaría, para no mencionar a los aburridísimos discursos que tendría que escuchar, no sería distinto a cien otros parecidos. Salvo por una cosa: Max no estaría allí.

Un rato antes, cuando se encaminaba a la puerta de su casa, su hijo Jason se quedó mirándola boquiabierto y comentó:

—Bueno, mamá, ¿eres tú? Durante un segundo creí que se trataba de Madonna. —Rose suponía que ése era un cumplido para un chico de dieciséis años. Y Jason tenía razón. ¿Acaso no había elegido el modelo de crêpe de Dolce y Gavana exactamente por ese motivo? Una bandera escarlata para hacerla flamear en el rostro de todos aquellos que pudieran tenerle lástima. A último minuto se sintió tentada de colocarse una rosa detrás de la oreja. Sabía que a Max le habría encantado. Hubiera pasado la velada flirteando con él y luego ambos habrían vuelto a su casa, ella encantada por haber seducido a su propio marido.

Pero esa noche, lo mismo que durante las últimas trescientas veintisiete noches, Rose dormiría sola.

El pensamiento le hizo desear poder decirle al chofer que había cambiado por completo de opinión y que por favor la llevara de regreso a su casa. Había una docena de cosas que preferiría hacer. Como por ejemplo contestar las cartas que tenía sobre el escritorio, casi todas de condolencia y que continuaban doliéndole, casi un año después de la muerte de Max. O preparar sus anotaciones para otra audiencia del caso Esposito que, Dios mediante, se juzgaría el mes siguiente. Y hasta limpiar la jaula del señor Chips le parecía una alternativa razonable.

Se encogió ante la perspectiva de tener que sonreír y asentir en respuesta a los murmullos de simpatía de aquellos que habían conocido a Max. Y luego tener que asegurarle a la gente que ni siquiera sabía cómo lograba seguir viviendo. Si, la muerte de su marido había sido un duro golpe para la firma, pero con tiempo y un poco de reorganización volverían al sendero correcto. ¿Sabían que Mandy, su hijastra era ya socia del estudio? ¡Ah, no! Su hijo menor no pensaba ir a Deerfield como habían planeado. Por decisión del mismo Jason, no suya; Rose no tenía paciencia con las viudas lloronas que se aferraban a sus hijos como si en ello les fuera la vida. Por el contrario, creía que debía hacer lo que fuera mejor para sus hijos. "Observen a Jackie Onassis", decía. A ella nunca hubo que decirle "Haz tu propia vida" y había que ver lo buenos que resultaron sus hijos.

Era todo una gran mentira.

Rose odiaba cada minuto en que debía caminar por esta tierra sin Max. Estaba furiosa con todo el mundo, desde Dios hasta el señor Mandelbaum, el cliente con quien hablaba Max por teléfono cuando tuvo el infarto. Algo tan inocente como viajar en auto hasta Port Washington para visitar a Marie, su hermana mayor, bastaba para provocarle un ataque de furia tan profundo que la dejaba deshecha y temblorosa. Cuando el tráfico se detenía frente a las cabinas de peaje, no toleraba ver a esas parejas y familias, en camionetas y jeeps, que conversaban con animación, se hacían bromas y echaban atrás la cabeza para reír a todo pulmón. ¡Qué injusto! Qué maldad y qué error que a esa gente se le permitiera vivir, gente que pegaba etiquetas en sus paragolpes que decían: "Yo freno para no atropellar ciervos" o "No toque bocina, póngase a la par", mientras su marido, el que en dos oportunidades defendió casos ante la Suprema Corte de Estados Unidos, que siempre se acordaba de llenar el tanque de nafta del Volvo aunque ella se olvidara de hacerlo, y que jamás salía sin darle un beso y decirle que la amaba, se hubiera ido para siempre.

A lo único que Rose se había sobrepuesto era a su deseo de morir también. A veces, hasta extrañaba eso. "Es sorprendente —pensó— la cantidad de horas ociosas y llenas de dolor que pasé fantaseando acerca de la manera en que me suicidaría." ¿Un tiro en la cabeza? Rápido y fácil, pero demasiado sucio. Cortarse las muñecas era también insoportable y sobre todo para Rachel y Brian, ¡qué espanto después de lo que habían sufrido con Iris! Supuso que un cóctel de barbitúricos sería lo más limpio, ¡pero qué trabajo conseguir que le extendieran todas esas recetas...! ¿Y si no diera resultado?

Matarse habría sido una manera de tomar posición contra el silencioso y pequeño suicidio que era cada día que debía vivir sin su marido, el lento deshacerse de un corazón que se había puesto duro y seco como una tostada vieja, el pequeño latido que tenía en la garganta cuando percibía el aroma de Max en un suéter que había olvidado regalar a los pobres, o cuando encontraba un escrito con su letra en la oficina.

Rose parpadeó para contener esas lágrimas que convertían una salida en una especie de balada lastimosa. Las luces del tráfico brillaban. Alcanzó a ver a una mujer sin hogar, con un gorro tejido encasquetado sobre la cabeza, un espectáculo que no le resultó nada extraño hasta que recordó que estaban a principios de julio. ¿Acaso no fue la semana anterior que había pasado frente a las vidrieras llenas de chocolates por San Valentín? ¿No fue el día anterior que notó los primeros brotes en los canteros de Park Avenue?

Cuando el taxi se detuvo por segunda vez frente al edificio de Avery Hammersmith, Rose elevó una pequeña plegaria: "Por favor, Dios, permite que salga de esto entera". Una mala noche podía costarle días de un sufrimiento intolerable.

"Y Dios, ya que te ocupas del asunto, ahórrame la necesidad de estar sentada junto a algún hombre que el dueño de casa considere que es un buen partido para mí." Y, si fuera imposible evitarlo, por lo menos que fuese un tipo decente, alguien que no le preguntara si no le interesaría compartir unos días en los Hamptons... o asistir a un espectáculo de Broadway para el que, por casualidad, tenía dos entradas.

El departamento del editor de Brian ocupaba el piso dieciocho íntegro de ese edificio anterior a la guerra, que miraba al río Hudson y a Riverside Park. Cuando Rose bajó del ascensor a un palier tan amplio como su propia sala, se sintió extrañamente tranquila. "Estos lugares —pensó— son impermeables a las desgracias ordinarias de los seres humanos." El único caos que podía penetrar a través de esas sólidas puertas de nogal venía prolijamente envuelto en el *Times*, que sin duda era entregado todas las mañanas por un portero uniformado y de guantes blancos.

Hasta el anciano mayordomo que la hizo pasar, hablaba en murmullos, como si estuvieran en la iglesia. Y en algunos aspectos, el lugar le recordaba a una iglesia: la vieja madera lustrada que tenía un leve olor a aceite de limón, los enormes arreglos florales, la araña de cristal que resplandecía como un centenar de velas.

Cuando le preguntaron qué quería beber, Rose contestó sin vacilar:

—Agua. Me gustaría mucho un vaso de agua. —Cuando llegara el momento levantaría la copa de champaña para brindar por Brian... pero sólo porque le resultaba más fácil hacerlo que tener que explicarles a una serie de curiosos, que el alcohol la hacía llorar y, lo que era peor, la llenaba de autocompasión.

Rose pasó por una puerta doble a lo que en un tiempo debió ser una sala de baile, una amplia pista con una enorme chimenea de mármol rodeada por una hilera de ventanales que se abrían a una terraza que rodeaba el salón.

La vista del río, con el puente George Washington montado sobre él como una tiara de diamantes, le quitó el aliento. Durante un instante, apenas vio a los invitados que se arracimaban alrededor de mesas iluminadas por velas. Eran por lo menos setenta y conversaban animadamente como si se conocieran de toda la vida.

¡Dios Santo! ¿Tan tarde había llegado? Por un instante no pudo recordar si la invitación era para las siete y media o para las ocho.

Entonces Avery Hammersmith, un hombre de unos cincuenta años, cuyo pelo ya no era tan tupido como antes pero estaba tan bien arreglado como la decoración de su casa, se apresuró a escoltarla a su asiento. Pasaron frente a la chimenea de mármol y a través de un enjambre de mesas llenas de invitados sonrientes y animados, a ninguno de los cuales Rose reconoció. Al notar que la habían ubicado en la mesa de Brian, sintió una enorme gratitud.

Cuando se dejó caer en su silla se sintió rodeada de familiares y amigos. Frente a ella estaban Drew e Iris, flanqueados por Rachel y Brian. Al lado de Brian, Avery Hammersmith se apoyaba contra el respaldo de la silla mientras lanzaba un suspiro de contento. El único desconocido era el hombre sentado a la derecha de Rose. Ella casi ni lo miró, cuando, al verla llegar, Sylvie, sentada a su izquierda, la recibió diciendo:

—¡Rose! ¡Gracias a Dios! Estaba empezando a preocuparme pensando que no vendrías. —"Lo dice con una expresión cálida y animada que no tiene ninguna relación con una mujer anciana y enferma del corazón", pensó Rose, al recordar con cierta preocupación lo pálida y cansada que parecía Sylvie la última vez que la había ido a visitar.

Esa noche, Sylvie estaba más elegante que nunca. Lucía un vestido verde pálido cuyas mangas abuchonadas disimulaban lo delgada que estaba. Sus únicas alhajas eran un par de discretos aros de perlas y el anillo de esmeraldas que hacía juego con sus ojos, un anillo que le había regalado Nikos años antes.

¿Pero dónde estaba Nikos? Rose estaba tan acostumbrada a verlo junto a Sylvie que demoró un instante en recorrer el salón con la mirada. Entonces lo vio en una de las otras mesas. Le pareció un poco extraño, hasta que comprendió el motivo por el que lo habían ubicado en otra mesa. Para que hubiera lugar donde ubicar a...

Sylvie interrumpió su pensamiento al inclinarse para presentarle al hombre sentado a su derecha, donde debía haber estado Nikos.

—Querida, quiero presentarte a Eric... ¿Sandstrom, verdad? —Y dirigiéndose a Eric, explicó: —Rose vivía en el piso de arriba de la casa donde creció Brian. Ahora es una querida amiga de nuestra familia.

Una querida amiga. Rose sintió que se le formaba un nudo en la boca del estómago. ¿Pero de qué otra manera podía presentarla Sylvie? No como su hija, aunque lo fuera, porque Sylvie se negaba a reconocerla como tal, a menos que fuese en privado. Y mucho menos delante de Rachel. La única persona en esa habitación que conocía la verdad, aparte de Sylvie y de Rose, era Nikos.

Durante un instante le costó a Rose prestarle atención al hombre que le tendía la mano. Le parecía vagamente familiar. ¿Se habrían conocido en alguna otra fiesta? "Debe tener poco más de cuarenta años", pensó. Con ese pelo rubio y espeso, típico de un adolescente, podría haberle dado aún menos edad, si no fuera por la expresión que dejó una vida dura en sus ojos celestes y las profundas arrugas que partían de las comisuras de su boca. El individuo clavó en ella la vista con tanta intensidad que Rose tuvo la sensación de que la estaba mirando fijo. Y de repente ella tuvo necesidad de bajar la mirada, de mirar hacia otro lado, de mirar hacia cualquier parte menos a él. ¡Maldición!, pensó, sintiendo que las mejillas se le ponían coloradas. Ignoraba de quién habría sido la idea, pero hasta un tonto se daría cuenta de que no era por accidente que Eric Sandstrom estaba sentado a su lado.

¿Pero qué tenía eso de espantoso? Parecía un hombre bastante agradable. Lo que realmente lo salvaba eran esos ojos... los ojos de alguien que no se espantaría si ella le confesara que una vez dedicó una hora entera a revisar su departamento en busca de algo lo suficientemente sólido para colgarse.

—Mucho gusto —murmuró, estrechando su mano antes de volverse hacia el resto de los integrantes de la mesa—. Siento no haber llegado más temprano. El tráfico es infernal.

—Mamá casi nunca llega tarde —intervino Drew en su defensa—. Es una de sus características. Papá siempre decía que... —Se interrumpió y en las mesa reinó un instante de incómodo silencio.

—Que yo preferiría que me conocieran como la difunta Rose Griffin antes de llegar tarde a un compromiso —terminó de decir Rose, como lo haría una viuda valiente que no había perdido su sentido del humor.

Todos lanzaron carcajadas algo exageradas y Drew le dirigió una mirada de alivio. ¡Ah, esa sonrisa de su hijo! Tan parecida a la de Max. Verla siempre le destrozaba el corazón. Drew había heredado de ella el pelo oscuro y rebelde y los ojos castaños, pero en todo lo demás era idéntico a su padre. El ángulo en que inclinaba en ese momento la cabeza, su manera de bajar los hombros para apoyarse sobre los codos. Sin embargo, lo que más impactaba a Rose era la dulzura de su hijo. En el rostro de expresión abierta de Drew esperaba seguir viendo siempre a ese jovencito de doce años que le leía a su hermano menor cuando Jason tuvo paperas, y cuya habitación era un zoológico lleno de jaulas en las que cobijaba a toda clase de animales, desde hamsters hasta una víbora, mascotas a quienes sus amigos con un corazón menos tierno que el suyo se habían cansado de cuidar.

Lo observó inclinarse hacia un costado cuando Iris le susurró algo al oído. Drew parecía incómodo, casi dolorido. Rose se preocupó. Hacía unos días, cuando su hijo recurrió a ella, casi al borde de las lágrimas, su primera preocupación fue Iris. Rose no se atrevía a pensar en lo que haría esa chica si Drew decidía romper con ella.

No se trataba sólo de que le tuviera cariño a Iris; de alguna manera también se sentía responsable de ella. Hacía muchos años fue ella quien convenció al teniente O'Neill para que no llamara al Servicio Social para entregarles a la chiquita que acababan de encontrar abandonada en un McDonald's. Y movió todos los hilos necesarios para que en un abrir y cerrar de ojos Rachel y Brian se convirtieran en padres adoptivos de la pequeña. Y meses después, cuando arrestaron a la madre de Iris por drogadicta, ¿a quién citaron en la comisaría en plena noche? Al escuchar la historia casi incoherente que contaba la mujer, que afirmaba que un incendio la había dejado sin hogar, Rose creyó con total sinceridad que hacía bien al convencerla de que Iris estaría mejor si seguía viviendo donde estaba. Y cuando habló con Rachel y Brian también suavizó la situación, y no les contó algunos detalle que los hubieran alarmado sin necesidad. Pero Rose jamás imaginó que llegaría el día en que su propio hijo tendría que pagar el precio de lo que ella había hecho.

Porque, en definitiva, todo se reducía a la fuerza de la sangre. Una lección que a Rose no le enseñó su propia madre, pero que estaba decidida a aplicar en sus hijos.

Y sin duda Iris era temperamental. Los problemas parecían seguirla. ¿Quién podía olvidar esa víspera de Navidad en la que salió volando de la casa en medio de una tormenta de nieve, sólo cubierta por una chaqueta de seda? Al ver que no volvía, las dos familias, Max, ella y los chicos, junto con Rachel y Brian, pasaron buena parte de la noche buscándola en medio del frío. Fue un alivio, por supuesto, que apareciera, sana y salva, en una cafetería de Lexington Avenue... pero seguían perplejos. ¿Qué había sucedido? Iris parecía perfecta un minuto, feliz envolviendo regalos, y luego, de repente, algo que dijo Rachel la puso mal. ¿De dónde surgió esa repentina tempestad? ¿Cómo evitar que volviera a suceder? Desde siempre, Drew fue el único que lograba tranquilizar a Iris... y ahora hasta él estaba por darse por vencido.

"¡Si la chica no fuera tan increíblemente hermosa!", pensó Rose, consternada. La miró en ese momento, inclinada hacia Drew, con una mano delicada apoyada sobre la manga de la chaqueta del muchacho. En su vestido color púrpura que la hacía resplandecer, Iris parecía salida de un cuento de Hans Christian Andersen. Y si Drew no tenía cuidado, el hechizo que emanaba de ella lo aprisionaría... tal vez para siempre.

—¿Puedo servirle un poco de vino?

La voz tranquila del hombre sentado a su lado sacó a Rose de sus pensamientos.

Se volvió hacia él.

—No gracias. No bebo. —Y agregó con una carcajada: —Me debo estar poniendo vieja. Bebo una copa y la siento a la mañana siguiente. Y si bebo más de una es como si me enterrara una avalancha.

Eric esbozó una pequeña sonrisa comprensiva.

—Yo lo he experimentado muchas veces.

Rose notó que él tampoco bebía vino. Estuvo por comentar la coincidencia, pero algo la retuvo. No fue para evitar colocarlo en una situación de protagonista, sino porque supuso que debía ser alguna historia acerca de la manera en que él combatió el alcoholismo o algo por el estilo. Y no quería saberlo. Ya había reunido demasiadas miserias propias para arriesgarse a conocer la historia triste de algún otro.

De manera que preguntó:

—¿No nos hemos conocido antes, en alguna de las fiestas en honor de Brian? —Tal vez hasta fuera el editor de Brian.

—No lo creo. Lo recordaría. —Le dirigió una sonrisa tranquila que la convenció de que la situación era la que ella sospechaba. Lo habían sentado a su lado para que se conocieran. Sólo que Eric no se parecía en nada a los tipos pesados que tuvo que aguantar en otras ocasiones similares. Notó la pulsera de plata que asomaba bajo el puño de su camisa. Le pareció que se trataba de una pulsera del sudoeste, y muy antigua. ¿Cuál sería la historia de ese hombre? Rose se descubrió inclinándose con interés cuando Eric dijo:

—Pero tal vez me haya oído por radio. Tengo una audición en la WQNA. Así fue como conocí a Brian... cuando promocionaba su último libro.

—No escucho mucha radio —se disculpó ella—, pero podría jurar que lo he visto antes.

—Hace años hacía televisión. —Se encogió de hombros. Sin duda no tenía ganas de dar detalles. ¿Lo haría por modestia? —En realidad, prefiero la radio. Sobre todo porque me da más libertad.

—¿Usted es uno de esos periodistas que se especializan en poner a sus invitados en situaciones difíciles? —preguntó Rose en son de broma.

Eric menó la cabeza, sonriente.

—No me gustan esas actitudes baratas. Pero en cambio me encantan las controversias. Si no recibo por lo menos una llamada de un oyente enfurecido, tengo la sensación de no estar cumpliendo mi vocación de honesto oponente a los políticos corruptos, a las personas moralmente quebradas y a los complacientes terminales.

Rose se dio cuenta de que ella también sonreía.

—Supongo que eso lo coloca a la izquierda de Rush Limbaugh.

Eric lanzó una carcajada.

—Sí... pero él gana mucho más dinero.

—Yo también he tenido que afrontar una serie de casos *pro bonus* —contestó Rose—. Con ellos uno no paga el alquiler.

Eric inclinó la cabeza y la miró con interés, mientras pasaba el pulgar por el pie de la copa vacía.

—¿Usted es abogada? No lo hubiera imaginado.

Rose sintió que se erizaba. Era una reacción que tenía desde que estaba en la facultad de derecho: que la gente hiciera suposiciones acerca de ella por su pelo salvaje, su colorido exótico, su manera de vestir, el dejo de Brooklyn en el tono de su voz... y hasta porque le gustara la música de rock, y cuanto más fuerte, mejor.

"¿Y qué? Es mejor no darle importancia", pensó.

—Los árboles no son lo único que crece en Brooklyn —contestó con tono ácido—. Mi abuela supuso que, igual que mi hermana mayor, terminaría embarazada y descalza a los dieciocho años. Para mí lo más importante era demostrar que se equivocaba. En ese momento, ingresar en la facultad de derecho era tan sensato como cualquier otra cosa.

Pensó en los años de clases nocturnas después de trabajar todo el día como secretaria de Max. Luego, cuando ya estaban casados y eran dueños de su propio estudio de abogados, se vio obligada a esforzarse mucho para que los clientes la tomaran en serio. Y ahora, allí estaba, luchando con la misma intensidad por aferrarse a su cordura, por crear alguna clase de existencia sobre los escombros que eran todo lo que le quedaba de la vida que había compartido con su marido.

De repente, Rose se descubrió deseando ser como las viudas italianas de su antiguo barrio, mujeres del viejo mundo que vestían de negro hasta el día de su propio entierro y que no tenían ninguna necesidad de simular que sus vidas serían las mismas después de la muerte de sus maridos.

De pronto, Eric la sorprendió al decir:

—¿Brooklyn? Hasta los ocho años, cuando mi padre fue transferido, yo viví en Park Slope.

—Eso lo explica —dijo ella.

—¿Qué explica?

—Lo que le sucedió a su acento de Brooklyn.

Eric le dirigió una sonrisa malvada.

—Lo que me sucedió fue Minnesota. En Maplewood lo obligan a uno a salir del pueblo si se pone una camisa verde cuando todo el mundo usa camisa azul. Pero en definitiva fue lo que me impidió volcarme hacia la derecha: todos esos ciudadanos sólidos que hacían ondear banderas y creían que la guerra de Vietnam rescataba al mundo libre del comunismo, y que las personas que protestaban también debían ser comunistas. Y no pasó mucho tiempo antes de que yo también estuviera allí afuera con un cartel y gritando a todo pulmón. De haberla tenido, también habría quemado mi tarjeta de reclutamiento. —Su sonrisa se hizo más amplia. —Tenía catorce años.

—Yo no tengo muchos buenos recuerdos de esa época. —A Rose le sorprendió comprobar que todavía le provocaba algo de resentimiento pensar en lo que la guerra le había quitado. Específicamente a Brian, de quien estaba perdidamente enamorada en ese momento y durante muchos meses después, cuando él volvió casado. Pero lo que era peor, Vietnam también le robó su inocencia, la creencia de que, en conclusión, las personas buenas recibían su premio. Con cansancio, rememoró: —Lo que más recuerdo es que mientras todas las chicas de mi edad tenían tiempo para realizar marchas por las calles y fumar marihuana, yo me rompía el alma para poder pagar el alquiler.

Eric la miró con interés mientras probaba la ensalada que acababan de servirles... algo con endibias belgas y trozos de radicheta.

—¿Usted no se anda con vueltas, verdad?

—No demasiado. —Lanzó una corta carcajada. —Cuando nos casamos, mi marido y yo vivimos un par de años en Los Angeles ¿y sabe qué fue lo que más extrañé? La posibilidad de decir siempre lo que se me pasaba por la cabeza.

Arrancó un trozo de su pan.

—¿Fue por eso que volvieron?

—En parte. Nuestro hijo mayor —señaló a Drew con la cabeza—, ya empezaba a caminar. Y queríamos instalar nuestro propio estudio de abogados. Y en lo que a mi marido concernía, sólo existe un lugar en el mundo donde uno puede echar raíces. Max es... era —se corrigió— un hombre nacido y criado en Nueva York. —Al notar la expresión interrogante de Eric, agregó con suavidad: —Murió el año pasado.

Se preparó para los habituales murmullos de simpatía, pero Eric la miró a los ojos y dijo:

—Debe haber sido muy duro.

—Todavía lo es. —Trató de tragar el nudo que se le acababa de formar en la garganta.

—¿Tiene otros hijos?

—Sí, un varón de dieciséis años que todavía vive en casa, pero Jay prefiere cualquier cosa antes que tener que asistir a una fiesta como ésta.

Eric rió, comprensivo. Una vez más a Rose le impresionó la discordancia que había entre su aspecto juvenil y su risa exuberante y la tristeza que presentía en su interior.

—Conozco el cuadro. Me ofrecí como voluntario para trabajar dos mañanas semanales en un refugio para adolescentes que han huido de sus hogares.

"El que haya decidido sentarme junto a Eric no es ningún tonto", pensó Rose. Ese hombre la intrigaba.

—¿Usted tiene hijos? —preguntó.

Eric hizo un movimiento negativo con la cabeza..

—No, y tampoco mujer. Ni siquiera una "ex".

Rose se preparó para oír las habituales tonterías que casi siempre decían los solterones recalcitrantes, tipos que actuaban como si su status de solteros fuese una especie de premio por ser más astutos que el resto de los hombres. Pero Eric no hizo más comentarios. No parecía ni amargado ni demasiado conforme consigo mismo, sólo acababa de establecer una realidad.

—Yo estuve casada durante más de veintiún años —dijo ella con inesperada franqueza—. Mi marido era la persona más buena que he conocido. Ni siquiera puedo imaginar la posibilidad de estar con otro hombre.

Él sonrió, con cierta tristeza, pensó Rose.

—Usted es más afortunada que la mayoría.

¿Afortunada? Era extraño que dijera eso. Rose ya ni siquiera recordaba la última vez que había sido afortunada en algo. Pero Eric tenía razón. Fue afortunada. ¿Cuántas mujeres podían pasar un año, y ni hablemos de veinte, con un hombre tan maravilloso como Max?

De repente recordó dónde había visto antes a Eric.

—¿Usted fue periodista de *A.M. América* hace unos cinco años, verdad? Usted y Ginny Gregson. Lo que le sucedió a ella fue terrible.

—Sí —contestó Eric con tranquilidad, pero, antes de que apartara la vista, ella alcanzó a ver en sus ojos el reflejo de algo oscuro y feroz—. Esa noche yo estaba con ella. Era mi coche el que ella manejaba. —Lo dijo sin emoción, como si sencillamente estuviera afirmando una realidad, pero de alguna manera, Rose reconoció en él a un alma gemela que había tenido que remontar una cuesta difícil. Cuando Eric siguió hablando, lo hizo en un tono de voz distinto, más suave, pero con un trasfondo de hierro. —En ese momento yo estaba borracho —explicó—. Ginny sólo se comportaba como una buena samaritana. No veía bien de noche, de modo que, a menos que no tuviera más remedio, nunca conducía después del anochecer. —Bebió un largo trago de agua. —También estuve borracho durante su entierro y seguí borracho durante otros seis meses. Después recuperé la sobriedad. Fin de la historia. —Sacudió al cabeza, como para aclararla, y le ofreció una sonrisa, como si se estuviera disculpando. —No sé por qué le estoy diciendo todo esto. Después de todo lo que usted ha tenido que pasar, lo último que necesita es la historia de mala suerte de algún otro.

—Lo siento —dijo Rose, pero sus palabras sonaron vacías y poco sinceras.

Rose bajó la cabeza para que él no notara lo cerca que había estado de quebrar su autoimpuesta fortaleza. Un paso más y Eric le importaría demasiado. Ya había despertado en ella sentimientos que no quería ni necesitaba. ¡Maldito sea! Por lograr que le ardieran los ojos. Por lograr que su corazón palpitara como si tuviera verdadera sangre en las venas.

Por suerte, en ese momento se les acercó un mozo quien retiró la ensalada que Rose no había tocado y le preguntó qué le gustaría comer. Rose agradeció la distracción y no sólo porque la ayudaba a dejar de pensar en Eric. De repente tenía hambre. En realidad, estaba famélica.

Mientras devoraba un plato de salmón tenía plena conciencia de la presencia de Eric a su lado. De su manga que le rozaba el brazo desnudo cuando él extendía el suyo para tomar el salero. Y de su risa fácil cuando ella le hizo bromas a Sylvie acerca de la mujer que, sentada en la mesa de Nikos, flirteaba con él.

Como si presintiera su incomodidad, Eric la dejó tranquila. Con perversidad, ella casi deseó que él dijera o hiciera algo tonto o desagradable. En ese caso se lo podría haber sacado de la cabeza con la misma facilidad con que ignoró al mozo que retiraba su plato.

Cuando terminaron de comer, Avery Hammersmith se puso de pie y golpeó su copa con una cuchara. El murmullo de voces del salón se aquietó y luego se acalló por completo.

—Debo confesar —comenzó diciendo el canoso dueño de casa—, que he estado tan ocupado monopolizando a nuestro invitado de honor que Cynthia —miró con cariño a su esposa quien le sonreía desde la mesa vecina— tuvo que recordarme que si no me apuraba y pronunciaba mi discurso, todos ustedes regresarían a sus casas preguntándose por qué habían sido invitados aquí esta noche. —Hizo una pausa, esperando que sus invitados terminaran de reír. —Pero estoy seguro de que nuestro invitado de honor, a quien todos ustedes conocen y admiran, no necesita presentación...

Siguió alabando las ocho novelas de Brian antes de felicitarlo por haber ganado el Premio de los Críticos Literarios por el último de ellos, *La temprana luz del amanecer*. Rose ni siquiera se molestó en escuchar el resto, una serie de ponderaciones sin duda sinceras pero muy poco originales. De todos modos, lo sabía todo. Hasta recordaba los cuentos cortos que Brian solía garabatear cuando asistían a la escuela católica. Lo que todos ignoraban era que también ella había escrito algunos, casi todos horribles, en los que un personaje llamado Brian era siempre el héroe.

Brian parecía algo avergonzado por las extravagantes alabanzas del dueño de casa, y cuando éste terminó de hablar se puso de pie para agradecer, y para recibir un aplauso atronador que continuó aun cuando los invitados empezaron a levantarse para ir a saludarlo. Rachel también se puso de pie y saludó con calidez a una pareja a quien Rose recordaba de la última reunión en la que Brian firmó ejemplares de sus libros.

Ninguno de ellos pudo ver lo que Rose, y todos los que como ella seguían sentados, alcanzó a presenciar: Iris se ponía de pie, llorosa y angustiada. ¿Qué le habría dicho Drew?

El muchacho se levantó enseguida para tranquilizarla. Rose no alcanzó a oír lo que le murmuraba, pero en el rostro cansado y atormentado de su hijo vio lo que ya sabía, que ésa no era una pelea de poca importancia. No era posible que Drew hubiera tenido intenciones de malograr la fiesta de Brian. Iris debía de haber insistido de alguna manera para lograr que él le dijera lo que pensaba hablar más tarde con ella.

Rose cerró con fuerza los ojos. ¿Por qué ahora, por qué esto además de todo el resto? Cuando abrió los ojos notó que Eric Sandstrom la miraba con curiosidad. No le importó. ¿Por qué le iba a importar? ¿Qué importancia tenía que él la creyera loca? No era nadie, sólo un perfecto desconocido.

De repente, la temperatura del salón pareció bajar en forma abrupta. Rose se estremeció. ¡Si Max estuviera allí! Mientras ella tenía tendencia a convertir todo en algo dramático, Max aliviaba con rapidez las situaciones tensas. Habría hecho un aparte con Drew y le habría aconsejado lo que debía hacer y decir.

En cambio, ella permanecía tensa, observando a Iris que movía la cabeza con violencia en respuesta a algo que Drew acababa de decirle y luego se alejaba con rapidez por entre la gente, seguida por Drew. Rose ya se levantaba de la silla para perseguir a su hijo y advertirle que no debía hacer nada que después pudiera lamentar, como ceder ante Iris, cuando sintió que una mano fría se apoyaba sobre su brazo.

—Déjalos. —Rose miró los ojos de un verde pálido de Sylvie fijos en ella con tanta intensidad que la mantuvieron como clavada a su silla. —Dudo que puedas decir algo que Drew ya no sepa.

Rose meneó la cabeza con impaciencia.

—¿El pobre muchacho no hace pie y yo debo permanecer sentada y dejar que se ahogue?

Sylvie le palmeó el brazo para tranquilizarla.

—¡Dios mío! ¿Quién habla de que se ahogue? Una discusión de enamorados no es el naufragio del *Titanic*. O logran solucionar el asunto o no lo solucionan. ¿En serio crees que lo que tú digas cambiará el resultado final de la situación?

—No lo sé —admitió Rose—. Lo que sé es que mi hijo se siente responsable... de cosas que están fuera de su control. —La invadió una sensación de enorme urgencia, a pesar de que ignoraba el motivo.

—La actitud más difícil —dijo Sylvie con bondad— es confiar en los demás y permitir que solucionen sus propios problemas. Por lo general lo hacen, ¿sabes? De una manera o de otra. Nosotros sólo nos impacientamos cuando eligen el camino más largo.

Levantó un brazo para acariciar la mejilla de Rose y en ese momento una ráfaga de aire que entraba por los ventanales le levantó la manga y su brazo dio la impresión de estar flotando en el aire, como un fantasma. Sonrió... pero la sonrisa no llegó a sus ojos.

Rose sintió una oleada de resentimiento. ¡Cómo se atrevía! ¡Que le diera consejos y le quitara importancia a sus preocupaciones! Actuando como si fuera...

"Mi madre."

"Bueno, es lo que es", se recordó Rose.

Pero no de la manera que importaba. No como lo era para Rachel.

Rose paladeó un gusto amargo que tenía en la boca, la traición que debía tragar una y otra vez. Simulando no ser más que una buena amiga de Sylvie cuando...

"Durante todos estos años he guardado silencio y nunca he preguntado por qué —se dijo—. Por qué la felicidad de Rachel es más importante que la mía." En el fondo de su ser sabía que era más complicado, que no se trataba sólo de Rachel, que también tenía que ver con Iris, con el cariño y la preocupación que Sylvie sentía por su nieta. Una preocupación que por lo visto era mayor que la que sentía por Drew, su verdadero nieto.

Rose respiró hondo y se obligó a mantener la calma. En un momento como ése no se podía permitir esa clase de pensamientos. Y sin duda Sylvie tenía razón con respecto a una cosa. ¿De qué le serviría tratar de razonar con Drew en ese momento, cuando estaba en plena crisis con Iris?

Se echó atrás, temblorosa, refregándose los hombros para tratar de hacerlos entrar en calor. Desde la muerte de Max era como si nunca pudiera entrar en calor. Sí, esperaría, hablaría con Drew más tarde, cuando estuvieran solos. Cualquiera fuese el problema entre él e Iris, todavía seguiría existiendo a la mañana siguiente. ¿No había aprendido a los golpes que, mientras los buenos momentos tenían la costumbre de convertirse en amargos de la noche a la mañana, los malos tenían una vida propia casi ilimitada?

Su pensamiento fue interrumpido por una súbita conmoción que se produjo en el otro extremo del salón. Un sonido que hizo que un frío intenso le recorriera la columna vertebral. La voz de Drew que pedía ayuda a los gritos.

Sylvie Rosenthal también la oyó. Los frenéticos gritos de Drew parecían proceder de la terraza. Pero no alcanzaba a ver nada porque los invitados se arracimaban junto a los ventanales. ¿Qué diablos...?

Entonces, de repente, Sylvie vio que Rose pasaba a su lado como una exhalación seguida de cerca por Brian y Rachel. Trató de ponerse de pie pero las piernas se negaban a sostenerla; volvió a caer en la silla, con el corazón latiendo desordenadamente. Era como si tuviera un peso enorme encima y que ese peso la aplastara, mareándola y quitándole el aliento.

"No te atrevas a desmayarte", se ordenó.

Trató de recordar las instrucciones del doctor Choudry. "Respire con lentitud y con tranquilidad... No se deje llevar por el pánico." En su cartera de pana tenía un frasco de remedio, por si le hacía falta. Pero en realidad estaba bien. La que preocupaba a Sylvie era su nieta.

Los gritos de Drew sólo podían significar una cosa: Iris tenía un problema de alguna clase.

Ya casi frenética, Sylvie recorrió el gentío con la mirada, buscando el rostro de la única persona que con seguridad la confortaría, el único hombre sobre el que se permitía apoyarse. "Nikos, ¿dónde estás?"

Entonces lo vio encaminándose hacia ella. Nikos, el bueno y confiable Nikos, que no parecía haber envejecido un sólo día en todos esos años. Mientras el cuerpo de Sylvie decaía, como un viejo reloj que pierde la cuerda, el de Nikos parecía cada vez más fuerte. Su pelo, en un tiempo renegrido, estaba blanco, pero él nunca le había parecido en mejores condiciones ni más buen mozo, el presidente de una compañía que pasaba más tiempo en sus obras en construcción que en sus oficinas, y cuyas manos callosas lo demostraban.

En ese momento se inclinaba hacia ella, apoyando las manos sobre sus hombros y su aliento cálido le rozaba el rostro. El ritmo del corazón de Sylvie enseguida se apaciguó. Comenzó a respirar con más tranquilidad. Empezó a ponerse de pie, pero Nikos se lo impidió con suavidad.

—¿Qué sucede? ¿Se trata de Iris? ¿Está herida? —Se aferró a él y sus dedos helados absorbieron el calor de Nikos.

Él vaciló y Sylvie notó la expresión de temor de sus ojos, temor tanto por ella como por Iris. ¡Como si en ese momento su propia salud tuviera importancia!

—No, no está herida —En el tono de su voz profunda, Sylvie se dio cuenta de que Nikos se esforzaba por contener el pánico. Notó que temblaba apenas, y eso la alarmó aún más.

—¿Entonces qué pasa?

La expresión de Nikos era sombría.

—Parece que se ha trepado a la pared de la terraza y que... ¿Te sientes bien, Sylvie? ¡Estás tan pálida!

—¡Dios Santo! ¡De nuevo no! —susurró ella con voz ronca.

Sylvie cerró los ojos tratando de no recordar... pero incapaz de contener la avalancha de imágenes que la inundaban. Iris en la cama del hospital, con las muñecas vendadas vueltas hacia arriba, como si de alguna manera se hubiera rendido, igual que una pintura de Cristo crucificado. Y cuando abrió los ojos... ¡ah la sonrisa que le iluminó la cara! Agradecida de seguir viva y, sin embargo, extrañamente resignada. Como si para ella, el sólo hecho de existir sobre esta tierra requiriera un coraje que los demás ni siquiera podían empezar a imaginar...

Nikos se arrodilló para que sus ojos estuvieran a la misma altura que los de Sylvie, esos mismos ojos que años antes la cautivaron cuando era la joven esposa de un hombre mucho mayor que ella.

—No debes tener miedo. No le sucederá nada. —Lo dijo con voz tranquila, pero por la expresión de su rostro, Sylvie notó que dudaba. No fue necesario que él dijera lo que ambos sabían: que si Iris seguía adelante, esa vez no habría posibilidad de rescatarla.

Sylvie se sintió recorrida por una oleada de culpa. ¿Podría haber impedido esa situación si no hubiera evitado que Rose corriera detrás de Drew? Tal vez si Rose hubiera hablado con los dos...

Su corazón parecía latir con debilidad, como el motor de un auto viejo que se negara a arrancar. "Debo hacer algo", pensó.

Se puso de pie. Esa vez, cuando Nikos trató de impedirlo, le apartó la mano con amabilidad, pero con firmeza.

—Si me detienes —dijo— es posible que termines con dos almas sobre tu conciencia, Nikos Alexandros. Tal vez yo sea vieja y esté enferma, pero conozco a mi nieta. Ella me necesita.

Nikos la estudió durante unos instantes, luego en silencio le ofreció un brazo. En su interior Sylvie se lo agradeció, porque de repente el salón le resultaba tan inmenso como la tundra del Ártico. Tuvo que detenerse varias veces pare recuperar el aliento, y apoyó la cabeza sobre el hombro de Nikos.

Se abrieron paso a través de la multitud y llegaron a la terraza. Era amplia y muy fresca, considerando que estaban en julio, y había en ella arbustos y sillas de patio blancas que resplandecían como esqueletos bajo la luz que salía por los ventanales abiertos. Sylvie vio enseguida a Iris: estaba muy erguida, sobre la cornisa de la pared de un metro veinte de ancho, les daba la espalda y tenía las manos apoyadas sobre la falda como una criatura obediente. Entre ella y la calle no había más que dieciocho pisos de vacío.

Sylvie no pudo verle la cara, sólo el pelo largo que la leve brisa hacía revolotear. Fue la postura de corrección absoluta de su nieta lo que la obligó a aferrar con más fuerza el brazo de Nikos.

Vio uno de los zapatos de Iris sobre las baldosas, bajo la mesa ratona de vidrio que había sido colocada junto a la pared y la taladró la visión de ese zapato tan pequeño tirado allí como un juguete que ha sido descartado.

¡Oh, Iris!

Sylvie luchó por contener el pánico. Por la expresión frenética de Rachel, comprendió que en ese momento hacía falta una mano segura sobre la cornisa. ¡Dios, dame fuerzas!

Se apartó de Nikos para rodear a su hija con un brazo. Rachel temblaba con violencia. Una sombra profunda le cubría la parte inferior del rostro, dejando al descubierto sus ojos muy azules. Sylvie hubiera querido tranquilizarla y hacer desaparecer sus temores, como lo hacía cuando era pequeña. ¿Cuánto tiempo hacía que esa hija suya, tan competente, no permitía que ella la abrazara?

En voz baja y casi histérica, Rachel suplicó:

—Brian está llamando a los bomberos, pero eso no ayudará. Mamá, se niega a escucharme. No escucha a nadie. Debes hacer algo. ¡Por favor! Iris confía en ti.

Sylvie sintió el peso de una enorme responsabilidad.

—Haré lo que pueda —susurró.

Pasó con lentitud junto a Drew quien permanecía con la cabeza gacha, las mejillas empapadas en lágrimas. Sylvie también quería consolarlo a él... pero en ese momento Iris necesitaba todo su tiempo y atención.

Con cautela, se acercó a la cornisa donde estaba sentada su nieta, y desde donde se veía el distante río Hudson que resplandecía con el reflejo de los edificios muy iluminados.

—¿Iris? —Sylvie lo dijo con tanta suavidad como si temiera espantar a un pájaro—. Soy tu abuela. ¿Por lo menos no quieres mirarme?

Nada. Era como hablarle a una estatua. Sylvie esperó, inmóvil. Por fin notó un pequeño movimiento de su nieta. Con dolorosa lentitud, Iris se volvió a mirarla, los ojos muy brillantes contra todo ese oscuro vacío.

Sylvie levantó el brazo y acarició con suavidad los dedos pálidos, mientras se apoyaba en la cornisa para no tambalear. Estaban fríos como el hielo.

—No lo hagas —gimió Iris.

—Iremos a casa, donde todo está en silencio... y donde podremos conversar. —Sylvie se inclinó sobre el cemento áspero. A Iris siempre le encantaba ir a su casa y una vez, cuando era chica, le preguntó si era mágica, como los castillos de los cuentos de hadas. —Podrías pasar allí la noche y por la mañana desayunaríamos en el jardín. No sabes lo bonito que está ahora. ¿Recuerdas el rosal que me ayudaste a plantar? Está todo cubierto de capullos rosados. No te imaginas el perfume maravilloso que tiene.

Sylvie estaba deseando tener a su nieta sobre la falda, como cuando era una niña, tranquilizarla acunándola en la vieja mecedora que en un tiempo ocupaba un rincón del cuarto infantil de Rachel. De chica, su nieta parecía un gatito perdido que se aferraba a ella como si en eso le fuera la vida. Y no era sorprendente. Ya la habían abandonado una vez y no tenía intenciones de permitir que volviera a suceder.

"Como tú abandonaste a Rose."

Sylvie miró de soslayo a Rose, quien, de pie junto a Drew lo rodeaba con un brazo, con aspecto ansioso y también con un dejo de desafío, como si estuviera dispuesta a defender a su hijo de cualquiera que implicara que era culpable de lo que sucedía. Querida y valiente Rose. ¿A quién tuvo a su lado para que la protegiera y la consolara cuando era chica?

En ese momento Iris decía algo, pero en voz tan baja que Sylvie tuvo que esforzarse para oírla.

—No tiene sentido, abuela. No puedo seguir simulando.

—Ya lo sé, querida. Pero conmigo no tienes necesidad de simular. Ven, deja que te lleve a casa que es donde debes estar. —Sylvie estiró un par de brazos que le pesaban como si fueran de plomo.

Iris meneó la cabeza con lenta deliberación. Una lágrima resbaló por su mejilla y, petrificada de miedo, Sylvie vio que se volvía y se alejaba por la cornisa.

—¡Iris! —Oyó exclamar a Drew. La angustia de esa voz fue como un balde de agua helada que caía sobre Sylvie.

De repente tuvo conciencia del murmullo agitado que flotaba a su alrededor y de los invitados horrorizados cuyas siluetas se destacan contra la luz. Parecían ganado, demasiado tontos para comprender que su presencia no hacía más que empeorar las cosas. Sintió un enorme alivio, cuando vio, de reojo, que Brian, Nikos y ese hombre tan agradable, Eric Sandstrom los arreaban hacia adentro.

—En realidad yo no pertenezco en ninguna parte —dijo Iris con un cansancio resignado que le dolió a Sylvie más que si la chica se hubiera puesto histérica—. Y además, abuela, soy demasiado grande para que me trates como a un bebé.

—¡Por amor de Dios! ¿Una abuela no tiene derecho a malcriar a su nieta? —Y a pesar de su pánico creciente, Sylvie consiguió lanzar una risita.

—No dará resultado, abuela. Esta vez no puedes solucionar las cosas. —La voz de Iris era como la cuerda de un violín, tensa y temblorosa.

Sylvie sintió que su control cedía. Sin embargo sabía que cualquier demostración de pánico sería fatal. Respiró hondo y contestó con tono desapasionado.

—Ya lo sé. Por el hecho de conversar, lo que sientes no cambiará. Pero te dará la oportunidad de pensar bien las cosas.

—¿Y qué sentido tendría? —preguntó Iris lanzando un suspiro de frustración.

—Bueno, para empezar tendrías que ser muy tonta o muy cobarde para terminar tu vida sin por lo menos pensarlo con seriedad. Y no eres ni una cosa ni la otra. —Sylvie hablaba con tono enérgico, aunque ignoraba de dónde surgía esa fuerza mesurada.

—Entonces debo estar loca. Todo el mundo lo cree, no sólo Drew.

—¡Tonterías! Tú no estás loca.

—¿Cómo es posible que lo asegures? Tú no sabes.

—Sé lo suficiente. Sé lo que es sentir tanto dolor que uno tiene ganas de morir.

Hubo un largo silencio durante el cual sólo se oyeron los ruidos de la ciudad: el ronroneo del tráfico, las bocinas distantes, el sonido de un jet que fue como un largo suspiro.

Iris se volvió a medias y preguntó con asombro:

—¿En serio?

Sylvie se enderezó con esfuerzo.

—Tal vez parezca una anciana que se contenta con trabajar en su jardín, pero he tenido mi dosis de dolor, querida. —Vaciló un instante antes de agregar con suavidad: —Sin embargo, nada es tan terrible como el dolor que les provocamos a a aquellos a quienes queremos.

Iris pareció meditarlo. Luego sufrió un visible estremecimiento. En un hilo de voz que Sylvie tuvo que esforzarse por oír, la chica murmuró:

—Duele.

Los ojos de Sylvie se llenaron de lágrimas.

—Lo sé —contestó con sencillez, presintiendo que era mejor hablar lo menos posible.

—¿Alguna vez deja de doler?

—Mejora.

—¿Y si eso no fuera suficiente?

Sylvie respiró hondo.

—A veces lo único que hace falta es tener un poquito de fe.

Iris volvió a quedar en silencio y, en la eternidad de la espera, el universo pareció encogerse, convertirse en algo tan pequeño, liviano y finito, como una respiración suspendida.

Entonces, de repente, lanzó un suspiro y se volvió, un pie descalzo bailoteando tentativo sobre la superficie de la mesa sobre la que por fin se dejó caer.

Sylvie se sintió mareada de alivio y se apretó los nudillos contra la boca para no gritar. ¡Oh, Dios querido! ¡Gracias!

En la conmoción que siguió, Drew saltó hacia adelante para tomar a Iris en sus brazos y Rachel se arrojó contra Brian con un sollozo estrangulado, pero Sylvie permaneció inmóvil. No se animaba a moverse, segura de que si llegaba a dar un solo paso se desmoronaría. Sin que hubiera nadie para sostenerla, ni siquiera Nikos que estaba adentro.

Sylvie tuvo la seguridad de que la muerte la sorprendería muy pronto. A pesar de mostrarse vago con respecto al tiempo que le quedaba, el doctor Choudry no alentó en ella falsas esperanzas. Sí, por supuesto, hubo radiografías y electrocardiogramas, y toda clase de tests imaginables para realizar el diagnóstico. Pero a pesar de la enorme tecnología médica, en definitiva lo único cierto era que su corazón estaba gastado.

No lamentaría demasiado tener que abandonar esta tierra. Igual que Iris, sabía lo seductora que podía ser la muerte, cuando la vida se ponía demasiado difícil o dolorosa. Lo duro era tener que despedirse de los seres queridos.

Sobre todo si uno tenía remordimientos. Miró a Rose, de pie y sola junto al parapeto. La brisa desordenaba su pelo negro con su sorprendente cinta blanca y lo hacía parecer aún más salvaje. Sus pómulos altos estaban hundidos y en sombras, los ojos negros brillando con lágrimas no derramadas. Desde el extremo opuesto de la terraza, Eric Sandstrom la observaba. Sylvie no alcanzaba a ver su expresión, sólo su postura; parecía estar esperando aunque no resultaba claro qué o a quién esperaba. Sin duda no a Rose. Se acababan de conocer. Y sin embargo, había algo en la posición de sus brazos, como si le estuviera ofreciendo algo, una promesa o un regalo.

Eso le recordó a Sylvie lo poco que ella le había dado a su hija. ¿Un atado de cartas que no envió y que tenía guardadas bajo llave en un cajón del escritorio? ¿Un amor que era como un híbrido de invernadero, confinado a vivir detrás de un vidrio? "Con razón está resentida conmigo —pensó con amargura— ¿Cómo no va a estarlo?"

Y sin embargo Rose no podía saber, nadie podía saberlo, las circunstancias que la llevaron a traicionar a una criatura de su carne y de su sangre.

En medio de su extenuación, la horrenda experiencia de esa noche se unía al recuerdo de otra ordalía sucedida hacía mucho tiempo. El impacto de que comenzaran los dolores del parto cuando hacía compras en Bergdorf. Luego el viaje a una velocidad enloquecida hasta el hospital en medio del tórrido calor del mes de julio. Y una vez allí, sentirse rodeada por rostros extraños, examinada por manos poco familiares. Y sufriendo un dolor tan tremendo que tuvo la seguridad de que moriría ese mismo día. Sin embargo no fue hasta después, mientras dormía el sueño de la esposa infiel que no se animaba a permitir que su marido viera a la criatura morocha que jamás creería que era suya, que empezó la verdadera pesadilla. Porque se desató el incendio.

"Dijeron que se parecía a mí. La pequeña Rachel, con su pelo rubio y sus ojos azules."

Fue el miedo lo que al principio hizo que Sylvie aceptara el engaño. Miedo de que si Gerald alguna vez se enteraba de la verdad ella cayera en desgracia y fuera arrojada a la calle sin un centavo. Pero lo que en definitiva la obligó a guardar silencio fue la misma Rachel, el amor que le inspiraba esa criatura, un amor que parecía crecer con perversidad, en directa proporción con la culpa que le inspiraba la otra hija, su verdadera hija. La hija de su amante quien, convertida en una mujer hermosa y fuerte, estaba en ese momento delante de ella.

"El destino me bendijo con una segunda oportunidad", pensó Sylvie. Muchos años antes, Rose la encontró y le exigió que le dijera la verdad. Y de las ruinas de una oportunidad perdida lograron construir algo que se mantenía a flote, aunque no era imposible que se hundiera.

Sylvie parpadeó y sintió que una lágrima rodaba por su mejilla.

Recordó las palabras de un poema de Robert Frost. *Pero tengo promesas que cumplir... y kilómetros que recorrer antes de dormir*. Ella también tenía promesas que cumplir. Y personas queridas a quienes debía ayudar a mantener a salvo. Iris, abrumada por el peso de un pasado que casi no recordaba. Y Rachel, que luchaba por lograr que no se deshiciera un matrimonio y una familia, pero que no sabía por dónde empezar. También Rose, que padecía por Max y estaba tironeada entre el afecto que le profesaba a Iris y su deseo de que su hijo tuviera lo mejor.

En su mente Sylvie veía sus rosas; las trepadoras que se inclinaban bajo el peso de los pimpollos, el césped debajo de ellas cubierto de pétalos que ya se marchitaban. Así como su jardín necesitaba más cuidados durante el verano, ése era el momento en que debía dedicarse a cuidar a su familia. Cuando llegara el invierno, extendiendo su suave frazada de nieve sobre la tierra, podría descansar... y dejarse ir.

Hasta entonces era necesario que se aferrara a la vida. Si había podido llegar tan lejos en su existencia, a pesar de todos los momentos difíciles que debió atravesar, a veces lastimada y ensangrentada, pero sin embargo logrando siempre poner un pie delante del otro, no cabía duda de que tenía una posibilidad de llegar a ver a sus seres queridos a salvo en sus casas y fuera de la oscuridad.

Capítulo 2

Recibió la llamada a la mañana siguiente, cuando estaba limpiando la jaula del señor Chips. La alegre cacatúa gris estaba sentada, la cabeza amarilla inclinada, observándola desde su percha en el respaldo de una de las mesas de la cocina, cuando ella dejó caer en la pileta la bandeja que estaba limpiando y tomó el teléfono. Rose notó que su mano de la que goteaba agua jabonosa sobre la mesada de la cocina, estaba temblando. "Por favor, no permitas que sea quien creo que es —rogó—. Que sea algún desconocido. Algún idiota que quiere venderme una suscripción a una revista o que está haciendo una encuesta."

—¡Hola mamá! ¿Llegaste bien anoche?

Drew. Sintió que parte de su tensión desaparecía y luego lo sorprendente: una pequeña oleada de pena. "¡Pero qué tonta fui al creer que Eric me llamaría!", se reprendió. Aun en el caso de que él le interesara, y no era así, después de la escena terrible de la noche anterior, ¿por qué iba a querer involucrarse con ella? Ya no sería una esposa, pero, para bien o para mal, siempre seguiría siendo una madre. Y en ese momento era el instinto maternal el que le erizaba el pelo de la nuca. Sabía que Drew no la llamaba para decirle que había terminado definitivamente con Iris.

—Llegué sana y salva —le aseguró—. ¿Y tú?

—Te llamé en cuanto llegué a casa para decirte que estaba todo bien, pero todavía no estabas.

En una voz tan alegre y falsa como las flores de seda que adornaban la ventana de la cocina (violetas africanas que le regaló Rachel después de la muerte de Max, al notar que todas las plantas de la casa estaban secas por falta de cuidado), Rose le informó a su hijo: —Compartí un taxi hasta el centro con Eric Sandstrom, el amigo de Brian. ¿Recuerdas que estaba sentado a nuestra mesa? Y en el camino nos detuvimos a tomar un café.

—¿Te gusta? —preguntó Drew.

Rose se sobresaltó y no pudo menos que reír, nerviosa.

—¡Si casi no lo conozco!

—¡Bueno! Sólo fue una pregunta. ¿O no se me permite preocuparme?

—Si alguien debe estar preocupada, soy yo. —Rose cerró los ojos con fuerza y preguntó: —¿Drew, qué sucedió anoche?

Su hijo suspiró y ella lo imaginó pasándose una mano por el pelo arriba de una de sus orejas y logrando que se le parara... exactamente lo que solía hacer Max.

—Yo tuve la culpa —confesó el muchacho—. Abrí la boca cuando debí mantenerla cerrada. Lo que pasa con Iris es que... siente las cosas más profundamente que el resto de la gente. Sí, por momentos me da un miedo terrible, pero, mamá, no quiero perderla. —Inhaló con rapidez. —En este momento es posible que lo que te digo no tenga mucho sentido. Iris y yo nos quedamos toda la noche despiertos y conversando, y estoy un poco extenuado.

—Sigue. Te escucho —lo urgió ella.

Un instante de silencio. Rose alcanzaba a oír la caída de gotas de agua sobre la bandeja que había puesto en la pileta. El cloqueo del señor Chips le recordó a un viejo sentado en un banco del parque, murmurando en voz baja. Miró la cocina atestada y la vio por primera vez en muchos meses: la mesa de cedro cubierta de diarios y revistas, su colección de moldes que colgaban de la pared, encima de la cocina. La cómoda antigua donde guardaba sus cubiertos de plata. De repente, la implacable alegría de todo le dio ganas de llorar.

Entonces Drew comenzó a decirle:

—Hemos decidido vivir juntos. —La voz de su hijo parecía llegar desde muy lejos, desde una zona de otro tiempo, donde el sol todavía no había salido sobre esa decisión tomada en plena noche. —Mamá, le pedí a Iris que se casara conmigo.

Lo dijo en un tono forzado, como el del paciente del dentista después de recibir una inyección de novocaína, pero Rose sabía que la decisión de su hijo no desaparecería, como los efectos de la anestesia. Drew dedicaría el resto de su vida a cuidar a Iris. A rescatarla.

La noche anterior, mientras los observaba impotente desde la vereda, cuando Drew hizo subir a Iris a un automóvil con tanto cuidado como si se tratara de una inválida, Rose comprendió algo terrible: a partir de ese momento, su hijo no tenía escapatoria. ¿Cómo iba a dejar a Iris, sabiendo lo que eso provocaría?

¿Y cómo iba ella, Rose, a quedarse sentada sin hacer nada cuando Drew estaba por arruinar su vida? Sobre todo porque en parte ella también era responsable. "Si no hubiera jugado a ser Dios... imaginando que le podría proporcionar a una pobre criatura lo que se me quitó a mí", pensó. ¿Qué esperaba? ¿Cómo era posible que Iris, y para el caso cualquier otra criatura, hubiera salido sin problemas de una situación tan traumática como la que vivió?

—¿Mamá? ¿Estás ahí? —La voz ansiosa de Drew la sacó de sus pensamientos.

—Sí, aquí estoy —contestó Rose, sorprendida de poder hablar con voz tan tranquila a pesar de que su preocupación interior era tremenda.

—Mira —dijo Drew—. No pretendo que la idea te fascine. Sobre todo después de lo de anoche. Pero confía en mí, mamá. Sé lo que estoy haciendo.

"¿Lo sabes? —tuvo ganas de preguntar ella—. ¡Oh, Drew! ¿Tienes idea del compromiso que estás asumiendo?" Para ella el matrimonio había sido una alegría. Con otro hombre tal vez se habría convertido en una sentencia a cadena perpetua. Hasta el divorcio es mejor que estar atada a una persona que sólo lo tira a uno hacia abajo. Pero Drew nunca podría divorciarse de Iris. Era demasiado parecido a su padre, a quien la primera mujer empujó hasta un punto insoportable, sí, a pesar de lo cual Rose estaba segura de que no la habría dejado si hubiera habido un poco de amor entre ellos.

—No dudo de que crees que es para bien... —Rose se interrumpió al ver al señor Chips, la cabeza estirada hacia adelante y el pico apenas abierto, como si fuera un alumno atento. Sí, ella estaba sermoneando a su hijo. Y era lo último que Drew necesitaba en ese momento. Así que, en lugar de continuar la frase, lanzó un suspiro. —Querido, ya me conoces. Yo siempre quiero que todo sea perfecto. ¿Por qué no hablamos de esto más tarde, cuando los dos estemos un poco más descansados? No sé cómo estarás tú, pero yo me siento como si un camión me hubiera pasado por encima.

—Sí, un par de horas de sueño me vendrían bien —admitió Drew—. ¿Qué te parece si más tarde paso por ahí? Entonces conversaremos.

—¡Bárbaro! —Tenía ganas de decir muchas otras cosas, pero algo la contuvo. Su hijo ya casi había cortado cuando ella agregó con fiereza: —¿Drew? Te quiero.

—Yo también te quiero, mamá. —Rió, un poco avergonzado.

—Me recuerdas a tu padre.

—Sí, todo el mundo dice que soy idéntico a él.

—No sólo me refiero a eso. Eres... de un azul profundo. —Una manera muy antigua pero exacta de decirle que era honesto. —Es una gran cosa que hayas decidido ser médico.

—¿Por qué?

—Porque habrías sido un pésimo político. —Sonrió al pensar que Drew no podría engañar a nadie ni aunque lo amenazaran con una pistola.

—Bueno, gracias.

—No te preocupes. De todos modos cuentas con mi voto.

—Me alegra saberlo. Gracias, mamá. Más tarde conversaremos, ¿verdad? ¡Ah! Y si Jay está despierto, dile que no me importa que use mi casco de motociclista... la correa está rota, pero puede arreglarla.

En cuanto cortó, Rose vio a su hijo menor apoyado en el marco de la puerta de la cocina, bostezando como si acabara de caerse de la cama. Se había puesto una remera muy grande y un par de calzoncillos, lo cual era su concepto de un piyama. Se balanceaba sobre una pierna, como una cigüeña, mientras se rascaba distraído un tobillo con el dedo gordo del otro pie. Su pelo castaño oscuro, lacio como el de su abuela, estaba lleno de remolinos que le daban el aspecto del gallo más flaco del mundo.

—¿Era Drew?—preguntó.

Rose asintió.

—Me pidió que te dijera...

Jay la interrumpió.

—Te escuché hablando de la fiesta. ¿Qué tal fue? ¿Me perdí algo interesante?

Rose casi sonrió ante la inocencia de la pregunta.

—Te lo contaré todo. Después del desayuno. —En ese momento, con el estómago vacío y con el señor Chips moviendo las alas para llamar la atención de Jay, no se sentía capaz de hablar de lo sucedido.

—Debes haber llegado muy tarde. Cuando Drew llamó ya era más de medianoche —Jay le dirigió la mirada de un padre desconfiado.

—En el camino a casa me detuve en un restaurante. ¿Qué les pasa a ustedes dos? ¿Tengo que informarles cada vez que tomo un café con un amigo?

Jay lanzó un bufido.

—¡Un tipo! Tal como lo imaginaba. —Cruzó descalzo la cocina y sacó una lata de galletitas de uno de los armarios. —¿Alguien a quien conozco?

—Creo que no. Es un amigo de Brian. —Rose consideró que no tenía sentido mencionar que no se había dado cuenta de la hora que era, y que se sobresaltó al mirar su reloj pulsera y comprobar que en un simple café habían usado dos horas.

—Mamá, te has puesto toda colorada. —Cuando se iba a meter un puñado de galletitas en la boca, Jay se detuvo a mirarla. —Ese tipo debe gustarte.

—¡No seas ridículo! —Rose sintió que se ponía aún más colorada y de repente se enfrascó en la tarea de forrar la bandeja de la jaula con un trozo de diario limpio.

Pero Jay seguía mirándola fijo.

—¡Vamos! ¡En serio te debe gustar!

Sin levantar la vista, ella le aconsejó con tono cortante:

—Será mejor que te vistas. Tu tía Marie viene para aquí. —Su hermana estaba haciendo un viaje especial a la ciudad para buscar el viejo sofá que Rose acababa de reemplazar.

—Está bien, está bien. Sé aceptar una indirecta.

—Y por amor de Dios, ¿quieres hacerme el favor de poner esas galletitas en un bol? Estás llenando el piso de migas.

—Bueno, no es necesario que me cortes la cabeza. Yo no tengo la culpa de que te sientas culpable por salir a escondidas de papá... —de repente Jay se interrumpió. Su rostro, ya lleno de acné, se puso tan colorado que era casi púrpura. Sin duda no tenía intenciones de que se le escapara una frase como ésa.

A pesar de todo, Rose giró sobre sus talones, el rostro tenso y acalorado.

—¿Qué dijiste?

Con aspecto culpable, Jay retrocedió hasta la mesada, dejando sobre el linóleo un rastro de los cereales que tenía en la mano. Sus ojos verdosos, los ojos de Sylvie, se clavaron en otra parte, como si no pudiera mirarla.

—Lo siento. No quise implicar nada especial. —La voz de su hijo, baja y malhumorada, le molestó.

—Mira —dijo, enfrentándolo—. No estoy haciendo nada a espaldas de nadie. Tu padre... —Tragó con fuerza para deshacer el nudo que se le acababa de formar en la garganta. —Tu padre no habría querido que me quedara sentada en casa todas las noches. —Bueno, lo acababa de decir. Aunque no fuese exactamente lo que sentía.

—Te pedí perdón —le retrucó Jay.

—Pero hablas como si tuvieras un problema con este tema. ¿Es así? —No iba a permitir que él zafara de ésa. ¡No, señor!

—No con ese tipo, sea quien fuere. —Jay echaba chispas por los ojos con una hostilidad que Rose ignoraba de dónde surgía. —De todos modos no es mi opinión la que cuenta.

—¿Entonces de quién estás hablando?

En cuanto pronunció esas palabras, supo que acababa de caer en una trampa. Sentía que se cerraba sobre ella, fría e implacable como el acero. Y lo supo aún antes de que Jay contestara encogiéndose de hombros:

—Ya sabes de quien hablamos. De papá.

—Tu padre ha muerto —le recordó Rose.

—Sí, pero siempre se trata de él, ¿no es verdad? Todo. Hasta el nuevo sofá. Dijiste que es lo que "él" habría elegido. Como si alguna vez fuera a verlo. Como si importara un bledo. —De no haber estado al borde de las lágrimas, Rose habría sonreído al ver a su hijo tan serio y con todos esos remolinos en el pelo. Enseguida, Jay meneó la cabeza con la seriedad de un profesor y agregó: —Mamá, no me entiendas mal, pero es necesario que vivas. Que tengas una vida que no gire en torno de papá. ¿Quieres salir con ese tipo? Entonces sal con él. No andes simulando que se trata de un amigo.

—Tengo una vida, muchísimas gracias —retrucó ella—. Y en este momento es todo lo que puedo manejar. —Metió la bandeja dentro de la jaula con un golpe.

¿Estaría sobreactuando? Era probable. Pero estaba tan trastornada que casi no alcanzaba a comprender la situación. Y mientras permanecía allí, de espaldas a la mesada, Rose recordó la noche anterior. El tranquilo oasis que fue esa pequeña cafetería de la Tercera Avenida, el simple placer de que otra persona adulta estuviera sentada frente a ella. Alguien que le pasaba el azúcar sin que ella tuviera que pedirla, que intuitivamente parecía saber lo que ella necesitaba: una conversación que no tuviera nada que ver con lo sucedido en la fiesta.

En cambio hablaron del trabajo de voluntario que hacía Eric en Haven House... y del caso más importante de Rose, *Esposito c/Hospital St. Bartholomew*, para el que tenía una fecha de juicio preliminar para agosto, después de tres años de coleccionar declaraciones juradas y evidencias, para no mencionar una sucesión interminable de audiencias. Eric le habló de su amor de toda la vida por la aviación y confesó que cuando estaba deprimido a veces iba en auto hasta el aeropuerto. "Nada parece imposible —observó con una carcajada—, cuando uno ve despegar esos enormes jets."

En una oportunidad Eric voló en un bombardero B-17 para un segmento de televisión que hizo sobre un ex piloto de la Segunda Guerra Mundial que restauró uno de los viejos aviones.

—Si quieres saber en serio lo que es volar —le dijo a Rose—, debes dar una vuelta en una de esas máquinas. Sólo el ruido es capaz de dejarte sin aliento.

—Yo prefiero caminar en tierra firme —contestó ella, estremeciéndose al recordar la escena de Iris en la terraza.

Eric se encogió de hombros.

—Se pierda o se gane, todo es un riesgo. Yo estoy convencido de que de lo único que podemos estar seguros es de que, a menos que uno esté dispuesto a correr algún riesgo, termina con las manos vacías.

En ese momento, mientras ella lo escuchaba, todo parecía tan sencillo... un riesgo perfectamente aceptable. Comer juntos la vez siguiente... o tal vez ir al cine. O hasta ir en auto hasta un aeropuerto para ver despegar los aviones. ¿Qué mal había en eso?

Sin embargo, cuando su mirada se encontró con la de Eric, supo que no era todo tan simple. Sospechaba que con Eric nada sería fácil. Hasta su manera de estar sentado, muy tranquilo, con una mano envuelta alrededor del jarro de café, como si midiera su calor, y al mismo tiempo sin ningún apuro para que se entibiara... Eso sugería a un hombre de muchas texturas y facetas. Algunas duras, otras suavizadas sobre vidrio volcánico.

Hasta ese momento no se había animado a mirarlo bien, a captar la totalidad de ese hombre. ¿Y si lo que veía le gustaba demasiado? Pero ahora se permitió ese placer pequeño y culpable y notó sus dedos largos, las muñecas muy anchas; una vieja cicatriz sobre una ceja y la manera en que sus hombros se inclinaban en un leve ángulo. Había aflojado su corbata moñito y abierto su saco de esmoquin, lo cual le daba un aspecto vagamente disoluto, al estilo de las viejas películas de Cary Grant. Pero en su apariencia no había nada estudiado. Rose notó un parche más oscuro en el mentón, donde no se había afeitado, y sonrió. Recordó que era algo que a Max siempre le sucedía. Él lo llamaba su lugar "ciego".

En lugar de las lágrimas habituales, Rose experimentó una inesperada ternura. Tuvo el impulso de estirar un brazo sobre la mesa y tomar la mano de Eric en la suya. ¿Pero cómo iba a hacerlo sin transmitirle un mensaje equivocado? Porque la verdad era que por interesante que fuese ese hombre, por deseable incluso, ella no estaba preparada más que para eso: compartir una conversación nocturna y una taza de café con un amigo.

Jay tiene razón, pensó en ese momento, en la cálida seguridad de su cocina. Debería volver a vivir. El problema era ¿qué clase de vida? ¿Qué podía ofrecerle otro hombre que su marido ya no le hubiera dado un centenar de veces o más? ¿No era eso lo que más le molestaba en Drew e Iris? ¿Que si su hijo se casaba por motivos equivocados, nunca llegaría a conocer la felicidad que ella y Max compartieron?

Se volvió con lentitud para enfrentar a Jay, quien también había querido a su padre... y que todavía estaba enojado con Max por haberlos dejado. Lo veía en su mentón apretado y en sus largos brazos, muy tensos a los costados. De alguna manera ella le había fallado. Y también a Drew. Porque permitió que su dolor devorara todo lo demás.

Y ya no quedaba más que decir, nada que pudiera establecer una diferencia. Observó a Jay abrir un armario y revolver el lugar donde se guardaban los platos y los bols. Mientras él le daba la espalda, Rose se enjugó los ojos con rapidez.

—Me olvidé de comprar leche —le dijo, queriendo decir más, explicarle, pero nada de lo que dijera mejoraría las cosas ni aliviaría ese dolor ni traería de regreso a Max—. Llamaré a Marie y le pediré que en su camino compre un cartón.

—Será mejor que Drew se cuide. Te aseguro que esa chica le hará perder la cordura —afirmó Marie, sacudiendo la cabeza.

Estaba sentada frente a Rose ante la mesa de la cocina, mirando las ventanas que daban a un jardín donde brillaba un extraño rayo de sol. Pero la hermana de Rose no pareció notarlo, ni le importó. Tenía el rostro delgado fruncido y las uñas de los dedos con que rodeaba el jarro de café estaban más mordidas que de costumbre.

—Iris no tiene intenciones de lastimar a nadie —se sintió obligada a decir Rose en defensa de la joven. Ya lamentaba haber sucumbido a la tentación de contarle a Marie lo sucedido la noche anterior. Su hermana mayor, que no era exactamente una persona propensa a perdonar, no haría más que subrayar lo que pensaba la misma Rose.

—Las personas como ella nunca pretenden herir a nadie —declaró Marie con autoridad—. Son como caminar de noche por un barrio peligroso... es posible que a uno la asalten, pero no hay nada personal en ello. Lo sé por experiencia. Yo cometí el mismo error cuando me casé con Pete. —Miró la azucarera, frunciendo la nariz. —Oye, ¿no tienes nada aparte de ese edulcorante de bajas calorías?

Marie que de adolescente podría comer de todo sin aumentar de peso jamás, ya no era delgada sino directamente flaca. A los cincuenta y tantos años, representaba diez más. Su rostro era duro y estaba lleno de arrugas provocadas por demasiadas desilusiones; el pelo, antes castaño, estaba teñido de un poco sentador negro azabache.

—Encontrarás azúcar en el armario a la derecha de la cocina. —Mientras observaba a su hermana revisando las cajas y los jarros, Rose tuvo que apartar la mirada de la columna vertebral de Marie que se destacaba como una costura torcida en la espalda de su barata blusa de poliester.

—¿Te habría hecho cambiar de idea si yo hubiera tratado de convencerte de que no te casaras? —preguntó. En ese tiempo, Marie tenía diecinueve años y estaba embarazada, pero a pesar de todo...

Marie se encogió de hombros y volvió a sentarse.

—Estás hablando de historia antigua. ¿Quién diablos puede saberlo? Para empezar, con Nonnie encima de mí las veinticuatro horas del día, es probable que hubiera huido con el hijo de Sam, si me lo hubiera pedido. En su momento, lo único que lamenté fue dejarte sola con ese viejo murciélago.

—Pero no olvides que yo tenía a Clare.

Ante la mención de su hermana menor, Marie bufó.

—¡Para lo que te debe haber servido! Rezar todos esos rosarios quizás la haya acercado un poco al cielo, pero enfrentémoslo, vivir con ella era un infierno. —Colocó con rudeza una cucharada de azúcar en su jarro sacándola directamente de la caja, y luego se echó atrás y prendió un cigarrillo. Era la única persona a quien Rose permitía fumar dentro de su casa. —Y de todos modos, cuando no bebía, Pete no estaba mal.

Rose revolvió su café. ¿Qué se le podía decir a una mujer a quien golpearon durante años, hasta que por fin se hartó y abandonó al marido? ¿A una mujer que fue internada una vez con una hernia de riñón y cuya nariz había sido rota con más frecuencia que la de un boxeador? En su momento Rose tuvo muchas cosas que decir. Pero ahora...

Si Marie sentía poca simpatía hacia los demás, no tenía ninguna por sí misma. Y si su pequeño departamento en Port Washington, que era lo único que se podía permitir con su sueldo de empleada de Macy's, no era exactamente lo que ella le había pedido a la vida, Marie era demasiado orgullosa para confesarlo.

—¿Pero si se tratara de un hijo tuyo, de Bobby o de Gabe? —insistió Rose.

Marie depositó su jarro con decisión. En la pálida luz de la mañana, con la cabeza rodeada por el humo del cigarrillo, sus ojos adquirían un extraño tono celeste lechoso, que Rose asociaba con lamparitas quemadas.

—Haría todo lo que pudiera por salvarlos —contestó en un tono de voz tan duro y tenso como la expresión de su rostro—. Me desharía yo misma de la chica, si fuera necesario.

El lunes por la mañana Rose se sentó ante su escritorio en la oficina, sintiéndose vagamente frustrada. No sabía con exactitud lo que le pasaba... hasta que recordó que ése era el mes en que ella y Max planeaban hacer el viaje a Nepal del que tanto hablaban. Max decía que antes de morir por lo menos quería caminar una vez por el Himalaya.

Dos meses después de haber pagado el adelanto para el viaje, Max estaba encerrado en el féretro y lo enterraban.

Y en ese momento su viuda estaba sentada, dándole la espalda a un paisaje maravilloso de Park Avenue y la calle Cincuenta y Dos desde el piso veinticuatro de una oficina por el que cualquier otro ejecutivo habría trocado varios años de vacaciones. Rose lanzó un suspiro y se apoyó contra el respaldo de su silla giratoria, mirando el fichero estilo acordeón que tenía sobre el escritorio desbordante de documentos archivados, escritos, declaraciones juradas, ordenanzas... y en eso sólo se resumía el trabajo de los últimos meses. Había un cajón íntegro en el archivo del estudio dedicado a *Esposito v/ Hospital St. Bartholomew*. El caso que ahora, por fin, sería juzgado. Max se habría alegrado, pensó. A pesar de que, desde un punto de vista técnico el caso era suyo, desde el primer día ella y Max trabajaron juntos en él. ¿No fue Max quien apoyó la idea de que representaran al Hospital haciéndose cargo de un juicio que tenía todas las características de un caso perdido? Él fue quien señaló que a pesar de la simpatía que un jurado pudiera demostrar hacia la demandante, una mujer de setenta y cinco años que sufrió un derrame cerebral en la mesa de operaciones mientras le extraían la vesícula, la paciente era para empezar una enferma crónica y por otra parte no había habido ninguna negligencia clara de los médicos.

Max. ¡Dios, cómo hubiera deseado que él estuviera allí! Mientras ella tenía tendencia a revisar con tozudez las montañas de material una por una, Max por lo general descubría la evidencia clave que todo el mundo había pasado por alto. Como en el caso de *Ackerman v/Brushrite Industries*, Max señaló que su cliente no sólo había hecho revisar y analizar la pintura producida por Brushrite, sino que también hizo pintar con ella las paredes de la fábrica, en la misma época en que Ackerman lo acusaba de fabricar una pintura venenosa.

Pero si había una bala mágica oculta en alguna parte del expediente de *Esposito v/ Hospital St. Bartholomew*, ella todavía debía descubrirla. Contra el equipo de buscadores de casos de mala praxis que representaba a la señora de Esposito, una anciana casi paralítica que vivía en silla de ruedas, Rose tenía necesidad de encontrar un argumento contundente para convertir a una institución multimillonaria en la víctima de una enorme injusticia.

Estaba repasando la declaración del anestesista cuando sonó su intercomunicador.

—¿Rose? Te hice copiar ese expediente que querías. Me pediste que se lo entregara a Mandy, pero ella todavía no ha llegado a su oficina. —Quien la llamaba lo dijo como disculpándose, pero no era suya la culpa de que Mandy todavía no hubiera llegado al estudio. ¡Diablos! Tal vez se sintiera culpable por no haber podido disimular su ausencia.

Rose golpeó el lápiz contra el escritorio, enojada. Su hijastra le había prometido que revisaría el presupuesto del año siguiente antes de la reunión de socios de las once. A Rose le hacían falta las cifras del departamento de

Mandy. También le habría sido útil conocer la opinión de algún otro integrante de la firma. Igual que su padre, Mandy siempre podía descubrir algún lugar donde recortar un poco los gastos. Y como siempre, era la primera en llegar por la mañana y la última en retirarse por la noche, tenía una excelente perspectiva de todo lo que sucedía en el estudio.

Sólo que últimamente ya no resultaba tan fácil ponerse en contacto con Mandy.

Y ahora que lo pensaba, ¿cuándo había visto por última vez a su hijastra? Cada vez que la llamaba por el intercomunicador o pasaba por su oficina, le informaban que Mandy estaba en una reunión, en el juzgado o almorzando con un cliente. ¿Mandy la estaría evitando?

Rose decidió que la semana siguiente la invitaría a comer a su casa. ¿Porque, no la había estado evitando también ella? ¿Cuándo fue la última vez que le propuso que bebieran juntas una taza de café? "Mandy también sufre por la pérdida de su padre", se recordó Rose. Tal vez fuera por eso que, inconscientemente, ambas se mantuvieron alejadas. Cada una de ellas era, para la otra, un doloroso recordatorio del marido y del padre que perdieron.

No se trataba de que a Rose no le importara su hijastra. Lo cierto es que no se sentía capaz de manejar más de lo que ya tenía entre manos. Debía reconocer que cuando el simple hecho de vaciar un ropero resultaba tan difícil como la excavación de Troya, no quedaba mucho resto para brindar a la familia.

—Cuando llegue, pídele que pase por mi oficina —le indicó Rose a su secretaria—. Y, Mallory, ¿qué es esto que veo en mi agenda acerca de un discurso que se supone que debo pronunciar mañana por la tarde?

—La Asociación de Inquilinos de Chelsea —le recordó Mallory—. Creo que se trata de algo referido a los derechos legales en las disputas con el dueño de casa. —Y agregó, nerviosa: —Usted misma habló con la señora que está a cargo del asunto, ¿recuerda?

—Por supuesto. Ahora empiezo a recordar —mintió Rose.

—¿Quiere que intente cambiarlo para otra fecha?

—No... seguro que ya figura en el boletín. Trataré de hacer tiempo para ese discurso. —Sabía que correr detrás de un pollo con la cabeza cortada era mejor que tener demasiado tiempo para pensar.

—¡Ah! Y otra cosa —recordó Mallory—. Hace un rato, cuando usted hablaba por teléfono con la oficina del juez Henry, recibió un llamado. Un señor, que dijo que era amigo suyo.

Rose sintió que se ponía tensa. ¿Eric? Desde el sábado por la noche lo tenía en la cabeza, como un huésped no invitado. El domingo, al ver que no llamaba, supuso que era un asunto terminado. Debió sentirse aliviada, pero en cambio fue una secreta desilusión. Y en ese momento, lo que sentía era el más puro pánico.

—¿Dejó algún número? —Sin darse cuenta, se acababa de llevar una mano a la garganta que le palpitaba. La dejó caer con rapidez sobre su falda.

—Dijo que volvería a llamar.

—La próxima vez, pregunta quién es. —Será mejor que no despierte las sospechas de mi secretaria, se dijo Rose.

Cortó el intercomunicador.

Rose volvió a su trabajo pero se dio cuenta de que le resultaba imposible concentrarse. El solo hecho de tener que revisar su agenda telefónica en busca de un número que no podía encontrar porque no recordaba si la "P" venía antes que la "R", la irritaba y confundía.

Miró el cuadro que colgaba encima del sofá, un estudio a lápiz de Max dibujado por un artista callejero. No era demasiado bueno, pero de alguna manera captaba su esencia. Ese dejo de ironía en sus ojos entrecerrados, y el ángulo de su cabeza, con el mentón hacia abajo como un boxeador que espera una trompada.

Pensó en Max en la cama: sus manos que le conocían tan bien el cuerpo y todos los lugares donde le gustaba que la tocaran. El ritmo del amor de ambos, que era como una canción familiar que ella nunca se cansaba de oír. Cuando ambos acababan, él permanecía inmóvil dentro de ella por un momento... como si el hecho de retirarse pudiera destrozar algo precioso.

Y ahora le parecía oírlo, como si le estuviera murmurando al oído. "Yo sé que me quisiste, Rosie. ¿No comprendes que eso es algo que nada puede borrar?"

Dentro de su cabeza, sí. Pero su corazón... ¡ah. eso era un asunto diferente! Estaba hecho de una materia más resistente. Tal vez fuese capaz de dormir con otro hombre, pero Rose no imaginaba la posibilidad de compartir el lavatorio del baño con nadie que no fuera Max. Ni el ropero. O en los aeropuertos, entre un vuelo y el siguiente, que pudiera quedarse dormida con la cabeza apoyada sobre una falda que no fuera la de él.

Ya había cumplido la mitad del trabajo que tenía sobre el escritorio cuando volvió a sonar el intercomunicador.

—Ese señor la ha vuelto a llamar y esta vez le pregunté el nombre —anunció con voz de conspiradora. Otra de las cosas que enfurecía a Rose de su secretaria: que supusiera que, lo mismo que ella, todas las mujeres de más de treinta años estaban empeñadas en la permanente búsqueda de un marido. —Eric Sandstrom. Línea dos.

De repente furiosa, por haber sido puesta en esa situación, Rose apretó el botón parpadeante.

—Rose Griffin —anunció con sequedad.

—¿Te llamo en un mal momento?

La voz de Eric que no se parecía a ninguna otra, un poco ronca y al mismo tiempo sonora, la puso tensa de inmediato. "Bueno, por supuesto —pensó, impacientándose consigo misma—. Por algo se gana la vida trabajando en la radio."

—Tengo una reunión dentro de media hora, así que estoy un poco apurada.

—Sólo te robaré un minuto.

—¿En qué puedo serte útil?

Hubo una pausa y ella se dio cuenta de que Eric estaba estupefacto cuando dijo:

—¡Qué tono tan comercial acabas de usar!

—No olvides que estoy en la oficina —le recordó Rose.

—Bueno, entonces no te haré perder tiempo. —Él también adoptó un tono profesional, cosa que la hizo sentir un poco culpable. —Necesito un experto legal para un programa que haré la semana que viene. ¿Te interesaría?

Rose enseguida se sintió muy tonta. ¿En qué estaba pensando? ¿Que cualquier hombre de más de cuarenta años sucumbiría a los encantos de una mujer de mediana edad, con dos hijos crecidos y más canas que papeles tenía sobre el escritorio?

—Depende. ¿Qué tema vas a tratar? —preguntó con demasiada brusquedad porque el corazón le palpitaba con fuerza.

—Violencia doméstica. Mi principal invitada es una mujer que ha sido golpeada por su marido y que acaba de publicar un libro sobre sus experiencias. También he convocado al director de un centro de ayuda local y a una de sus residentes.

—Parece interesante, pero me temo que no se trate de mi especialidad —informó Rose—. ¿No quieres que le pida a mi hijastra que te llame? Ella se especializa en derecho familiar.

—No me hace falta un testigo experto, ya que no vamos a juzgar a nadie. —Lanzó una risita. —¿Alguna vez has participado de una audición de radio o de televisión? Tengo la sensación de que harías un papel espléndido. Con franqueza, por eso pensé en ti.

Rose vaciló, sin saber qué responder. Había estado tan ocupada en erigir barreras contra un interés romántico que Eric no parecía tener, que su manera sencilla y directa la sorprendió con la guardia baja. Tal vez fuera divertido participar en uno de sus programas. Por cierto que sería un cambio en su ritmo de vida.

—¿Por qué no? —dijo por fin, riendo.

—¿Te conviene el martes? Empezamos a la una y media y a las dos y cuarto ya estarás afuera.

—Me parece bien. —Tomó un sobre y anotó la dirección . Era en el SoHo, al oeste de Broadway. Estaría un poco apretada de tiempo, pero con un algo de suerte y si no había embotellamiento de tráfico, llegaría a su reunión de las tres.

Rose ya estaba por despedirse, cuando Eric dijo:

—A propósito, esta mañana hablé con Brian. Me dijo que Iris y Drew se han comprometido.

Por lo menos tuvo el suficiente sentido común de no felicitarla. Pero por otra parte, tampoco parecía preocupado. ¿Por qué se iba a preocupar? No era un hijo suyo el que se estaba por arruinar la vida.

—Drew parece creer que podrán salir a flote —dijo con cautela—. De todos modos no puedo hacer nada por impedirlo. Mi hijo no me consultó sino que me comunicó el hecho consumado.

—¿Y si te hubiera consultado?

—Le habría aconsejado que esperara hasta estar completamente seguro. Como dice la canción, sólo los tontos se apuran.

—...pero yo no puedo evitar enamorarme de ti —contestó Eric, terminando el estribillo.

En el silencio que siguió, Rose de repente se sintió muy vulnerable y comprendió lo desesperadamente sola que estaba. Pero tuvo la impresión de que Eric se burlaba de ella.

—Algo así. —Cerró los ojos y se llevó una mano al pecho.

—¿Nunca has sentido eso: que morirías si tuvieras que esperar un sólo minuto más algo que deseas? —La voz de Eric, baja y tranquilizadora pareció mecerla como una suave corriente.

—Si alguna vez me sucedió, ha pasado tanto tiempo que ya ni lo recuerdo —mintió.

—O prefieres olvidarlo —retrucó él con el tono intranscendente de quien debe abrirse paso con mucho cuidado para no abrir viejas heridas.

Rose pensó en Brian, en lo enamorada que estaba de él a la edad de Drew. ¿Y qué ganó con eso, aparte de terminar con el corazón destrozado? Si en ese momento no hubiera entrado Max en su vida, tal vez no hubiera tenido el coraje de volver a enamorarse. Fue Max el que la hizo creer en las segundas oportunidades... quien le demostró que hasta un corazón que parecía dañado más allá de toda posibilidad de reparación, podía renacer.

Sintió la repentina necesidad de alejarse de ese hombre, de huir lo más rápido y lejos posible. No había canciones de amor para las mujeres que leían el *Wall Street Journal* y que tenían que ponerse cremas humectante por la noche. Y tampoco nuevas oportunidades.

Y eso estaba bien para ella. En ese momento debía concentrarse en lo que era más importante: sus hijos y su trabajo. Con la cercanía de *Esposito v/ St. Bartholomew* tendría suerte si encontraba tiempo disponible para arreglarse las uñas, para hacer media hora de gimnasia por la mañana. ¿Sexo? Sí, apenas recordaba lo que era eso. Pero en ese preciso momento, hasta la idea de llegar a conocer a Eric, y mucho menos de acostarse con él, le parecía tan remota e improbable como viajar a las islas Fiji en un yate privado.

—Será mejor que cortemos —dijo —. Nos veremos la semana que viene.

El martes de la semana siguiente, exactamente a la una y media, Rose bajaba del ascensor en el décimo piso del edificio de oficinas de West Broadway donde funcionaba WQNA. Pasó por una serie de puertas de vidrio hasta llegar a una zona de recepción con las paredes revestidas de madera y luego fue escoltada por una rubia de minifalda negra por un corredor donde se alineaba una serie de cubículos pequeños, todos llenos de equipos electrónicos hasta el cielo raso. Por fin la condujeron al estudio de grabación con las paredes cubiertas de moqueta y frente a la cabina del ingeniero de sonido. La habitación era pequeña y tenía el tamaño apenas suficiente para que en ella cupieran una mesa, dos sillas giratorias, y un par de micrófonos montados sobre brazos de metal flexible, suspendidos a cada extremo de la mesa. Eric, que estaba sentado frente a uno de los micrófonos, se puso de pie para recibirla.

—Te pido perdón por la falta de espacio —fue lo primero que dijo—. Muchos de mis invitados esperan un ambiente más acogedor e impactante.

—Eso es lo último que me interesa —contestó ella, riendo—. Estuve toda la mañana en los tribunales y en este momento lo único que quiero es quitarme el saco y sentarme un rato. —Se sentía ridícula y demasiado elegante con su traje de marca y su collar de perlas.

En cambio Eric era la perfecta personalidad radial, relajado y vestido con un par de pantalones de corderoy y una camisa rayada azul con las mangas arremangadas. Sin embargo, era evidente que sabía vestirse. La familia de Eric estaba en una buena situación económica; él mismo le había contado que asistió a la Universidad de Princeton. Sólo alguien que tuvo dinero toda su vida, pensó Rose, se animaría a ponerse zoquetes y mocasines de Gucci. Y además estaba el pelo, despeinado como si acabara de levantarse de la cama, una docena de tonos de rubio, de castaño y de oro todos mezclados...

Pero al mismo tiempo tenía esa faceta que ella descubrió la noche de la fiesta. Una vaga inquietud justo bajo la superficie... como si acabara de llegar de alguna parte y no viera la hora de marcharse. Por otra parte, sus ojos azules, que parecían casi desnudos a causa de las cejas y las pestañas tan rubias, tenían una mirada casi molesta por lo intensa.

Poco a poco Rose tomó conciencia de que Eric le estaba hablando.

—Liz Aikens y Shirley Cunnigham, mis otras dos invitadas, intervendrán por teléfono —explicaba—. Podrás oír lo que digan a través de los auriculares. Y cuando hables frente al micrófono, ellas podrán oírte a ti.

Mientras Eric le colocaba bien el micrófono, Rose sintió la tentación de deslizar un dedo bajo la pequeña onda de pelo que se curvaba sobre su cuello. La piel de la nuca de Eric debe ser suave, pensó. Tan suave como...

Bajó la vista y se puso colorada.

¡Madre de Dios! ¿De dónde había surgido ese pensamiento? Desde la muerte de Max nunca volvió a pensar en hacer el amor con un hombre.

Sentada frente a Eric, con los micrófonos abiertos y las cintas de grabación rodando, hizo todo lo posible por concentrarse, por hablar como una persona bien informada y por expresarse bien. Pero lo enojoso e incontrolable era que sus ojos se volvían hacia Eric, catalogando la tela adhesiva que le rodeaba un pulgar, su labio superior que se arqueaba de manera tal que el inferior parecía mucho más lleno, el diente que se montaba apenas sobre el de al lado. Tenía una pequeña mancha de tinta en el bolsillo delantero donde, distraído, debía haber guardado una lapicera sin su capuchón... y le pareció volver a verlo esa noche en el café, garabateando su número de teléfono en una servilleta de papel. Y recordó que tenía esperanzas de que la llamara... y al mismo tiempo le aterraba pensar qué podía llegar a decirle.

¡Por Dios, Rose, no pierdas la cabeza!

Se inclinó hacia el micrófono y se llevó las manos a los auriculares que le parecían enormes y toscos sobre sus orejas.

—Las leyes están cambiando... pero coincido con Liz en que no cambian con suficiente rapidez. —Las palabras fluyeron con naturalidad y la misma Rose se sorprendió de lo fría y tranquila que parecía. En realidad una audición de radio no era muy diferente a presentar un caso en la corte. —Básicamente sigue siendo un problema de percepción. Si los policías que reciben llamados de maltrato doméstico no los toman en serio, más esposas como la que usted acaba de describir acabarán por apoderarse de un revólver en lugar del teléfono y sus maridos terminarán en la morgue, en lugar de estar tras las rejas que es el lugar que les corresponde.

—¡Ojalá el mío estuviera muerto! —dijo una voz dura, la de la mujer golpeada que en ese momento vivía en el refugio dirigido por Liz Aikens. ¿Cómo se llamaba? Shirley. Si, así se llamaba.

—Créame Shirley que eso no le gustaría. —Rose sintió que su tono profesional desaparecía y se dio cuenta de que le temblaba un poco la voz. —La muerte es... bueno, de allí no hay forma de volverse atrás.

—¿Sí? Me parecería bárbaro. Ya no tendría que andar por la casa en puntas de pie y preguntándome qué hueso me romperá esta vez —contestó la mujer, cada vez con mayor dureza.

—Shirley, ¿qué siente en este preciso momento? —intervino Eric con rapidez—. ¿Qué quiere decirles a las mujeres que la están escuchando y que ignoran cómo es lo que a usted le tocó vivir?

Hubo una breve pausa.

—Es atemorizante.

—¿En qué sentido? —insistió él.

—Sólo... atemorizante. Y no sólo cuando él es malvado. Lo atemorizante es que una se acostumbra a vivir así. Después de un tiempo, a una le llega a parecer casi normal.

En ese momento a Rose le pareció ver la cara hinchada y lastimada de Marie y recordó las veces que había visitado a su hermana en el hospital. Nada de lo que ella dijera parecía llegarle a Marie, hasta que un día se hartó... y abandonó a su marido.

—Hablemos un poco sobre el papel que tiene el alcohol en todo esto —propuso Eric—. Liz, en su experiencia, ¿cuando los maridos castigan a sus esposas con frecuencia están bajo la influencia del alcohol?

¡Bingo! Acababa de dar en el clavo y la entrevistada inició una diatriba acerca de lo que sin duda era su tema predilecto: conseguir que los jueces enviaran a los maridos culpables a lugares de rehabilitación, en lugar de encerrarlos en cárceles demasiado llenas. Durante los diez minutos siguientes, Rose apenas pudo pronunciar palabra. Entonces, al mirar de reojo, notó que el ingeniero de sonido le hacía señas a Eric, levantando dos dedos. Sólo les quedaban dos minutos. Rose parpadeó sorprendida. ¿Cómo era posible que hubiera transcurrido una hora?

Cuando ya no estaban en el aire, Eric alejó el pie flexible de su micrófono y se echó atrás en la silla con una sonrisa.

—En lugar de una hora tuviste la sensación de que fueron cinco minutos, ¿verdad? La mayoría de los invitados tiene esa reacción. Estar en el aire es lo mismo que pedalear en bicicleta colina abajo... a menos que seas tú la responsable del programa.

—¡Logras que todo parezca tan natural! —dijo ella, muy impresionada.

Eric se encogió de hombros.

—Tengo mucha práctica. —Miró su reloj pulsera y preguntó: —¿Puedo tentarte con un almuerzo tardío? Yo nunca como antes de salir al aire.

Rose se dio cuenta de que estaba famélica. Pero ni siquiera tenía tiempo de comer un sándwich. Tenía que llegar a su oficina en quince minutos para la reunión de las tres de la tarde.

—¿Puedes mantener la invitación para otro día? Ya llego tarde. —Se sentía al mismo tiempo aliviada y algo apenada—. En realidad, debería llamar a mi secretaria para avisarle. ¿Puedo utilizar tu teléfono?

Pero cuando llamó a la oficina, Mallory le informó que el abogado que representaba a la señora Esposito había cancelado la reunión. ¡Maldición! Eso significaba un retraso más y que tal vez la fecha del juicio se postergara por otra semana... o por un mes.

Al mismo tiempo su estómago le exigía que lo alimentara. Y Eric, que la miraba sonriente, con esos ojos azules que parecía saber más de lo conveniente acerca de ella. Apoyado contra la puerta, con un mocasín cruzado sobre el otro, y con una mano en el picaporte: era como si Eric hubiera sabido desde el principio que almorzaría con él.

La llevó a un café con mesas en la vereda que era justo donde ella tenía ganas de estar. El día era perfecto, brillante y claro, pero no hacía demasiado calor. Bajo una sombrilla, con el sol parpadeando sobre el borde húmedo de su vaso de té helado, por primera vez en mucho meses Rose sintió algo parecido a la satisfacción.

—Estuviste genial en la audición —la ponderó Eric—. No eras sólo una abogada que daba consejos legales, sino una mujer que reaccionaba ante el dolor de otra mujer.

Rose esbozó una sonrisa sombría.

—Eso es porque se trata de una situación que en serio me enfurece. Mi hermana mayor se casó con un hombre así. Su ex marido se emborrachaba y después le pegaba. Por fin Pete dejó de beber, después de estar noventa días en la cárcel por haber enviado a su mujer al hospital con un riñón desgarrado.

Eric hizo una mueca.

—Supongo que tu no le debes enviar tarjetas de Navidad a tu ex cuñado.

—En realidad, ese hombre nunca me gustó. Y después de lo que le hizo a Marie... Reconozco que ha hecho el esfuerzo de no volver a emborracharse, pero eso no quiere decir que esté dispuesta a perdonarlo. —Rose misma se sorprendió ante la amargura que seguía sintiendo, después de tantos años. Tal vez fuera porque durante su infancia, y en su tono cortante y duro, Marie fue la única que la cuidó. Ni siquiera esa vez que Marie le robó, extrayendo dinero de la cuenta bancaria secreta que Sylvie abrió a nombre de Rose... pudo borrarse el lazo profundo que las unía.

—Si eso te hace sentir mejor, nosotros somos aún más duros con nosotros mismos.

Rose demoró algunos minutos en comprender el significado de las palabras de Eric. Pero enseguida lo recordó: era un alcohólico recuperado.

Por algún motivo, no le disgustó. Al contrario. Había algo... bueno... digno en ese hombre. Como si hubiera vivido su propio infierno pero no se sintiera en la obligación de disculparse ante nadie. Y no podía imaginarlo maltratando a una mujer, aún estando borracho.

—¿Cuánto hace que no bebes? —preguntó.

—Cinco años. —Lo dijo en un tono realista, sin dar muestras de que le hubiese costado demasiado.

—Estoy segura de que no debe haber sido fácil.

—Nunca lo es.

—Pero no te gusta hablar del tema, ¿verdad?

—Hablar del asunto es barato. En cambio hace falta dinero para comprar whisky. —Sonrió ante su propio chiste, una especie de humor negro que Rose sabía apreciar. Pero su rostro estaba pensativo.

Ella se recostó contra el respaldo de la silla mientras jugaba con la pajita de su té helado.

—Sé a lo que te refieres. Después de la muerte de mi marido, yo misma me enfermaba al oírme hablar del tema. Y después de un tiempo, también se hartaron casi todos mis amigos. Una vez, en mi grupo de apoyo para superar el duelo, una mujer se volvió hacia mí y dijo: "Con hablar no harás desaparecer el dolor, ¿sabes?". Y tenía razón. —Rose arrugó la pajita con las manos. —Después de eso mantuve la boca cerrada... y en cambio empecé a pensar en maneras de suicidarme.

Apartó la mirada porque se sentía extrañamente desnuda e imaginaba que Eric podría ver hasta el fondo de su ser, allí donde su corazón latía con pesadez. ¿Por qué le habría contado eso? Después de esa aterrorizante escena de Iris, seguida por la declaración matrimonial de Drew, Eric debía pensar que toda la familia era loca.

Rose miró a su alrededor. La vereda frente al restaurante era lo suficientemente ancha como para contener por lo menos doce mesas y estaba rodeada de altos canteros de madera llenos de geranios. De los parlantes surgía una música alegre. Sin embargo las personas típicas de una galería de SoHo que almorzaban junto a pintores vestidos de negro y con anillos en la nariz, jamás habrían podido imaginar el oscuro universo donde a veces ella habitaba.

—Yo también pensé en la posibilidad de suicidarme. —Las palabras de Eric fueron como un eco que le devolvía la fría caverna de sus pensamientos y que le aseguraban que no estaba ni perdida ni sola. Rose tuvo que volverse a mirarlo para estar segura de haber oído bien. Eric le devolvió la mirada con expresión seria y maravillosamente cuerda. —Lo pensé cada día durante el primer año y medio —recordó él con una pequeña sonrisa sin alegría. —Por irónico que parezca, fue lo único que me mantuvo en marcha.

—¿Qué quieres decir? —preguntó Rose, inclinándose, fascinada.

—Mi obituario —contestó él—. Saber que sólo se reduciría a un párrafo perdido en el fondo de la página. Después de haber arruinado toda mi carrera, ¿no crees que es irónico que en definitiva lo que me salvara fue mi ego enorme y gordo?

—Mi hermana Clare, la monja, lo vería de otra manera. Diría que Dios te reservaba para algo muy especial.

Eric asintió, pensativo.

—No sé en lo que se refiere a Dios, pero es sorprendente todo lo que sucede cuando uno se suelta y deja de creer que todo depende de uno mismo. Y cuando por fin cree que no tiene nada que ver con la fuerza de voluntad.

—Eso no tiene sentido —objetó la abogada que había en Rose—. Si no se trata de libre albedrío y de elección, ¿cómo es posible que alguien consiga mantenerse sobrio?

—¿De elección? Por supuesto. —Se apoyó sobre los codos; la luz que se filtraba a través de la tela arrojaba reflejos dorados sobre su rostro. —La elección consiste en no seguir aferrado a la idea de que uno está solo en todo esto. Abrazar a un poder superior, si quieres llamarlo así. No necesariamente Dios, sino la forma más sencilla de la fe. Confiar en que, si uno se suelta, algo o alguien te sostendrá. —Se echó atrás. —¿Lo que digo te parece sensato? A veces me dejo llevar por las palabras.

—Yo fui educada en el catolicismo —confió Rose—. Antes de haber aprendido a leer creía que "sagrado corazón" significaba "corazón sangrado". A veces conviene que a uno se le recuerde lo que se supone que es la religión.

Cuando llegaron los sándwiches, Rose descubrió que le gustaba tanto comer con Eric en silencio como le había gustado conversar con él. No existía la incomodidad que a veces sentía con otras personas. Hasta con viejos amigos. Con Eric, no tenía ninguna necesidad de explicarse, de disculparse.

Demasiado pronto retiraron los platos de ambos y Eric recibía la cuenta. Sin embargo el hechizo, si de eso se trataba, se negaba a desaparecer. Mientras miraba el vello de la muñeca de Eric, iluminado por el sol, y esas mismas muñecas extrañamente musculosas para alguien que se ganaba la vida detrás de un escritorio, Rose sintió que en su interior se disolvía algo duro y muy desconfiado.

¡Jesús! Esa cálida pesadez que sentía entre las piernas; esa cavidad vacía donde antes estaba su estómago lleno. Sensaciones conocidas, sensaciones agradables... pero de otro tiempo, de otro lugar. La intimidad que conoció con Max, intimidad que crecía a medida que transcurrían los años... ¿cómo iba a compartirla con otro hombre? ¿Qué podía saber Eric Sandstrom de los lugares secretos de su cuerpo donde le gustaba que la acariciaran? ¿O de las palabras de amor que ella necesitaba escuchar?

Rogó que él tuviera razón, que Dios la sostuviera si llegaba a caer. En caso contrario, sería muy largo y duro llegar adonde se encontraba en ese momento... en la mitad de la precaria pendiente que debía subir con la vida deshecha.

Un alivio culpable la recorrió cuando Eric miró su reloj y dijo:

—Será mejor que me apure. Dentro de media hora debo grabar un programa. Ven, te acompañaré hasta la esquina. —Se puso de pie y apoyó una mano liviana contra la cintura de Rose para guiarla entre el laberinto de mesas.

Bajo el sol, con el cielo muy azul sobre su cabeza, Rose se estremeció.

Recién cuando cruzaba la ciudad en un taxi, camino al estudio, recibió el impacto de una horrible realidad: el hecho de sentirse atraída por Eric no hizo que extrañara menos a Max. En realidad, lo extrañaba más que nunca.

¡Maldito fuera su cuerpo que se comportaba como el de una adolescente! Tendría que cuidarse de los golpes de adrenalina, de esa tontería de la humedad entre las piernas, de la que tendría que ocuparse ella misma, más tarde, en la intimidad de su cuarto, si quería dormir esa noche.

"En lugar de acostarme con alguien, lo que más necesito —pensó Rose enojada—, es tener un asidero en la vida." Hasta que volviera a reconstruir su propia existencia, ¿cómo demonios iba a pretender ayudar a sus hijos y a su hijastra a arreglar la de ellos?

Recordó las palabras de Sylvie en la fiesta de Brian: "La gente por lo general encuentra sus propias soluciones, aunque para lograrlo tome el camino más largo".

Rose se preguntó si tendría razón. Pero en el caso de Drew, ¿debía permanecer sentada y mirarlo destrozar cualquier posibilidad de vivir una vida normal? Su hijo debía saber que el matrimonio no era que una persona tuviera que cargar con todo el peso sobre los hombros: estar casados significaba ser socios por partes iguales y que cada uno arrastrara su propio peso. Como lo fue entre ella y Max.

Sylvie. ¿Y si su madre hablara con Iris? La muchacha adoraba a su abuela. Sylvie podría explicarle que casarse con Drew, a la larga, no resolvería nada.

Siguiendo un impulso, Rose se inclinó hace adelante, soltando la correa de la que se aferraba como si en ello le fuera la vida.

—He cambiado de idea, chofer. Lléveme a Riverside y la calle Setenta y Nueve Oeste —indicó con tono cortante—. Y, por favor, haga un esfuerzo por no matarnos a ambos en el camino.

Capítulo 3

Sylvie estaba de pie en el sendero que zigzagueaba entre los canteros de rosales llenos de pimpollos. Considerando el tamaño de los jardines de la ciudad, el suyo era bastante grande, más o menos del tamaño del departamento de un ambiente de Tremont Avenue donde ella se crió. Aunque observó que no era lo suficientemente espacioso para las vides, flores y ramas que se arracimaban y se abrían camino a lo largo de paredes de ladrillos, trepaban a cañas de bambú y cubrían enrejados.

Bajo la sombra del ancho gingko, los helechos se extendían sobre el respaldo del banco de hierro forjado, comprado años antes en un remate de antigüedades. Lo que en esa oportunidad atrajo su mirada fue un detalle poco común: un par de querubines de dulces rostros cuyas alas extendidas formaban los brazos del banco. Sylvie se enamoró de él de inmediato, sin soñar, por supuesto, que llegaría el día en que esos ángeles se sentirían demasiado cerca de la casa para resultar un consuelo... Lo extraño era que allí, más que dentro de la casa misma, era donde ella se sentía en paz, entre sus rosas, sus peonias y sus lirios. Como si, de alguna manera le resultara más fácil pensar entre los árboles, las plantas y las flores que a lo largo de las estaciones se habían entretejido hasta formar un tapiz glorioso y único.

"Estamos a mediados de julio y hay que podar casi todo", notó con un suspiro. La hiedra inglesa caía como cascada por las paredes de ladrillos y se desprendía por su propio peso, y el verde enredado estaba salpicado por distintos toques de color: clematis rojas, margaritas y otras flores que rodeaban el patio de piedra y el escalón que conducía al sendero donde ella se encontraba.

¡Ah, y la fragancia! Mientras respiraba hondo esa mezcla de perfumes, Sylvie se sintió penetrada por la profunda conciencia de las riquezas de la vida, que de alguna manera la limpiaban. En ese momento recordó un incidente de su infancia, la vez que una vecina comentó con total falta de sensibilidad la cantidad de veces que habían tenido que alargar el dobladillo del vestido de la pequeña y lo dijo lo suficientemente fuerte como para que la madre de Sylvie lo oyera.

—¡Pero sí! —contestó la madre de Sylvie, sonriente, como si nadie hubiera intentado ofenderla—. ¿No es una maravilla como crece mi Sylvie? ¡Que bendición es tener una hija tan saludable y alta!

Sylvie sonrió ante el recuerdo y la sensación que le provocó: la de ser especial e importante. No recordó que fuesen pobres, que apenas contaran con lo necesario para comer, sino que tuvo la impresión de que eran sumamente ricas. Porque ella y su madre sabían lo que sus amigas y vecinas (mujeres de rostro amargo y expresión de perpetua insatisfacción) no podían siquiera comenzar a imaginar: que la riqueza no sólo era algo que se compraba o se vendía, estaba allí para que cualquiera que tuviera la necesaria imaginación o valentía la tomara y la arrancara. El oro de una puesta de sol, las flores silvestres que asomaban las cabezas por entre los yuyos de lotes vacíos eran como alhajas, como las obras de arte que se exhibían en museos, como ése donde trabajaba su madre, y estaban gratis a disposición de cualquiera. En ese momento con las manos deformadas por la artritis y con el sombrero de paja echado sobre la frente para que el sol no la llenara de pecas, Sylvie comprendió sobresaltada que tenía quince años más que los que tenía su madre al morir. "Si mamá me viera ahora —pensó—, no reconocería a su propia hija." Se maravilló por lo extraño que era todo. Cada vez tenía más la sensación de que su vida no era otra cosa que una serie de pequeñas cosas extrañas e irónicas, todas unidas por algún plan celestial todavía no revelado. Como la ironía de que sus dos hijas se hubieran hecho tan amigas. Y ahora, ¡Dios Bendito! el hijo de Rose se comprometía con la hija de Rachel...

Rachel la había llamado la semana anterior para darle la noticia y le pareció notar que estaba más aliviada que feliz. Señaló que Drew era muy bueno con Iris, la cuidaría y se encargaría de que no le sucediera nada malo. ¡Como si ése fuese un motivo para casarse! Al mismo tiempo, Sylvie percibió la ansiedad de la voz de Rachel. Ella sabía bien lo que era engañarse; creer que en medio de una tormenta cualquier puerto era bueno, hasta un casamiento que se basaba en la culpa y el temor.

Sylvie tuvo ganas de decir que le parecía una actitud equivocada, pero no se animó. ¿No había hecho ya bastante? Muchos años antes, modificó por completo dos vidas inocentes, la de Rachel y la de Rose, y lo hizo de una manera irreversible. De no haber sido por su propia arrogancia al creer que se podía torcer el destino, nada de eso habría sucedido. Rachel no estaría perdiendo el sueño por una hija tan llena de problemas como de encanto. Y Rose no se estaría preocupando por un hijo que se sentía responsable por todo el mundo, salvo por sí mismo.

Rose. Sylvie no hablaba con ella desde la noche de la fiesta, pero suponía que a pesar del cariño que le tenía a Iris, debía estar loca de preocupación. Y en esas circunstancias, ¿qué madre no lo estaría?

Sylvie debió contenerse para no intervenir. Y esa mañana, después de dar vueltas y vueltas en la cama, casi lo hizo. Estaba marcando el numero de Rachel, cuando la cordura pudo más y cortó. Después de todo ¿qué podía hacer Rachel? ¿O Rose? Drew e Iris eran lo suficientemente grandes como para saber lo que querían. Dios los guiaría por el sendero correcto o ellos mismos llegarían a él, aunque a los tropezones. En definitiva, intervenir sólo empeoraría la situación. Al ver lo agradable que era el día, soleado pero no demasiado húmedo, Sylvie decidió que lo mejor que podía hacer era salir a podar sus rosales.

Pero ya eran las tres de la tarde y ella recién acababa de salir de la casa. ¿Adónde se había ido el tiempo? Era cierto que tomó el desayuno con mucha tranquilidad porque cuando uno no tiene apetito, comer no es una tarea agradable. Después se dio el lujo de acostarse un rato y, de alguna manera, el tiempo voló. En el momento menos pensado, Milagros se encontraba de pie a su lado con el almuerzo en una bandeja y con expresión de que se ofendería si Sylvie no tomaba una o dos cucharadas de la riquísima sopa que le acababa de preparar.

¡Pobre Milagros! Antes iba a la casa tres veces por semana, pero Nikos la convenció de que se mudara allí para vigilar a Sylvie mientras él estuviera trabajando. A Sylvie le resultó odioso, por supuesto. Eso de tener a una mucama permanentemente encima era una afrenta a su independencia y a su intimidad... pero sobre todo le resultaba odioso porque reconocía que era necesario.

"Lo mejor que puedo hacer —decidió Sylvie— es seguir llenando la casa con la fragancia de flores recién cortadas." Se detuvo para cortar con la tijera de podar un chupón de rosa que se prendía del enrejado, cuando pensó cuánto más fácil era tomar una resolución que cumplirla. Como su decisión —que insistió en que tanto Nikos como el doctor Choudry aceptaran y cumplieran— de impedir que su familia supiera lo grave que se encontraba. Era fácil argumentar que en ese momento tanto Rose como Rachel tenían demasiadas preocupaciones propias. Pero a las dos de la madrugada, cuando le ardía el pecho y su corazón latía igual que el motor de un automóvil empantanado en el barro, a veces ni el abrazo de amor de Nikos, ni sus palabras tranquilizadoras bastaban. Lo que en esos momentos Sylvie deseaba con desesperación era aferrarse a lo que sentía que se le escapaba de las manos, prenderse con fuerza a sus seres queridos: Nikos, Rose, Rachel, sus nietos.

Oyó que en ese momento sonaba el timbre de la puerta de calle.

"Milagros atenderá", pensó. Lo más probable era que fuera para Nikos, algún juego de planos que le entregaban personalmente o algún documento oficial demasiado importante para correr el riesgo que se perdiera en el desorden de su oficina.

Siguió con su jardinería, atando una rama acá, cortando otra allá. El sol caía sobre su espalda y sobre la parte posterior de sus brazos desnudos como una manta hermosa y cálida, luchando contra el hielo que de una manera casi permanente había tomado residencia en los dedos de sus manos y pies.

A Sylvie se le ocurrió que a pesar de que Nikos todavía seguía activo en su trabajo, desde hacía tiempo ella ni siquiera extrañaba el suyo. Toda la excitación y el desafío de revisar telas espléndidas y preciosos empapelados en el edificio D y D de la Tercera Avenida, intervenir en remates, escuchar las exclamaciones de alegría ante un cuarto que había sido un lugar desierto y estéril y se había transformado en algo hermoso y acogedor. Pero tal vez no lo extrañaba tanto porque había descubierto el júbilo aún más grande de sencillamente ser. De tomarse el tiempo necesario para maravillarse ante la curva del pétalo de una rosa, o de regocijarse al comprender que seguía respirando.

Sonrió al pensar que Nikos no sabría qué hacer consigo mismo si decidiera jubilarse; para él trabajar era equivalente a ser. Pero si existía un momento de admiración en su vida era ése, cuando podía disfrutar de las flores, de los rayos oblicuos del sol, y hasta de los insectos.

—¿Sylvie?

Sobresaltada, se irguió y miró a su alrededor. Al principio lo único que vio fue el reflejo del sol en los vidrios de los ventanales que daban al patio. Pero enseguida su visión se aclaró y y reconoció a la figura que se le acercaba. Rose.

Sylvie sintió un destello de expectativa seguida, como siempre que se trataba de Rose, de una pequeña palpitación de pena. Saber que por más que intentara compensarlo de otras maneras, nunca llegaría a ser la madre que Rose quería o merecía.

Rose tenía el aspecto de haber caminado hasta allí. El rostro arrebolado, el pelo oscuro suelto y desordenado, cuyo mechón blanco se destacaba como una pluma. Pero Sylvie recordó que ese día era martes y sin duda Rose estaba vestida para ir al estudio, con tacos altos y un traje impecable. ¿Qué hacía ahí su hija en plena tarde de un día de semana?

—¡Dios mío, me asustaste! —Sylvie instintivamente se llevó una mano al corazón. —Oí el timbre pero no tenía idea de que ... —La amenazó con un dedo. —Debiste llamarme para avisar que venías. Me habrías encontrado mejor vestida. —Miró con tristeza las prendas de entrecasa que lucía.

Sin embargo, un día que llevara hasta allí a una de sus hijas o de sus nietos era siempre un buen día, por más desarreglada que ella estuviera, o por enferma que se sintiera. No permitiría que nada arruinara esa maravillosa sorpresa. Le pediría a Milagros que les llevara una jarra de té helado al patio, donde ella y Rose se podrían sentar a conversar. Y si mal no recordaba, todavía quedaba un trozo de torta de limón...

—No puedo quedarme mucho tiempo —advirtió Rose—. He venido a hablar contigo acerca de algo. ¿Tienes algunos minutos?

¿Hablar? ¡Qué formal! Rose esbozó una sonrisa alentadora.

—¡Ah, no sé! Supongo que notarás lo ocupada que estoy. Tan ocupada que el tiempo no me da abasto. —Con una alegre carcajada subió al patio. Pero el esfuerzo la dejó sin aliento, como si en realidad hubiese estado corriendo... y de repente le pareció que hacía demasiado calor para estar afuera. Señaló los ventanales abiertos y dijo:

—Ven querida, entremos, allí está más fresco... y puedo levantar las piernas.

Al besar la mejilla de su hija, a Sylvie le complació comprobar que lucía los aros de rubíes que una vez fueron suyos. Antiguos, valiosos, y sin embargo, como casi todo lo que había tratado de compartir con Rose también debió regalárselos de una manera muy poco ortodoxa. El primer aro cuando Rose era una criatura, el segundo recién muchos años después.

Volvió a ver a Rose durante ese día ya tan lejano, de pie frente al colegio. Una chiquita de piel olivácea y pelo oscuro e indómito... y con los ojos grises de una persona mayor. Aparte del instante en que vio a su hija después del parto, hasta ese momento Sylvie nunca había vuelto a poner sus ojos en ella. Recordó la vergüenza que sintió... y la añoranza. Se moría de ganas de abrazarla. De darle algo que fuera suyo.

Siguiendo un impulso, Sylvie se arrancó un aro y lo puso en la mano de la criatura que la miraba con incredulidad. Por cierto que fue un error. ¿Qué habría pensado esa soprendida chiquita? ¿Cómo iba a imaginar que la extraña señora que actuaba como una loca era la madre cuya existencia ni siquiera conocía?

Sin embargo, ese único aro fue la brújula que años más tarde condujo a Rose a ese mismo lugar.

¿Su hija alguna vez habría lamentado haberla buscado, haber descubierto la verdad? Con los años, igual que las rosas del jardín, la amistad entre ambas creció con lentitud y no sin espinas. Pero nunca hablaban de los secretos que quedaron develados esa tarde fría. En ese momento, al ver que el sol resplandecía sobre los aros de su hija, Sylvie supuso que Rose se los debía haber puesto por un motivo especial. Y que tal vez tuviera relación con el motivo que ese día la había llevado hasta allí.

Sylvie se estremeció y se le volvieron a helar los dedos.

Adentro, la casa estaba más fría que de costumbre para esa época del año. Sylvie cruzó la sala de estar bañada por el sol, con sus sillones de paja con almohadones de chintz y su bosque de plantas en macetas, rumbo a la sala.

Una vez allí, se dejó caer sobre el sofá de pana y de alguna manera sintió que la abrazaba. En esa habitación, que no había sufrido cambios ni modificaciones en medio siglo, desde que llegó allí de recién casada, se animaba a creer que las mejores cosas de la vida eran las más duraderas. Su mirada cansada se solazó en la presencia del escritorio estilo Reina Ana, que parecía recién lustrado. Y en los maravillosos colores de la alfombra Berber frente a la chimenea. Hasta el arreglo floral del jarrón chino de la repisa de la chimenea parecía formar parte de esa hermosa intemporalidad.

Observó a Rose que se sentaba en un sillón ubicado bajo un par de grabados.

—Siento haber venido sin avisarte —se disculpó Rose con una risita—. Supongo que habrás adivinado por qué he venido. —La sonrisa amable se borró de su rostro. —Estoy segura de que Rachel te ha dado la noticia.

—¿Acerca del compromiso? Sí. —Sylvie suspiró.

"Querido Señor, concédeme la fuerza necesaria para ayudarla", rogó.

Rose tenía el entrecejo fruncido, el rostro nublado. Pero a pesar de todo Sylvie no pudo menos que pensar en lo que había mejorado su físico con la edad. Las facciones atrevidas que en un tiempo parecían demasiado grandes para su rostro fueron, de alguna manera, suavizadas por los años. Ni siquiera la tristeza que la agobiaba desde la muerte de Max lograba disminuir su belleza. Estaba aún más atractiva. Era difícil dejar de mirar a Rose... y en algunos sentidos resultaba aún más difícil mirarla.

—Entonces también debes estar enterada de la fiesta que piensa ofrecer. —Los ojos oscuros de su hija reflejaron el ultraje que eso le producía. —¡Como si hubiera algo que celebrar en este ridículo compromiso!

—¿Celebrar? ¡Ah, no! No creo que Rachel lo vea así. —Sylvie no dijo que Rachel le había pedido que la ayudara a organizar la fiesta para

la que ya había fijado una fecha, poco menos de tres semanas después.
—Lo único que quiere es que Iris sea feliz.

Enseguida se dio cuenta de que sus palabras habían sido un error.

—¿Es lo que ella siempre quiso, no es cierto? —contestó Rose con frialdad—. Una especie de solución mágica que arregle todo lo que su hija tenga de malo. Lo que en realidad me soprendería es que Rachel piense que esto es lo mejor para mi hijo.

Sylvie se sintió en la obligación de defender a Rachel.

—Sé el cariño que le tiene a Drew. A Rachel no le gustaría que ninguno de los dos terminara malherido. De todos modos —señaló con suavidad—, el asunto no depende de Rachel. Ni de ti.

—Si hubiera sido así, te aseguro que yo habría tenido mucho que decir —retrucó Rose, con el rostro arrebatado de furia.

Sylvie hizo un gesto comprensivo.

—No te culpo, mi querida. Yo también tengo dudas.

Rose cerró los ojos con fuerza y se los masajeó con un dedo.

—Tienes razón en algo: a Drew no le interesa lo que yo pueda pensar. Pero en cuanto a Iris... bueno hay una persona en el mundo a quien tal vez escuchara. A ti. Ustedes dos siempre han sido muy unidas. Confía en ti. Tú podrías decirle que esto es una tremenda locura. Que está mal.

Sylvie se echó atrás, sorprendida por la fuerza del pedido de Rose. No, no se trataba de un pedido. Era más bien una exigencia, una exigencia que, aunque en ello le fuera la vida, Sylvie no podía satisfacer. ¿Cómo explicarlo para que Rose lo entendiera? No se trataba de que no le importara... sino que le importaba demasiado como para mantener la distancia.

—Si lo que dices es verdad —replicó en voz baja—, es necesario que Iris llegue por sí misma a esa conclusión.

—¿Cuándo? ¿Después de haber arruinado la vida de Drew? —Rose respiró hondo. —Mira: no quiero que me creas insensible. Yo también quiero a Iris. ¿Pero no comprendes? Esto será un desastre para ambos. A Iris le hace falta mucho más de lo que Drew podrá darle jamás. Mucho más. Y lo sabes.

Sylvie se irguió y se colocó una almohada contra la cintura donde un dolor frío la acuciaba.

—Sean cuáles fueren nuestros temores, ¿no comprendes lo inútil que sería tratar de impedir que esto suceda? Drew e Iris se resentirían y se alejarían de nosotros. Entonces, cuando en realidad nos necesiten, tal vez no recurran a nosotros. —Quería que Rose compartiera su punto de vista, pero comprendía que ella se ahogaba en el mar helado de su propio resentimiento. Con voz débil agregó: —Sólo podemos orar para que la situación se solucione en su momento.

—En otras palabras, que Drew se hunda o nade... pero sin tu ayuda. —La mirada de Rose era fría.

—Yo no puedo ayudarlo. ¿No lo comprendes?

—Tal vez sea la diferencia que existe entre que te lo pida yo... o te lo pida Rachel.

La temperatura de la habitación pareció bajar de una manera repentina. Sylvie quedó temblando bajo el rayo de sol que entraba por la ventana. Sintió un dolor sordo en el pecho.

—¡Oh, querida! No es posible que pienses eso. —Se quedó mirando a Rose sin poder expresar lo que realmente estaba pensando: la abandoné en beneficio de otra pequeña. Rachel. Y, años después, cuando le supliqué a Rose que no revelara mi secreto, ¿no estaba también cuidando a Rachel? Rose tiene razón. Siempre se trata de Rachel.

¿Cómo era posible que alguien no se sintiera resentida ante eso? En ese momento, Sylvie lo percibió en toda su cruda realidad: Rachel creció en esa casa hermosa, asistió a un colegio privado, mientras Rose vivía en un departamento sofocante en Brooklyn y debía suplicar por la poca atención que le prestaba esa mujer odiosa a quien ella creía su abuela.

Pero ahora había alguien más a quien Sylvie debía proteger: Iris. Por injusto que fuera para Rose y sus hijos, en realidad Iris era totalmente incapaz de soportar el golpe que le provocaría saber que su tan querida abuela, en quien ella confiaba, les había mentido a todos. Hasta que Iris fuese bastante fuerte como para pararse sobre sus propios pies, era necesario cuidarla tanto como se cuida un pimpollo de rosa durante la primavera. Con amor.

No todo el mundo era como Rose, quien en lugar de desmoronarse ante la adversidad, sólo se fortalecía más. Contra todas las posibilidades, Rose había triunfado. Si sólo supiera lo orgullosa que estaba su madre de ella.

Pero no, Rose sólo podía contemplar la situación a través de sus propios ojos, cuya mirada en ese momento se clavaba en Sylvie con expresión acusadora.

—¿Que importancia tiene lo que yo crea? ¿O lo que quiera? —Rose se inclinó hacia adelante. Sus manos que aferraban los brazos del sillón tenían los nudillos blancos.

—Durante todos estos años, a ti nunca te importó. Jamás se te ocurrió detenerte a pensar en lo que debía ser para mí que me presentaras como tu amiga, tener que simular que era tan agradable que te interesaras por mí y por mis hijos. Después de todo, no soy nada para ti, ¿no es verdad? No soy tu hija, como lo es Rachel.

El dolor sordo que Sylvie tenía en el pecho se agudizó y luchó por no llevarse las manos al corazón. "¡Oh, mi Rose, si sólo supieras...!", pensó.

Las cartas, docenas de cartas, escritas a lo largo de los años y jamás enviadas. Todos los pensamientos y los sentimientos que quería compartir con su hija, con su Rose y que nunca podría expresar en voz alta. Cada lágrima que derramó en privado, cada acontecimiento que celebró a fondo, lo mismo que cualquier otra madre: el día en que Rose se recibió de abogada, su casamiento, el nacimiento de sus hijos. En palabras escritas en secreto, le resultaba posible explicar por qué era necesario permanecer en silencio, aun en ese momento. Sobre todo en ese momento. Porque, con cada año que transcurría, ¿no era más lo que estaba en juego? El resultado fue un error que creció hasta tal punto que el sendero del perdón estaba ahora cubierto de zarzas.

Las cartas se encontraban en un cajón cerrado con llave de su escritorio, un cajón cuya única llave tenía Sylvie. Muchas veces pensó en la posibilidad de destruirlas, de quemarlas en la chimenea, por si moría antes de que Nikos pudiera deshacerse de ellas. Pero algo siempre la detenía. Tal vez fuese que esas cartas eran el único legado que podía dejarle a Rose.

Sobre la repisa de la chimenea no había fotografías enmarcadas de Rose y de sus hijos, como las había de Rachel y de Iris. Ni tampoco las había en un álbum, con excepción de las que habían sido tomadas de las dos familias juntas. Su atado de cartas era la única historia de Rose que tenía. Pero no el único legado que le dejaría...

Dentro de ese cajón cerrado con llave, junto con las cartas dirigidas a Rose, estaba el testamento de Sylvie. Después de su muerte, cuando Rose se enterara de lo que acababa de heredar, tal vez sabría en parte lo que había significado para su madre.

Pero en ese momento y en esa habitación, lo único que Sylvie podía hacer era lo de siempre: demasiado poco.

Con un nudo en la garganta, confesó:

—Durante los últimos cincuenta años no ha habido un sólo día en que no haya deseado encontrar una manera de deshacer lo que hice.

—No es demasiado tarde para que evites otro error —urgió Rose con fiereza—. Por lo menos podrías intentarlo.

Sylvie meneó la cabeza con tristeza.

Rose le dirigió una mirada larga y dura. Y en ese momento, Sylvie comprendió que, durante todos esos años se le había ahorrado comprender el mundo de dolor que existía detrás de la mirada de los ojos oscuros de su hija, un dolor que hasta entonces sólo sospechaba. La intensidad de ese dolor estuvo a punto que impedirle respirar. Comprendió que la relación que ella y Rose forjaron con tanta dificultad, los saludos cálidos, las tarjetas y llamados telefónicos, los días feriados cuando salían juntas a almorzar o a comer, no eran más que una débil estructura edificada sobre arenas movedizas. No suficiente para abrigarlas del viento cruel de su propia cobardía... y del profundo resentimiento de su hija.

Por fin, Rose se puso de pie. En ese momento parecía más cansada que enojada, tenía los hombros caídos.

A pesar de todo, Sylvie sintió la necesidad de avanzar con cautela.

—No quiero simular que he sido algo parecido a una madre para ti —dijo en voz baja y vacilante—. Sólo deseo... —Tuvo que tragar con fuerza antes de poder continuar. —Ya... ya no interesa lo que yo deseo. Y tienes todo el derecho del mundo de estar furiosa conmigo. Merecías mucho más. Pero te equivocas con respecto a Rachel. Si ella me hubiera pedido que interviniera, le habría contestado lo mismo que te contesté a ti.

Rose la miró un instante y luego, con voz gélida, contestó:

—En ese caso, lamento haber venido. —De repente se volvió y, al llegar a la puerta se detuvo sólo un instante para mirar a su alrededor, como si quisiera memorizar el cuarto o tal vez porque lo veía por primera vez. —No volveré. Estoy harta de simular. ¿Para qué? ¿Para que tú te sientas virtuosa sin arriesgarte a que nadie sepa la verdad?

Entonces salió y Sylvie se quedó mirando la puerta vacía iluminada por el sol en cuya luz giraban motas de polvo. Cerró los ojos y pensó: ¿Dios mío, cómo hemos llegado a esto? Al hacer lo que le parecía correcto, sólo había logrado empeorar la situación.

En su interior, Sylvie escuchó la voz dulce y firme de su madre que le advertía: "No es demasiado tarde. Ella sigue siendo tu hija... y te necesita. No la abandones por segunda vez".

Sylvie cerró los ojos e imaginó oír su corazón cada uno de cuyos latidos se parecía al tictac del reloj de pie del vestíbulo. Cuando estuviera muerta, sólo habría una persona en el mundo por cuyas venas correría su sangre y en la que estaría escrita la historia de su familia. Rose.

Permaneció sentada e inmóvil durante varios minutos que se fueron estirando y se convirtieron en horas hasta que por fin las sombras profundas la sacaron de su trance y debió tantear la mesa junto al sillón para encontrar la llave de luz. Escuchó con los ojos secos el susurro de las golondrinas que como tontas hacían sus nidos en lo profundo de la chimenea. Ya no le quedaban lágrimas. Hacía años que las había vertido todas. Lo único que le quedaba era una dura piedra de pesar.

"Es demasiado tarde —se dijo—. El momento de haber reconocido abiertamente a mi hija pasó hace ya demasiado tiempo."

"¿Será así? ¿O es sólo lo que te dices para que la situación te sea más llevadera?", insistía la voz de su madre, enloquecedora, como el ruido que hacían esas golondrinas cuyos pichones, cuando les llegara la hora de abandonar el nido, no tendrían la fuerza suficiente para salir volando de la chimenea... y posiblemente murieran a causa del esfuerzo.

Cuando Nikos llegó, Sylvie había logrado reunir fuerzas suficientes como para guardar sus herramientas de jardinería y arreglar las rosas cortadas en su mejor jarrón. Lo estaba colocando sobre la cómoda laqueada del vestíbulo en el momento en que él llegó.

—Le prometiste al doctor Choudry que no te levantarías y que te cuidarías —la reprendió él con suavidad tomándole una muñeca en su mano callosa. —Rosadas por el sol y con tierra bajo las uñas.

—Y hablando de eso, ¿de dónde salió todo ese barro? —preguntó Sylvie mirando con burlona desaprobación las botas sucias de Nikos—. Se supone que tú debes supervisar las construcciones desde la oficina del edificio, y no construirlo con tus propias manos.

Sabía que Nikos era la clase de empleador que no podía resistir la tentación de demostrarles a carpinteros, soldadores, albañiles y electricistas que tuvieran la desgracia de cruzarse en su camino, que existía una manera mejor de hacer lo que estuvieran haciendo. Su manera. A pesar de que Construcciones Anteros había ganado más de doce millones el año anterior y que su presidente debería estar disfrutando de un muy merecido retiro. Una vez un empleado de la empresa comentó, en son de broma, que Nikos mismo se encargaría de cavar su propia fosa.

Los días en que Nikos entraba a la casa por la puerta trasera en lugar de hacerlo por la del frente parecían pertenecer a otra vida. Sylvie debía hacer un esfuerzo por recordar al apuesto y joven inmigrante, parecido a un dios griego, que un día se presentó para postularse para el trabajo de empleado para todo servicio. Ella lo tomó enseguida, ¿cómo no lo iba a tomar? Y tal vez hasta en ese preciso momento ya estuviera algo enamorada de él. Lo único que Sylvie sabía era que ni siquiera la devoción que le inspiraba Gerald, su marido, pudo impedir que terminara en la cama de Nikos. Le resultaba odiosa su actitud, sí, pero inevitable. En realidad, ¿qué podía tener de sorprendente que durante alguna de esas horas robadas que pasaban en la pequeña habitación de Nikos en el sótano, hubiera sido concebida Rose?

—...y después hubo unos problemas con las cañerías del sótano —Sylvie trató de concentrarse en lo que Nikos le decía—. Por fin conseguí arreglarla... después de haber despedido al contratista de plomería. —Sonrió, un resplandor de dientes muy blancos en un rostro tan rugoso como las botas gastadas que en ese momento se quitaba.

Ya descalzo, Nikos tomó a Sylvie en sus brazos y la besó. Una maravillosa calidez la envolvió y la tranquilizó, al mismo tiempo que le recordó que, aún a su edad, no era inmune a los encantos de Nikos.

—¿Tienes hambre? —preguntó.

—Estoy más hambriento que un oso. —Le mordisqueó el cuello y Sylvie sintió que se ruborizaba y que se le ponía piel de gallina.

—Milagros dejó algo preparado en el horno —dijo, alejándolo con una carcajada—. No tengo la menor idea de lo que es. ¿No te parece espantoso? Antes era tan organizada y todas las semanas revisaba con ella el menú, pero últimamente... ¡Oh, Nikos, tienes razón! Necesito sentarme.

—Entonces permite que yo traiga la comida a la mesa. —Lo dijo con un tono tan autoritario que ella comprendió que no era sólo un ofrecimiento. —Tú puedes sentarte y contarme cómo ha sido tu día.

Se llevó la mano de Sylvie a los labios y la cálida presión de su boca contra los dedos helados fue como un bálsamo.

—¿Mi día? Bueno, esta tarde Rose pasó por aquí.

—¡Sylvie, estás temblando! —exclamó Nikos, preocupado.

—Estoy bien, lo que pasa es que ha sido un largo día. —Lo tomó del brazo y se apoyó en él mientras se dirigían a la cocina.

En ese momento recordó el día terrible en que Gerald la soprendió subiendo del sótano, ruborizada y soñadora después de haber estado en brazos de su amante. Su marido lo supo, era imposible que Gerald no lo supiera, pero era demasiado caballero para provocar un enfrentamiento. De manera que en lugar de ello despidió a Nikos. En ese momento, Sylvie lo ignoraba, pero ya estaba embarazada de más de un mes.

Nikos, que ignoraba que ella esperaba un hijo suyo, le hizo el favor de permanecer alejado. Aún años después, cuando se enteró de la existencia de Rose, respetó el deseo de Sylvie de no revelarle que era su padre. Recién después de la muerte de Gerald, Nikos volvió a entrar en la vida de Sylvie... y en su cama.

¿Y cómo premió ella su paciencia? Negándole lo único que él todavía deseaba: su única hija. Sylvie sabía que sólo por el amor que le profesaba a ella se abstuvo de reconocer públicamente a Rose.

"Mi querido, tú también merecías mucho más...", reconoció Sylvie para sus adentros.

Al llegar a la amplia y antigua cocina, Sylvie se dejó caer en una silla frente a la mesa de madera de pino. Recordó que después de la muerte de Gerald, remodelar ese lugar le pareció lo más sensato del mundo: retirar las alacenas y las piletas esmaltadas, reemplazar el piso de baldosas blancas y negras por algo más moderno. Pero resistió el impulso y ahora se alegraba de ello. Porque lo conocido siempre resultaba más confortable. Y hasta un beneficio.

Nikos estaba de pie junto al horno, poniendo algo en los platos.

—La última vez que te preparé la comida fue cuando vinieron Rachel y Brian para tu cumpleaños —recordó.

—Tal vez sea por eso que nunca han vuelto.

Nikos lanzó una carcajada y Sylvie sintió que su bienestar crecía.

Lo observó moverse de un lado para el otro, abriendo armarios y cajones, metiendo la mano dentro del horno. A último momento hasta se acordó de poner velas sobre la mesa.

—Bueno —dijo cuando por fin se sentó frente a ella—, ¿quieres decirme por qué estás como si se te hubiera caído el cielo encima de los hombros?

—Más tarde —contestó Sylvie—. Primero disfrutemos de esta deliciosa cazuela. ¿Quién hubiera creído que una filipina llegaría a cocinar así?

A la luz de las velas, Nikos parecía tan maravillosamente sólido como esa cocina y Sylvie agradeció en su interior ser ella y no Nikos el primero en abandonar este mundo. No habría podido soportar la vida sin él. No tenía ninguna importancia que nunca se hubieran casado. Sus motivos para negarse al matrimonio, motivos que años antes cuando él se lo propuso le parecieron muy válidos, en ese momento tenían menos importancia que la comida que había sobre la mesa. Ningún voto matrimonial habría significado tanto como la ternura que percibía en el rostro del hombre sentado frente a ella. Cuando hicieron a un lado los platos, el de Nikos vacío, el de ella con la comida casi sin tocar, Nikos le tomó una mano por sobre la mesa y volvió a preguntar:

—Bueno. Ahora cuéntame lo que te ha puesto tan triste.

—¡Oh, Nikos...! —Sylvie arrancó la mano de la de él y se cubrió los ojos porque hasta la luz de las velas le parecía demasiado fuerte. —¡Rose estaba tan molesta conmigo! ¡No te lo imaginas! Yo creía que ya había superado su enojo por el pasado, pero me equivoqué. Para ella es como si todo hubiera sucedido ayer. No me ha perdonado y nunca lo hará.

No pudo contener un pequeño sollozo. En el acto, Nikos apartó su silla y rodeó la mesa para consolarla.

—¿Qué quería? —preguntó, sosteniendo la cabeza de Sylvie contra su abdomen de modo tal que ella sentía la presión de la hebilla del cinturón, y eso, de algún modo, la tranquilizaba.

—Cree que soy la única que puede convencer a Iris de que rompa su compromiso —explicó Sylvie—. ¡Como si yo pudiera hacerlo! ¡Como si hubiera alguien que pudiera hacerlo!

—Así que te negaste. —Bajo la suave tela de la camisa de Nikos, Sylvie percibió que contraía los músculos del abdomen.

—¡No me quedó más alternativa! —exclamó.

—No me sorprende que se haya enojado.

—Eso no fue todo. Me acusó de apoyar siempre a Rachel.

Nikos vaciló antes de preguntar:

—¿Y no crees que tal vez tenga razón?

Sylvie se alejó abruptamente de él y lo miró.

—No —aseguró—. ¡Por supuesto que no! Yo no tengo preferencias.

Nikos la miró con expresión muy seria y la luz de las velas grabó profundas arrugas en su rostro. Cuando habló, su voz era suave pero firme.

—¿Con toda honestidad puedes culpar a Rose por sentirlo?

Sylvie se puso de pie con rapidez y comenzó a levantar platos y a reunir cubiertos. Se le cayó un tenedor al piso y se quedó mirándolo como si lo que acababa de caer fuera el cielo raso.

—No —suspiró por fin—. No la culpo. Tiene todos los motivos del mundo para creer que mi lealtad no es hacia ella.

—Entonces debes decírselo.

Sylvie se volvió a mirarlo. Estaba de pie en el centro de la cocina, con los brazos cruzados sobre el pecho y la boca, esa boca idéntica a la de Rose, apretada y formando una línea.

—¿Qué estás diciendo? —preguntó temerosa.

—Que Rose merece que le des tanto como le has dado a Rachel.

Sylvie tuvo la sensación de que algo se rompía en su interior.

—¡Es fácil que tú lo digas! Rachel no es hija tuya.

—Tampoco es hija tuya. —En el momento silencioso del impacto causado por sus palabras, Nikos se adelantó para tomarle los hombros con suavidad. —No lo digo para herirte, Sylvie, sino porque te quiero. Comprendo el dolor que todo esto te ha provocado, en algunos sentidos tanto como el que le ha provocado a Rose. ¿Cómo es posible que la tranquilidad de conciencia de Rachel valga tanto sufrimiento?

—No se trata sólo de Rachel —contestó ella mientras una lágrima se deslizaba por su mejilla—. También está Iris. ¿Estás dispuesto a arriesgar lo que podría suceder si ella llegara a enterarse de la verdad?

¿Que yo no soy mejor que la madre que la abandonó a ella? —Se enjugó con enojo los ojos húmedos—. Sí. Me gustaría gritar desde la cima de una montaña que Rose es hija nuestra, ¿Pero no comprendes? No puedo. No puedo correr ese riesgo.

¿Cómo lograr que Nikos lo comprendiera? Un secreto guardado durante demasiado tiempo se convertía en algo tan inamovible como un candado oxidado... un candado que no se abre por más que se lo martille. ¡Dios Santo! ¿Creería él que no había querido declarar abiertamente que Rose era su hija? ¿Que durante muchísimos años había suspirado deseando que las cosas fueran distintas?

Sylvie se apoyó con debilidad contra la mesada... y de inmediato la dureza del rostro de Nikos se trocó en preocupación. Con suavidad, como desde una gran distancia, oyó que suspiraba.

—Estás cansada. Ven, te acostaré. Podemos conversar por la mañana.

—Sí, estoy cansada —confesó Sylvie.

Permitió que la ayudara a salir de la cocina, a cruzar el vestíbulo oscuro y luego a subir la escalera de mármol que de repente le pareció que era el único lugar en el mundo donde podía sentirse a salvo.

No pensaría en la fiesta que se realizaría tres semanas después. Y tampoco quiso pensar que, cuando le llegara el turno de brindar por los novios, se vería obligada a decir una mentira más, una mentira que, esa vez, tal vez sería el fin de toda esperanza de poder obtener el perdón de Rose.

Agosto

Lo invitamos cordialmente
a celebrar el
compromiso de nuestra hija Iris
con
Andrew Griffin
el sábado 10 de agosto
a las 18.30 hs.
en
Grammercy Park South número 12
Departamento 5
Nueva York, NY.

RSVP al señor Brian McClanahan y señora
889 - 9078

Capítulo 4

Rachel dirigió una mirada a la escolar tendida sobre la camilla y luego le hizo una seña a Kay Krempel, codirectora del Centro Femenino de Salud del Lado Este. En cuanto estuvieron en el corredor, preguntó en voz baja:

—¿Cuánto tiempo lleva?

—¿Aproximadamente? Cuatro meses —adivinó Kay—. Sabremos más después de que Althea la haya examinado.

Rachel notó que Kay estaba en su habitual estado de ánimo sombrío. Se la veía tan erguida que su metro sesenta de estatura parecía arrojar una sombra tan alta como la reputación que tenía. Mantenía las manos en jarras, el mentón hacia adelante, como preparándose para una batalla. Tenía el pelo rizado casi completamente canoso, pero en sus ojos almendrados brillaba el mismo fuego de sus épocas de estudiante durante los años setenta, cuando los ideales significaban más que los slogans de los comerciales de Nike, donde "simplemente hágalo" significaba quemar banderas y participar de marchas en favor de la paz.

¿No fue Kay quien, tantos años antes, la convenció de que abandonara un internado prometedor a cambio de un hospital misionero en una zona de guerra ubicada en los confines del mundo? Vietnam no fue lo que ninguna de las dos creía, pero Rachel no lo lamentaba. Para empezar, de no haber estado allí no habría conocido a Brian. Ni habría aprendido la verdadera definición de la palabra "amiga". "Si mi barco se hundiera, querría tener a Kay en mi bote salvavidas", pensó, sonriente.

—¿Son ideas mías o son cada año más jóvenes? —Rachel suspiró al entregar la historia clínica de la jovencita a Kay.

—Ayer tuvimos una de trece años que espera mellizos.

Rachel meneó la cabeza, más por cansancio que por incredulidad. El hecho era que esas chicas con toda facilidad podían ser las hijas de las mujeres que ella y Kay trataron cuando inauguraron la clínica, después de reunir donaciones y mercaderías y de servir café con roscas para ganarse la confianza de un barrio que recelaba a las recién llegadas.

El Centro del Lado Este ahora ocupaba todo el edificio ubicado en la esquina de la Catorce y la Tercera, pero en realidad, ¿qué habían logrado? Las adolescentes embarazadas de bebés no queridos seguían siendo una epidemia, igual que antes.

—¿De los Santos Ángeles? —preguntó Rachel.

Sabía que para muchos padres el colegio exclusivo para niñas de los Santos Ángeles y su contraparte masculina de San Sebastián parecían la respuesta perfecta a las escuela públicas superpobladas y llenas de violencia del Lado Este. Los Santos Ángeles era tanto un problema como una solución. A las estudiantes se les enseñaba a leer, a escribir y matemáticas, pero todavía debían aprender el significado del control de la natalidad, un tema que era preferible dejar en manos de aquellos que todavía no habían aprendido a ejercitar el autocontrol, como les informó una monja con frialdad. O, como lo expresó Kay:

—Les enseñan a las alumnas a cruzar las piernas lo mismo que cruzan la letra T.

En ese momento, Kay asentía con aire sombrío y los labios apretados.

—Séptimo grado —informó—. Me pregunto qué diría ese viejo murciélago de la hermana Alice si le dijéramos que las oraciones les producen a sus alumnas algo más que rótulas doloridas.

—Sin duda te acusaría de pagana.

—¡Eso es lo de menos! —bufó Kay—. ¿A que no adivinas lo que llegó con la correspondencia de esta mañana? La copia de un petitorio que ha sido enviado a la oficina del Alcalde. Parece que nuestra amiga la monja no está contenta con mantener en la ignorancia a sus alumnas en el aula; ella y sus esbirros quieren que se nos prohíba impartir información sobre las realidades de la vida.

Rachel se encogió de hombros.

—La alcaldía no les hará caso. Sobre todo ahora que los activistas del sida por fin consiguen que la gente vote con la cabeza en lugar de hacerlo según sus prejuicios. —Trató de decirlo como si no le preocupara, pero era evidente que Kay no le creía.

—Eso no es todo —informó en un tono de voz ominoso mientras sacaba un sobre del bolsillo—. Mira esto.

Con el corazón agobiado, Rachel leyó el papel que Kay acababa de entregarle.

Era la copia de una carta dirigida a la Hermana Alice, en respuesta a su pedido y escrita por Philip Scanlon, director ejecutivo del Fondo de Salud de la Comunidad. Scanlon aseguraba que también él estaba muy preocupado por la moralidad de la juventud actual y que haría todo lo que estuviera a su alcance para ayudar a la Hermana Alice en sus esfuerzos por evitar esa desgraciada decadencia. Frases que no habrían sido más que palabras escritas sobre el papel si no fuera porque el Fondo de Salud de la Comunidad era el principal sostén financiero del centro.

—Lo que nosotros hacemos aquí nunca ha sido un secreto —dijo Rachel, arrugando la carta y deseando que fuese tan fácil superar el problema. Y haciendo referencia al hecho de que, igual que muchas clínicas independientes derivaban a sus pacientes de cirugía a médicos privados, incluyendo el caso de los abortos, agregó con más ironía que nunca: —De todas maneras nosotras somos las buenas de la película, ¿recuerdas?

—Y tú nunca olvides que las buenas personas terminan siempre ocupando el último lugar —se apresuró a recordarle Kay—. Nuestra subvención más importante debe renovarse en septiembre. Si la Hermana Alice se sale con la suya, nos quedaremos sin trabajo. Porque sin ese dinero, este lugar no conseguiría sobrevivir ni un mes.

Rachel inclinó la cabeza en una mezcla de burla y de desesperación. Y al mismo tiempo se descubrió pensando: Dios, ¿y si Kay tuviera razón? Lanzó un quejido.

—Ahora no puedo pensar en ese asunto. No cuando debo hacer catorce visitas médicas y asistir a una reunión en el centro dentro de una hora. Monsieur Henri hizo los arreglos necesarios para que probáramos lo que servirá en la fiesta y le prometí que no llegaría tarde. ¡Dios mío! Es como si esta gente creyera que una comida para cuarenta personas es un proyecto de la NASA.

Kay meneó la cabeza, sonriente.

—La fiesta será dentro de cuatro días. Se supone que tú deberías andar corriendo de un lado para el otro encargándote de los últimos detalles.

—Nunca dije que fuera una ama de casa abnegada.

—Estoy convencida de que tu hija estaría de acuerdo con eso.

—Y mi marido también.

—Tal vez. Pero por lo menos todavía tienes marido. —Kay le dirigió una sonrisa amarga como para recordarle que ni los matrimonios más sólidos eran a prueba de balas. Dieciséis años antes, cuando luego de una serie de matrimonios desastrosos, Kay se casó con Simon Lieberman, un individuo que parecía muy serio, corredor de bolsa con firma propia, nadie aplaudió con tanta fuerza como Rachel. Pero poco después del décimo aniversario, Simon se divorció de ella para casarse con una mujer mucho menor, gracias a lo cual Kay bromeaba con acidez, asegurando que su ex marido era mejor para inversiones a largo plazo que para compromisos personales. La única que sabía lo profundo de su pena era Rachel.

Suspiró al pensar en Brian. Y en las comidas que antes preparaban juntos, tropezando uno con el otro, bebiendo vino y sembrando el piso con cáscaras de maníes. ¿Cuándo había sido la última vez que se sentaron juntos a comer?

Al mirar su reloj, Rachel comprendió que sólo le quedaba el tiempo suficiente para las visitas más imprescindibles, las que no podían esperar. Mason Gold para empezar. Un fiscal duro, por supuesto, pero que siempre tenía un minuto para una amiga que necesitara un favor. Le pediría que investigara un poco en la Municipalidad, para saber si la petición de la Hermana Alice había tenido algún eco. Después tendría que ver a Philip Scaldon, en la División de Salud de la Comunidad... como si ese viejo cínico pudiera ser capaz de ofrecerle la más mínima información.

Eso significaba que tendría que esperar hasta después del almuerzo para poder comunicarse con Brian. Volvió a suspirar, esta vez de frustración antes de encaminarse a su oficina.

Al pasar por la zona de recepción, que a las once de la mañana ya estaba colmada, Rachel tuvo aguda conciencia de la actividad que la rodeaba como una especie de corriente eléctrica: sonaban los teléfonos, se abrían y cerraban puertas, la gente conversaba en castellano, los bebés lloraban y los médicos y enfermeras entraban y salían de las salas de exámenes. Sonidos y voces que por lo general la llenaban de una sensación de haber realizado algo importante, y de que a pesar de los dolores de cabeza y los inconvenientes con que tropezaban, lograban establecer una diferencia.

Y sin embargo allí estaba ella, tan tensa que se sentía a punto de estallar, llena de una frustración que no tenía nada que ver con monjas fanáticas, ni con presidentes de directorios ni siquiera con su propia agenda enloquecida. Porque, maldito sea, eso no era lo que ella quería. Era médica, no una administradora. ¿Cómo había terminado luciendo modelos de ejecutiva en lugar de guardapolvos? Luchar con presupuestos cada vez más apretados, escribir pedidos de concesiones, batallar por obtener fondos, para no mencionar la necesidad constante de reclutar a los mejores y más inteligentes médicos y enfermeras que estuvieran dispuestos a trabajar por poco más que nada.

¿Qué sucedió con eso de hacer lo que más le gustaba, atender a mujeres embarazadas y ayudarlas a dar a luz a sus hijos? ¿Cuánto hacía que no veía lágrimas de gratitud en los ojos de una paciente extenuada que acababa de dar a luz, o que sostenía en sus brazos a un bebé recién nacido todavía resbaloso por sus fluidos natales?

Hasta extrañaba las frustraciones. Tener que luchar para transmitir en su limitado español que no, que no era el orgasmo de la mujer el que provocaba el embarazo. Actuar como referí en las luchas que de vez en cuando se desencadenaban en las salas de espera, por lo general entre una adolescente a punto de convertirse en madre y su novio, que se negaba a ser padre. Aún las emergencias ocasionales: una placenta previa con hemorragia espontánea o una cesárea para la que era imposible esperar la llegada de la ambulancia... todo eso le proporcionaba la sensación de su propio poder... el más grande de todos los poderes: el de curar.

Estás cansada y trabajas demasiado, se dijo. Lo que realmente te hace falta es tomarte unas vacaciones... un par de semanas en alguna playa sin hacer absolutamente nada. Cuando se le hubieran aclarado las ideas, volvería a comprender cuánto más valiosa era la contribución que hacía a su manera. A cuánta gente estaba ayudando.

Pero eso no modificaría lo que sentía. Cuánto extrañaba el ejercicio de la medicina que la fascinó desde que era interna. Aun en un hospital de campaña, en medio de la jungla, con hombres que morían en sus brazos y sin más que café y adrenalina para mantenerse en marcha, aun entonces se sentía más conectada. Más viva.

Y en cuanto a Brian, ¿qué les estaba haciendo eso a ambos? Era como si en ese momento lo único que ella alcanzaba a ver fuera el brillo superficial, mientras que debajo había un océano completo que no estaba preparada a enfrentar. Resentimientos no conversados, deseos no realizados, a los que les haría falta más de un mes de sol para quedar solucionados. No se animaba a pensar en la posibilidad de que, si las cosas no cambiaban, tal vez un día sería demasiado tarde. Sabía que hasta los maridos más pacientes tenían un límite. Y que aun la más ardiente de las pasiones, si era desatendida, se marchitaba y moría. ¿Quién podía saberlo mejor que ella? Años antes, recién casados, estuvieron a punto de separase por una serie de mal entendidos y de supuestos equivocados. Y sin embargo Rachel no podía creer que Brian fuera capaz de dejarla. No era posible. Y tampoco le sería posible vivir sin él.

Aun así, sintió que se le contraía el pecho.

También estaba Iris. Sabía que su hija no mejoraba, en algunos sentidos hasta estaba peor, y le preocupaba la posibilidad de no estar haciendo lo correcto por ella. Seguir adelante con ese compromiso absurdo, ofrecer esa fiesta... ¿en el fondo no era como poner en fila las sillas de cubierta del *Titanic* cuando sabían que se estaba hundiendo?

¡Basta! ¡No seas melodramática! ¿El doctor Eisenger no aseguró que Iris ya estaba bien? Les explicó que él había estado experimentando con las dosis de la medicación, cosa que con toda facilidad pudo haber provocado la reacción que Iris tuvo durante la fiesta de Brian. Sí, eso tenía sentido. Rachel misma sabía lo difícil que era recetar antidepresivos. E Iris parecía haber mejorado. Así que tal vez, después de todo, sería una gran cosa que se casara con Drew, un muchacho al que todos querían.

En la oficina que compartía con Kay, Rachel se dejó caer en la silla giratoria, detrás de su desordenado escritorio. Durante un instante se dio el lujo increíble de cerrar los ojos. En la oscuridad, en la que fragmentos de luz bailoteaban como luciérnagas, en su mente surgió la frase bíblica: "Médico, cúrate a ti mismo".

"Buena idea —pensó—. ¿Pero qué debemos hacer cuando quedamos atrapados en una noria que no hay manera de detener? ¿Cuando has colocado a tu marido en segundo término durante tanto tiempo que él ya ni se molesta en llamarte?"

La fiesta, pensó de repente. ¿No sería una especie de oportunidad? ¿Una manera de demostrar que su familia era para ella lo primero y lo más importante? Organizaría algo fabuloso, la mejor fiesta del mundo. Haría resplandecer el departamento, cuidaría todos los detalles para que fueran perfectos. Velas por todas partes. Y música, el maravilloso jazz suave que ella y Brian antes iban a escuchar en el Blue Note y en el Village Vanguard. Elegiría la comida con cuidado con Henri; el champagne estaría bien helado, los arreglos florales serían de la mejor florería, perfectos y fragantes.

No sería más que una pequeña manera de empezar, ni siquiera sería igual a un fin de semana romántico en los Hamptons, pero tal vez le demostrara a Brian lo maravilloso que podía volver a ser todo. Tal vez lograra demostrarle que, con un poco de suerte y mucha paciencia, hasta un matrimonio que había perdido su rumbo podía ser llevado a salvo a la costa.

A última hora del sábado a la tarde, cuando faltaba menos de una hora para que llegaran sus invitados, Rachel, que había estado haciendo exactamente lo que Kay predijo: corriendo como desaforada de un lado para el otro, por fin se detuvo el tiempo suficiente para analizar todo lo logrado. De pie en la sala, junto a la hilera de ventanales que daban a Gramercy Park, miró maravillada a su alrededor. A pesar de que afuera llovía a raudales, ese departamento que durante tanto tiempo fue algo apático, resplandecía como iluminado por el sol. Habían desaparecido las macetas con plantas que su bien intencionada mucama regaba siempre demasiado y las proverbiales pilas de revistas y de periódicos que esperaban que tuviera tiempo libre para leerlos. El piso de roble, recién encerado, brillaba y la chimenea de mármol había sido lustrada hasta el punto de que casi resplandecía tanto como el espejo colgado encima de ella. Hasta los colores desteñidos del chal antiguo que cubría el respaldo del sofá, ahora recién llegado de la tintorería, parecía más alegre.

Ni siquiera para Hanukkah, con el candelabro ceremonial de siete brazos encendido en la ventana, este cuarto había parecido tan hermoso, pensó. En ese momento, por primera vez en muchos meses podía apreciar a fondo sus ventanas abovedadas y su alto cielo raso; los hermosos paneles de espejos a cada lado de la chimenea que reflejaban los tonos crema de las paredes y las alfombras turcas.

Ése no era uno de esos días. La lluvia que cayó a raudales durante toda la tarde había dejado el cielo del color del cartón y las calles convertidas en una sopa. Desde donde ella se encontraba, Rachel podía ver automóviles y taxis que avanzaban por Lexington Avenue levantando olas de agua barrosa. Los peatones, aferraban los cuellos de sus impermeables y luchaban por avanzar por el torrente, con los paraguas abiertos delante, como escudos. Sólo el cartero, con sombrero de plástico y su poncho, parecía aún más miserable que ellos.

En cambio, en el cuarto vecino, Iris cantaba a todo pulmón. Como si no tuviera un sólo problema en el mundo. Su voz tan pura de soprano, hizo que Rachel pensara en el canario que una vez tuvieron. Un día de verano, accidentalmente Iris dejó la puerta de la jaula abierta y el ave salió volando por la ventana. Rachel recordó que su hija quedó desconsolada. Se culpaba y hasta se negó a pensar en la posibilidad de comprar otra ave. Hasta que un día Drew apareció con un perico, un pájaro muy azul con la punta de las alas verdes a quien Iris bautizó Sky. Y entonces fue como si la tragedia jamás hubiera ocurrido...

Drew e Iris. Ya estaban buscando un departamento lo suficientemente grande como para ambos y hablaban de casarse el verano siguiente. Mientras tanto, Iris parecía preferir el estudio de Drew por pequeño que fuera, a su antigua habitación en casa de sus padres. Rachel no lo tomaba como algo personal y no objetaba que durmieran juntos. De todos modos, a menos que fuese ciega no podía menos que darse cuenta de lo que sucedía entre ellos.

Lo cierto era que Rachel habría sacrificado casi cualquier cosa con tal de ver a su hija radiante: los ojos brillantes, las mejillas sonrosadas, riendo ante la menos cómica de las bromas. Iris hasta había vuelto a pintar, el piso alrededor de su atril estaba lleno de acuarelas a medio terminar, las amplias camisas que usaba, manchadas de todos colores. Había un hermoso paisaje del parque clavado en la pared de corcho de su cuarto de vestir que ahora usaba como estudio, y varios más guardados en una carpeta. Ni siquiera el mal tiempo lograba atemperar su alegre estado de ánimo. Mientras Rachel escuchaba, la voz de Iris parecía flotar, liviana como el aire, en una antigua canción que encontró mientras revisaba sus CDs.

"Dios, no permitas que nunca deje de cantar", rogó Rachel.

—Querida, ¿te gustaría esto sobre la mesa de comedor o allí, cerca del sofá? —La voz de Sylvie, alegre, enérgica pero algo molesta, obligó a Rachel a volverse.

Su madre estaba de pie en la puerta del comedor con un jarrón de flores de su jardín muy bien arregladas.

Sylvie parecía más ojerosa que de costumbre... ¿o sólo sería la luz aguachenta sobre su rostro delgado lo que la hacía parecerse al personaje de un cuadro de Goya? Lucía un sencillo vestido de seda color lavanda y como única alhaja un collar de perlas. A Rachel la recorrió una oleada de añoranza por la unión que siempre quiso tener con su madre, pero que nunca logró. Esa unión e intimidad de la que gozaban su madre e Iris. Y al mismo tiempo no pudo evitar una pequeña irritación. ¿Por qué habría insistido Sylvie en llevar flores, por hermosas que fueran, cuando ella le dijo con toda claridad que le había encargado los arreglos florales a un florista y que ella misma los eligió en todos sus detalles?

—Allí me parece bien —contestó Rachel haciendo un gesto distraído hacia la mesa colocada detrás del sillón. Como no quería parecer desagradecida, porque su madre había traído las flores con la mejor de las intenciones, agregó con una sonrisa: —Henri nos ha prohibido la entrada a la cocina y al comedor. Nadie debe pasar... ni siquiera para servirse una taza de té. Insistió mucho en ello.

Sylvie sonrió porque sabía bien que los cocineros profesionales consideraban que las cocinas de sus clientes pasaban a ser sus dominios personales. Rachel alcanzaba a oír a Henri en la cocina, impartiendo órdenes, haciendo resonar cacerolas y platos. No le resultó barato contratarlo pero, a juzgar por lo que había demostrado hasta ese momento, cada bocado valdría la fortuna que le estaban pagando.

Observó que su madre colocaba el jarrón en una mesa más pequeña junto a la biblioteca en lugar de hacerlo donde ella se lo pidió, y su irritación creció. No tenía importancia que el lugar elegido por su madre fuese perfecto. Sylvie siempre sabía lo que quedaría mejor. ¿No había sido así desde siempre, desde que Rachel recordaba? La madre que compraba sus bonitos vestidos que permanecían colgados en el ropero sin que los usara nunca hasta que le quedaban demasiado chicos. Y para sus cumpleaños y Hanukkah le regalaba libros de arte de Renoir, Sargent, Van Gogh que ella hojeaba una vez y nunca volvía a mirar. Y servía las comidas familiares en el juego de porcelana de Limoges aun cuando Rachel constantemente volcaba su copa y cachaba los bordes delicados de los platos.

—Sería agradable beber una taza de té —dijo Sylvie pensativa—. Durante el verano uno nunca tiene ganas, pero en un día como éste... —Suspiró, estiró la columna vertebral y se llevó una mano a la espalda. —¡Ojalá esta lluvia pare antes de la hora de la fiesta! Porque si no algunos de tus invitados quizá se acobarden y no vengan.

—Conozco por lo menos a una que aprovecharía volando la oportunidad para no venir —murmuró Rachel.

—¿Ah, sí? ¿Quién? —Sylvie se puso enseguida alerta y olvidó por completo su dolor de espalda. Se sentó muy derecha en el sofá.

Rachel vaciló un instante, pero enseguida pensó: Y bueno.¿Por qué no decirlo?

—Rose —confió—. Cuando llamó para avisar que vendría, me dio la impresión de que la hubiéramos invitado a la ejecución de un condenado a muerte.

Rachel sabía el cariño que su madre le tenía a Rose y no le pareció justo haberla hecho quedar como una aguafiestas. ¿Qué duda cabía? A Rose sólo le preocupaba su hijo, lo mismo que a cualquier otra madre. Pero por otra parte nadie le ponía una pistola en el pecho de Drew para obligarlo a comprometerse con Iris.

"El problema no es Drew —pensó—. Es la misma Rose."

Debemos enfrentarlo, Rose perdió a su marido...y ahora tiene miedo de perder un hijo. Desde la muerte de su padre, Drew se mostró muy protector hacia su madre. Iba a verla por lo menos una vez por semana, y muchas veces se quedaba a comer con ella. Además pasaba más tiempo que antes con su hermano menor. Pero una vez que Drew e Iris estuvieran viviendo juntos, Rachel sospechaba que todo eso cambiaría. Entre sus estudios e Iris, no le quedaría mucho tiempo para dedicarles a Rose ni a Jason.

¡Ojalá Rose misma estuviera involucrada con alguien! Una aventura amorosa la haría pensar menos en Drew. Sabía por Brian que Rose estaba saliendo con Eric Sandstrom (¡nada menos!), pero Rose no se lo había mencionado. Sin duda porque por el momento no quería que se supiera, o porque no había nada que contar.

De todos modos, Rachel no podía imaginar a Rose en una situación seria con Eric, un hombre un poco más joven que ella, que nunca se había casado y no tenía hijos. A Rachel le gustaba bastante y Brian parecía pensar que era el único ser honesto que quedaba en el mundo de la radio. De todos modos, Rachel se preguntaba si habría hecho bien en invitar a Eric a la fiesta. ¿Y si con eso sólo lograba que Rose se pusiera más tensa? "Lo último que le hace falta es tener otra excusa para estar furiosa conmigo", pensó.

—Ya sé. Rose me habló del asunto. Estaba bastante angustiada. —Sylvie miró a Rachel quien notó con alarma y bastante intrigada, que su madre tenía los ojos llenos de lágrimas. —Mira Rachel, he estado pensando y tú sabes que no me gusta meterme en asuntos ajenos, ¿pero no crees que tal vez la angustia de Rose sea justificada?

Rachel volvió a sentirse irritada. ¿Por qué defendía así su madre a Rose? Tuvo ganas de decir algo grosero, pero en definitiva sólo suspiró y agregó:

—Yo también habría preferido que esperaran, por supuesto. Pero por otra parte nadie puede decir que este compromiso sea repentino o inesperado. Drew e Iris han actuado como hermanos siameses desde la infancia.

—Tal vez hayan estado siempre demasiado unidos —sugirió Sylvie con su habitual convicción—. No les haría mal estar un tiempo separados.

—Estuvieron en universidades distintas durante cuatro años —contestó Rachel.

—No sólo me refiero a una distancia física. Tal vez deberían relacionarse con otras personas.

Rachel la miró fijo mientras absorbía el significado profundo de sus palabras. Su madre no sólo aceptaba el riesgo de que el mundo de Iris pudiera desmoronarse, sino que en realidad lo recomendaba.

—Por lo visto tú y Rose están de acuerdo —contestó con frialdad.

Sylvie meneó la cabeza.

—No se trata de Rose.

El enojo de Rachel se convirtió en furia y se descubrió contestando de mal modo.

—¡Por supuesto que se trata de Rose! No me molestaría tanto si su única preocupación fuese Drew. Si no estuviera haciendo esto para aferrarse a él. No puedo creer que no lo comprendas, mamá. Y de todos modos, ¿de qué lado estás?

Sylvie hizo una mueca y pareció luchar consigo misma antes de continuar hablando.

—Sólo estoy sugiriendo que lo mires desde el punto de vista de Rose. Ella quiere a su hijo tanto como tú quieres a Iris.

—La lealtad hacia la propia familia debería venir antes que cualquier otra cosa.

Sylvie no ignoró el sarcasmo de Rachel. Sus ojos se oscurecieron.

—Yo no he olvidado mis prioridades. —Se puso de pie y se acercó a Rachel con dignidad.

Todavía llovía a raudales y el viento arrojaba la lluvia contra los vidrios de las ventanas. La furia del agua y del viento le recordaron a Rachel las de la jungla de Tien Sung, los monzones tropicales, el barro en el que uno se hundía hasta los tobillos.

—Lo siento, mamá. —Rachel se refregó una sien que le palpitaba. —He estado trabajando tanto que ya ni veo las cosas como son. Y sí, tienes razón, es posible que éste sea un error gigantesco. ¿Pero qué alternativa tenemos? Brian y yo le hemos dado todo a Iris, un amor incondicional y todo esto. —Hizo un gesto con el brazo con el que envolvió no sólo la casa sino toda la crianza de Iris: los mejores colegios privados, las vacaciones en familia todos los veranos, y hasta los mejores psiquiatras cuando ninguna otra cosa parecía dar resultado. —Pero de alguna manera nunca nada ha sido suficiente. Tal vez Drew pueda darle lo que necesita. Lo único que nosotros podemos desear es que sea para bien.

Sylvie meneó la cabeza y apoyó una mano sobre el brazo de Rachel.

—Eso fue lo que pensé cuando me casé con tu padre. Por favor, no me mal interpretes. Lo quería de todo corazón. Pero, ¿sabes querida? Nadie puede darte lo que falta dentro de ti misma.

—Aun en el caso de que yo dijera algo, Iris no me escucharía —argumentó Rachel. La mano de su madre contra su piel desnuda estaba tan gastada y suave como un viejo género de damasco, y de alguna manera que no alcanzaba a comprender le resultaba profundamente inquietante. —Cuando Brian trató de hablar con ella, se angustió y eso sólo empeoró las cosas. Lloró durante horas.

—Hay cosas peores que las lágrimas —aseguró Sylvie.

—Queremos que sea feliz. ¿Te parece algo tan terrible? —Ella también estaba al borde de las lágrimas, y se alejó de su madre.

Sylvie la miraba con una expresión que le resultó erizante.

—Un buen matrimonio exige trabajo —dijo—. Y dos personas dispuestas a soportar la carga por partes iguales.

Rachel recordó ese primer año con Brian, lo insegura que se sentía Rose. No le cabía ninguna duda de que de no haber sido reclutado, Brian se habría casado con su novia de la infancia. Pero fue a Vietnam y allí... bueno, las cosas eran diferentes. Aún así, Rachel recordó lo distintos que eran, no sólo en antecedentes familiares y educación, sino en sus formas de enfocar la vida. El encuentro entre ambos que fue como un cataclismo, el hecho de que ella literalmente lo volviera a la vida, la locura que era el mismo Vietnam... todo eso los unió como no podría haberlos unido ninguna otra cosa. Pero aun esa experiencia compartida, una historia que los unía con fuerza excluyendo a todos los demás, en definitiva pudo no haber sido bastante para sobrevivir ante un enemigo aún más insidioso que el que debieron enfrentar allá: la propia incapacidad de cerrar el abismo que se había formado entre ellos.

Cuando Iris se fuera de la casa en forma definitiva, ¿qué sucedería entre ellos? ¿Serían capaces de encontrar el camino de regreso al lugar donde empezaron?

—A propósito, ¿dónde está Iris? —preguntó Sylvie—. Le prometí que la ayudaría a peinarse. —Lanzó una risita y agregó: —Dios sabrá por qué, pero parece creer que no soy demasiado vieja para saber lo que se usa.

Rachel inclinó la cabeza y escuchó. Pero Iris había dejado de cantar, lo único que se oía eran los ruidos que hacía Henri en la cocina. Lo más probable era que estuviera en su cuarto, vistiéndose. Rachel miró a su madre y sonrió.

—¡Oh, mamá!—de repente le impactó comprender que su madre era anciana y que llegaría el día en que ya no estuviera por allí. Al pensarlo, la irritación de Rachel se disolvió. —Confía en ti. Es tan simple como eso.

Deseó poder tener la misma confianza, no sólo en su madre sino también en su marido y en su hija. Poder confiar en que, de alguna manera, todo saldría bien.

¿Y en lo que se refería a Rose? Allí había más en juego que la felicidad de sus respectivos hijos. Si Rose se negaba a hacer las paces con lo sucedido, Rachel no sólo corría el riesgo de perder una hija, también perdería a una amiga.

Esa idea le pesó mientras observaba a su madre dirigirse con lentitud hacia el cuarto vecino, con el cuidado elaborado de una mujer anciana, demasiado digna para permitir que se notara lo débil que estaba.

A las seis y media comenzaron a llegar los invitados. Mason Gold, con su mujer y dos hijas mayores, seguidos por una serie de amigos de Iris y Drew, que salían bulliciosamente del ascensor. Después llegaron varios autores del taller literario que dirigía Brian ese verano. Y Kay, la querida y confiable Kay, con dos de las obstetras de la clínica, Althea Turnbill y Ruth Jacobs. Pronto fueron llegando otros grupos de invitados, fascinados de encontrarse en un lugar seco, con los paraguas chorreando agua sobre el felpudo que Rachel había colocado en el vestíbulo.

Media hora después, todas las ventanas estaban empañadas y en el bar, colocado a la entrada del comedor, el balde de hielo ya estaba vacío. A nadie parecía importarle que la presencia de tantos cuerpos húmedos aumentara un poco el calor del ambiente. Todo el mundo parecía divertido.

Con excepción de Rose. Fue una de las primeras en llegar pero no parecía tener apuro por mezclarse con el resto de los invitados. A cada rato Rachel la miraba, tratando de que los ojos de ambas se encontraran. Pero Rose la ignoraba. En ese momento estaba de pie con sus dos hermanas, quienes también tenían el aspecto de que hubieran preferido estar en cualquier otra parte en lugar de encontrarse allí. Marie, con su cuerpo delgado y sus facciones afiladas que le recordaba a Rachel a un gato nervioso preparado para saltar. Y Clare, en su hábito de monja que le llegaba a las rodillas, que parecía encogerse como un reyezuelo gordito, temeroso de ser devorado.

Rose no se parecía en nada a ninguna de las dos. Más alta, más morocha, con sus facciones audaces y su aire de "quiero-que-esto-esté-listo-para-ayer", apenas compartía un pequeño parecido con sus hermanas, un parecido que más bien se reducía a gestos y expresiones. Sin embargo era evidente que las tres se encontraban unidas en un aspecto: el compromiso de Drew no era una ocasión que mereciera celebrarse.

De repente, Rachel tuvo ganas de acercarse a ellas y enfrentarlas, preguntándoles: ¿Por qué diablos se molestaron en venir? Si tanto les desagradaba, deberían haberse quedado en sus casas.

Casi presa de la desesperación, se volvió hacia su amiga periodista, Sue García, quien vestía una túnica árabe. Hacía algunos años, Sue había escrito un artículo para *Ms.*, en el que, entre otras cosas, describía a Rachel como una "valiente pionera en la frontera de la salud femenina del centro de la ciudad". Aunque algo avergonzada por tantas alabanzas, Rachel la llamó para agradecerle. Terminaron saliendo a almorzar y desde entonces se convirtieron en grandes compañeras. De acuerdo. Sue era obstinada en sus opiniones que nunca se preocupaba por ocultar, pero por lo menos no ponía mala cara ante el compromiso de Iris.

—Yo misma me casaría con ese jovencito si él se conformara con una vieja como yo —dijo Sue, mientras reía y se pasaba la espesa trenza gris por sobre un hombro. —Al diablo con toda esa estupidez feminista acerca de que las mujeres solteras tienen necesidad de celebrar su independencia. Por la noche es un infierno meterse en una cama fría.

En la mente de Rachel apareció la imagen de ella y Brian, durmiendo en postura de cucharita, uno contra el otro. Sintió que un frío estremecimiento le recorría la columna vertebral. ¡Eran tantas las cosas que ella tomaba como si le fueran debidas...!

Algunos instantes después, mientras conversaba con los Gold se descubrió pensando: "¿Y si en lugar de casarme con Brian me hubiera casado con Mason?". Al mirarlo ahora, con una incipiente calvicie y casi barrigón, le resultaba difícil creer que alguna vez hubieran sido amantes, aunque sólo fuera por una noche. Mason, a quien conocía desde la escuela primaria, más bien era una especie de hermano para ella. Y por suerte, él también parecía haber olvidado ese ridículo error que cometieron, la noche en que él celebraba sus veintiún años. Al notar lo contento que parecía, rodeando con un brazo los hombros de su esposa Sharon, Rachel hasta sintió un poco de envidia por la felicidad que demostraban y se preguntó si tal vez Mason sabría algo que ella ignoraba.

—Hice averiguaciones con mi amigo de la oficina del alcalde —le informó a Rachel—. Nadie recuerda una petición, pero sin duda conocen a la Hermana Alice. Por lo visto ha sido una incómoda espina que se les ha clavado a todos, no sólo a ti.

—¿Crees que debo preocuparme? —preguntó Rachel.

Mason frunció el entrecejo. Ella notó que sus anteojos de armazón de carey estaba un poco torcidos.

—¿Preocuparte? Creo que eso sería exagerado. Sin embargo, en tu lugar yo no bajaría la guardia. Las agitadoras como ella nunca se dan por vencidas.

—Y tú lo sabes de memoria. —La esposa le dio un afectuoso codazo antes de volverse hacia Rachel con una sonrisa. —Hace demasiado tiempo que está en contacto con criminales. —Shannon, rubia, impertinente, y muy bien vestida en un modelo de Yves St. Laurent, parecía una persona distinta a la novia hippie de pelo largo, que durante un breve tiempo se hizo llamar Cheyenne.

Rachel recordaba esos días con cierta añoranza. Mason trabajaba por monedas en la Ayuda Legal, y se negaba a permitir que sus padres lo ayudaran. Shannon enseñaba en una escuela Montessori, y llevaba a sus dos pequeñas hijas a la rastra.

También recordó la instantánea que tantos años antes Mason tomó de la muchacha a quien en broma llamaba "La joven doctora Rosenthal", quien con su bolso de lona y su pelo largo con raya al medio, abordaba el avión que la conduciría a Vietnam. Y sin embargo era como si ese fuego que tenía dentro, todas esas convicciones, se hubieran convertido en humo. Todavía tenía su clínica, por supuesto, pero lo que en un tiempo le pareció una empresa gloriosa, en ese momento le resultaba más bien un trabajo penoso. Tal vez todo le llegara a parecer más válido si lograba mantener unida a su familia. Miró a su hija, de pie junto al piano con un grupo de sus amigas de la universidad, todas vestidas en lo que por lo visto era la última moda: vestidos negros góticos y zapatos negros. Entre todas ellas Iris parecía flotar como una mariposa, en su perfecto vestido turquesa. Al verla mostrar con orgullo el sencillo anillo de zafiros elegido por ella y Drew, Rachel sintió una oleada de alegría. Fueran cuales fuesen sus problemas, Iris tenía buen corazón.

Rachel la observó alejarse para reunirse con Drew, quien a su vez se apartó de sus amigos para pasarle un brazo alrededor de la cintura. Con sus pantalones negros muy bien planchados y una camisa de vestir arremangada parecía un ídolo de los años cincuenta: ojos oscuros, párpados pesados, con el pelo rizado cayéndole sobre la frente y una sonrisa que mataba. Ambos se dirigieron una mirada que fue como una flecha de nostalgia pura y dulce que atravesó el corazón de Rachel: era exactamente la manera en que Brian solía mirarla a ella.

—No mires ahora, pero creo que hemos sido infiltrados por el enemigo.

Rachel se volvió y se encontró con Kay, vestida con lo que parecía un par de piyamas de seda rayados y con un vaso de vino blanco en la mano. Kay señaló con la cabeza a la menor de las hermanas de Rose, que en ese momento estaba de pie, sola y con aire de abandono. Pero aun con su hábito de monja, Clare no resultaba amenazadora.

—Es la tía de Drew —explicó Rachel—. Y no te preocupes, no muerde.

A decir verdad, Clare nunca le había gustado mucho. Era una mujer que parecía asustada de su propia sombra y cuyas conversaciones estaban siempre salpicadas con frases como "dice la Madre Superiora..." y "el padre Donahue cree que...". No se parecía en nada a Rose ni a su hermana mayor, Marie, quien cuando la vida la tumbaba, no sólo se levantaba sino que además devolvía el golpe. Kay observó a Clare que jugueteaba nerviosa con la cruz que llevaba alrededor del cuello y cuyos ojos azules parpadeaban con demasiada rapidez.

—¿No la he conocido antes? Su cara me resulta familiar.

—Lo dudo —contestó Rachel—. Rose y su hermana no son muy unidas. Clare está en un convento cerca de Albany. —Codeó a Kay. —¿Por qué no te acercas y te presentas? Creo que le vendría bien un poco de compañía.

—Buena idea. A lo mejor logro enterarme de algunos datos que nos sirvan en nuestro trato con la Hermana Alice... —Y Kay se alejó en dirección a la monja.

Y hablando de Rose, ¿dónde estaría?

Rachel recorrió la habitación con la mirada y la vio cerca de la chimenea, conversando con Brian. Jason, su hijo menor, se encontraba a algunos pasos de distancia, con aspecto incómodo y de sentirse fuera de lugar, las manos enterradas en los bolsillos del pantalón. De no haber sido por Mandy, su media hermana pelirroja, que en ese momento se inclinaba hacia él para susurrarle algo al oído, algo que hizo sonreír apenas a Jay, éste habría sido el perfecto representante de un malhumorado abatimiento.

¡Pobre Jay! Rachel sabía lo difícil que era perder a un padre y tener una madre tan angustiada por su propia tristeza que apenas podía pensar en su hijo.

Pero entonces Rachel volvió a mirar a la mujer encantadora del otro extremo de la habitación, que reía con la cabeza echada hacia atrás, los ojos oscuros brillantes. Con su vestido amarillo, los aros de oro balanceándose, Rose parecía lejos de estar triste. De repente, Rachel lamentó haberse puesto el vestido color marfil; al lado de Rose se sentía sencilla e incolora.

Y de todos modos, ¿de qué demonios se estarían riendo ella y Brian? Sin duda, de alguna historia de los viejos tiempos. Nunca se cansaban de recordar la época en que eran chicos y crecían en el mismo edificio de la Avenida K. Algo. Hacía meses que no veía tan relajado y feliz a Brian, ¡Y, Dios, la manera en que la miraba! Rachel sintió las garras de la antigua envidia recién afiladas por la reciente frialdad que le demostraba su marido.

La distrajo ver a Mandy, quien, rápida como un rayo, tomó una copa de champaña de la bandeja que pasaba un mozo. Rachel hizo una mueca interior. ¿Cuántas habría bebido ya? ¿Cuánto tiempo transcurriría antes de que se quedara dormida en algún rincón? Bueno, por lo menos no haría una escena, y eso la tranquilizaba. Ése no era el estilo de Mandy, aunque tal vez sería mejor que la hiciera. Quizás en ese caso su familia notaría lo que por lo visto era un problema creciente.

Al ver que Rose se alejaba para conversar con Eric Sandstrom, quien acababa de llegar, Rachel creyó haber imaginado la chispa que supuso había entre ella y su marido. Y al mismo tiempo no podía menos que sentirse dolida por la manera en que Rose la ignoraba. Como si todavía siguieran siendo las rivales ansiosas por conquistar el corazón de Brian que fueron años antes. Como si, durante todos esos años, Rose no hubiera aceptado el ofrecimiento de amistad que ella le hizo. Una amistad que creció en tal forma a lo largo de los años que ahora Rose ya era prácticamente una integrante de la familia.

¿Y cómo olvidar que fue Rose quien llevó a Iris a su vida y la de Brian? Si en ese momento Rose no hubiera actuado con tanta rapidez, tirando hilos, abriéndose paso entre una selva de formularios y de procedimientos, ¿dónde estarían ellos ahora? "Estoy en deuda con ella, ¡maldición! Y lo sabe", pensó.

Ansiosa de repente por poner fin a esa clase de pensamientos, Rachel se acercó a saludar a la señora Isley, la maestra de cuarto grado de su hija y con quien Iris nunca dejó de mantenerse en contacto. La pobre mujer también había enviudado el año anterior, pero, a diferencia de Rose, ella, con su cuerpo huesudo, no atraía las miradas de los hombres presentes.

Rachel asentía a algo que le decía la señora Isley, a pesar de no haber oído una sola palabra, cuando Henri anunció que la comida estaba servida. Al mirar a sus amigos y familiares que la rodeaban riendo y conversando con animación y que en ese momento comenzaban a servirse los manjares del suntuoso buffet tendido en la mesa del comedor, Rachel se sintió extrañamente aliviada. Tal vez, además de Rose, hubiera otros que no aprobaran el motivo de esa fiesta, pero de ser así, no lo decían.

Todo el mundo se regodeó con la langosta fría y con los *fettuccine*, con el salmón ahumado, con los pimientos confitados y la ensalada de arroz. Se sirvió vino. Muchos llenaron por segunda vez sus platos. Todos los asientos estaban ocupados y los más jóvenes se instalaron de piernas cruzadas sobre el piso. Cuando por fin terminaron de comer y se retiraron las fuentes, Sean, el menor de los cinco hermanos de Brian, se puso de pie para hacer un brindis.

—Nunca creí que viviría para ver a mi hermano mayor entregando a su hija en matrimonio —comenzó diciendo efusivamente, él también algo bebido. Era un hombre de mejillas coloradas, pelo y barba castaños y que sólo se parecía a Brian en los ojos. Sean agregó, con un guiño: —Pero espero que la feliz pareja sea tan bendecida como Rachel y Brian, quienes ahora pueden tomarse esa segunda luna de miel de la que han estado hablando desde que Carter era presidente.

Rachel miró a Brian y sintió que se ponía colorada. Las miradas de ambos se encontraron y ella sintió o quizás sólo imaginó que había entre los dos una distancia tan evidente que le provocó un escalofrío. Entonces Sylvie alzó su copa y dijo en una voz extrañamente formal:

—Mi queridísima nieta y tú, querido Drew... no podría humanamente desearles más felicidad que la que he visto esta noche. Sólo deseo que continúen siendo tan afortunados.

En el otro extremo de la habitación, Rose se puso colorada y en sus ojos relampagueó una sofocada emoción, pero recién cuando Rachel se encaminaba a la cocina para pedir que sirvieran el postre, se decidió a acercársele.

—¿Tienes un minuto? —preguntó—. Debemos hablar.

Rachel se encogió de hombros y se encaminó hasta el otro extremo del vestíbulo donde se encontraba el estudio de Brian. Sentía una gran pesadez en el pecho. Recordaba otra fiesta, una noche de verano en Londres cuando ella y Brian eran recién casados. Por coincidencia (¿o habría sido una jugarreta del destino?) se encontraron con Rose a quien Brian no veía desde antes de Vietnam. Resultó una situación incómoda para los tres porque no cabía duda de lo destrozada que estaba Rose por la noticia del casamiento de ambos. Pero ni siquiera Rachel estaba preparada para la intensidad de la reacción de Rose...

Lo vio con tanta claridad como si acabara de suceder: la herida sangrante en la palma de la mano de Rose que apretó la copa de champaña con tanta fuerza que la hizo añicos. Y el negro fantasmagórico de sus ojos que logró que Rachel casi se alegrara de tener que cumplir la tarea de limpiar y vendarle la herida... cualquier cosa antes de tener que mirar ese rostro encendido y angustiado.

Sí. Rose había madurado con los años, pero seguía siendo idéntica en lo esencial: una mujer capaz de pasiones tan grandes que podían hacer correr sangre.

Al cerrar la puerta del estudio, Rachel no pudo menos que notar los labios muy blancos de Rose y sus pómulos ahora colorados. Hasta su pelo renegrido parecía irradiar indignación.

—Esta noche no pensaba venir —informó en voz baja y controlada—. Pero Drew insistió. Fue un error que le diera el gusto.

Rachel sintió que se ponía cada vez más tensa. ¿No era típico de Rose que decidiera enfrentarla en ese momento, cuando tenía la casa llena de invitados?

—Entonces tal vez no debiste venir.

—¡Por supuesto! —la mirada de Rose era remota. Pero el exabrupto, cuando llegó era lógico, por lo menos desde su punto de vista. —¡Rachel, por amor de Dios! ¡Esto es una locura! Lo que Iris necesita es ayuda, no una fiesta donde todo el mundo la rodee simulando no recordar lo que casi sucedió durante la última fiesta. Tú sabes que esto está mal. En el fondo de tu ser, debes saberlo.

Desconcertada, Rachel se dejó caer en el sillón ubicado junto al escritorio de Brian. Miró aturdida a su alrededor, los libros que llenaban todas las paredes, los grupos de manuscritos unidos por banditas de goma (varios borradores de las novelas de Brian), la vieja máquina de escribir eléctrica que su marido había dejado de usar hacía varios años pero, que conservaba como una especie de reliquia. Pensativa, Rose estaba de pie junto a la ventana, mirando la oscuridad exterior. Sobre la pared a sus espaldas colgaba una reproducción enmarcada del brazo ardiente de la que surgía una figura que huía del infierno y que constituía la tapa de su novela *Trueno robado*.

—¿Qué habrías preferido que hiciera? ¿Que la confinara? —desafió Rachel.

Rose meneó la cabeza.

—No estoy diciendo que Iris esté loca. Ni siquiera digo que crea que haya algo que nosotras podamos hacer. —Hizo una pausa y se pasó las manos por el pelo. —Mira, no he tenido oportunidad de sentarme con Brian a conversar sobre este asunto. Antes quería hablar contigo. ¿Pero no comprendes? Al ofrecer esta fiesta estás aprobando públicamente algo que sabes que está mal. —Luego se dio cuenta de que tal vez hubiera hablado con demasiada fuerza. —Drew tiene necesidad de ver las cosas con más claridad... y sin tanta fanfarria —razonó—. No sabe en lo que se mete.

—En cambio supongo que tú sí. —De repente Rachel sintió que Rose estaba decidida a arruinarle la noche, junto con cualquier posibilidad que tuviera de destacarse frente a su marido y a su hija. La recorrió una lenta oleada de enojo. —Veo que lo tienes todo muy bien pensado, de principio a fin. ¿Alguna vez se te ocurrió, Rose, que es posible que no tengas todas las respuestas?

Rose respiró hondo.

—No digo que siempre sepa lo que está bien. Pero en cambio reconozco la posibilidad de un desastre antes de que se produzca. Y tú no ayudas con eso de ocultar la cabeza en la tierra. Hace un mes, Iris estuvo a punto de suicidarse. ¿Qué te hace pensar que no volverá a intentarlo?

Rachel hizo un gesto de dolor, como si acabaran de pegarle una cachetada. Pero enseguida se dio cuenta de que el asunto no sólo se refería a Iris. Había algo más profundo, más insidioso. En los ojos de Rose le pareció ver el reflejo de un viejo resentimiento, como las brasas que durante años pueden permanecer vivas debajo de las cenizas. ¿Se relacionaría con Brian? Ahora que había perdido a Max, ¿estarían reviviendo los sentimientos de Rose por su novio de la juventud? No cabía duda de que ella y Brian parecían muy amigos esa noche.

—¿Estás haciendo esto sólo para herirme? ¿De eso se trata? —preguntó Rachel, enfrentándola—. Porque con honestidad no encuentro ningún otro motivo para que me recuerdes lo cerca que estuve de perder a mi hija.

Rose frunció el entrecejo.

—¿Por qué voy a querer herirte?

—No lo sé. Es lo que te estoy preguntando. —Hizo una pausa y luego se obligó a decir: —Hace un rato te vi conversando con Brian. ¿También discutiste con él? ¿O ustedes dos tuvieron una amable conversación?

—Rachel —suspiró Rose—. No estoy tratando de hacerte quedar como la mala de la película. Y, a pesar de lo que puedas pensar, no sucede nada a tus espaldas. —Cometió el error fatal de bajar la mirada... y fue entonces que Rachel lo supo. Porque Rose tenía la piel delgada de los apasionados; cuando mentía no lo podía ocultar.

"Algo sucede a mis espaldas. No sé de qué se trata, pero ¡maldito sea!, lo averiguaré," decidió.

—¿Ah, no? —insistió—. ¿Fue por eso que esta noche mi marido estuvo más tiempo contigo que conmigo, su mujer? —En lo profundo de su ser, Rachel sabía que estaba sobreactuando, que desahogaba en Rose la frustración que le producía Brian. Por supuesto que Rose y Brian debían haber hablado del compromiso de sus respectivos hijos, ¿pero compartieron lo que cada uno de ellos sentía?

—Mira, si tú y Brian tienen problemas... —Rose extendió una mano y dejó la frase inconclusa.

Rachel sintió que algo se quebraba en su interior, un alambre muy fino que lograba mantener intacta su esperanza de que de alguna manera sus problemas matrimoniales con Brian se solucionarían por sí solos. "¡Oh, Dios! ¿Estará enterada? ¿Brian también le habrá hablado de nosotros?", pensó con un estremecimiento.

—¡Cómo te atreves! —exclamó—. Entras aquí con toda clase de suposiciones. No sólo acerca de mi hija, sino también acerca de mi matrimonio. ¿Con qué derecho?

Rose miró de frente a Rachel sin demostrar arrepentimiento. Y allí estaba de nuevo... esa mirada que parecía un relámpago de calor que iluminaba la oscura profundidad de sus ojos. Algo antiguo, oscuro y feroz.

—Tú ni siquiera estás enterada de la mitad del asunto —dijo en voz tan baja que casi parecía un susurro. Y luego, como para no tener que dar explicaciones, apretó los labios generosos contra los dientes en una línea delgada y dura.

"Brian. Debe referirse a Brian", decidió Rachel. El hecho de haber enviudado, sin duda despertó viejas memorias en Rose. Y tal vez Brian fuese también responsable en parte, y de alguna manera la alentaba.

Rachel sintió que el miedo que iba creciendo en su interior se convertía en una ola enorme. Pero expresar lo que sentía en voz alta sólo habría logrado convertirlo en algo más real, más atemorizante.

—Todo esto no es por Iris —dijo—. Ni siquiera por tu hijo. Se refiere a ti. A alguna enfermiza necesidad de aferrarte a él. Perdiste a Max... y ahora tienes la sensación de estar perdiendo a Drew. Supéralo, Rose. Tu marido ha muerto y nada lo traerá de vuelta.

Rachel lamentó de inmediato su exabrupto. Instantes antes se sentía fuerte y decidida, pero en ese momento era tan débil como un bebé recién nacido; le temblaban las piernas como si estuviera al borde de un colapso. "¡Oh, Dios! ¿Qué he hecho?", se preguntó.

Algo terrible, eso era evidente. Rose, con mirada helada y los ojos llenos de lágrimas no derramadas, alejaba con rudeza el brazo extendido de Rachel. Pero si las palabras de Rachel fueron palos, las que Rose le devolvió fueron piedras, esas piedras filosas que producen graves heridas y que quiebran huesos.

Con voz temblorosa, siseó:

—Espero que nunca descubras lo que es perder a un hombre amado. A mí me sucedió... dos veces. Es cierto que Max ha muerto, pero perdí a Brian porque tú me lo robaste.

Capítulo 5

Rose salió hecha una tromba de la oficina de Brian y estaba por dar un portazo cuando una voz educada en su interior le recordó que uno no debía andar dando portazos en casas ajenas. Sobre todo si era la casa de una amiga... de una amiga que muy pronto se convertiría en la suegra de su hijo. Y mucho menos cuando había unas cuarenta personas en la habitación vecina, muchas de las cuales se preguntarían qué diablos estaba pasando.

Pero de todos modos cerró la puerta con la mayor fuerza posible.

¡Al diablo con Rachel y su maldita fiesta! Rachel tenía todo lo que una mujer podía querer: un marido que la quería, una casa agradable, una carrera satisfactoria. Y hasta una madre que sería capaz de hacer cualquier cosa con tal de verla feliz. ¿Y ahora también quería a Drew?

"¡Vete a la mierda!", pensó Rose mientras la furia la consumía. Rachel tenía razón en una cosa: Max estaba muerto. Pero ella no lo estaba. Y ¡maldito sea!, haría todo lo necesario para que Rachel no lo olvidara.

Rose chocó con alguien y la niebla rojiza que la envolvía se aclaró de repente. Brian. Le acababa de colocar una mano sobre el hombro para contenerla. En medio de la penumbra del pasillo su rostro tan familiar entró en foco.

—¡Vaya! ¿Por qué tanto apuro? —En la mano libre sostenía los restos de un whisky con soda. Rose lo miró fijo un instante, transfigurada por el vaso transpirado, por el hielo que se derretía y que flotaba en un par de centímetros de líquido color ámbar.

Después apartó la vista del vaso y miró a Brian, miró ese rostro que había llevado consigo durante todo el tiempo en que él permaneció en Vietnam y durante mucho tiempo después, como si se tratara de la instantánea de un ser querido pero muerto. En cierto sentido, Brian murió allá, tal como ella temía. Porque el Brian que regresó ya no le pertenecía. Era de Rachel.

En ese momento, lo que veía era un hombre que envejecía de la mejor forma posible, con sus facciones angulosas de alguna manera más definidas, y cada arruga y cada cana eran como una nota al pie de página que en cierta forma lo aclaraban. Lucía un blazer suelto, con una camisa celeste con el cuello abierto y Rose notó que el cinturón de cuero trenzado era el que una vez ella le regaló. Lo había conservado durante todos esos años. ¿Por qué nunca lo habría notado hasta entonces?

—Me tengo que ir —contestó.

—¿Tan pronto? —Su mirada descansó sobre ella con la tranquilidad de alguien que la conocía desde hacía mucho tiempo y que no se dejaría engañar con facilidad.

—Tengo que hacer algunas cosas en casa —mintió ella. Rose se miró las sandalias negras que brillaban en la penumbra. Se sentía una hipócrita. Por haberse vestido con tanta elegancia, por haber seguido adelante con la simulación, igual que todos los que estaban allí reunidos. ¿Y además no se divirtió también? Flirteando con Eric. Disfrutando de su atención como si pudiera llegar a algo.

—¿Dónde está Rachel? Me pareció ver que salían juntas de la sala. —Brian miró hacia la puerta cerrada de su estudio como si ya supiera que acababa de suceder algo terrible. —Rose, ¿qué está sucediendo?

"Por supuesto —pensó ella—. Brian me conoce como si fuera un libro abierto. Desde que éramos chicos."

—Estuvimos conversando —contestó en un tono cauteloso—. Mira, Bri, lo lamento. El único motivo que me impidió quedarme en casa esta noche fue que no quería herir a Drew. Pero parece que hice más daño viniendo.

Brian parecía preocupado, pero no sorprendido.

—No puedo decir que te culpe. —Lanzó un suspiro y la rodeó para depositar el vaso sobre una mesita, de espaldas a la puerta de la oficina. —Escucha, ¿no podemos hablar un poco más de esto en algún lugar tranquilo, a solas, tú y yo?

Un hilo de luz apareció a sus espaldas. Rose alcanzó a ver la silueta de Rachel en la puerta.

—Me gustaría —contestó en voz suficientemente alta como para que Rachel la oyera. Todavía estaba enfurecida por las acusaciones que ella le hizo y sí, también por su enfrentamiento con Sylvie, que aunque ya habían pasado varias semanas, se abrieron viejas heridas que le dolían. Tal vez fuese infantil aceptar el ofrecimiento de Brian nada más que para vengarse de Rachel... ¡pero bueno, qué demonios!

—¿No quieres que te lleve hasta tu casa? —sugirió Brian—. En el camino podríamos conversar.

Ella se quedó mirándolo.

—¿Ahora?

Brian se encogió de hombros.

—Estoy seguro de que Rachel podrá arreglarse sin mí. Es lo que hace por lo general. —Lo dijo sin resentimiento, sino más bien con una cansada aceptación.

—Le pediré a Mandy que vigile a Jay y que se encargue de que llegue bien a casa —decidió Rose. Sabía que eso a Jason no le fascinaría demasiado. Siempre argumentaba que a todos sus amigos se les permitía salir de noche sin la compañía de una persona mayor. No era justo que ella lo tratara como si fuera un bebé. ¡Lo que sucede es que la vida no es justa! tenía ganas de contestarle ella. ¿Te parece justo lo que le sucedió a tu padre?

—Pediré un automóvil por teléfono. Nos encontraremos en la puerta dentro de diez minutos. —Brian levantó ambas manos, extendiendo los dedos. No parecía lamentar tener que irse. De todas maneras, la fiesta no duraría mucho más.

A pocos metros de distancia la puerta de la oficina se cerró con suavidad.

Rose experimentó una pequeña punzada de culpa que fue de inmediato devorada por una oleada de justo resentimiento. Después de las cosas espantosas que Rachel le acababa de decir, ¿por qué tenía que preocuparse por lo que ella sintiera? De todos modos estaba harta de tener que andar en puntas de pie para no herir los preciosos sentimientos de esa mujer.

Por lo poco que él acababa de decir, estaba convencida de que Brian vería las cosas desde su mismo punto de vista. Y le vendría bien tener un aliado. Más que eso, le hacía falta un amigo.

Sin que supiera por qué, la imagen de Eric se le cruzó por la cabeza.

Desde que ella participó en su programa de radio habían salido juntos un par de veces. Nada del otro mundo, se dijo Rose. Pero se destacaba una vez en su recuerdo. Una tarde de la semana anterior, cuando ella estaba casi en estado de coma de tanto leer la letra chica de una serie de testimonios y Eric se la llevó a su restaurante italiano predilecto, un lugar poco conocido del Village. Se instalaron en un reservado de la parte trasera, donde hundieron los tenedores en longanizas y escucharon a un grupo de viejos italianos que jugaban a las bochas afuera.

—¿Crees que la gente tiene el poder de reinventarse? —preguntó Eric—. No me refiero sólo a corregir un mal hábito, sino a cambiar por completo. —Ella entrelazó las manos y se inclinó para pensarlo. —El otro día llamó un oyente, el marido de esa mujer golpeada que participó en nuestro programa. Estaba al borde de las lágrimas. Dijo que hasta que oyó por la radio a su mujer, no se dio cuenta de lo mentirosas que habían sido todas sus disculpas. Ahora se está analizando. Sabe que no puede controlar su comportamiento y está tratando de averiguar por qué. Pero me juró que no se volvería a acercar a ella hasta tener la seguridad de que no la volvería a golpear.

—¿Y tú le creíste? —preguntó ella con incredulidad.

Eric sonrió.

—Creo que eso contesta mi pregunta.

—No quiero parecer tan cínica. —Rose se encogió de hombros y se echó atrás en la silla. —Lo que pasa es que me he quemado varias veces.

Enseguida Eric extendió una mano cálida sobre la mesa y tomó la de Rose. Y sus ojos azules que parecían brillar en la oscuridad, descansaron en ella como si comprendiera por qué le resultaba difícil creer en milagros. Le había hablado poco de Max y nada acerca de su madre, pero a pesar de todo él parecía saber intuitivamente todo lo que había de esencial en ella.

También hablaban por teléfono... en realidad casi todas las noches. Eric sabía escuchar y ella podía desahogarse hablándole sobre Jay y sobre Drew, y de los problemas que se le presentaban en la oficina. Y él no le daba consejos a menos que ella se los pidiera. Rose permanecía tendida en la cama con los ojos cerrados y la voz de Eric la tranquilizaba como una caricia.

En cierto sentido era mejor que tenerlo a su lado. Su presencia física y real le resultaba demasiado perturbadora... excitante en un sentido que la llevaba al borde de la irritación. En cambio, de esa manera no arriesgaba nada. Y se podía alejar de él en cualquier momento sin que nadie se ofendiera. Pero por amigo suyo que fuera Eric, Rose ni por un segundo debía olvidar que no era un substituto de Max. No debía confundir soledad con necesidad y, sí, deseo, con la clase de amor que compartieron ella y su marido.

Aún así, en su actual estado de ánimo, con cada nervio a flor de piel, Rose se descubrió deseando una dosis del sentido común y la simpatía de Eric. Y al regresar a la sala, en forma automática se descubrió buscándolo entre la multitud...

Lo vio enseguida, sentado sobre el brazo de un sofá, balanceando una taza de café sobre una rodilla. Conversaba con Marie, quien, cosa extraña en ella, parecía genuinamente desarmada. Con su traje de saco y pantalón de rayón que debía estar por lo menos cinco años pasado de moda, el pelo negro sujeto detrás de las orejas, la hermana de Rose casi resplandecía.

Rose sintió que su temperatura aumentaba cuando empezó a acercarse a él y percibió que tenía un latido en el vientre. Lo que se dijera, y la frecuencia con que lo hacía no tenía importancia; el hecho era que no podía estar cerca de Eric sin sentirse igual a una adolescente que sufría una calentura.

"Sólo me despediré..."

Rose ya había cruzado la mitad de la sala cuando Mandy atrajo su atención. Estaba sentada a solas en un rincón junto a la biblioteca. Ella también tenía una taza de café en la mano, pero la manera cuidadosa con que se la llevaba a la boca hizo que Rose dudara de que realmente fuera café. Más bien sospechó que debía ser algo más fuerte. En ese momento, al mirar a su hijastra levantar una mano para quitarse con torpeza una pelusa del vestido verde, Rose pensó: está borracha.

¡Dios! ¡De nuevo no! ¿Cuándo había visto a Mandy retirarse de una fiesta sin estar por lo menos un poco mareada? Un par de veces hasta se lo mencionó a Max, pero él le restó importancia. Señalaba que ninguno de los socios jóvenes del estudio trabajaba tantas horas como Mandy. En los diez años que hacía que estaba en la firma sólo había dado parte de enferma un puñado de veces. Si Mandy tuviera un problema, ¿no se le notaría en el trabajo?

Rose pensó que últimamente Mandy casi nunca estaba en su oficina. Antes no le daba importancia al asunto, pero ahora se preguntaba si su hijastra no tendría un problema.

De repente, Rose se dio cuenta de que no estaba segura de querer saberlo. Un problema más en su plato ya rebosante era más de lo que se sentía capaz de manejar.

—Dejó de llover.

La voz de Eric. Al volverse Rose comprobó que se había adelantado por entre el gentío para encontrarse con ella a mitad camino. El corazón comenzó a latirle con más fuerza. "¡Maldición! Debería existir una ley contra los tipos como éste —pensó—. Hombres capaces de incendiarnos con sólo mirarnos." En ese momento, Eric la estaba mirando así, de una manera tan sexual como si la estuviera contemplando desde una almohada, el pelo rubio despeinado, los ojos azules que casi la hacían olvidar que había más gente en la habitación.

Eso lo confirmaba. Él también la deseaba. Ya hacía un tiempo que lo sabía. ¿Cómo no saberlo? Pero había una gran diferencia entre saber algo y llegar a sentirlo. Rose se estremeció y se sintió húmeda entre los pechos... y en la entrepierna.

Agradeció la excusa de poder mirar hacia los ventanales. Sin duda ya no llovía.

—Entonces no me hará falta mi paraguas —dijo.

—¿Ya te vas? —Parecía desilusionado.

—En cuanto pueda conseguir que alguien lleve a Jay de vuelta a casa. —Bajó la voz para agregar: —Se lo iba a pedir a mi hijastra, pero me parece que no está en condiciones.

Vio que Eric miraba a Mandy, hundida en un sillón con cara inexpresiva y hasta tonta.

Asintió, comprensivo.

—Supongo que es la primera vez que sucede —observó.

—No. Me temo que no.

—Yo me encargaré de que llegue sana y salva a su casa. —Hizo el ofrecimiento con indiferencia como si hubiera decidido ayudarla a ponerse el saco.

Rose se sintió invadida por una gratitud que sabía era desproporcionada. ¡Pero qué gran cosa, aunque fuese por una vez, que alguien se hiciera cargo de un problema!

—No quiero que te molestes —protestó ella a pesar de su alivio.

—No es molestia.

—Bueno, entonces... gracias.

—De nada. No hace mucho tiempo era yo el que necesitaba que me ayudaran a llegar a casa. No me gusta recordar esos días... pero tampoco quiero olvidarlos. Es parte de lo que me mantiene sobrio. —Su sonrisa leve y enigmática tenía ciertos rastros de dureza. —No te preocupes, tu hijastra estará en buenas manos.

—Lo sé —contestó Rose.

Besó con suavidad la mejilla de Eric y, al hacerlo, percibió su aroma que, por algún extraño motivo, asociaba, no con objetos ni con otros olores, sino con recuerdos que no tenían ninguna relación con él: dormir hasta tarde los domingos, mordisquear tostadas con manteca, días calurosos de verano en la playa y bañarse en el mar. Retrocedió, sintiéndose tonta y vulnerable; la típica viuda solitaria que buscaba con desesperación a un hombre para llenar su vacío.

Rose se excusó antes de ceder a las lágrimas que pugnaban por derramarse y se despidió con rapidez de los invitados a quienes conocía. En definitiva, decidió que era una tontería encomendarle a alguien que llevara de vuelta a Jason y le dio el dinero necesario para que tomara un taxi. Jay tenía razón. Ya no era un bebé.

Se estaba poniendo el impermeable en el vestíbulo cuando la alcanzó Sylvie, a quien había estado evitando. En su vestido color lavanda, que flotaba muy suelto a su alrededor, parecía casi tan etérea como las lámparas japonesas que solía colgar en su patio durante las noches de verano. Rose, llena de sentimientos encontrados que se golpeaban unos a otros como groseros pasajeros de un ascensor, tomó con renuencia la mano que Sylvie le tendía... una mano fría y sin peso como la de un fantasma.

—No podía dejar que te fueras sin por lo menos despedirme de ti —dijo Sylvie con voz cálida y segura, logrando que por un instante Rose se preguntara si tan sólo habría imaginado esa tarde espantosa del mes anterior. Hasta que Sylvie preguntó, esperanzada: —¿No crees que podríamos encontrarnos a almorzar o a tomar el té la semana que viene?

Rose bajó la cabeza y de repente se enfrascó en la tarea de atar el cinturón del impermeable.

—No sé —murmuró—. Estoy muy ocupada.

—¿Y entonces la semana después de ésa?

Rose miró a Sylvie y comprendió que estaba tratando de mantener la compostura y que parpadeaba con rapidez para mantener las lágrimas a raya. A pesar suyo, sintió que se le formaba un nudo en la garganta. "No puedo soportar esto —pensó—. Ni un sólo minuto más."

—Con franqueza, no veo qué sentido puede tener. —Lo dijo con más frialdad de la que intentaba, tal vez para congelar las emociones que bullían en su interior.

Dolorida por dentro, se alejó de Sylvie.

Gracias a Dios, Brian la esperaba en la puerta y Rachel no estaba a la vista.

Bien, pensó, adelantándose al vestíbulo. Tal vez hubiera llegado el momento de que Rachel supiera lo que era que la dejaran atrás.

Al subir al auto junto a Brian, Rose se dio cuenta de lo extenuada que estaba. En cuanto llegara a su casa, lo único que quería era arrastrarse hasta la cama y dormir. Pero antes, ella y Brian debían hablar.

Durante el trayecto hasta su casa conversaron de cualquier cosa menos de Iris y Drew. Brian le habló de la novela en la que estaba trabajando, y sobre su última gira de promoción de sus libros que incluyó diez ciudades y que lo dejó agotado. A su vez, Rose le habló del caso importante que sería juzgado el mes siguiente, y de la manera en que logró que los abogados de la parte contraria dieran un traspié. Pudo presentar los recibos del nuevo televisor y equipo de estéreo que la parte litigante había comprado el mismo día en que supuestamente estaba en cama, demasiado enferma para poder declarar.

Cuando por fin el auto se detuvo frente a la casa de la calle Perry, Rose se dio cuenta de que ni una sola vez habían mencionado el verdadero motivo por el que Brian se ofreció a acompañarla. ¿Estaría reservando un gran discurso para cuando estuvieran adentro?

Brian se detuvo en la vereda, frente a la entrada de la casa de Rose y le dirigió una mirada pensativa.

—Oye, me estaba preguntando —dijo—. ¿Sigues manteniéndote en contacto con alguien de nuestro antiguo barrio?

Ella le sonrió.

—Sólo contigo.

Él le devolvió la sonrisa.

—¿Recuerdas el fuerte que construimos en el techo? Fue un milagro que no se nos cayera encima... todas esas maderas medio podridas que sosteníamos con clavos oxidados y con alambres de fardo.

—En cambio, los que nos desmoronamos fuimos nosotros. —Rose rió con suavidad al mirarlo en el vestíbulo... y sí, recordando ese fuerte que fue más que una casa de juegos. En realidad era una especie de santuario, el lugar donde Brian la besó por primera vez, haciéndola descubrir la fuerza más poderosa de la tierra: el amor. —La vida es realmente extraña. Ahora, tantos años después, los que no pueden vivir separados son nuestros hijos.

Brian subió la escalera hasta la sala de estar del segundo piso y se dejó caer pesadamente en el sofá. Ella lo miró sacarse los mocasines. Todavía usaba la misma marca de zapatos. ¿Cómo era posible que tantas cosas hubieran cambiado y que sin embargo los pequeños detalles siguieran siendo los mismos?

—Sí, es extraño. —Suspiró y se pasó una mano por el pelo. Una luz aguachenta entraba por los altos ventanales. Sobre la repisa de mármol de la chimenea resplandecía una serie de fotografías con marco de plata: una de Max, que rodeaba con los brazos los hombros de sus hijos; otra, más reciente de Drew el día de su graduación. Por algún motivo esas fotografías entristecieron a Rose, como si los recuerdos muy queridos no fueran más sustanciales que el reflejo de las gotas de lluvia sobre los ventanales.

—Prepararé un poco de café —dijo en voz baja.

Cuando volvió, con una cafetera y dos jarros, le sorprendió ver a Brian ajustando una bombita de luz nueva en la araña que colgaba sobre el piano. Se sintió agradecida y también un poco sorprendida, había recordado dónde guardaba ella cosas como bombitas de luz, clavos e hilos sueltos. Hacía meses que ella misma pensaba reemplazar esa bombita. Hacer ése y un millón de otros trabajos sin importancia. Sólo que, por lo general, cuando llegaba a su casa estaba demasiado cansada o demasiado cargada con el papeleo.

—Estás contratado —dijo riendo mientras le alcanzaba un jarro de café—. Cuando hayas terminado con eso tengo una canilla que pierde en el baño a la que hay que cambiarle el cuerito.

Brian sonrió.

—Te digo en serio que no me importaría hacerlo. Es agradable que, para variar, a uno lo aprecien.

Ella prefirió ignorar el comentario porque no quería meterse más profundamente en terreno resbaladizo. Ya empezaba a lamentar su impulso mezquino de vengarse de Rachel a través de Brian. Si él y Rachel tenían problemas, bueno era algo que ambos tenían que solucionar. Y de todos modos, en ese momento su principal preocupación era Drew.

—Bri —empezó a decir, vacilante—, este compromiso... te pido por favor que me digas que, lo mismo que yo, consideras que no es una buena idea. Creo que no podría soportar que también tú estuvieras en mi contra.

Él la miró sin sonreír.

—No, Rose, no estoy en tu contra —contestó—. Pero eso no significa que no tenga opiniones propias. —Caminó hasta el sofá con sus pies descalzos y se sentó. Se inclinó hacia adelante, apoyó los codos sobre las rodillas y la miró. —Mira, sé cómo te debes sentir. Si de mí dependiera... —Apartó la mirada y tomo el jarro que acababa de dejar sobre una mesa. —Pero no depende de mí. Rose, tú sabes tan bien como yo que no podemos impedir que nuestros hijos cometan los mismos errores que cometimos nosotros. ¡Diablos! ¿Crees que nosotros hubiéramos escuchado razones?

Rose meneó la cabeza, sin querer oír lo que él decía.

—No me importa lo que sea razonable. —Alzó la voz. —Bri, tengo miedo. Por supuesto que más por Drew. Pero, aunque no lo creas, también la quiero a Iris.

—Ya lo sé. —Levantó hacia ella sus ojos grises—. Rose, aunque pasara el resto de mi vida intentándolo, nunca podría empezar a pagarte lo que has hecho. No olvides que fuiste tú la que nos dio a Iris.

Rose cambió de posición. De repente se sintió incómoda. "Brian no conoce toda la verdad", pensó. Sólo sabe que la madre de Iris murió a causa de una sobredosis poco después de que se conociera su identidad, cuando se la acusó de traficante de drogas. Pero ella nunca le habló a nadie de la noche en que la llamaron de la comisaría. ¿Qué sentido habría tenido repetir esas locuras inconexas que decía la drogadicta acerca de Iris? No cabía duda de que la mujer estaba loca.

—Tú no me debes nada —le dijo a Brian, y agregó con firmeza: —Cualquier cosa que hagas, hazla por Iris.

Brian dejó caer la cabeza entre las manos y contestó en una voz hueca.

—¿No crees que ya lo hemos intentado todo? En este momento está muy bien, de acuerdo, pero en el minuto menos pensado... ¡Dios! Es como si estuviera corriendo el tiempo de una bomba y yo no pudiera llegar hasta ella... y sé que si no llego... todo volará. —Levantó la mirada y ella vio la angustia de sus ojos, angustia que, por la indirecta de Rachel, suponía que no sólo tenía que ver con Iris. —Rose, no sé qué más hacer.

Ella lo miró y el pasado y el presente se hicieron uno solo, como si estuviera viendo a dos Brian: el jovencito al que una vez amó y por quien hubiera dado la vida y el padre angustiado que tenía delante, dispuesto a hacer lo que fuera necesario con tal de salvar a su hija.

—Yo tampoco sé qué hacer —contestó ella con suavidad—. Pero no es posible que nos quedemos sentados sin hacer nada.

—¡Diablos, hizo falta una maldita guerra para separarnos! —exclamó Brian con una sonrisa sin alegría.

—Rachel me acusó de tratar de aferrarme a Drew porque... porque no puedo aceptar que Max esté muerto. —Con una piedra de furia clavada en el pecho, Rose se dirigió al cuadro de Chagall que colgaba entre dos ventanales. —Tal vez tenga razón. Quizás alguna parte de mí se esté aferrando a Drew.

—Por lo menos pudiste aferrarte a algo que valía la pena —dijo Brian con una amargura muy poco común en él.

—Es necesario luchar por lo que uno quiere. Con Max no tuve esa posibilidad. —Se volvió hacia él, de repente furiosa, con ganas de sacudirlo o por lo menos de sobresaltarlo; para obligarlo a ver por lo menos una fracción del mundo de dolor que ella contemplaba en toda su magnitud.

La expresión de Brian la detuvo enseguida e hizo desaparecer su furia. Era tan triste, tan poco parecida a la del Brian que la cuidaba cuando eran chicos. Él era siempre el que tenía más aguante, y sin embargo, al mismo tiempo, temerario con los puños cuando tenía necesidad de serlo. Tampoco olvidaría nunca lo que Brian le dijo cuando lo enrolaron para ir a luchar a Vietnam: "Si no voy yo, saldrá el número de algún otro. No podría vivir sabiendo que otro tipo tal vez muera en mi lugar".

¿Adónde estaba ese jovencito? ¿Fue Iris la que cinceló esas arrugas alrededor de sus ojos y de su boca, por tener que enfrentar todo el tiempo una batalla imposible de ganar?

¿O sería sencillamente que ambos estaban envejeciendo? ¿Que descubrían que la vida no era tanto una promesa como una serie de compromisos?

Sin palabras, se dejó caer a su lado en el sofá y se tomaron de la mano. Rose recordó la época en que le parecía imposible sobrevivir el dolor de haberlo perdido. Y en ese momento era el desánimo de Brian lo que le recordaba que la vida no se detiene, que los corazones cicatrizan.

Rose hundió el rostro contra el pecho de él. Se dio cuenta apenas que Brian le acariciaba el pelo y le susurraba palabras de consuelo. Le respondía, igual que siempre. Con bondad. Cuando la besó con suavidad en los labios, le pareció natural devolverle el beso.

Al principio con incertidumbre, después con una desesperación que parecía surgir de su vacío interior. Aferró la camisa de Brian y se colgó de él como para no ahogarse.

—¡Por favor! —susurró, sin saber con certeza lo que suplicaba—. ¡Oh, por favor!

En ese momento surgió en ella un recuerdo, al mismo tiempo exquisito y doloroso: monedas diseminadas por el piso del dormitorio universitario de Brian, centenares de monedas que surgieron de un recipiente que ella hizo añicos cuando él le dijo que iba a Vietnam. Monedas que parecían hacerle un guiño cuando ella se dejó caer al piso, sollozando. Hicieron el amor por última vez sobre la alfombra, en silencio, con furia, con la clase de pasión que sólo surge cuando uno sabe que muy pronto ya no tendrá posibilidad de repetirlo. Los rostros de ambos, empapados en lágrimas, todas esas monedas, cosas tan pequeñas, casi sin valor a menos que hubieran sido coleccionadas a lo largo del tiempo, como recuerdos y que en ese momento se apretaban como círculos fríos contra la piel ardiente de ambos.

En ese momento Brian alzó una mano y comenzó a acariciarle el cuello con el pulgar. Con la punta de los dedos le acarició la nuca y le pasó los labios por las sienes. Respiraba en espasmos cortos y cálidos. Su necesidad era evidente en el leve temblor de sus dedos. Cuando por fin se echó atrás, fue como si hacerlo le hubiera exigido un esfuerzo tremendo.

—Rose —murmuró con voz ronca—. ¡Lo siento tanto, Rose!

—No lo sientas... No hemos hecha nada. Ni lo haremos.

—No, no me refiero a esto. Sino a nosotros. A todos estos años. Quería que lo supieras. No fue porque hubiera dejado de amarte.

Ella lo hizo callar apoyando un dedo sobre sus labios. La pasión urgente de un momento antes desaparecida. "Existen algunas cosas —pensó— que nunca es posible recuperar." Parte de su ser quería hundirse en el reconfortante pasado, pero sabía que sólo se trataba de una ilusión. En su momento habría hecho cualquier cosa por aferrarse a Brian. Sin embargo, con los años aprendió que algunas relaciones están hechas para perdurar y otras para ser guardadas en lo profundo, como recuerdos preciosos del júbilo evasivo que permanece en el dulce corazón de la vida.

—Esos fueron otros tiempos. Ya ni siquiera somos las mismas personas. Tú tienes a Rachel y yo... yo tenía a Max —terminó diciendo en un hilo de voz.

—No quise... —dejó caer la cabeza, apesadumbrado.

—Ya sé que no quisiste —contestó Rose—. Lo que pasa es que estamos cansados y destrozados. Yo extraño a mi marido. Extraño estar casada.

—Yo sé lo que es eso —replicó Brian con amargura.

—Pero no es tarde para ti —lo urgió ella, deseando poder expresar lo definitiva que es la muerte de un ser amado; como cada palabra dura, cada expresión de amor se magnifica—. Lo que pasa es que has perdido tu rumbo. Todavía tienes tiempo de solucionar lo que no está bien.

Rose pensó en Max, en el tiempo que transcurrió, años después de perder a Brian, antes de que se sintiera capaz de entregar por completo su corazón. En ese tiempo se juró que jamás volvería a dejarse pisotear. Y ahora allí estaba, de nuevo una sobreviviente, aprendiendo que había más de una manera de perder a un ser querido o de tener el corazón destrozado.

Entonces pensó en Eric y de repente tuvo miedo. No quería volver a vivir tanto dolor. No quería enamorarse tan sólo para que le quitaran ese amor.

—¿Crees que nuestros hijos tendrán mejor suerte? —preguntó Brian.

—¡Dios! Espero que sí.

Se produjo un largo e incómodo silencio sólo interrumpido por el maullido de un gato en la parte trasera de la casa, alguno de los que pertenecían a la colonia de gatos perdidos y que habían decidido que, a falta de un dueño, su jardín era a lo que mejor podían aspirar. Rose no tenía el coraje de denunciarlos a la Sociedad Protectora, pues no le parecía justo que los durmieran sólo por hacer lo que era lógico.

Brian se alejó de ella con renuencia. Era tan alto como siempre, pero con los hombros un poco caídos, lo cual no era así en la época en que todos los príncipes de los cuentos de hadas se parecían a Brian.

—Será mejor que me vaya —dijo él.

Al mirarlo dirigirse hacia la puerta, Rose pensó con cansancio: "Sí, vuelve a tu casa y a tu esposa. Y alégrate de tenerla todavía".

Justo antes de salir, Brian se volvió y habló como si quisiera decir mucho más:

—Me alegro de que hayamos conversado.

—Yo también —contestó ella con sinceridad.

Luego Rose oyó el leve "clic" de la cerradura de la puerta cuando Brian salió.

Sola, al oír la caída de la lluvia sobre el alero, un sonido parecido al tictac desparejo de un reloj, Rose volvió a pensar en Eric.

¿Y si el que la hubiera besado fuese Eric? Eric, que no estaba casado, que era libre de quedarse con ella toda la noche. Y con quien no compartía ningún pasado complicado. ¿Habría permitido que se fuera tan rápido? ¿Hubiera podido resistir el deseo poderoso de volver a sentir el cuerpo desnudo de un hombre en su cama? Un hombre que con toda claridad también la deseaba.

Una noche, era todo lo que ella pediría. Todo lo que se animaría a arriesgar.

Brian caminó por la vereda, ignorando los taxis que pasaban a su lado. Decidió que regresaría a pie porque necesitaba tomar aire, porque necesitaba pensar antes de llegar a su casa. Antes de encontrarse con Rachel. Y con la escena que sin lugar a dudas lo esperaba. Se preguntó cómo sería seguir caminando, seguir colocando un pie delante del otro hasta que el cansancio le impidiera avanzar.

"¿No es eso lo que has estado haciendo? ¿Lo que te trajo hasta aquí en primer lugar?", pensó.

Cada día se decía que esa situación mejoraría, que esa Rachel de quien se enamoró tantos años antes y con quien se casó en lugar de hacerlo con Rose, esa jovencita tierna pero dura, en la que bullía la pasión por salvar el mundo pero que también era apasionada con él, volvería.

Ahora no estaba tan seguro.

Para él algo había cambiado con la muerte de Max. Le hizo comprender con cuánta facilidad se podía perderlo todo. Y esa noche, con Rose, recordó algo más: lo maravilloso que fue todo con ella. Su primer amor. Y creyó haberlo reconquistado cuando ella le dijo que habría muerto por él.

Aún ahora la creía capaz de emociones tan profundas. Rose, la que se aferró a él la última noche antes de su partida a Vietnam, desnuda y sollozante, no había cambiado. Aunque atemperado por los años y por las pérdidas, había algo en ella que le recordaba la primera y única vez que intentó hacer esquí acuático, el momento en que se encontró en el aire, excitante y al mismo tiempo aterrorizante. Y sin embargo nunca se sintió tan vivo.

Lo que la mayor parte de la gente no comprende es lo poco común que es, pensó. Y lo pasajero. La ironía consistía en que aún aquellos lo suficientemente afortunados para experimentar esa clase de amor, por lo general no lo apreciaban hasta que era demasiado tarde. Dejaban que se marchitara. O permitían que se lo quitaran.

Entonces pensó en su segunda novela, que después de la sensación provocada por *Águila doble* fue algo decepcionante para algunos.

Autopista de reyes era un libro más tranquilo en muchos sentidos, la autobiografía de un chico que crece en Midwood, hijo de una numerosa familia católica irlandesa, que se hace amigo de la chica de al lado. Una muchacha que se convierte en una belleza y a quien él casi termina destruyendo por circunstancias que están fuera de su control.

Cuando la leyó, Rachel casi no hizo comentarios. Debió saber quién era el modelo de su marido para el personaje de Rowena, pero, aunque tal vez sintió celos, se cuidó muy bien de demostrarlos. Brian la admiró por ello. Rachel era lo suficientemente inteligente como para saber que una alianza matrimonial no compra todos los pensamientos y sentimientos del marido.

Pero ahora Brian se preguntaba si el silencio de Rachel no fue sólo una señal de que en el fondo era bastante más fría de lo que él sospechaba. En las mismas circunstancias, Rose habría gritado y llorado... y luego le habría hecho el amor con ferocidad. Comprendió que todo lo que no se conversaba en un matrimonio, no desaparecía. Se iba acumulando, como hielo sobre un tejado, hasta que aparecían goteras pequeñas, y poco después se desmoronaba todo el techo.

Esa noche, la fiesta de compromiso de su hija le recordó más de lo que él quería. Una época en que, igual que Drew, era demasiado joven para apreciar a fondo el don que había recibido, un don que sólo se recibe una vez en la vida.

Siguió caminando. Las enormes marquesinas de cada lado de la avenida se fueron convirtiendo en vidrieras más pequeñas cuando dobló hacia el este, rumbo a Park, esquivando los pequeños lagos dejados por la lluvia. Pasó junto a Barnes and Noble donde se realizó la fiesta de publicación de su último libro. Esa noche se reunieron allí doscientas personas. Increíble. El recuerdo le provocó calidez... pero sólo durante un instante. Luego la marea del vacío volvió a surgir en su interior.

Al doblar hacia Gramercy Park se encontró pensando en su amigo, Eric Sansdtrom, y sintió envidia. Había oído decir que Eric y Rose salían juntos. Por algún motivo, la noticia lo afectó más que el hecho de que Rose hubiera estado casada con Max durante tantos años. Para empezar, Max era mayor. Pero Eric, un hombre de más o menos su misma edad, lo hizo sentir viejo: el padre de una hija ya mayor que pronto llegaría a ser suegro. Con los arrebatos juveniles ya muy lejos.

¿Pero sería eso cierto? Su vida con Rachel era frustrante, no porque ella hubiera dejado de importarle, sino porque la quería y necesitaba que le diera más. Antes creyó que, con el tiempo, la paciencia tendría su premio. Pero ahora lo quería todo... todo lo que habían reservado para un día de lluvia.

"Enfréntalo, hombre —pensó—. No te sentirías así si tuvieras una mujer que te extrañara la mitad de lo que Rose extraña a Max." Si él muriera, Rachel sufriría y lo lloraría, de eso estaba seguro. Pero en definitiva, ¿su ausencia dejaría en ella ese vacío tremendo que sentía Rose? No, posiblemente no.

Eran casi las once y media cuando Brian entró en su departamento. Le sorprendió encontrar a Rachel levantada esperándolo, enroscada en el sofá en su bata de cama.

Estaba ojerosa, tenía los ojos colorados, como si hubiera estado llorando.

—No te preguntaré por qué tardaste tanto. No me rebajaré a eso. —La voz de su mujer era dura y baja, una bala que lo tomó de sorpresa.

—Volví a casa caminando. —No era una disculpa; simplemente una explicación. Se quitó los zapatos junto a la puerta y notó que estaban empapados, lo mismo que las medias.

Notó la lucha en el rostro de Rachel cuando ella se levantó para recibirlo con los brazos cruzados.

—Por lo menos podrías haber llamado. O mejor aún, habérmelo advertido antes de irte dejándome con la casa lleno de invitados. ¿Qué se supone que debía decirles? ¿Que te importaba más acompañar hasta su casa a tu querida amiga Rose que lo que te importan tu mujer y tu hija?

—Me sorprende que hayas notado mi ausencia. —Se acercó al bar que seguía armado a la espera de que el encargado de la comida y la bebida lo desarmara al día siguiente. En realidad, lo único que quedaba era un poco de whisky que él se sirvió, para que deshiciera el nudo de hielo que se le acababa de formar en la boca del estómago.

—¡Maldito seas! —dijo ella—. ¡No permitiré que me hagas esto!

—¿Quién dijo algo acerca de ti? —Demasiado cansado para discutir, Brian se volvió con lentitud para enfrentarla. —Lo creas o no, Rachel, no lo hice para castigarte. O para ponerme del lado de Rose. Por increíble que te parezca, esta noche me divertí.

—No lo dudo —Se acercó a él. —¡Dios, Brian! ¿Crees que soy una imbécil? ¿Crees que no sé qué es todo esto?

—Si lo sabes, dímelo.

—Rose. La viuda solitaria. Que te pide ayuda. Que necesita alguien que llene su vacío. Es como todos los dramones cinematográficos que he visto en mi vida. —Hizo una pausa antes de agregar: —¡No puedo creer que hayas caído en esa trampa!

Brian notó que estaba herida. Era una de las cosas que más le enfurecía de ella... y que al mismo tiempo le resultaba más querible. Cuando más vulnerable se sentía, más dura trataba de parecer.

“¡Fue su dureza y su decisión los que te salvaron la vida, pedazo de idiota!”, recordó Brian. Al despertar se encontró en una cama dura de hospital de campaña, en una habitación muy blanca y con un par de ojos muy azules mirándolo. Los ojos de un ángel, pensó en ese momento, hasta que se enteró por una enfermera que la doctora Rosenthal había luchado como un demonio para impedir que muriera y lo encerraran en una bolsa de plástico. Acorraló a todos los que la rodeaban para obligarlos a ayudarla a reparar sus heridas. Además, los ángeles no usaban zapatillas embarradas ni tenían las uñas comidas.

Pero ahora no estaban en Vietnam. Y él no se encontraba al borde de la muerte. Aunque a veces tuviera la sensación de que así fuera.

Brian se encogió de hombros y se volvió, convencido de que su frialdad heriría aún más a su mujer. Quería herirla, ¡maldito sea!

—Casi había olvidado lo que era que me necesitaran —dijo.

Rachel le dirigió una mirada dura, como si pudiera ver a través de él y supiera todo lo ocurrido esa noche. Lo que habría sucedido si él no se hubiera detenido. Y lo peor de todo era que no se avergonzaba de ello. Sólo lo lamentaba.

Rachel retrocedió un paso y preguntó con ansiedad:

—¿Qué estás diciendo? ¿Qué sucedió que no me estás contando?

Al principio Brian no le contestó. Transcurrió un momento hasta que pudo reunir la fuerza necesaria para hacer un movimiento negativo con la cabeza.

—Nada —contestó con franqueza—. No sucedió nada. Conversamos. Eso fue todo.

Ella siguió mirándolo un par de instantes, estudiando su rostro. Suspiró.

—Lo siento. No quise acusarte. —Se pasó las manos por el pelo. —Ha sido una noche muy larga. Estoy angustiada pero sé que no lo harías... bueno... con Rose.

Casi no podía pronunciar las palabras. De repente él quiso que las dijera: “Hacer el amor”, “Sexo”. Como quisiera llamarlo. Cualquier cosa que demostrara que todavía lo quería de la misma manera, lo suficiente para enfurecerse ante el pensamiento de otra mujer. Rose, sobre todo Rose.

Algo se rompió en el interior de Brian que lo llevó a adelantarse, a tomar a Rachel por los hombros, hundiendo los dedos en la bata de tela de toalla como si se tratara de arena que podía escapársele de las manos.

—No sucedió nada —repitió.

Lo que sucedió entonces lo sorprendió como el diablo. Rachel estalló en lágrimas y se aferró a él con una fuerza que estuvo por hacerle perder el equilibrio.

—Brian, ¿qué está sucediendo con nosotros?

A pesar de él, Brian levantó los brazos para tranquilizarla, un gesto que también lo tranquilizaba a él aunque sólo fuera por su familiaridad. Le acarició el pelo como sabía que a ella le gustaba.

Cuando Rachel echó atrás la cabeza para que la besara, se descubrió respondiendo con una necesidad parecida a una enorme fuerza de gravedad. No recordaba la última vez que había sentido eso hacia su mujer. Y era porque en ese momento no era en ella en quien pensaba, sino en Rose. Rose le provocaba un incendio interior. Recordaba su boca, su calor. No sólo el que percibió esa noche, sino el de años antes. Su mano que le acariciaba el cuello. La suavidad de las piernas que envolvían las suyas. El aspecto que tenía desnuda en la penumbra: su pelo y sus ojos oscuros con reflejos dorados. Parecía maravillosamente pagana, como una especie de sacrilegio malvado, con su católica ropa interior blanca y el pequeño crucifijo de oro que él le regaló, brillando en su cuello.

Lleno de la imagen de Rose, atrajo a su mujer hacia sí con rudeza. La oyó gemir de dolor y tomó el gusto a sangre. En algún oscuro lugar de su cerebro, supuso que debía haberle mordido un labio.

No le importó. Estaba más allá de que nada le importara. Más allá del simple deseo. Necesitaba eso. ¡Dios! Más de lo que había necesitado nada en toda su vida.

Tironeó del cinturón de la bata, pero Rachel lo contuvo con suavidad.

—Iris —susurró—. Tal vez nos oiga. —Lo tomó de la mano y lo condujo al dormitorio.

Una vez allí, en ese lugar donde habían vivido tantas noches de compañerismo, durmiendo estilo cucharita, él la poseyó. Lo hizo con una urgencia dura y fiera... que no se parecía en nada a algo que él y Rachel hubieran experimentado alguna vez. Ni siquiera en su noche de bodas, en ese hotel destartalado cuyas ventanas daban al río Saigón, la había tocado así. La empujó con las manos entre las piernas. Le chupó los pechos con dureza cuando ella se arqueó hacia él. Rachel gimió, Brian no supo si de dolor o de placer pero no le importó. Porque ella también estaba excitada.

Mojada. No sólo allí abajo. Sino con todo el cuerpo húmedo de sudor. ¡Dios Santo! Estaba ardiendo.

Sobre la colcha que había sido de su abuela irlandesa, la penetró. Y sintió que ella se apresuraba casi en contra de su voluntad, contrayendo cada músculo, como si se resistiera... pero al mismo tiempo también deseándolo con desesperación.

Las imágenes corrían por la cabeza de Brian como escenas apenas vistas desde la ventanilla de un tren en marcha. Rose, a los diecisiete años, acostándose con él por primera vez. Un poco escandalizada por todo eso, pero deseosa... porque quería darle placer...

Y también los recuerdos de Rachel. De recién casados en Vermont, trepando una cancha de esquí, sin nieve porque era verano. Al llegar a la cima, donde estaba el ascensor, abandonado como un gigante, hicieron el amor. El sol abrazaba la espalda desnuda de Brian. La piel húmeda de Rachel se pegaba a la suya. Lo miraba con los ojos muy brillantes que parecían reflejar la superficie de un lago de montaña.

El orgasmo de Brian fue duro, como si le estuviera arrancando algo. Un final apresurado en el que el climax tembloroso de Rachel pasó casi desapercibido.

Entonces terminó y él permaneció jadeante a su lado. Transcurrieron varios minutos antes de que Brian se diera cuenta de que Rachel estaba llorando. Lloraba con suavidad, casi en silencio, con la cara cubierta por una almohada.

Brian se sintió sacudido. Lo sabe, razonó.

¿Cómo no lo iba a saber? Nunca en todos sus años de casados le había hecho el amor de esa manera.

—¡No! — Ella se encogió cuando él trató de rodearla con sus brazos.

Brian tenía ganas de decir: no es lo que estás pensando. Pero habría sido una mentira.

Rachel cerró los ojos para no tener que mirarlo y las lágrimas se escapaban bajo sus párpados.

Brian sintió una extraña mezcla de emociones: cuatro partes de vergüenza, una parte de amargura. En veintiún años nunca le había sido infiel a Rachel, pero lo que acababa de suceder era lo más cercano a la infidelidad que uno podía imaginar. De sólo pensarlo se sintió un poco descompuesto.

Quería que Rachel lo mirara, que le diera un buen motivo para que siguieran casados. Para impedir que deseara a Rose y, la vez siguiente, no sólo en sus fantasías.

Pero ella seguía enroscada sobre sí misma, los ojos cerrados con fuerza, el cuerpo todo convertido en un gran puño que lo amenazaba.

Lo peor era que él no podía dejar de pensar en Rose. Lo que habría sentido si la que estuviera tendida en ese momento a su lado fuera ella. La sola idea de que Rose se acostara con Eric le producía un dolor agudo en el vientre. ¿Habría dormido ya con él?

Tal vez todavía no, pero lo haría. Pronto. Si Brian la deseaba, si ella estuviera dispuesta a aceptarlo, tendría que actuar con rapidez.

Rodó para acostarse de espaldas, escandalizado por sus propios pensamientos. No sólo pensaba en una aventura. No. No les haría eso ni a Rose ni a Rachel.

¿Divorcio?

La idea lo golpeó como una bolsa de arena contra el pecho, pero por primera vez no la desechó. En lugar de ello, permaneció perfectamente inmóvil, midiendo su peso, poniendo a prueba su reacción. Descubrió que el pensamiento no lo paralizaba, como le sucedió las veces anteriores que se atrevió a asomarse a ese desierto. Que podía soportar imaginar algo así, por aterrorizante y terrible que fuera.

Al mismo tiempo moría de ganas de levantar a Rachel y de sacudirla hasta que se convenciera: ella era lo que él quería. No la pálida versión de un matrimonio que tenían en ese momento. Sino como había sido al principio. Sólo ellos dos.

Hubiera ido hasta el fin del mundo por Rachel. Lo mismo que en Vietnam cuando arriesgó su vida y volvió a entrar en la jungla hasta el hospital ocupado donde la mantenían prisionera.

Brian nunca olvidaría la expresión de Rachel cuando lo vio entrar por la puerta, el juego de emociones que expresó un rostro casi transparente por la extenuación. Impacto, reconocimiento, incredulidad y luego un júbilo absoluto e incierto.

¡Dios! ¡Qué no daría por volver a ver esa expresión en su rostro!

Sólo había una cosa que no estaba dispuesto a hacer: conformarse con menos de lo que ambos merecían.

Con toda sencillez, lo quería todo. O nada.

Capítulo 6

—Lo siento... Lo siento... No te enojes.

Mandy murmuraba para sí misma mientras Eric la ayudaba a bajar del taxi. Tenía la cabeza inclinada y su pelo cobrizo le tapaba casi toda la cara. La esquina en la que estaban se encontraba a unos metros de Battery Park, donde ella vivía. Pero en lo que a Mandy concernía podrían haber estado a kilómetros de distancia.

Al mirar a su alrededor, Eric tuvo la impresión de haber escapado apenas de un posible desastre. En ese extremo de la ciudad, la calle estaba casi desierta. Si Mandy hubiera vuelto sola a su casa podría haber sucedido cualquier cosa...

Un recuerdo enterrado en su mente parpadeó en su conciencia, imágenes distorsionadas de noches como ésa, en las que tropezaba con un pilar o hasta con un poste de alumbrado, cada vez que debía bajar a la acera tenía la sensación de poder caer en un precipicio y luchaba por mantener el equilibrio en veredas que se balanceaban como un puente colgante. Que hubiera logrado siempre llegar hasta donde se dirigía, sobrevivir, debía ser una especie de milagro en sí mismo.

Su padrino de Alcohólicos Anónimos mejoró la situación. Carl Jagger un camionero negro oriundo de Tennessee, con quien Eric tenía una sola cosa en común pero a quien aprendió a querer como a un tío, lo escuchó con interés cuando él le contó la historia del choque automovilístico en el que perdió la vida Ginny, y en el que él salvó la suya. Después, inclinando la enorme cabeza cuyos rizos apretados siempre le hacían recordar a un búfalo, Carl le contestó con un tono casi reverente:

—¡Hombre! Tienes un "mojo" poderoso que trabaja para ti.

Mojo. Milagro. Como fuera que se lo llamara. Estaba allí afuera, si no exactamente disponible, hecho a medida. Eric aprendió que uno debía imaginar el propio. Con los trocitos que le quedaran y con las herramientas que se le dieran.

Esta muchacha, pensó mientras enlazaba un brazo alrededor del cuerpo de Mandy, bien podría utilizar un mojo.

Mientras la guiaba hacia el departamento en que vivía, Eric se sintió conectado con Mandy de una manera que era mucho más profunda que la que lo unía con la mayoría de la gente a quien recién conocía. Una conexión que no tenía ninguna relación con el hecho de conocer a Mandy y sí con lo que ambos compartían. Eran alcohólicos. Recuperados o no había algo que nunca cambiaba: el alcohólico siempre lo seguía siendo. Y que Dios me ayude, pensó Eric, si alguna vez llego a olvidarlo.

—Mis llaves... no puedo encontrarlas... —Mandy acababa de detenerse y revolvía su cartera cuyo contenido caía sobre la vereda: un tubo de rouge, polvo compacto, lapicera fuente, funda de anteojos, un pequeño aerosol para defensa personal.

Permanecieron bajo la marquesina que protegía la entrada de la torre de vidrio negro donde Mandy vivía, una perteneciente a un complejo de torres residenciales, que desde el punto de vista de Eric parecían idénticas. A ambos lados, las veredas estaban iluminadas por lámparas de mercurio.

Eric se inclinó y recogió las llaves que estaban al pie de un arbusto.

—Aquí tienes —dijo—. Aférrate a ellas mientras yo recojo el resto. —Las dejó caer en la palma de la mano que ella le tendía y, con suavidad, le cerró los dedos sobre las llaves.

Mandy sólo permanecía allí, mirándolo con expresión tonta, asintiendo con la cabeza como una criatura adormilada. Mientras él la guiaba por las puertas vaivén y hasta el ascensor, ella se apoyaba pesadamente contra él.

"Es probable que haya tomado algunas copas antes de ir a la fiesta", calculó Eric. ¡Vaya si conocía ese terreno!

Al entrar en el departamento del piso veintidós, no le sorprendió ver una botella de vino vacía sobre la mesada de la cocina que se comunicaba con el pequeño y austero living. No tuvo necesidad de abrir la heladera para saber que debía estar bien provista. No tanto en lo que se refería a comestibles, pero apostaría cualquier cantidad de dinero que habría vodka en el freezer y varias botellas de vino enfriándose en el estante inferior de la heladera.

Algo le dolió dentro del estómago, una herida no demasiado antigua y todavía sin cicatrizar del todo.

Al volverse vio a Mandy balanceándose junto al sofá y alcanzó a sostenerla para que no se convirtiera en un peso muerto. Ella protestó, se retorció y lo empujó con manos que parecían de goma. Eric no se resistió, sólo la aferró con más fuerza. Cuando habló, en su tono no había ni rastros de un juicio, ni trazas de culparla. ¿Cuántas veces había recorrido él ese mismo camino? ¿Cuántas manos que pretendían ayudarlo habría tratado de alejar?

—Vamos, te acostaremos.

Le rodeó el cuerpo con un brazo para sostenerla y la guió hasta el dormitorio. Al encender la luz se volvió a encontrar con un cuarto estéril, como el de un hotel. Una cama camera cubierta con una colcha, la cabecera de madera de arce y dos mesas de luz idénticas, también de arce. Muebles agradables, costosos, pero impersonales como los de un salón de exposición de cualquier mueblería. Nada que tuviera el menor rastro de su ocupante.

Sabía que era un disfraz. Mandy se ocultaba detrás de todas esas banalidades, como si fuesen una máscara, una máscara que engañaba a todo el mundo, hasta a la misma Mandy. Pero esa máscara comenzaba a caer.

Rose sería ideal para ella, pensó Eric. Dura, intransigente. Exactamente la patada en el trasero que su hijastra merecía...

Rose. ¿Se estaría engañando con respecto a ella? Si conociera aunque fuese una parte de los complicados sentimientos que despertaba en él, ¿se asustaría? Posiblemente. Bueno, hasta a él mismo lo asustaban.

—Lo siento mucho... Fue todo culpa mía... —Mandy estaba sentada en el borde de la cama, como una muñeca a punto de caer al piso. Por las mejillas le corrían lágrimas teñidas de maquillaje.

Eric se agachó hasta que quedaron a la misma altura.

—No tienes de qué disculparte —dijo—. Y ante mí menos que nadie.

—¡Oh, Dios! Estoy hecha un lío terrible. —Se llevaba los nudillos de una mano a la boca y sus ojos parecían dos manchas de carbón sobre un trozo de papel blanco. —Necesito un trago.

Hizo un esfuerzo por ponerse de pie pero Eric la tomó por los hombros y se lo impidió con firmeza.

—Antes, necesitas dormir.

Ella parpadeó como si tratara de enfocarlo con la mirada.

—¿Quién es usted? ¿Lo conozco?

—Todavía no. Pero creo que me llegarás a conocer. —Seré el tipo sentado a tu lado en tu primera reunión de Alcohólicos Anónimos, si consigues llegar hasta allí.

Mandy asintió y cerró los ojos. De repente sintió que la tensión de sus brazos y sus hombros desaparecía. Esa vez, con suavidad, Eric la ayudó a tenderse en la cama.

Cuando Eric regresó del baño con una toalla húmeda para limpiarle la cara, Mandy estaba profundamente dormida.

Quince minutos después, Eric estaba en la explanada barrida por el viento, mirando el puerto de Nueva York. Con excepción de algunas pocas parejas que recorrían sus senderos zigzagueantes, Battery Park

City, un terreno de relleno en el que siempre había pensado como una prótesis ubicada en el extremo de Manhattan, a esa hora de la noche estaba desierta. Los amantes de las salchichas calientes y de los patines estaban de vuelta en sus casas y la zona de juegos infantiles parecía una construcción abandonada. La única prueba de que esa ciudad falsa estaba habitada, eran las hileras y más hileras de ventanas iluminadas en una serie de torres ubicadas a su espalda.

Eric se volvió a apoyar contra el enrejado de metal, observando el perfil de los edificios que se reflejaban en el agua del color del café rancio. La estatua de la libertad iluminada a la distancia, con su brazo en alto en señal de victoria (¿o sería sólo de bienvenida?), en cierto modo le recordaba su infancia, cuando la vida parecía mucho más simple, como un juego que venía con una serie de instrucciones. Ganara o perdiera, uno siempre sabía donde estaba parado. Y cuando uno se equivocaba, siempre podía volver a empezar.

Sonrió con amargura. A medida que maduraba había descubierto que la vida era más bien una prueba que un juego, una prueba de resistencia, una lección casi siempre oscura. Cada día era como tener que empujar una piedra cuesta arriba y la piedra volvía a rodar hacia atrás, aplastándolo a uno.

Permanecer sobrio le resultó más fácil a medida que trascurría el tiempo, sí. En caso contrario, ¿cómo hubiera podido soportarlo alguien? Pero nunca olvidó lo duro que fue al principio. Lo imposible que parecía no beber aunque fuera durante un día.

¿Mandy? Ella ni siquiera había iniciado el camino. Sabía que al día siguiente recordaría oscuramente haberse emborrachado durante la fiesta, y que él la llevó de regreso a su casa. Tal vez hasta se sintiera bastante humillada como para tratar de no beber durante un par de días. Pero hasta que no reconociera la imposibilidad absoluta de lograrlo sola, no tendría posibilidades de vencer.

Eric conocía de memoria ese territorio. ¡Dios, sí! Diez años de bares a un costado del camino, de fines de semana perdidos, de altas horas de la noche en locales que le eran desconocidos, además de otros cinco años de encerrarse bajo llave, desconectar el teléfono para beber como se hace cuando eso se convierte en nuestro único motivo de vivir. Recién cuando se despertó, a los treinta y nueve años, en una celda para borrachos de Memphis, descubrió lo lejos que se encontraba de cualquier camino que hubiera querido elegir para sí mismo.

Cuando le dijeron que era Ginny quien manejaba el automóvil alquilado que atropelló el guardarail y cayó al vacío, supuso que debía sentirse aliviado de no haber sido él. Pero aún mientras sufría los efectos de la resaca, con una gasa que le cubría un ojo muy hinchado, Eric supo con exactitud de quién era la culpa. Ginny era tan tímida detrás del volante de un auto como confiada frente a una cámara, y odiaba manejar de noche, sobre todo en ciudades desconocidas. Si él hubiera cumplido su promesa de no emborracharse durante la estadía de ambos en Memphis, Ginny Gregson seguiría con vida.

Por otra parte, Eric Sandstrom, el muchacho rubio del programa *Morning Show*, después del naufragio se alzó como un moderno Lázaro. Aun cuando los ejecutivos de la televisora le exigían que permaneciera sobrio "porque si no..." y sus amigos ya no contestaban sus llamados, literalmente se salvó a pesar de haber cometido un asesinato.

Su único castigo fue tener que seguir viviendo.

Beber lo ayudaba a combatir el dolor.

En la actualidad, Eric revivía esos recuerdos cuando tenía necesidad de no volver a vivirlos. Era una bendición que esos meses fuesen una especie de niebla en gran parte de su memoria, con algunos momentos de claridad mental. Como la mañana en que despertó sin sensación en un brazo, desde el codo hacia abajo, y una voz en su cerebro embotado le señaló que si no dejaba de beber, su próxima parada sería en la morgue del condado. Ahogó esa voz con una borrachera que duró tres días, hasta que despertó en un jardín desconocido aullándole a la luna a las dos de la madrugada (a quién mierda le podía importar la hora) y terminó en una cama de la sala de desintoxicación del hospital de Santa Mónica.

En el caso de Eric, la experiencia la definía un instante: mirar a su alrededor y ver a todos esos borrachos que vestían arrugados pijamas de hospital y pensar: "¡Dios! ¿Qué estoy haciendo en este lugar? Yo no me parezco en nada a estos tipos. No pertenezco a este lugar".

Entonces la voz dentro de la cabeza le volvió a hablar, esta vez con más fuerza para contrarrestar el martilleo que amenazaba con pulverizarle el cráneo. "Te equivocas, amigo, éste es EXACTAMENTE el lugar al que perteneces. La única diferencia que hay entre tú y esos otros tipos es que ellos saben lo que son."

En su momento, sólo lo consideró una razón más para seguir matándose con lentitud, pero en realidad fue un llamado de atención que lo golpeó con bastante fuerza como para que aceptara el ofrecimiento de un hombre mayor llamado Phil, quien lo visitó al día siguiente y lo invitó a asistir a una reunión de Alcohólicos Anónimos. Fue el principio de una nueva vida. El primer día de una serie de días, semanas, meses, durante los que tendría un solo objetivo: permanecer sobrio viviendo el programa y adhiriendo a los doce pasos enunciados por Bill W.

Ahora, cinco años y cien millones de difíciles kilómetros después, Eric tuvo la sensación de no haber llegado tan lejos como creía. Todavía había momentos en que la memoria colectiva de todos esos años desperdiciados lo cubrían como una ola. Cuando sentía que no era un ser entero, como si los extremos de su vida pasada y su vida presente no pudieran encontrarse.

Sin embargo en ese momento en particular, le bastaba con poder estar parado allí sobre sus propios pies, observando con ojos claros el monumento a una ciudad que castigaba a su masa de habitantes tanto como los perdonaba.

Haría lo que pudiera por Mandy... pero su tarea no era la de salvar gente. Sólo si continuaba salvándose a sí mismo tendría la oportunidad de salvar a algún otro.

Eric se estremeció con la brisa fría de la explanada. Durante sus años de exilio en Des Moines y después en Los Angeles, soñaba con volver algún día a Nueva York. Esa ciudad poseía una especie de majestuosidad que hasta se contagiaba a sus habitantes más bajos. Una belleza dura, y también la aceptación de sus hijos pródigos. Mientras observaba un remolcador que navegaba río arriba, sonrió al pensar en lo distinto que fue eso al regreso triunfal que imaginaba.

A esa edad, suponía que tendría una esposa, dos hijos, un programa de televisión muy visto, y el correspondiente sueldo importante.

En cambio, allí estaba, todavía soltero, dispuesto a encaminarse hacia su cómodo, pero nada elegante, departamento en un tercer piso sin ascensor de Murray Hill. Algunas escasas personas todavía lo recordaban de su época de *Morning Show*. Pero sabía que en la radio, a menos que uno se llamara Howard Stern o Ruth Limbaugh, uno no era nadie.

Sin embargo no lo lamentaba. La radio le daba una libertad que resultaría impensable, si no ilegal, en televisión. Podía explorar a fondo temas que en realidad eran importantes. Era sin duda el trabajo más duro que había realizado, tres horas en el aire durante cinco días por semana, además de medio día de preparación del programa. Pero también era el trabajo que más lo recompensaba. Por momentos, hasta era divertido.

Tampoco lamentaba no haberse casado. Mujeres, ¡Dios!, por supuesto que hubo mujeres. Una a quien estuvo a punto de proponerle matrimonio. Susanne Whittaker fue su productora en *Morning Show*. Inteligente, atractiva, sólida... y además la quería, sí. Pero en definitiva suponía que no debió quererla bastante. Susanne no era la mujer que buscaba, la que tenía metida dentro del corazón.

Desde siempre Eric supo que esa mujer estaba allí afuera. En alguna parte. Ignoraba cuándo y dónde se conocerían, pero tenía una vaga idea de lo que sería su aspecto físico: morocha, de piernas largas, facciones fuertes y un dejo de fiereza. Los detalles no tenían importancia. Era su esencia lo que él llevaba en su cabeza. Lo único que sabía sin duda alguna era que cuando la viera, la reconocería de inmediato.

Y así fue. La noche de la fiesta en honor de Brian McClanahan. Una perfecta desconocida, y sin embargo alguien a quien había conocido durante toda su vida. Desde el momento en que ella se sentó a su lado, alta, morocha y hermosa, con los hombros claramente preparados para una noche que sin duda no tenía ganas de vivir, y con las mejillas sonrosadas por esa historia de haber llegado tarde a causa del tráfico, Eric tuvo la certeza de que ésa era la mujer con quien estaba destinado a casarse.

Rose todavía lo ignoraba.

No estaba preparada para saberlo.

"Pero pronto lo estará", pensó Eric. Con suerte y un poco de ayuda de Dios.

Eric nunca había pertenecido a ninguna iglesia, y la idea de un padre eterno que guiara todos sus movimientos evocaba la desagradable imagen de sí mismo como una pieza del juego de ajedrez magnético que tenía de chico. Su Dios más bien era carne y papas, trabajar duro, realizar la mejor tarea posible y entonces tal vez el patrón lo beneficiaría.

Y en ese momento, al mirar la luna envuelta en una especie de neblina, por primera vez en años, Eric se descubrió rezando.

"Sólo esto, Señor. Es todo lo que te pido."

Instantes después caminaba por la explanada rumbo a la calle West donde supuso que encontrar un taxi a esa hora de la noche le haría arrepentirse de haber jugado al buen samaritano. Y apuró el paso al pensar que tal vez Rose todavía estuviera levantada, que cuando llegara a su casa no sería demasiado tarde para llamarla...

El taxi de Eric doblaba hacia la Treinta y Tres, cuando se le ocurrió que Rose debía estar preocupada por Mandy. En lugar de llamarla, ¿por qué no pasar por su casa?

Miró su reloj. Tenía la sensación de que hacía horas que había salido de la fiesta, pero notó que era poco más de las once. No era la hora indicada para hacer una visita social, pero ésa no era precisamente una visita social. Además, durante la fiesta, casi no pudieron estar juntos; con franqueza, la extrañaba.

Ya había estado en su casa, el viernes anterior cuando ella lo invitó a beber una copa antes de salir a comer. Y en ese momento, al bajar del taxi, a Eric lo alivió ver que todavía había luz en el living donde estuvieron bebiendo refrescos y escuchando a Mozart, hablando de temas intranscendentes mientras lo único en que Eric podía pensar era en hacerle el amor.

Se preguntó si a ella le molestaría su intromisión. Si lo consideraría un truco para meterse en la cama con ella. Como si eso fuese todo lo que quería de ella...

Antes de que Eric pudiera cambiar de idea, alguien apartó una cortina y se encendió la luz del porche. Cuatro escalones de piedra conducían a la puerta de entrada que estaba abierta de par en par y en la que se destacaba la silueta de Rose que sólo vestía una delgada bata de cama.

—Vi que se detenía el taxi —explicó ella—. Pensé que tal vez fuera Jay. Me llamó para avisarme que él y Drew pensaban salir juntos después de la fiesta, pero ya debería estar de vuelta en casa.

—Supongo que yo también debí llamar —se disculpó Eric.

—Como verás, recién me estaba preparando para acostarme —su tono era cómico de tan remilgado, pero lo que la vendía era esa sonrisa tan cálida. Agregó: —Pero entra de todos modos. La compañía me hará bien.

Arriba, la sala estaba en penumbras y la única luz provenía de la cocina. Eric lo recordaba como un lugar acogedor, pero en ese momento le pareció melancólico. Lleno de recuerdos, como si se tratara de un santuario. Esa vez Eric notó los detalles masculinos: el sillón tapizado en cuero, los grabados del siglo XIX, la brújula marina que colgaba junto a la biblioteca. Y, por supuesto, las fotografías. Por todas partes había fotos enmarcadas de su familia en las que aparecía un hombre mayor cuya mirada siempre estaba fija en Rose.

Oyó música. Algo lírico y triste. ¿Schumann? No se detuvo el tiempo suficiente para preguntar. Rose ya le indicaba que pasara a la cocina y le hacía lugar en la mesa redonda de roble quitando libros y papeles de una de las sillas.

—Estoy tostando una rosquilla de pan —dijo—. ¿Quieres compartirla conmigo?

Ella se veía tan deliciosa con la cara limpia de maquillaje y el pelo lleno de remolinos, que Eric tuvo que hacer un esfuerzo para no demostrarle allí mismo qué era lo que quería compartir con ella.

—¿Tienes queso crema? —preguntó.

Rose hizo un viaje a la heladera de la que sacó manteca, mermelada y un tubo de mayonesa. Le alcanzó un plato con media rosca que más parecía quemada que tostada, se sentó frente a él y preguntó:

—¿Cómo te fue con Mandy?

—Vivirá.

—No me refería a eso. —Había un dejo de impaciencia en su voz.

Eric se encogió de hombros.

—No hay mucho que contar.

—¿Cómo estaba cuando la dejaste?

—Profundamente dormida. —Cubrió el pan tostado con una espesa capa de queso crema para ocultar los bordes quemados.

Rose hizo una mueca.

—Tal como me lo temía. Eric, ¿hasta qué punto crees que es grave lo que le sucede?

—Lo suficientemente grave como para que su madrastra y tal vez la mitad de los invitados a la fiesta se preguntaran: "¿Y ahora qué?".

Rose bajó la vista y suspiró, con las manos apoyadas sobre la mesa a ambos lados de su plato

—Mira: ya sé que esto te va a parecer egoísta. Quiero a Mandy como si fuera hija mía, pero en este momento no creo ser capaz de enfrentar otro problema.

—Me alegro. Porque eso es exactamente lo que ella necesita: que no la ayudes.

—Eso me parece muy duro —contestó ella, sorprendida.

—No, es sólo honesto. ¿Cómo se comporta en el trabajo?

—Últimamente casi no la he visto. Estamos las dos demasiado ocupadas.

—Tal vez ella te esté evitando.

—Eso es lo que pensé —admitió ella, frunciendo el entrecejo.

Eric la miró sentada frente a él, en bata de cama, tan hermosa, tan preocupada e imaginó una vida de noches como ésa con Rose, durante las que ambos cambiarían puntos de vista, uno pediría el consejo del otro. ¡Dios, que maravilloso sería! Si sólo ella viera lo que veía él.

Se rompió algo duro que tenía dentro del pecho: una semilla de esperanza que no se había animado a sembrar hasta ese momento.

Pasó una mano sobre la de ella con suavidad.

—Y hablando de problemas, ¿no quieres contarme lo que sucedió durante la fiesta?

—¡Dios! ¿Fue tan evidente? —preguntó Rose, afligida.

—No creo que nadie más lo haya notado —la tranquilizó él—. Por casualidad vi a Rachel cuando nos íbamos. Me pareció que había estado llorando.

Rose tomó el cuchillo de la manteca.

—Bueno, si lloraba, ella se lo buscó —contestó Rose con una poco característica falta de comprensión—. Rachel no quiere saber lo que yo siento. Brian es el único de esa familia con quien puedo conversar.

—¿Fue por eso que te acompañó hasta tu casa?

Eric no estaba preparado para el violento rubor que cubrió las mejillas de Rose, ni para la rapidez con que se levantó de la silla. Oyó el sonido suave de los pasos de sus pies descalzos mientras se dirigía a la cocina.

—¿Quieres un poco de té? —Puso a hervir agua en una pava. Con un tono casual que ni por un momento engañó a Eric, contestó: —Brian se dio cuenta de lo angustiada que estaba yo. Me acompañó a casa de puro bondadoso.

Eric sabía que Brian y Rose habían sido amantes, la misma Rose se lo confesó, pero ni siquiera se le había ocurrido que ese sentimiento siguiera existiendo. ¡Dios! ¿De eso se trataba todo?

Sintió una oleada de celos tan terribles, que parecían surgir de algún lugar hondo y primitivo. ¿Cuándo había sentido algo parecido por una mujer? ¿Por cualquier mujer?

—No puedo decir que no la haya visto venir. Me refiero a Rachel. —Lo dijo con la voz controlada que utilizaba cuando estaba frente a un micrófono.

—Me acusó de ser egoísta, una viuda solitaria que se aferra a su hijo mayor. ¡Dios, qué patético! —La indignación de Rose era como una especie de tónico que la fortalecía.

Eric no confiaba en sí mismo y no se atrevía a hablar. Por fin se animó a preguntar:

—¿Hay algo de verdad en ello?

Ella lo miró y a Eric le pareció ver la sangre que se alzaba en su interior, que le hinchaba las venas.

—¿Exactamente qué estás diciendo? —preguntó entrecerrando los ojos.

Él le mantuvo la mirada. Pero cuando habló fue con suavidad y no sin comprensión.

—Hay más de una manera de padecer —dijo—. Algunos de nosotros lo logramos bebiendo hasta perder el conocimiento. Otros se aferran al dolor como si soltarlo significara que no quisieron bastante.

Los invadió un silencio que casi los devoró. Eric alcanzaba a oír el susurro de las hojas de los árboles contra los vidrios de las ventanas, y el suave silbido de la pava que comenzaba a hervir.

Por fin Rose habló.

—Mi manera de llorar a mi marido no es asunto de nadie —informó con frialdad. Estaba erguida y con los hombros cuadrados. —Ni tuya ni de Rachel ni de... el hombre de la luna.

Eric sintió que lo invadía el enojo. El hombre de la luna no calentará tu cama durante la noche, tuvo ganas de contestar. Pero controló su frustración y sólo dijo:

—Parece que metí el dedo en la llaga.

Ella lo miró un instante antes de contestar con frialdad cada vez mayor:

—Mira: no quiero ser grosera, pero no te hice pasar para que me psicoanalizaras.

—Siempre puedes pedirme que me vaya —contestó él con tranquilidad.

Ella lanzó un bufido.

—¡Por supuesto! ¿Eso te encantaría, verdad? Demostraría lo que piensas: que soy una neurótica sin esperanzas que no soporta escuchar la verdad.

—Si el sayo te cabe... —Eric sonrió para recordarle que no había nacido ayer; que sabía perfectamente a qué se refería todo ese lío: a Brian. Esa noche había sucedido algo allí con Brian. Algo que por lo visto la hacía sentirse culpable. Pero ¿por qué? ¿Por Rachel? ¿O, como implicaba en ese momento, a causa de Max? Y de todos modos, ¿eso dónde diablos lo dejaba a él?

—Todavía extraño a mi marido, sí. ¿Es eso lo que quieres oír? —La expresión de Rose era de enojo. —A veces lo extraño tanto que casi no lo puedo soportar. ¿Nunca sentiste nada parecido? ¿Nunca has amado tanto a alguien que te duele simplemente respirar si esa persona no está a tu lado?

—Una vez. —"¿Eres ciega, Rose? ¿No lo ves?", pensó.

Ella se echó atrás y lo miró con una nueva curiosidad. Por fin preguntó:

—¿Y qué sucedió?

Todavía nada, pensó Eric. Porque ¡maldito sea! no se daría por vencido. Y tampoco permitiría que Rose se diera por vencida.

—Es una larga historia —dijo—. Algún día te la contaré.

Ella se apoyó contra la mesada con una leve sonrisa en los labios.

—No has comido tu rosca. ¿Quieres que te la envuelva para que te la lleves? —Parecía haber olvidado lo del té y ni siquiera se lo recordaba el silbido de la pava.

—¿Es una indirecta?

—Es tarde —contestó ella—. Debería acostarme.

—Entonces no te detendré.

Eric se puso de pie. Se moría de ganas de tomarla en sus brazos a pesar de saber que sería el peor momento para hacerlo.

De manera que en vez de eso, se acercó a la cocina y apagó la hornalla bajo la pava.

Cuando volvió a mirar a Rose, ésta tenía la cabeza inclinada hacia un lado y lo miraba de un modo extraño, como desafiándolo.

—Adelante —dijo con tono sarcástico—. Sería mejor que lo dijeras.

—¿Que dijera qué?

—¿No me vas a recordar que la vida continúa? ¿Que todavía soy joven y que debería pensar en la posibilidad de volver a casarme? Ya me lo ha dicho prácticamente todo el mundo. —Cruzó los brazos sobre el pecho y la bata se le abrió un poco. Respiraba con agitación y él alcanzó a ver una humedad que brillaba entre sus pechos generosos.

Lo estaba volviendo loco; si no salía de allí de una vez, la besaría y más.

—Lo que te estoy ofreciendo no son consejos —contestó.

Dejó que las palabras quedaran suspendidas entre ellos, midiendo el efecto que provocaban en la acalorada profundidad de los ojos de Rose. Ella fue la primera en apartar la mirada y, de alguna manera eso lo perforó, lo perforó hasta lo más íntimo del alma.

—Lo que dije hace un rato sobre Mandy —dijo Rose con suavidad—. Lo dije en serio, Eric. En este momento no soy capaz de enfrentar otro problema.

No había forma de equivocarse con respecto a lo que implicaba y no quedaba nada por decir. Por el momento, por esa noche, no le quedaba más remedio que marcharse.

Eric se encontró recordando un viaje a París que hizo algunos años antes. Al vagar por el cementerio de una iglesia, tropezó con una vieja lápida cubierta de moho. Sencilla, sin adornos, sólo se leía en ella el nombre de una mujer y las fechas de su nacimiento y de su muerte, con una breve inscripción arriba, tan gastada que resultaba casi indescifrable. *Tout mon amour, toujours.*

Todo mi amor, siempre.

Se sintió inexplicablemente conmovido, incapaz de imaginar la profundidad de sentimientos que había detrás de esa sencilla expresión del dolor de un marido. En lo profundo de su alma, debía ser lo que él también quería, después de años de entregar sólo trozos de sí mismo a mujeres que merecían más. Hubiera querido amar así a alguien, a una mujer en cuyos ojos pudiera ver el reflejo de todo lo que él sentía. Un amor que perdurara aún después de la muerte.

Capítulo 7

Rose transpiraba bajo su blusa blanca de rayón. "¿Selección de jurados? Más bien parece una tortura", pensó. La seguidilla interminable de preguntas idénticas repetidas una y otra vez, tan interminables como las del último día de clases antes de las vacaciones de verano. Hasta el cuarto sin ventana donde estaba sentada, le recordaba sus días en el Sagrado Corazón: la austera mesa examinadora frente a hileras de pupitres de madera fijados al piso, la atmósfera intimidante.

Desde su asiento ante la mesa observó al abogado contrario Mark Cannizzaro, quien se paseaba por el trozo de piso que los separaba de la primera fila de posibles jurados.

Esposito v/Hospital St. Bartholomew igual que el Evangelio según San Marcos.

El comportamiento del abogado se parecía al de Clarence Darrow al pronunciar su discurso final en un juicio, sólo que Mark le recordaba más al teniente Columbo: morocho y de baja estatura, con una postura poco elegante. Todo en él parecía arrugado, desde el pelo negro hasta las medias marrones que tenía puestas.

"¡Dios! —pensó Rose—. Si se preocupa así por esta faceta del juicio, no quiero ni pensar lo que será cuando en realidad nos encontremos en Tribunales." Y entonces deseó poder golpearle las manos con un puntero, como solían hacer con ellas las monjas.

La misma mano que en ese momento gesticulaba con aire teatral para acompañar preguntas que cualquier criatura hubiera podido formular, porque Mark acosaba como un halcón a la posible jurado sentada frente a él: una típica maestra jubilada, con su rodete canoso y sus anteojos bifocales sostenidos por una cadenita que llevaba alrededor del cuello ajado.

—Señora Merriman, la siguiente pregunta es muy importante, así que, por favor, tómese el tiempo necesario para pensar bien en la respuesta. —La voz de Mark era ronca y alzaba hasta tal punto sus pesadas cejas que éstas casi le tocaban el nacimiento del pelo. —Con toda honestidad, ¿a usted le costaría votar en contra de una anciana de setenta y seis años que ha quedado parcialmente paralítica después de una operación de rutina... aun en el caso de que las pruebas y testimonios no lograran demostrar que el derrame cerebral de mi cliente fue un resultado de la negligencia del hospital?

Traducción: Todos sabemos que los médicos actuaron mal y yo lo voy a demostrar, pero mientras tanto, ¿está dispuesta a apoyarme?

Rose se movió inquieta en su asiento. En realidad eso ya era demasiado. Mark había estado así toda la mañana. Hasta los posibles jurados, a juzgar por sus expresiones que iban desde el aburrimiento total al abierto disgusto, estaban hartos del grosero intento de Mark de torcer las cosas y suponer que si se mostraban favorablemente dispuestos hacia el hospital, de alguna manera significaba que no sentirían la menor simpatía hacia la pobre señora de Esposito.

Por lo visto con excepción de la señora Merriman. Para consternación de Rose, era evidente que el inteligente comentario de Mark al mencionar la edad de su representada estaba surtiendo efecto sobre ella. El rostro de la maestra se puso más tenso y entrecerró los ojos. Rose calculó que debía tener más de setenta años, una testigo sin duda conveniente para la parte contraria.

Rose sintió cierta inquietud en la boca del estómago. En verdad Mark Cannizzaro era nueve décimas partes de pura pinta y un macho cabrío. Sobre la base de las pruebas que presentaba, no tenía evidencias sólidas contra su cliente. Pero sabía que en los casos de mala praxis médica era imposible dejar de lado la simpatía que pudiera sentir el jurado hacia el demandante. ¿Qué jurado no se sentiría apenado por una anciana hispana que apenas hablaba inglés y que ahora estaba confinada a una silla de ruedas?

Poco importaba que Carmen Esposito fuese tan inútil como un zorro dentro de un gallinero y que tanto su inglés como su afasia inducida por el derrame cerebral aparecieran y desaparecieran según con quién estuviera hablando. Y anticipando la importante suma de dinero que estaba segura le sería concedida, la vieja astuta ya había utilizado la tarjeta de crédito de su hija para comprarse un televisor nuevo, un sofá nuevo, todo nuevo.

Lo que Rose también sabía era que cualquier intento por pintar a la señora de Esposito como una oportunista ambiciosa, tendría que ser manejado con mucho cuidado. Un ataque demasiado fuerte podía volverse en contra del hospital; ella lo había visto suceder una y otra vez. Y sería un error que no podía permitirse.

Tenía necesidad de ganar ese caso. Lo que se jugaba era demasiado. En un barrio de gente relativamente pobre, vigilado por cazadores de ambulancias como Mark, siempre en busca de sangre, una simpatía demasiado grande dejaría al hospital expuesto a una serie de juicios similares.

No, no podía permitir que la señora Merriman formara parte del jurado.

Respiró hondo varias veces, preparándose. Cuando por fin Mark terminó, ella se puso de pie. Rodeó la mesa con lentitud con la esperanza de que su expresión confiada engañaría por lo menos a algunos de los que la miraban con rostros inexpresivos. Pero bajo su expresión perfectamente tranquila estaba muy nerviosa.

Se sentó sobre un rincón de la mesa de los abogados, se alisó la pollera a la altura de las rodillas y le sonrió a la anciana maestra, como si ella fuese una de sus ex alumnas que le rendía homenaje. En voz baja y con tono de conversación informal, preguntó:

—¿Usted fuma, señora Merriman?

La anciana le dirigió una mirada de sobresalto que enseguida se convirtió en indignación. Se irguió aún más y respondió con tono cortante:

—¡Por cierto que no!

—¿Quiere decir que si hubiera encontrado fumando a uno de sus alumnos no lo habría aprobado?

—Sucedió... más de una vez —respondió la señora Merriman con tono agrio—. Nunca los castigué, pero siempre les aclaré la realidad: que los cigarrillos crean hábito y provocan cáncer... entre otras cosas. —En ese momento miraba a Rose con desconfianza. —¿Por qué? ¿Su pregunta tiene algo que ver con este caso?

Mark también miraba a Rose echando chispas por los ojos y su tez de tono bastante subido estaba más colorada que nunca. Ella no ignoraba que estaba en el borde de lo permitido y que si daba un solo paso en la dirección equivocada, Mark insistiría, y con razón, que se descartara a todo el grupo de jurados basado en que se los había manipulado indebidamente, impidiéndoles ser imparciales.

Pero Rose ignoró a Mark y siguió adelante.

—Permítame expresarlo de esta manera: ¿si usted se enterara de que la clienta del señor Cannizzaro, antes de la cirugía, había fumado durante muchos años, le crearía un prejuicio en contra de ella?

Por primera vez, la anciana pareció aturdida.

Jugueteando con la cadena de sus anteojos, tartamudeó:

—Bueno... supongo... no imagino... ¡Bueno! Le aseguro que no lo sé.

—Gracias, señora Merriman, eso es todo. —Rose la excusó con la actitud más sombría que pudo, como si sus preguntas acerca de la posibilidad de que la señora Esposito fuese fumadora no hubieran sido más que un descuido inocente. Como si no se hubiera propuesto eliminar a esa posible jurado.

Rose ignoró a Mark que en ese momento hacía furiosas anotaciones en su bloc. Quería saborear su pequeño triunfo, pero era demasiado pronto. No había ganado la guerra; sólo logró bloquear a un único jurado. "A pesar de todo, Max estaría orgulloso de mí", pensó.

Pero lo único que ella sentía era un enorme vacío.

De repente tuvo la sensación de que el salvavidas al que se aferraba, las largas horas e interminables citas en la corte que le impedían pensar en su soledad, se le estaba escapando de las manos. El agua en que se encontraba se alzaba en una ola que amenazaba con ahogarla. Se sentía así desde hacía dos noches, cuando mantuvo esa conversación con Brian. Pero sabía que no era Brian el que le impedía respirar con facilidad. Era...

Eric.

Supuso que si mantenía alejado a Eric se sentiría más fuerte, más capaz de resistírsele, pero en definitiva esa actitud no hizo más que dejarla vulnerable. ¡Dios, cómo lo deseaba! Lo deseaba tanto que, después de su breve visita, estuvo tendida despierta en la cama durante horas, con un calor parecido al de la fiebre. Si él la hubiera besado, como lo hizo Brian, cosa que sabía que Eric estaba deseando hacer, nada habría podido detenerlos. ¿Y adónde los habría llevado eso?

Una noche gloriosa en la cama, se recordó, hasta una noche que diera comienzo a una gloriosa aventura, era un precio demasiado alto para pagar por los trastornos que provocaría, ahora y después. Ya estaba un poco enamorada de Eric. ¡Dios Santo! Y si se acostara con él...

Estaría perdida del todo.

Rose se sacudió mentalmente y se sentó a esperar un nuevo posible jurado. Pensó: esto es para lo que sirvo, lo que puedo controlar. Sí, eso era. Control. Debía fijar la atención en lo que estaba haciendo. No sólo en su trabajo, en ese caso, sino en sus hijos. Drew y Jay, y también Mandy.

¿Max? Él también formaba parte del cuadro. ¡Le quedaba tan poco de él! Sólo recuerdos... y el tiempo en que permanecía a solas revolviéndolos. Y si permitía que Eric se introdujera en su interior, esos recuerdos se desvanecerían.

Sólo había amado a dos hombres en su vida. Y las dos veces se vio obligada a recoger los pedazos de su corazón destrozado.

Rose no era tan tonta como para suponer que tendría que pasar el resto de su vida jugando a la viuda italiana. Extrañaba no oír la voz de un hombre que la llamara desde la ducha, y el crujido de un diario frente a ella en la mesa del desayuno. También el sexo. ¡Dios, sí! Extrañaba el sexo. ¿Pero eso bastaba para que desequilibrara toda su vida tan cuidadosamente organizada?

No, pensó.

Todo se reducía a una sola cosa: era necesario contenerse en algunos aspectos. ¿No era eso lo que, de alguna manera, tenía que explicarle a Drew? Pero antes de poder enseñárselo a su hijo, ella misma tendría que aprender esa lección...

—¿Mamá? Voy a lo de Drew. ¿Te parece bien?

Rose levantó la vista de la cacerola en donde estaba revolviendo sobre la cocina. Jason se hallaba en la puerta, un verdadero espantapájaros de adolescente, con sus shorts informales, y una remera que le quedaba demasiado grande. Tenía los ojos bajos; el espeso pelo castaño le caía sobre la frente.

Rose suspiró y bajó la llama bajo la salsa marinara que era suficiente para un ejército. Después de pasarse toda la mañana en el juzgado y dedicar la tarde a tomar declaraciones en un frío salón de conferencias del centro de la ciudad, para un caso que se refería a discriminación racial, estaba deseando pasar una noche tranquila en su casa en compañía de sus hijos. Hasta salió antes de hora del estudio para tener tiempo más que suficiente de preparar una comida sabrosa.

—¿Y qué hay de la comida? Creí que Drew venía a comer aquí con nosotros.

—¡Ah, sí! Lo olvidé. Me pidió que te dijera que no podría venir. —Jay levantó la mirada y enseguida la volvió a bajar con tanta rapidez que sólo una madre podría haber alcanzado a percibir el brillo furtivo de sus ojos.

—¿Y recién me lo dices ahora? ¿Qué crees que estoy haciendo aquí... preparándome para inaugurar un restaurante? Lo menos que podía haber hecho tu hermano era avisármelo con tiempo. —Levantó la voz y le incomodó el acento de Brooklyn que se coló en ella, algo que sólo le sucedía cuando se enojaba, estaba demasiado cansada o, como en ése caso, le sucedían ambas cosas.

Jay se mordía el labio inferior, una mala señal. Dirigiendo su mirada hacia la punta de sus zapatillas gastadas, murmuró:

—Se le debe haber presentado algo inesperado. Me dijo que te llamaría más tarde para explicártelo.

Rose lo miró fijo como para obligarlo a mirarla. Respiró hondo y preguntó:

—Jay, ¿me puedes explicar lo que en realidad está pasando? ¿Por qué será que tengo la sensación de que ustedes me están ocultando algo?

—No se trata de nada del otro mundo, mamá. ¿Quieres tranquilizarte un poco? —Cuando Jay por fin la miró, la angustió la furia que notó en los ojos de su hijo. —Si yo tuviera algo que ocultar, créeme que no te habrías dado cuenta de nada.

Rose tragó con fuerza y miró la mesa alrededor de la que todos solían reunirse durante las comidas. Los chicos siempre a punto de volcar algo, mientras ella y Max levantaban los ojos al cielo e intercambiaban miradas de exasperación. ¡Oh, Dios! ¡Qué no daría por que todo siguiera igual!

Ahora, cada vez que los tres se reunían eran como piezas sueltas de un antiguo juego de mesa: marcadores de plástico muy brillantes que no tenían adónde ir.

Al volver a mirar a su hijo, Rose notó que los jeans que le había comprado pocos meses antes, ya le quedaban cortos. También le hacían falta zapatillas nuevas. Y un corte de pelo. ¿Por qué no lo habría notado antes? ¿Cuándo fue la última vez que le pidió que le mostrara sus deberes o prestó atención a lo que el chico comía?

¡Pobre Jay!

—Supongo que la comida puede esperar —dijo, con el corazón rebosante de cosas que quería decirle pero no podía.

Observó que Jay levantaba la mochila y se la ponía. Los bolsillos estaban sospechosamente llenos.

Jay notó que los miraba y dijo en tono defensivo:

—Te iba a pedir permiso. Drew dijo que si quería podía pasar la noche en su departamento.

Rose se alejó de la cocina y se le acercó. Notó, consternada, que le temblaban las piernas. Se le acercó hasta el punto de que él no pudiera dejar de mirarla y dijo:

—Escucha, muchacho, éste no es un hotel en el que puedes ir y venir como se te dé la gana. Tú vives aquí. Somos una familia, ¿recuerdas?

Él la miró con enojo. Rose alcanzaba a percibir el dolor y la furia que emanaba de su hijo. Jay no se parecía a su hermano mayor que no se avergonzaba de llorar. Desde muy chico, él se contenía y apretaba los dientes para no llorar. Tal como en ese momento, con los codos apretados contra las costillas y moviendo con furia los músculos del rostro. Si Drew era como su padre, para quien el proverbial vaso no estaba a medio llenar sino siempre rebosante, Jay se parecía a ella: era rápido para imaginar lo peor y lento para revelar su dolor.

Lo único que Rose quería era acercarse a abrazarlo. La última vez que abrazó a su hijo menor fue durante el funeral de Max. Desde entonces él no le permitió acercarse tanto.

—Drew forma parte de mi familia —replicó con frialdad.

Rose bajó la cabeza y se frotó el puente de la nariz. Estaba cada vez más tensa.

—¿Me alcanzarías el bol grande que hay encima de la heladera? —preguntó cuidando de hablar en un tono parejo—. Aquí hay bastante salsa como para un equipo de fútbol. Quiero que le lleves un poco a Drew.

—No te preocupes, saldremos a comer un pedazo de pizza o algo por el estilo.

—Jay, no te lo pido. Te lo estoy diciendo. —Notó que su hijo retrocedía y se dio cuenta de que acababa de hablarle a los gritos. Comprendió que eso no tenía nada que ver con el hecho de asegurarse de que los chicos comieran algo decente. Era para recordarles, les gustara o no, que todavía tenían una madre.

Una madre que se preocupaba por ellos.

Pero Jay no tenía el menor interés. En su rostro acalorado y furioso, Rose leyó la historia íntegra: había perdido a su padre, y en cierta forma también a su madre. Sólo que Rose no había muerto, lo había abandonado. Justo cuando él más la necesitaba.

—¿No comprendes? —explotó el chico—. No queremos tu maldita salsa para tallarines. Sólo la preparas para que nos sentemos aquí y te escuchemos decir todo lo que hacemos mal. —Su voz subió una octava y luego se quebró, y Rose recordó la época en que Jay tenía trece años y entraba en la pubertad. —¿Y qué me dices con respecto a ti, mamá? ¿Cuándo fue la última vez que preparaste comida sólo porque tenías ganas de hacerlo? ¿Por qué ya nunca nos hablas a menos que haya algo que esté mal?

Las palabras de su hijo fueron como piedritas cuyas aristas filosas se le clavaban. Observó a Jay colgarse la rebosante mochila del hombro y dirigirle una mirada de tanto desprecio que la hirió hasta lo más hondo. Después el chico salió y se perdió de vista.

Rose quiso ir tras él, pero sus pies se negaban a moverse. Se sintió tan petrificada e indefensa como los días que siguieron a la muerte de Max. Las acusaciones de Jay eran todas ciertas. Con excepción de esa noche, ¿cuándo fue la última vez que les cocinó una verdadera comida? Esos días el freezer parecía la sección de comida congelada de un supermercado. Los platos y recipientes cubiertos que les dejaron amigos bien intencionados habían sido consumidos hacía tiempo ya, y en su lugar había cajas de lasaña rellena, de ravioles y de comida preparada.

Rose se dejó caer en la silla más cercana. La presión que sentía en la cabeza se había convertido en un dolor palpitante, pero estaba tan cansada que ni siquiera tenía fuerzas para caminar hasta el baño en busca de una aspirina.

En un rincón, el señor Chips comenzó a mover las alas y a desparramar plumas sobre la superficie lustrada de la mesa. "Ya es hora de que el veterinario venga a cortarle las alas de nuevo", pensó ella. No porque hubiera peligro de que a él se le ocurriera volar. ¡Pobre animal! Hacía tanto tiempo que estaba en esa jaula que en realidad parecía preferirla a vivir afuera.

Dejó caer la cabeza sobre un brazo y apoyó la mejilla contra la mesa. Tenía olor a tostadas con manteca. ¿Cuántos vasos de leche derramada habría limpiado a lo largo de los años? ¿Cuántos mentones habría limpiado? ¿Y todo eso no contaba para nada?

Dentro de su cabeza le pareció oír la voz de Max, esta vez algo impaciente: "No es lo mismo que tener dinero en el banco, Rosie. Es necesario gastarlo para poder volver a ganarlo".

Lanzó un grito de frustración, se acercó a la cocina y como ciega, sin pensar en lo que hacía, tomó la cacerola de salsa y la arrojó en la pileta. Al verla desaparecer por el sumidero, colorada como sangre que se fue destiñendo hasta un rosado pálido cuando ella abrió la canilla, Rose se llenó de furia. No hacia Jay. Ni hacia Drew. sino hacia sí misma. Gastaba tanto tiempo y tanta energía en fantasear acerca de las maneras en que habría podido salvar la vida de Max, cuando todo el tiempo sus hijos estaban allí y no había hecho nada, absolutamente nada, por salvarlos a ellos.

Debía terminar con su autocompasión. Dejar de desear lo que estaba perdido para siempre. Max estaba muerto, pero ella seguía viva. Y era hora de que comenzara a actuar como tal.

Se encaminó al trozo de corcho que había junto al teléfono, convertido ahora en una especie de sumidero de recordatorios casi siempre olvidados: mensajes, viejas listas de compras, una arrugada boleta de tintorería, la invitación a una función de beneficencia ya pasada y que ella no contestó y arrancó el trozo de papel en el que había anotado el número de teléfono de Eric.

Antes de tener tiempo de arrepentirse, marcó el número mientras se preguntaba si existiría la remota posibilidad de que Eric estuviera libre para salir a comer esa noche.

—¿Estás suscripta a esto? —preguntó Eric—. Me impresiona.

Rose que buscaba sus llaves en una cómoda colocada debajo de la escalera y llena de los objetos más diversos, se volvió a mirarlo. Eric estaba sentado en el sofá, hojeando un número atrasado de la *Harvard Business Review* que acababa de tomar de la mesa ratona. La miró admirado con sus ojos azules, como si nada de lo que ella hiciera o dijera pudiera sorprenderlo.

—Es de mi marido —contestó ella—. Todavía no me ha llegado el momento de cancelar la suscripción. —Pero lo haría, al día siguiente a primera hora.

De sólo pensarlo se sintió más liviana, como si acabara de quitarse de los hombros un peso que ni siquiera sabía que llevaba.

Le habría gustado sentirse igualmente cómoda con respecto a Eric. Por teléfono, al principio, él pareció vacilar, ¿y cómo culparlo considerando la manera en que lo trató la última vez que se vieron? Pero unos minutos antes, al llegar, la saludó como si nada hubiera pasado. Pero aún así Rose detectó cierta reserva en él.

¿Eric se estaría echando atrás? Después de la forma en que ella actuó la otra noche, ¿habría llegado a la conclusión de que no valía la pena soportar a una mujer que diera tanto trabajo?

O tal vez hubiera recuperado el sentido común y comprendió en qué se estaba metiendo con ella. No sólo por Mandy, sino por todo lo demás: Max, los chicos y su estudio de abogados.

Y además no debía engañarse, ella ya no era tan joven.

Se le formó un nudo de ansiedad en la boca del estómago.

Tranquilízate. No se trata de tu Última Cena, le dijo una voz interior. Sólo es salir a comer con un amigo en su lugar preferido, en la misma cuadra de su casa. En cuanto pudiera encontrar esas malditas llaves.

Eso le recordó: esa tarde se presentó Mandy, con aspecto algo culpable, para preguntarle si tenía otro juego de llaves de la oficina. Le explicó que no encontraba las suyas desde la noche de la fiesta. Rose se propuso chequear el asunto con Eric, pero supuso que, con lo borracha que estaba, Mandy debía haberlas perdido en alguna parte de su departamento. ¿Y no estaba también un poco bebida durante la reunión de socios del martes a la tarde? Sí, Rose estaba segura de que era así.

Eric interrumpió sus pensamientos recordando con afecto:

—Mi padre pertenecía a un club del libro y, después de su muerte, los libros siguen llegando. Mamá deja que se apilen. Una vez, cuando le pregunté por qué paga libros que no va a leer, me contestó que le gusta que le lleguen todos los meses por correo como si papá siguiera estando allí.

—Lamento lo de tu padre. ¿Fue reciente? —Rose comprendió que por más que ella le había hablado acerca de sí misma, sabía muy poco sobre Eric. Ese hombre sabía escuchar demasiado bien.

—Murió hace seis años. De cáncer. —Sonrió con tristeza, como recordando algo demasiado personal para poder compartirlo. Después agregó: —¿Sabes lo que más me duele? Que nunca llegó a verme sobrio.

Rose sintió que se le cerraba la garganta al pensar en todos los acontecimientos todavía por venir y que Max no podría presenciar: graduaciones, casamientos, nacimientos.

—Es evidente que no te criaron en el catolicismo —observó con cierta sequedad.

—No, pero en algo bastante parecido. Episcopal. —Inclinó la cabeza y le dirigió una mirada intrigada.

—Bueno, entonces no tengo que decírtelo. El gran marcador de tantos del cielo se enciende cada vez que haces un gol. Tu padre debe estar vitoreando desde allá arriba.

Él sonrió. Ambos rieron.

—¿Y tu madre? —preguntó Rose.

—Está viva y bien en Minneápolis. —Se inclinó hacia adelante para golpear con suavidad la mesa ratona con los nudillos. —A los setenta y un años, ¿puedes creerlo?, acaba de descubrir Internet. Me escribe día por medio por e-mail. Por lo general, para hablarme de algún viaje exótico que piensa hacer.

—Si en algo se parece a ti, no me sorprende. —Rose pensó en Sylvie y la embargó una oleada de la vieja tristeza.

Eric meneó la cabeza.

—Si la hubieras visto después de la muerte de mi padre... ¡Diablos! Lo único que hacía era mirar televisión y tejer. Es como si se hubiera transformado en una persona nueva. Hasta está empezando a leer algunos de los libros que le llegan por correo. Y, aunque parezca increíble, hasta sale con hombres. —Eric sonrió. —Es algo que mi hermano no le puede perdonar.

—No sabía que tenías un hermano.

—Kenny. Es traumatólogo. Tiene esposa y tres hijos y vive en St. Paul. De vez en cuando hablamos por teléfono, pero no somos muy unidos.

—¿No tienes ninguna hermana?

—No. —Eric dejó caer la revista, entrelazó las manos detrás de la cabeza y se recostó para mirarla. —Por otra parte, tus hermanas... —Vaciló antes de preguntar: —¿Puedo hablar con franqueza?

—¡Por supuesto!

—No se parecen en nada a ti. Pero ni un poquito. Es como si procedieran de distintas familias.

Rose quedó helada. Eric no era el primero que se lo decía, pero por algún motivo, oírselo decir a él le produjo un impacto. Tal vez porque le habría resultado muy fácil confiar en él, como lo había hecho en tantas otras cosas. "¿Pero qué ganaría con eso? —pensó—. Sólo le daría un motivo más para tenerme lástima."

En un intento de disimular su inquietud, decidió hablar en broma.

—Tal vez alguna gitana me haya dejado en la puerta de casa.

—Sí, eso sería sensato. —Eric rió de buena gana y ella sintió que una corriente eléctrica le recorría el estómago.

"Son sus ojos", pensó. La estaba mirando fijo de una manera que le resultaba inquietante. Era como si estuviera esperando algo... alguna señal.

"Me está mirando como me miraba Max."

Rose tuvo que volverse para que él no se diera cuenta hasta qué punto también ella lo deseaba. Se le llenaron los ojos de lágrimas y el reflejo de Eric en el espejo que colgaba sobre la chimenea se disolvió. Sólo se destacaba su camisa muy blanca contra el tapizado oscuro del sofá.

De repente, Rose deseó que la hiciera suya en ese mismo momento, allí mismo. En el sofá, sobre la alfombra, no importaba dónde. Sin palabras, sin flirteos, sin avanzar un paso a la vez.

Se dio cuenta de que temblaba. Se sentía afiebrada... helada un momento, ardiendo al siguiente. ¡Y Dios, ese calor malvado que tenía entre las piernas! ¿Qué demonios le estaba sucediendo?

Se volvió para enfrentarlo, preparándose para el impacto de su mirada.

—¿Eric? Acerca de algo que mencionaste la otra noche... ya sé que no es asunto mío, pero no puede menos que intrigarme. Esa mujer de quien me hablaste... ¿por qué no te casaste con ella?

—No se lo pedí. —Hablaba en voz baja y sin apartar la mirada del rostro de Rose.

—¿Por qué no? Si tanto la amabas...

—Hay algunas cosas que uno no pregunta a menos que conozca la respuesta.

Todavía sigue enamorado de ella, pensó Rose, sorprendida al comprobar que estaba celosa.

"Pero esto es una locura —se dijo—. ¿Por qué me va a importar?"

—No quiero ser entrometida —se disculpó—. Es sólo que...

—Puedes preguntar cualquier cosa que quieras saber sobre mí —contestó él—. No tengo nada que ocultar.

—Está bien. —Tragó con fuerza y las miradas de ambos se encontraron. —¿Por qué aceptaste salir a comer conmigo esta noche?

—Porque quería verte.

—Pero ¿por qué? —insistió Rose, ya más allá de toda prudencia. ¡Qué patética debía parecerle! Una mujer que apenas se conocía a sí misma haciendo preguntas que no estaba nada segura de haber podido contestar.

—Te amo.

Los ojos de Eric la mantuvieron clavada contra la repisa de la chimenea mientras él se levantaba con lentitud y se le acercaba. Su expresión era tierna y al mismo tiempo inexorable. Ella no podía dejar de mirarlo: la curva irónica de sus labios, la pequeña cicatriz que tenía sobre el ojo derecho, el pelo de adolescente que caía sobre la frente de un hombre que había estado en el infierno pero que todavía creía en segundas oportunidades.

Cuando la tomó en sus brazos y la besó, su boca sobre la de ella fue como un baile lento, el último de la noche, cuando ya todos los demás se han ido a sus casas. Rose se balanceó contra él. ¡Oh, Dios! Ha sido tan largo...

Era como si estuviera despertando de un largo sueño, como si los sentidos que estaban dormidos volvieran a la vida, uno a uno. La punta de la lengua de Eric le provocaba pequeños impactos a medida que se dirigía a su garganta. La mano con la que le sostenía el cuello casi la chamuscaba.

Era tierno, ¡tan tierno! Como si no quisiera asustarla. Al mismo tiempo no había nada tentativo en su deseo. Todo su cuerpo estaba cargado de él. En silencio, le desabrochó la blusa y la bajó por sobre sus hombros. Pero no podían dejar de besarse el tiempo necesario para que ella se quitara la falda. Jamás había conocido a un hombre con tantos niveles de besos como tenía Eric, cada uno de ellos la mareaba más que el anterior. ¡Oh, dulce Jesús! ¿Cómo habría logrado sobrevivir tanto tiempo sin eso?

Rose lo habría seguido a cualquier parte. A Zanzíbar y hasta a la luna. Recién cuando Eric la tomó por la cintura y se encaminaban al dormitorio, se rompió el hechizo. Una oleada de pánico cayó sobre ella.

No... no puedo. No en la misma cama donde ella y Max habían...

Pero ya era demasiado tarde. Era imposible volverse atrás. Porque Rose estaba loca de deseo, tan loca que cuando se tendió con Eric sobre la cama, la cama en que ella y su marido habían hecho el amor más veces de las que ella podía contar, no le pareció extraño. Era como un río que seguía su curso natural.

Y allí estaba ese hombre exquisito cuya piel muy dulce cubría un conjunto de músculos y de huesos. Y la tocaba en lugares que casi había olvidado que producían sensaciones. Le acunaba los pechos como si fueran tan firmes y hermosos como los de una virgen. Le exploraba el vientre lleno de amor con la lengua, mientras bajaba para colocarse entre sus piernas...

¡Oh, Dios! Era... La sensación era tan buena...

Max era un amante sabio y paciente. Pero Eric no se parecía en nada a eso.

"¡Basta! No pienses en Max."

Sacarse a Max de la cabeza le resultó más fácil de lo que creía. Sólo existía el cuerpo desnudo de Eric, su boca apasionada, el calor cada vez mayor que le provocaba entre las piernas.

Sucedió con la fuerza de una colisión... el orgasmo que ella nunca habría creído posible, no en ella, no de esa manera. La recorrían oleada tras oleada del más puro placer. La obligaban a alzarse como un arco, las piernas temblorosas.

Una neblina narcótica descendió sobre ella. Era como si estuviera soñando, y en sueños no existían las reglas. Podía gritar, apalear, sudar a mares. Mientras Eric la montaba, envolvió las piernas con fuerza a su alrededor, aferrándolo. Gotas de transpiración de la frente de Eric cayeron sobre su rostro como cálidos besos. Él se movía en su interior, profundos embates seguidos por movimientos lentos, hasta que Rose estuvo de nuevo al borde del orgasmo. Flotaba de una manera deliciosa. Era como si pudieran seguir así para siempre. Sintió que los músculos de la espalda de Eric se tensaban, pero él se contenía. Esperaba hasta que ella se hubiese saciado.

—Ahora te toca a ti —lo urgió ella.

—Todavía no —susurró él.

Rose gimió con suavidad cuando él aceleró el ritmo y luego lo aminoró. Y entonces sintió que llegaba. Otra vez. Se apretó contra él mientras Eric la besaba, tomándole con suavidad el labio inferior entre los dientes, llenándole la boca con el gusto de su propia feminidad, como si se tratara de alguna fruta prohibida.

Recién cuando ella terminó y permaneció tendida y jadeante entre sus brazos, Eric se permitió tener un orgasmo: un único embate casi salvaje que le arrancó un grito de la garganta.

Transcurrieron varios minutos hasta que alguno de ellos pudiera hablar.

—¿Rose? —su voz era un leve murmullo en la oscuridad.

—¿Qué?

—Lo que te dije antes, lo dije muy en serio.

Ella rodó hacia un costado para mirarlo de frente. En la leve luz que entraba por la puerta, los ojos de Eric brillaban. Ella sintió un dolor donde antes había habido una dulce liberación.

—No te puedo prometer nada —dijo.

—No te lo estoy pidiendo.

—¿Y si todo esto se convierte en un gran error?

Él se puso tenso.

—No será así. Pero no importa lo que suceda.

Ella se estremeció.

—Eso es lo que me preocupa. No saber.

Eric permaneció tanto tiempo en silencio que ella comenzó a sentir pánico. ¿Le habría revelado demasiado? ¿Y si él realmente lo decía con sinceridad? ¿Cómo era posible que ella retribuyera su amor? Ya no había lugar en su corazón dos veces quebrado para que en él creciera el amor.

Entonces volvió a oír en la oscuridad esa voz ronca, la voz de alguien que había aprendido con la mayor dureza a no esperar demasiado.

—Un día por vez, ¿de acuerdo? —y con una leve sonrisa le acarició una mejilla.

Más allá del hombro de Eric, Rose alcanzaba a ver el baño donde un manchón de toalla azul se reflejaba en el espejo del botiquín. La bata de cama que colgaba detrás de la puerta. La bata de Max. Recordó ese día, poco después del funeral, durante el que Mandy la ayudó a vaciar el ropero de Max. Las dos empaquetaron con rapidez suéteres, camisas, pantalones, trajes. Pusieron etiquetas a las cajas indicando los lugares a los que serían donadas. Y hasta consiguieron reír y hacer una broma cuando encontraron una remera que nunca había usado, regalo de un cliente.

De alguna manera, esa bata de cama escapó a la purga. Rose no la vio hasta después de la partida de Mandy. Desde entonces se había convertido en su vicio secreto, algo parecido al alcoholismo de Mandy. A cada rato, Rose entraba en el baño y enterraba en ella la cara, para volver a inhalar el aroma de su marido. Sabía que eso la ataba de alguna manera, pero no lo podía evitar.

Al día siguiente haría exactamente un año de la muerte de Max.

Volvió a mirar a Eric, cuyo perfil se delineaba en la débil luz. De una manera extraña sintió una oleada de pérdida, no por Max, sino por lo que ella estaría desperdiciando si no aceptaba esa oportunidad. Un día por vez, era todo lo que él le pedía.

¿Sería capaz de darle tanto?

"Ya has podido superar trescientos sesenta y cuatro días —le dijo una voz interior—. ¿Qué es uno más?"

Capítulo 8

Mandy Griffin miró su reloj pulsera y pensó: quince minutos como máximo. Después estaré libre y en casa. Desde donde estaba sentada, junto a su cliente, ante la mesa de conferencias lustrada, frente a Robert Greene y el cliente de éste, alcanzaba a ver por la pared de vidrio la zona de recepción donde puertas dobles daban a los ascensores... y a la salvación.

Lo de Luigi no quedaba lejos, sólo a dos cuadras de la oficina. Era un restaurante italiano de perfil bajo, con un bar oculto en la parte trasera donde las luces eran escasas y el televisor estaba siempre encendido y, lo que era más importante, no cesaban de servir bebidas. Se vio sentada en un taburete con un vaso de whisky doble con hielo que le pesaba en la mano y estaba tan frío que le entumecía los dedos. Ese pensamiento le provocó un deseo tan intenso que debió recurrir a toda su fuerza de voluntad para no salir corriendo de allí. Mandy aferró los brazos del sillón. Le palpitaban las sienes; en la boca tenía gusto a algodón empapado en alcohol, seco y algo astringente.

"Quédate tranquila —se ordenó—. No puedes permitir que los demás lo noten."

Miró a Robert cuya cabeza oscura estaba inclinada sobre la página de cifras que ella acababa de entregarle, la suma de dinero que proponía que se le entregara a quien pronto sería la ex señora Rifkin. Notó con aprobación que Robert no permitía que la grosería de su cliente, el obeso y calvo señor Rifkin que se movía inquieto en la silla, lo distrajera. En su traje gris pizarra con una corbata de marca, un reloj pulsera de platino y la camisa muy almidonada, Robert era un caballero de pies a cabeza.

Se mostraba tan amable como la noche anterior, cuando ella rechazó su invitación de pasar la noche en su casa por tercera vez en menos de tres semanas. Dijo que lo comprendía y que, sí, si los Rifkin llegaban a enterarse, tal vez no lo entenderían.

Pero Mandy sabía demasiado bien que las apariencias podían ser engañosas. Y se preguntaba: ¿adivinaría Robert lo que le sucedía? La noche anterior, pensó con sensación de culpa, los Rifkin estaban muy lejos de sus pensamientos. La verdad era que, por más que disfrutara de la compañía de Robert, y a pesar de que hasta lo deseaba, nada le resultaba más fascinante que la intimidad de su casa donde podía beber con libertad y todo lo que se le daba la gana.

Estás imaginando cosas, se dijo. Si Robert tuviera la menor idea de lo que sucedía, ¿no se le iba a notar el disgusto? Y cuando ella le sugirió que en lugar de eso, se encontraran ese fin de semana, ¿no habría puesto alguna excusa?

Como percibiendo el ansioso escrutinio de Mandy, Robert la miró. Se refregaba el mentón, una costumbre que a ella le resultaba a la vez querible y un poco irritante.

—Para empezar, Mandy, debo decirte que ochenta mil por el contenido de la residencia de Boca Ratón me parece exagerado. —Le dirigió una sonrisa en la que le trasmitía: Dejémonos de vueltas y vayamos al grano. —Ya sé que está asegurado por esa suma, pero, ¡vamos! ¿Cuál es el verdadero valor de reventa?

—Eso incluye el yate —intervino Flora Rifkin, una rubia no muy joven, intercambiable por mil otras mujeres para un magnate judío de la industria manufacturera, llegado al país a fines de la década de los años sesenta. Todas esas mujeres, lo mismo que Flora, tenían el pelo teñido, las uñas laqueadas y usaban aros de oro y carteras de Chanel.

"Muy bien envuelta —pensó Mandy—. Así habría descripto papá a Flora." Era uno de esos paquetes que se abrían con cuidado por si llegaban a contener algo aparte de cheques recién librados.

—¿Yate? ¿Llamas yate a ese barquito de juguete? —rugió Leo, su furioso marido—. ¿Qué sucede? ¿De repente me he convertido en Ari Onassis? ¿Una salida dominical con los Freedman es una aventura en alta mar?

—Llámalo como quieras. Es tuyo, Leo. Tú quisiste Boca Ratón para poder pasarte el día mirando el espectáculo de la señorita deportiva luciendo esos pechos que le compraste. —Flora hizo un gesto de desprecio con la mano que parecía una garra curada por el sol de Florida. —¿Y yo? Yo aceptaré el dinero. Tú quisiste este divorcio, muchacho, y lo conseguiste... pero tal como te dije, esa mujer te costará cara. Muy cara. Mucho más cara que lo que te ha costado lo que le metiste dentro del corpiño a esa *shiksele*.

—¡Deja a Tamara fuera de este asunto! —La cara regordeta de Leo adquirió un rojo intenso y alarmante. Meneando la cabeza, se dirigió a Robert con expresión de persona agraviada. —¿Ve? ¿Ve lo que he tenido que soportar?

Robert, quien parecía un poco avergonzado, se aclaró la garganta y dijo:

—Miren: no hay motivo para que no podamos comportarnos todos como personas civilizadas con respecto a...

—¿Civilizadas? ¿Es así como usted llama a los que se acuestan con chicas tan jóvenes que podrían ser sus nietas? —La furia torcía la cara demasiado maquillada de Flora Rifkin, convirtiéndola en una máscara Kabuki. —¿Cuarenta años y esto es todo lo que me queda? ¡Un marido que ni siquiera tiene la decencia necesaria de pagar lo que debe!

Leo se puso de pie de un salto. Sus ojos celestes saltones se destacaban sobre los rollos que los rodeaban de modo tal que en ese momento parecía casi cómico.

Señaló a su mujer con un dedo regordete.

—¡Yo no tengo por qué escuchar todo esto! ¿Crees que me hace falta otra úlcera además de la que ya me provocaste? La próxima vez que te vea, señora, será en la corte.

La cabeza de Mandy latía como un bombo y ella tenía la sensación de que su liberación ya no estaba tan cercana. ¿Cuánto faltaría? ¿Diez, quince minutos? ¿Lograría aguantar tanto tiempo? ¡Por supuesto que aguantarás! le aseguraba una voz interior... una voz que le recordó a su madre, quien, cuando Mandy era pequeña, declaraba con impaciencia que no era posible que tuviera tanta urgencia por ir al baño, que sin duda podía aguantar hasta que encontraran alguno.

Barman... que sean dos dobles.

Durante un instante Mandy pudo contemplarse desde afuera y quedó horrorizada. ¡Dios Santo! ¿Habría llegado a ese punto? Antes esperaba con agradable expectativa el whisky con soda que la esperaba al fin del día de trabajo. Pero ahora debía tragar con fuerza para contrarrestar la sequedad de su garganta y se sentía enferma de necesidad de beber. Casi alcanzaba a tomarle el gusto, el beso helado del vaso contra su labio inferior, el primer trago tintineante. Si en ese momento lo tuviera frente a sí, no podría contenerse...

Pero todo el mundo sabía que beber en horas de trabajo estaba estrictamente prohibido. Aun durante el almuerzo, Mandy pocas veces se permitía más que un vaso de vino. Durante la semana, por la noche también bebía lo menos posible, porque no se podía dar el lujo de tener resaca al día siguiente. En diez años había dado parte de enferma cinco o seis veces. En todo caso, los otros socios de la firma se quejaban diciendo que era demasiado obsesiva con el trabajo y bromeaban afirmando que los hacía quedar mal a ellos.

Pero últimamente era como si los frenos internos que antes le respondían en el acto, ya no funcionaran tan bien. Cada vez debía hundir el pedal un poco más a fondo, y aun así muchas veces sentía que patinaba en el camino. Su única defensa era recordarse, una y otra vez, que si tenía un problema no era nada parecido al del abogado Stan Miys, que años antes había trabajado durante poco tiempo en el estudio antes de ser sometido a rehabilitación. Porque si no fuera así, ¿cómo lograba ella trabajar tantas horas mensuales?

"Si todos trabajaran tanto como trabajo yo, también necesitarían un trago al fin del día", razonó. De todos modos, ¿de qué estaba hablando? Un par de whiskys por la tarde, sólo para quitarse las tensiones del día. Si no fuera por eso, nunca saldría de la oficina, seguiría trabajando hasta caer muerta.

No se trataba de que fuera una alcohólica.

Mandy se sintió más fuerte y decidió hablar con tono confiado.

—Señor Rifkin, ¿tiene idea de lo que le costará llevar este caso a los tribunales? —Se apoyó sobre los codos y lo miró con la expresión que tantas veces utilizaba en casos de divorcio difíciles. —Piense en dos años de su vida... y eso sólo para empezar. Cuando por fin salga de esa sala del juzgado habrá pagado más de un millón sólo en honorarios profesionales. Y en lo que se refiere a lo que le conceda a su señora, le aseguro que ningún juez puede dejar de tener simpatía por una esposa de cuarenta años a quien abandonó por una mujer mucho más joven.

Leo abrió la boca y la volvió a cerrar como un pez gordo. Se echó atrás en su sillón con tanta fuerza que los almohadones lanzaron un pequeño quejido de aire.

Mandy tuvo que cerrar los labios con fuerza para no sonreír. Pero estuvo a punto de no lograrlo. Era tan grande su necesidad de tomar una copa que tenía la sensación de que se rompía por dentro. Ya hasta le ardía el estómago y pensó en el Alka Selzer que ocultaba siempre detrás de su escritorio. Eso y una botella chica de whisky, su botiquín de primeros auxilios, que sólo abriría en caso de una verdadera emergencia. Pero el solo hecho de tenerla allí le producía una sensación de confort, y verla cerrada le asegura que no era como "ellos", los borrachos junto a quienes pasaba todos los días cuando se dirigía al trabajo, hombres agazapados en umbrales y con olor a alcohol barato.

Por sobre la mesa, la mirada de Mandy se encontró con la de Robert. Tenía el entrecejo un poco fruncido, como si algo lo intrigara. ¡Dios! ¿Qué estaría mirando con esa expresión? ¿Habría adivinado que por dentro no se parecía en nada a la muñeca Mandy de plástico que todas las mañanas se vestía con tan elaborado cuidado? Que se empolvaba la nariz para que no se le notaran las pequeñas venitas rotas, que se maquillaba los ojos para que nadie viera lo hinchados que los tenía.

O peor aún, ¿sospecharía que la botella de Merlot que consumieron durante la comida no era más que un anticipo de lo que ella bebería después de llegar a su casa?

A Mandy la inundó una fuerte vergüenza. Entonces se le ocurrió algo aún más perturbador. "Es probable que crea que se trata de algo que él hizo."

Eso le provocó una mueca y deseó que hubiera alguna manera de tranquilizarlo. No era culpa de él. Robert no merecía eso. Además, ella lo adoraba. Honestamente. Era bueno, considerado, atractivo e inteligente. Y también buen mozo. Ese extraño ejemplar masculino que sus amigas creían extinto.

Robert sólo tenía un gran defecto: no bebía. Un copetín de vez en cuando, vino con la comida, sólo esa clase de cosas. No podía imaginarlo arrancando con avidez un vaso a medio llenar de la bandeja que pasaba un mozo. Y sin duda le dolería saber que durante todo el tiempo en que estuvieron de la mano durante la comida, ella no hizo más que mirar la botella que había sobre la mesa, calculando cuándo podría servirse otra copa y en qué momento se daría cuenta Robert de que había bebido mucho más que él.

Pero en ese momento, en esa sala de conferencias que siempre ponía un poco nerviosa a Mandy, notó que la expresión de Robert se suavizaba y se convertía en una de admiración y de afecto. Se relajó y sintió que desaparecía parte de su tensión. ¡Increíble! Él realmente creía que lo que veía era la realidad.

Dios, permite que salga de aquí antes de que lo estropee todo.

Leo Rifkin también la miraba con respeto. Mandy pensó en su padre, en lo fuerte que era, fuerte en sentidos en que los Leo Rifkin del mundo ni siquiera podían comenzar a imaginar. Además era sabio. "Es sencillo, monito" decía despeinándola y mirándola como si fuera la persona más importante del mundo. "El secreto del éxito es convencerse de que uno es tan inteligente como cualquier otra persona."

¡Oh, Dios! ¡Oh, papá! Se le llenaron los ojos de lágrimas. Tuvo que bajar la vista para que los demás no lo notaran.

—¿Por qué está todo el mundo tan excitado? —bramó Leo—. ¿Me desahogo un poco y de repente estamos en los tribunales? Soy un hombre razonable pero todo tiene un límite.

Flora se enjugaba los ojos con una esquina del pañuelo, poniendo enorme cuidado en no estropearse el maquillaje.

—Lo siento. Todavía no me acostumbro a esta situación. Abonos al Carnegie Hall, ¿cómo se dividen cosas así? Dime, Leo, ¿cómo?

—Se alternan —sugirió Mandy en tono bondadoso. No agregó que algunas personas, su madrastra, por ejemplo, ni siquiera tenía esa opción.

La primera temporada después de la muerte de su padre, las noches en que Rose no podía regalar la entrada que ahora le sobraba, se quedaba en su casa con tal de no ver el asiento vacío a su lado.

Robert le dirigió una mirada de agradecimiento y enseguida propuso:

—En lo que se refiere al contenido de la residencia de Boca Ratón, en mi opinión lo razonable sería hacerlo tasar.

Después de un momento de reflexión, Leo asintió.

Flora también asintió, con lo que Mandy agregó:

—Dos tasaciones. Aceptaremos la más alta. —Miró a Leo con severidad. —No estamos hablando de ganancias sobre una venta tipo remate. Si mi cliente deseara tomarse unas vacaciones en la casa, tendrá que amueblarla. Y, como todos sabemos, comprar muebles nuevos no es barato.

—¿Recuerdas nuestro primer departamento, Flo? En la calle Grand y la avenida A —recordó Leo con una risita y meneando la cabeza—. Con excepción de los domingos, después de las nueve de la noche no había agua caliente. —Mandy hubiera jurado que lo dijo con lágrimas en los ojos.

—Cinco pisos por la escalera y teníamos que subir todo a cuestas. —Flora esbozó una leve sonrisa. —Y los nueve hijos del dueño de casa, el ruido que hacían. Nosotros debimos tener esa suerte. Si hubiéramos sido bendecidos con hijos... —Se volvió a enjugar los ojos y luego de lanzar un enorme suspiro se volvió a erguir. —Ya basta. Cuando recuerdes lo que fueron todos esos años, Leo, haz que tu abogado llame a la mía. Mientras tanto, te deseo una buena vida. —Se puso de pie de repente tomando su cartera Chanel que estaba sobre la mesa.

Mandy miró a Robert, quien se encogió de hombros y miró a su cliente.

Leo apoyó las palmas de las manos sobre la mesa y se puso de pie. Se secó la frente con el pañuelo que sacó de su típico pantalón de gordo hecho a medida y lanzó un pesado suspiro como para demostrar que la parte realmente injuriada era él.

Robert comenzó a juntar sus papeles y a meterlos dentro del portafolios.

Mandy estuvo a punto de llorar de alivio.

Al llegar a la puerta, Leo Rifkin extendió la mano. Ella vaciló antes de estrecharla, orando para que él no se diera cuenta de lo transpirada que estaba la suya. Recién cuando acompañó a los Rifkin hasta la salida y regresó a cambiar unas palabras en privado con Robert, sintió que disminuía la tensión entre sus hombros.

—¡Buen trabajo! —dijo él—. Tengo la impresión de que nos has ahorrado un par de años más con esos dos. —Entre ellos llamaban a los Rifkin el Dúo Dinámico.

Ella inclinó la cabeza y sonrió, burlona.

—¿Desde cuándo te opones a presentar facturas de seis cifras?

—Desde que este divorcio empezó a impedir que estuviera contigo —contestó él en voz baja y tono íntimo. Quitó una invisible mota de polvo de la solapa del traje de Mandy, sin duda porque se encontraban en exhibición ante las secretarias, socios y empleados de la firma que caminaban del otro lado de la pared de vidrio... todos apurados por alcanzar un tren, llegar a sus casas a comer... o beber una copa.

Al mirar los ojos color avellana de Robert, ojos que pasaban del verde al ámbar según la luz y con pestañas lo suficientemente espesas como para inspirar envidia a una modelo, Mandy se sintió muy desgraciada. "¿Por qué no me basta? —pensó—. La mayor parte de las mujeres serían capaces de matar con tal de tener a un hombre como Robert." Y allí estaba ella, arrojando al canasto todo lo que prometían esos ojos maravillosos.

—Yo también te extraño. —Sólo que ella lo dijo en un tono liviano, casi de broma.

—Podrías haberme engañado. Anoche te comportaste como si no vieras la hora de librarte de mí. —Sonreía, pero Mandy vio la pregunta que había en sus ojos.

Ella se puso tensa y debió recurrir a toda su experiencia para seguir sonriendo.

—Tienes razón, pero fue por una buena causa —alegó.

—¿Y qué causa puede ser ésa, abogada?

—La propuesta para la señora Rifkin. Quería repasarla una vez más antes de acostarme. Lo cual fue una gran cosa, porque en caso contrario esta reunión se habría prolongado mucho más. No sé lo que piensas tú, pero yo ya estoy saturada de los Rifkin por lo menos por tres generaciones. —Levantó los ojos al cielo.

Robert rió y el momento de tensión pasó.

Mandy aprovechó la oportunidad para mirar su reloj.

—Escucha, Robert, debo correr. Me tengo que encontrar con un cliente en el centro.

—Yo te llevaré —contestó él—. Tengo un coche esperando abajo.

Mandy adivinó que él regresaba a su oficina ubicada en Madison y Cuarenta y Cinco, de manera que decidió arriesgarse y contestó:

—Gracias, pero debo ir al lado Oeste. Tomaré un taxi.

Él tomó su portafolios y se encaminó con ella hacia la puerta.

—¿Seguimos pensando encontrarnos el jueves?

¿El jueves? ¿Habían hecho una cita? Mandy luchó por recordar.

Robert debió notar su confusión porque pareció algo sorprendido al tener que recordárselo.

—La recepción en el Carlyle en honor a Cynthia, ¿recuerdas?

—¡Por supuesto! —mintió Mandy, comenzando a transpirar. Cynthia Robbins una de sus más antiguas amigas, había sido asociada a Cravath y Swaine. ¿Cómo era posible que lo olvidara?

"Debo haber estado borracha."

De repente, Mandy se sintió aplastada por el peso de su secreto. Había tanto que Robert ignoraba y que ella no podía explicar. El asunto no tenía absolutamente la menor lógica, a menos que uno comprendiera que en su vida todo giraba alrededor de una sola premisa: beber estaba ante todo.

Dios era testigo de que quería lo que Robert le ofrecía. Todo lo que habían tenido su padre y Rose: amor, pasión, casamiento. La sociedad de dos profesionales que se apoyaban en lo emocional y en lo financiero. Hijos, también. Ella estaba por cumplir treinta y cuatro años.

Si pudiera manejar lo que le sucedía, tal vez, sólo tal vez, la vida que imaginaba se haría realidad. Si encontrara una manera de no necesitar siempre la copa siguiente...

Ya estaba tan cerca que le parecía tomarle el gusto. El dulce ardor del whisky que bajaba por su garganta, que se le derretía en las venas, que le aflojaba las articulaciones. Le parecía oír el tintineo de los cubos de hielo y se sentía caldeada por el resplandor color ámbar de la bebida.

Tuvo que aferrar el portafolios a su pecho para no salir corriendo antes que Robert, para no correr hasta la calle. Luigi, a dos cuadras de distancia, la llamaba.

En la vereda, cuando Robert se encaminó al cordón donde lo esperaba su chofer, se volvió hacia Mandy con el apuesto rostro abierto.

—Te llamaré más tarde. ¿Estarás en tu casa?

—¿Dónde más quieres que esté? —Levantó los ojos al cielo y alzó su portafolios como para mostrar la cantidad de trabajo que tenía. Una mentira que en realidad no era una mentira. Robert no tenía por qué saber que además tenía otros planes para la noche. Planes que no lo incluían a él ni a nadie más.

—Nunca descansas, ¿verdad?

Por un instante de pánico, ella imaginó que el comentario se refería a la bebida. Pero enseguida razonó. Trabajo. Por supuesto. Robert siempre le hacía bromas porque trabajaba demasiado. Y en ese momento era justamente la salida que ella necesitaba.

—Si llego a no contestar, deja un mensaje. Es probable que tenga encendido el contestador —dijo, sintiéndose enferma por dentro y odiándose más que nunca.

Pero cuando se despidió de Robert con un beso, Mandy ya estaba a kilómetros de distancia, preguntándose cuál de los tres bares que solía frecuentar elegiría esa noche, después de detenerse en lo de Luigi.

A las siete y media de la mañana siguiente, Mandy estaba frente a su escritorio con un gran vaso de papel de café que se iba enfriando. Su secretaria tardaría por lo menos una hora más en llegar, pero además de preparar una lista de los llamados telefónicos que ella debía hacer, le había dictado dos cartas y marcado con lápiz rojo detalles de un acuerdo que habría que volver a copiar.

Esa hora del día era la que más le gustaba. *Carpe diem*..., antes de que el día se apoderara de ella. Antes de que comenzara a sonar la cacofonía de teléfonos y de intercomunicadores, y la interminable ronda de reuniones. Pero lo que más le gustaba era poder medir la intensidad de la resaca que tenía.

La de ese día la consideraba una de 7,8 en su propia escala de Richter. Desde el primer momento, cuando abrió los ojos y notó que estaba tendida en el sofá, todavía con la ropa del día anterior, supo que sería grave. Una ducha fría y un litro de café apenas habían aliviado el bloque de cemento que tenía en la cabeza.

Recordaba vagamente haber estado en Luigi, un capullo seguro con olor a cigarrillos rancios y a Chianti, donde la mecía el tintineo de vasos y la calidez del whisky que se extendía por su cuerpo. Más o menos una hora después, camino a su casa, se detuvo en una casa de venta de licores. Después de eso todo se ponía un poco difuso.

—¡Hola Mandy! Me alegro de haberte encontrado. ¿Tienes un minuto?

Sobresaltada levantó la vista y vio a su madrastra en la puerta. Rose estaba impactante como siempre, en un traje de shantung color turquesa. El pelo negro rizado con su mechón blanco estaba peinado hacia atrás y de sus orejas colgaban sus típicos aros de rubíes. Sin embargo, en ella había algo distinto, observó Mandy. Su rostro... de alguna manera parecía más vivo. Los ojos de Rose brillaban y sus altos pómulos parecían resplandecer.

"Se está acostando con alguien", pensó Mandy.

La sacudió el enojo. Apenas hacía un año de la muerte de su padre y Rose se metía en la cama con el primer tipo que se le presentaba. ¿Hasta qué punto podía haber querido a su padre? ¿Qué se creía?

Pero Mandy enseguida se sintió avergonzada. ¿Quién era ella para juzgar a Rose? Ya era hora de que se bajara de la pira funeraria, pensó. Y ese tipo con quien salía parecía bastante agradable. Mandy recordaba a Eric Sandstrom de la fiesta del sábado anterior... lo recordaba vagamente. Al terminar la fiesta estaba bastante fuera de foco, pero recordaba como en una nube que Eric la ayudó a bajar y que después llamó un taxi. ¿Se lo habría agradecido? Probablemente no. Fue un milagro que hubiera podido hacer sola el resto del viaje hasta su casa.

Nunca más, resolvió y su cabeza latió como protestando cuando ella se irguió en la silla. A partir de ese momento iba a dejar de beber. Y esa vez lo decía en serio.

—Estoy terminando algunas cosas —explicó mientras le hacía señas a Rose de que entrara—. Siempre llego temprano para poder limpiar mi escritorio antes de que me devore el fárrago del día. ¿Y qué haces tú aquí a esta hora de la mañana?

—Quería hablar contigo. A solas. —Rose no sonreía y cuando entró cerró con cuidado la puerta a sus espaldas.

"Lo sabe", pensó Mandy y una luz roja relampagueó dentro de su cabeza. La semana anterior, Rose la había llamado dos veces a su casa, sin ningún motivo concreto, sólo para saludarla. Y el día anterior, en la reunión de socios de la firma, tuvo la impresión de que su madrastra la vigilaba por el rabillo de ojo.

"¡Por favor, Señor, que no me diga nada! En este momento no lo podría soportar. No con este dolor de cabeza."

Presa de un repentino ataque de agitación, Mandy comenzó a juntar papeles y a meterlos en distintas carpetas. Aún así, sentía sobre ella la mirada de los ojos oscuros de Rose. El calor le subía por el cuello hasta las mejillas.

—Tengo una conferencia telefónica dentro de quince minutos —mintió—. Pero hasta entonces soy toda tuya. ¿Qué sucede?

Mandy observó a su madrastra, quien se dejó caer en el sillón frente al escritorio y miró a su alrededor con rapidez, como un detective en busca de pruebas. Una botella de vino abierta, un sacacorchos, un vaso sucio. Mandy casi lanzó una carcajada. "¿Realmente me crees tan tonta?", pensó en son de burla.

En realidad su oficina estaba casi exageradamente ordenada. Era la más pequeña de la de los socios y estaba ubicada en un extremo del corredor. Todas las tardes, antes de volver a su casa y antes de que llegara el personal de limpieza, Mandy dedicaba diez minutos a ordenarla. No podía soportar el escritorio lleno de papeles, los estantes desbordantes. La gente podía hacer comentarios.

Hasta el decorado era sencillo. Un simple escritorio de madera de nogal, un sofá beige, un par de grabados en la pared. Nada de fotografías familiares, con excepción de una instantánea de su padre colocada en un rincón del papel secante del escritorio. Su padre en la playa, algunas semanas antes de su muerte.

—No te demoraré —dijo Rose en un tono más suave. Como si ella también estuviera recordando ese fin de semana que pasaron los cinco juntos, porque Drew y Jay también fueron con ellos, recorriendo el pueblo en bicicleta y disfrutando de la vista del mar. En una tienda de antigüedades su padre insistió en comprarle a Rose una veleta que ella admiró, un gallo de hierro, verde por los años. Ella preguntó dónde lo iba a poner. Pero él rió y contestó en broma: "Cuando yo muera, colócalo sobre mi tumba. De esa manera siempre sabrás en qué dirección me encamino".

Al recordarlo, Mandy se estremeció.

—Si quieres verme con respecto a esas solicitudes —dijo con rapidez—, separé las que creo que vale la pena entrevistar. Las tengo aquí mismo... —Recorrió los sobres de su archivo, sacó uno y lo deslizó encima del escritorio para que Rose no notara que le temblaba la mano. Una de las procuradoras de la firma, Nancy Chen, daría a luz en menos de una semana. ¿Pero qué importancia tenía a quien contrataran para suplirla cuando su propia carrera estaba en peligro? —La solicitud que prefiero es la de ese tipo de Cornell —le explicó a Rose, obligándose a respirar con lentitud—. Parece el más ambicioso. También el más inteligente. Aquí tienes su solicitud.

Rose miró con rapidez el resto de las solicitudes.

—¿Y la chica de Haverford? *Summa cum laude*, la primera de su curso.

Mandy meneó la cabeza.

—Bueno, sabremos más cuando los entrevistemos —agregó Rose metiendo las solicitudes dentro de su portafolios. Levantó la mirada con expresión grave. —De todos modos no he venido para hablar de asuntos profesionales. —Vaciló insegura de lo que debía decir.

Mandy sintió que cada vez que palpitaba su corazón se le hinchaba el cuerpo y le aumentaba el latido de la cabeza.

Sin embargo, cuando habló lo hizo con un tono perfectamente normal. Sorprendente.

—Déjame adivinar. Estás preocupada por Drew. —Mandy también estaba preocupada por su hermano, pero en ese momento lo único que le importaba era salvarse a sí misma. —Con toda honestidad, Rose, si quieres conocer mi opinión, habrá que dejar que esto siga su curso. Con un poco de suerte, él mismo se dará cuenta de la situación antes de casarse.

Dio resultado. Rose suspiró, momentáneamente distraída.

—¡Ojalá por lo menos pudiera hablar con él! Últimamente me evita. Ni siquiera me atiende por teléfono.

—¿Por qué no lo invitas a comer? —sugirió Mandy—. Que sea el viernes y yo también iré. Para brindarte apoyo moral.

Rose pareció alegrarse ante la idea, pero de repente volvió a su expresión pesimista.

—Es algo que ya intenté. Canceló la invitación a último minuto. Creo que se ofendió porque no incluí a Iris.

—Entonces invítala también a ella. Así Drew no sospechará que se trata de una especie de emboscada.

—¿Una emboscada? —bufó Rose—. Como si yo pudiera hacerle eso a mi propio hijo.

"Rose tiene razón", pensó Mandy. Los subterfugios no eran su estilo. Cuando ella enfrentaba a alguien, más bien lo hacía como un camión en plena embestida. Y en realidad sentía que en ese momento ese camión se dirigía hacia ella. Rose iba a decirle que circulaban comentarios por la oficina. Que la gente empezaba a notar.

La recorrió un estremecimiento de alarma. ¿Qué haría sin sus clientes, sin tener que ir todos los días a la oficina? ¿Qué otra cosa le quedaba?

Entonces la asaltó un miedo aún más hondo, uno que le resultó aterrorizante. ¿Y si eso significa que no podré volver a beber más?

Tenía las manos entrelazadas con fuerza sobre la falda, empapadas de transpiración y le temblaba todo el cuerpo. Lanzó una de sus típicas carcajadas que sonó aguda y mecánica aun para sus propios oídos.

—Tú eres madre, ¿verdad? Todos los de menos de treinta años creen que su madre los va a obligar a hacer cosas horribles.

Nadie mejor que ella para saberlo. Su propia madre era una campeona en ese sentido. El hecho de haberse mudado a Palm Beach no cambió en nada a Bernice. A veces Mandy se preguntaba si el verdadero motivo por el que bebía no sería su madre, si no estaba tratando de borrar todos los momentos penosos que vivió mientras crecía cuando su madre criticaba todo lo que hacía y lograba que se sintiera sucia y avergonzada. Hasta cuando tuvo la menstruación, ¡por amor de Dios!

Mandy recordaba con claridad su primera borrachera, durante el casamiento de una prima, poco después de la separación de sus padres. Tenía doce años y a todo el mundo le pareció divertido verla pasar de una mesa a la otra, bebiendo todos los restos de champaña que quedaban en las copas. Cuando la novia arrojó el ramo, Mandy estaba tan borracha que tuvo la sensación de que era ella la que volaba. Era como si hubiera estado tropezando toda la vida en la oscuridad... y de repente encontró la llave a un reino mágico, de luz enceguecedora, donde la luz más brillante era ella misma.

—Drew no es el único que me preocupa —dijo Rose, clavando en Mandy sus ojos oscuros—. No sé bien cómo decirlo, pero supongo que no existe una manera amable de hacerlo. Tu alcoholismo... ha llegado a estar fuera de control.

Mandy sintió que el mundo se daba vuelta. Aferró los brazos del sillón para no caer al piso. Sin embargo, su primer instinto fue luchar, gritar contra la injusticia de la situación.

—¿Llamas estar fuera de control haber facturado trescientos mil dólares el año pasado? —retrucó—. Si la gente habla, Rose, tal vez sea porque deben mirar con más cuidado sus propios logros.

—Mandy, ésta no es una acusación. Sólo quiero ayudarte. —Su madrastra la miró suplicante.

"Ni se te ocurre pensar que yo también perdí a papá", se indignó su hijastra.

—¿Tengo aspecto de necesitar ayuda? ¿Actúo como si estuviera descontrolada? —Mandy hizo un gesto amplio que abarcó toda la oficina donde cada trozo de papel se encontraba en su lugar, cada carpeta tenía su correspondiente etiqueta y donde aun los volúmenes de la biblioteca estaban ordenados alfabéticamente. Agregó con tono gélido: —Rose, estoy segura de que tus intenciones son buenas, pero quien sea que está desparramando mentiras con respecto a mí, está muy equivocado. Si de vez en cuando me relajo con algunos tragos es a causa de todo lo que trabajo aquí.

—Sé lo capaz que eres, pero no se trata de eso —insistió Rose—. Eres una excelente abogada, Mandy. Una hijastra maravillosa. Tu padre no fue el único que se alegró cuando entraste a formar parte de la firma.

—¿Estás diciendo que traiciono la memoria de mi padre? —Mandy no perdió tiempo en asumir lo peor.

—Gracias a Dios tu padre no puede verte como estás ahora. —El tono comprensivo de Rose fue como sal sobre una herida abierta. Como si Mandy no fuera más que otra loca, igual que Iris. —¿Crees que no se te nota? Huelo el alcohol en ti. Durante la reunión del martes pasado estabas tan bebida que prácticamente te caías de la silla. Hasta lo notó el viejo Gib, y eso que él está casi ciego.

Mandy se echó atrás, sintiéndose tan avergonzada y asustada como una criatura a la que acaban de atrapar en una mentira. Pero no podía admitir la verdad; eso sería como dar la combinación de la caja fuerte donde guardaba sus más preciosas posesiones. En ese momento, lo que le hacía más falta que cualquier otra cosa era un trago de whisky puro. Sólo uno. En caso contrario, ¿como lograría superar esa situación?

—Comprendo —contestó con frialdad—. Tú puedes ser la viuda inconsolable, ¿pero si de vez en cuando yo bebo demasiado soy una especie de monstruo? Yo también quería a mi padre, ¿sabes? ¿Alguna vez te detuviste a pensar que no eres la única que lo extraña?

—Lo que yo creo es que necesitas ayuda —respondió Rose—. Escucha, Mandy. No soy tu enemiga. Estoy de tu lado.

—¿Exactamente adónde quieres llegar?

—Conozco a alguien con quien tal vez deberías conversar. Eric. Lo invitaré a comer el viernes. Así pueden empezar a conocerse un poco. —Se puso de pie con expresión severa. —Y cuento con que estarás allí.

Mandy la miró fijo durante algunos instantes antes de exclamar:

—¡Si papá estuviera vivo no me tratarías así! Él no te lo hubiera permitido.

Rose meneó la cabeza, con expresión dolorida.

—Te equivocas. Tu padre te quería, Mandy. Le habría dolido mucho verte así.

Salió y cerró la puerta a sus espaldas. Ya a solas, Mandy se inclinó hacia adelante y dejó caer la cabeza sobre los brazos cruzados. Su sensación de haber sido ultrajada había desaparecido. Alcanzaba a oír un teléfono que sonaba en el vestíbulo, pero tenía la sensación de que el ruido procedía del interior de su cabeza. Un llamado que no se detenía y que ella no tenía manera de contestar.

Hizo un esfuerzo por ponerse de pie. Le sorprendió comprobar que tenía la cara mojada. No se había dado cuenta de que lloraba. ¿Ayuda? Sólo conocía una cosa que podía ayudarla en ese momento.

Al sacar la botella de su escondite, notó con orgullo que el sello de papel todavía estaba intacto. Eso lo demostraba. De ninguna manera estaba descontrolada. En caso contrario, ¿no se habría servido una copa antes de eso?

¿No fue muy cuidadosa en vida de su padre? Nunca bebía más de una o dos copas de vino durante las comidas familiares. En ese sentido Rose tenía razón: a su padre le habría dolido y desilusionado ver a su hija en ese estado.

Aun frente a su madre, que vivía haciendo comentarios desagradables acerca de su padre y de Rose, Mandy tuvo cuidado de mantener su límite de no más de dos copas de vino por comida. Para su padre, descubrir por boca de su ex mujer que la hija de ambos tenía un problema de alcoholismo habría sido mucho peor que si lo hubiera descubierto él mismo.

Pero ahora su padre ya no existía, y la situación se tornaba un poco resbaladiza. De allí en adelante no tendría más remedio que esforzarse un poco más. Y podía hacerlo. Lo haría.

A partir del día siguiente.

Lo que necesitaba en ese momento, más que la aprobación de Rose y hasta su propio autorrespeto, era un trago.

Cuando la retorció, la tapa sellada de la botella hizo un crujido encantador. Se llevó la botella a los labios, más dulce que cualquier beso de un amante, y de una manera poco clara comprendió que acababa de cruzar una línea de una manera irrevocable. Ya no había manera de volverse atrás. Ya no podía seguir engañándose al creer que no estaba tan mal como aquellos que bebían durante el día, en el trabajo.

Pero todo eso se encontraba muy lejos en el futuro, tan irreal como la distante amenaza de sufrir una auditoría de la Superintendencia de Impuestos sería para alguien que en ese momento se estaba ahogando. Si no bebía por lo menos un sorbo, un solo sorbo, se prometió, no sobreviviría la hora siguiente, y mucho menos el resto del día.

Con un suave quejido que sonó como un pedido de misericordia, Mandy echó atrás la botella y bebió.

El viernes por la noche estaba tan sobria como un pastor. Llegó a lo de Rose a las ocho en punto y tocó el timbre de la puerta de calle. Se sentía débil, hasta tambaleante, pero a pesar de todo con ganas de gritarle a todo el mundo, a cualquiera que pasara por la calle, a quien la quisiera escuchar: ¡No he bebido una sola gota de alcohol en todo el día! Ni un sorbo de jerez. Y el día anterior, cuando se dirigía al subterráneo, ¿no caminó dos cuadras de más para no pasar frente a Luigi?

Y sin embargo, de una extraña manera, tenía ganas de celebrar.

Estaba nerviosa. También tenía un poco de náuseas. En realidad, estuvo a punto de llamar para avisar que no iría, pero en definitiva decidió que antes muerta que huir con la cola entre las piernas. Lo que debía hacer era fingir con todas sus ganas. Todo su futuro dependía de ello: su posición en el estudio y en la comunidad legal, su amistad con Rose, su licencia... y una vez que lograra controlar ese pequeño problema podría continuar, bueno... con todo.

La puerta se abrió de par en par.

—Puntual, como siempre. Y yo estoy retrasada. —Rose estaba sonrosada y se limpiaba las manos en un delantal de cocina verde oscuro, pero saludó a Mandy con un beso en la mejilla. —Pasa y ponte cómoda mientras yo vigilo el asado. Ya llegaron todos, con excepción de Eric.

Mandy subió la escalera, confusa. Rose actuaba como si no hubiera sucedido nada, como si esa noche no fuese una especie de prueba. El otro día en la oficina, la advertencia de su madrastra ¿no habría sido sólo un simple comentario para advertirle que debía cuidarse?

Debió haberle provocado un alivio, pero Mandy sentía que el cielo se le derrumbaba encima y que ella era la única en darse cuenta. La única que corría en busca de un refugio.

Al entrar en la sala con su revoltijo de libros, de fotografías familiares y de grabados náuticos, Mandy sintió que se le formaba un nudo en la garganta. En ese lugar todo le recordaba a su padre, le recordaba la fe que su padre tenía en ella. Él siempre la hizo sentir especial, aún después del nacimiento de los varones. Y Rose también, tenía que admitir a regañadientes, se salió de su camino para ser amable con ella. "Y eso que yo tampoco se lo facilité", debió confesarse. Una desgarbada adolescente con frenos de ortodoncia en los dientes. Era extraño que hubiera encontrado a alguien que la quisiera.

Jay saltó a envolver a Mandy en un fuerte abrazo. Ella lanzó un grito pero le alegró esa muestra de afecto que tanta falta le hacía. A pesar de que nunca lo admitiría, Jay era su preferido. No lo podía evitar; tras las defensas del muchacho había algo terriblemente vulnerable. Le recordaba lo que había sido ella a su misma edad.

—¡Hola, hermano! ¿Qué tal? —Lo despeinó con cariño. —¿Tienes una nueva novia, o la de la semana pasada logró superar la marca?

Jay lanzó una carcajada de vergüenza y bajó la cabeza. A diferencia de todos los demás chicos de dieciséis años que ella conocía, Jay no andaba todo el tiempo buscando romances. ¿Pero cómo evitar que las chicas lo encontraran irresistible? La bonita pelirroja con quien salía durante su segundo año, todavía seguía llamándolo de vez en cuando por teléfono. Y su romance del verano anterior con Alice, la niñera de la familia del piso de arriba, había terminado en una seguidilla de cartas y de postales desde Dinamarca.

—Tu vida amorosa debe ser bastante aburrida si tanto te interesas por la mía —retrucó Jay con una sonrisa.

Mandy pensó en Robert y una sombra cayó sobre su corazón. La noche anterior, después de la recepción en honor de Cynthia, una prueba peor que cualquier resaca, ella se arriesgó a comer con Robert en su restaurante francés preferido de Manhattan. Pero durante todo el tiempo estuvo con los nervios de punta. Y además, sin apetito. Su estómago, igual que toda ella, era un músculo enorme y contraído.

Se disculpó alegando que tenía un terrible dolor de cabeza, lo cual no estaba lejos de la verdad. Pero sabía que Robert no era ningún tonto. En el taxi, cuando volvían a su casa, él casi no pronunció palabra. Tampoco se despidió de ella con un beso. Porque a esa altura debía haber descubierto que Mandy le ocultaba algo.

¿O sería sólo paranoia suya?

"Tal vez yo soy la que debería hacerme tratar con un psiquiatra", pensó en el momento en que Iris se levantaba del sofá para saludarla.

Aunque uno nunca adivinaría que Iris no era normal. Con su vestido colorado, los hombros tostados descubiertos, y el pelo color miel cayéndole suelto sobre la espalda, parecía tan saludable y alegre como el más soleado día de verano. Sin embargo lo que más impresionaba a Mandy era que fuese tan agradable. Como si nunca se le pasara por la cabeza que otra mujer pudiera tenerle celos. O que Rose la hubiera invitado sólo como una manera de conseguir que Drew estuviera allí esa noche.

—¿No te parece bárbaro? ¡Estar todos juntos! —Iris parecía tan encantada que Mandy casi supuso que comenzaría a aplaudir como una chiquilla a quien se le otorga un gusto muy especial. Su rostro resplandecía. —Apenas tuve oportunidad de conversar contigo en nuestra fiesta. ¡Había tanta gente! A propósito, ¡estás espléndida!

—Gracias —murmuró Mandy, convencida de que no era cierto. Estaba hecha una porquería. Pálida, con profundas ojeras. En la oficina le explicó a todos que estaba por engriparse, como si alguien le fuera a creer con los rumores que corrían. Y en ese momento, al mirar a Iris a los ojos, que de alguna manera no carecían de nubes propias, se dio cuenta de que los problemas de ambas eran parecidos. Iris también caminaba sobre hielo quebradizo con Rose. En tono tentativo, preguntó: —A propósito, ¿cuándo es el casamiento? ¿Ya tienen una fecha?

Iris miró con incertidumbre a Drew que estaba junto al bar sirviéndose un vaso de vino, algo que Mandy hubiera deseado poder hacer. Su hermano parecía tenso, incómodo. El plan de Rose había dado resultado, por supuesto, pero él no parecía feliz de estar allí. Tenía que saber hasta qué punto estaba preocupada su madre y posiblemente él también lo estuviera por miedo a que Iris lo notara.

¡Pobre Drew! ¿Estaría además arrepentido?

—Espero que el verano que viene —dijo Iris en un tono de voz demasiado alegre—. Drew no quiere fijar una fecha hasta que encontremos departamento. Es supersticioso. —Cruzó la habitación y deslizó un brazo alrededor de su novio, que le sonrió y le besó el pelo.

Si Drew no se cuida, se lo comerán vivo, se le ocurrió pensar a Mandy. A lo largo de los años ella había sido testigo de los estados de ánimo de Iris y no creía que la vida de su hermano fuera fácil.

—¿Estás seguro de saber en lo que te metes? —preguntó Mandy simulando que su preocupación era por Iris—. Conociendo a mi hermano, dentro de poco tiempo estarás inmersa entre ratas de laboratorio que él no puede decidirse a matar.

—Si tratas de asustarla, tendrás que hacer más que eso —rió Drew y en ese momento estaba tan idéntico a su padre que Mandy sintió que se le anudaba la garganta.

Con excepción de que los ojos azules de Drew eran muy vulnerables y los de su padre nunca lo fueron.

Los interrumpió el sonido del timbre de la puerta de calle. Minutos después apareció Rose acompañada por ese hombre que era el responsable de su expresión de persona mareada. Eric Sandstrom vestía jeans desteñidos y un blazer azul marino, y con su mirada engañosamente distraída parecía captar toda la situación de un sólo vistazo.

—Siento haber llegado tarde. Tuve que reemplazar a uno de mis compañeros en la radio. —Amistoso sin parecer demasiado ansioso, estrechó con calidez la mano de todos.

Sí, Mandy lo percibía. Aunque no buen mozo en un sentido convencional, Eric era, en algunos sentidos, hasta más interesante que el mismo Robert. Tenía el aspecto irresistible del hombre que... bueno, que ha vivido. Y no sólo por las arrugas que le rodeaban la boca y los ojos. En su expresión había algo que era a la vez, sabio y triste. La intrigaba, porque al mismo tiempo parecía feliz, hasta jubiloso.

Cuando la mirada de Mandy se encontró con la suya, ella tuvo la extraña sensación de haberlo conocido en alguna otra parte, además de la fiesta de compromiso de Drew. Un vago recuerdo se colaba en su inconsciente. El recuerdo de estar tendida de espaldas y mirando a Eric cuyo rostro era como un sol radiante en la boca de una caverna oscura.

Pero era una locura. Durante la fiesta sólo intercambiaron algunas palabras. Y después, cuando él la ayudó a bajar y a subir al taxi, ella ya no estaba en condiciones de mantener ninguna conversación.

Sin embargo Rose estaba muy ansiosa por presentárselo. ¿Por qué? El recuerdo volvió a subir a la superficie, esta vez con más claridad. Eric inclinado sobre ella, con esos ojos tristes y conocedores. ¿Un sueño? Sí, debía ser un sueño, y los brazos se le erizaron.

De repente, Mandy no veía la hora de irse. Cualquiera que fuese la historia de Eric, ella no quería conocerla. No en ese momento. Ni nunca.

Con desconfianza lo observó saludar a Drew y luego a Jay. Iris fue la única que lo saludó con cordialidad como si se tratara de un viejo amigo de su familia. Y lo era, recordó Mandy.

—Así que tú también estás invitado —dijo Iris. Luego, al notar la expresión intrigada de Eric, lanzó una risita—. Al casamiento. De eso hablábamos antes de tu llegada.

El rostro de Rose se puso duro como la piedra. Trató de ocultarlo, pero no pudo disfrazar su consternación. Drew también lo notó. Frunció el entrecejo y metió las manos en los bolsillos del pantalón. Mientras tanto Jay, que como cualquier chico de dieciséis años hubiera preferido caminar sobre carbones calientes antes de que se ventilara en público un problema de familia, adoptó su actitud de siempre, desapareciendo en un segundo plano sin necesidad de salir de la habitación.

Hasta Mandy estaba avergonzada. Aunque al mismo tiempo le resultó un alivio que el centro de atención fuera otro y no ella.

Rose cambió de actitud con rapidez. Igual que un jugador de póquer que oculta una mano perdedora, sonrió y dijo:

—¿Por qué no vienen a la mesa? La comida está casi lista.

La comida fue más relajada. Drew habló de su trabajo de verano en "El Mundo de la Computación", la locura del trabajo que tenía en ese momento cuando todo el mundo entraba a comprar computadoras portátiles para sus hijos en edad escolar. Y Eric los divirtió con historias acerca de las celebridades que entrevistó mientras conducía el *Morning Show*. El pianista ciego de jazz que permaneció sentado mientras en su platea la esposa agradecía el aplauso del público. El actor machista que aulló de miedo cuando otro de los invitados, un guardián de zoológico, sin pensarlo permitió que un mono tití se le instalara sobre las rodillas.

Eso hasta hizo reír a Jay.

Cuando Eric se puso de pie para ayudar a Rose a levantar la mesa, a Mandy le sorprendió la rapidez con que había transcurrido el tiempo. De alguna manera acababa de superar una comida entera sin obsesionarse porque no podía beber, algo que habría creído imposible. Y tampoco se convirtió en ningún momento en el centro de atención.

"Nadie me persigue ni quiere hacerme quedar mal", pensó.

Eric estaba demasiado ocupado atendiendo a Rose. Cualquier tonto se daría cuenta de que estaba enamorado de ella. Y sin embargo Rose parecía nerviosa, como si no quisiera creerlo. Como si esa clase de felicidad sólo fuese una cosa del pasado. "Todavía no ha superado a papá", pensó Mandy. Y de repente se entristeció por su madrastra.

Mandy también se levantó y empezó a juntar platos para llevarlos a la cocina. Cualquier cosa con tal de mantener las manos ocupadas, de no pensar en el fin de semana solitario que la esperaba, durante el que se treparía a las paredes para no encaminarse al bar más cercano, mientras al mismo tiempo deseaba poder estar con Robert.

—¿No te acuerdas, verdad?

Sobresaltada, Mandy miró por sobre el hombro y vio a Eric junto a la pileta de la cocina, enjuagando un plato. Desde el comedor llegaba la voz de Rose que preguntaba quién quería café y la de Drew que discutía amablemente con su hermano acerca de algo. Hacia allí miró ella nerviosa.

Por lo menos por el momento, ella y Eric estaban solos.

—¿Recordar qué? —preguntó con inocencia, a pesar de que tenía la clara sensación de que no quería enterarse.

—Te llevé a tu casa después de la fiesta. —Se inclinó para colocar los platos dentro del lavavajilla y luego se enderezó y le sonrió.

Mandy le estudió el rostro, pensando que la juzgaría tal como hacían los demás. Pero no vio nada de eso. Eric la miró como alguien que también vivía en una casa de cristal y que sabía que no convenía arrojar piedras a los demás.

Ella se relajó un poco y admitió:

—No debo haber estado muy consciente.

—¡Por supuesto que no! —Eric rió como divertido por la descripción que hacía de sí misma.

Mandy volvió a recordar por qué estaba allí y sintió que se ponía tensa.

—Debí agradecértelo. Lo siento. —Y agregó con tono cáustico: —Es una gran cosa que tenga a Rose para que me recuerde mis buenos modales.

Él se encogió de hombros, sin morder el anzuelo.

—No me debes nada. pero si alguna vez necesitas conversar con alguien, acuérdate de mí. —Metió la mano en el bolsillo de su blazer y le alcanzó su tarjeta comercial. —Llámame en cualquier momento.

Mandy permaneció allí, sosteniendo la tarjeta entre el pulgar y el índice, como si se tratara de un fósforo encendido. ¿Qué era ese hombre? ¿Una especie de predicador? Ése debía ser el tema de su programa de radio: decirle a la gente cómo debía solucionar su vida.

—¿Por eso viniste esta noche, no es cierto? Para darme una filípica. —Respiró hondo para controlarse. —Mira, no quiero parecer grosera. Pero apenas te conozco. ¿Por qué voy a escuchar lo que me quieras decir?

—Porque sé lo que estás pasando. Por eso.

—¿Y cómo puedes saberlo?

—Soy alcohólico —contestó él con sencillez.

Mandy lo miró sintiéndose un poco mareada. ¡Por supuesto! ¡Qué tonta había sido! Debió saberlo. Eric no era sólo el Buen Samaritano, creía que también era una alcohólica. Instintivamente se dio cuenta de que retrocedía, que quería poner la mayor distancia posible entre ellos dos.

—No creerás que... —Se pasó la lengua por los labios que de repente se le habían secado como papel secante. Palabras de negación burbujeaban en su interior. —Es cierto, a veces bebo demasiado, pero no soy... puedo dejar en cualquier momento.

Eric sonrió.

—Yo solía pensar lo mismo.

—Pero lo hiciste. Me refiero a que dejaste de beber.

—Sí, estoy sobrio. Pero hay una diferencia. Es algo que aprendí en Alcohólicos Anónimos.

—Yo no soy como tú —insistió ella—. No necesito a Alcohólicos Anónimos.

—Ninguno de nosotros cree que los necesita. Por lo menos al principio.

A pesar de sí misma, Mandy lo miró con curiosidad.

—¿Y qué te hizo cambiar de idea?

Él la sorprendió lanzando una risa hueca y refregándose los ojos como si estuviera cansado. Cuando los volvió a abrir los tenía colorados y el azul era como un relámpago en un cielo nublado.

—Empecé a perder cosas —le contestó—. Mis amigos, mi trabajo, mi casa. Hacia el final, casi mi estabilidad mental.

—Yo no he perdido nada —declaró ella, casi desafiante.

Eric la miró pensativo antes de volver a meter la mano en el bolsillo. Al ver lo que sacaba, Mandy quedó con la boca abierta. Las llaves que no encontraba. Las había buscado por todas partes. ¿Cómo estaban en poder de Eric?

—Te las habría devuelto antes —se disculpó él—, pero no me di cuenta de que me las había metido en el bolsillo hasta que Rose mencionó algo la otra noche. Entonces busqué en mi ropero y las encontré.

Con las mejillas muy coloradas, Mandy las tomó.

De repente le pareció vital que él comprendiera.

—Hace dos días que no bebo una gota —barboteó.

Eric sólo se encogió de hombros como para decir: ¿Y qué? ¿Qué son dos días comparados con todos los años que hace que bebes? Luego repitió:

—Como te dije, puedes llamarme cuando quieras. Podríamos ir juntos a una reunión. —En la curva cansada de su boca, Mandy vio algo que la conmovió hasta los huesos.

—No puedo —susurró—. Significaría que...

Se detuvo. ¡Dios! ¿Qué había estado a punto de decir?

Por su expresión se dio cuenta de que Eric comprendía más de lo que ella hubiera querido. La estaba mirando con compasión, como si comprendiera perfectamente lo que ella sentía.

—... no podrías volver a beber —terminó la frase por ella—. Sí, ya lo sé. Es un verdadero infierno. Pero créeme que mejora. En caso contrario yo no estaría aquí. Ya lo verás.

Pero Mandy no quería verlo. Ni saberlo. Sólo quería huir. De repente le dio la espalda a Eric y salió corriendo de la cocina. La cabeza le latía tanto que era como si la tuviera en llamas. Quería estar en su casa donde podría...

"No. ¡Nada de alcohol! No puedo. Eso demostraría que él tiene razón."

Debía portarse bien. Aunque la matara.

Capítulo 9

—Tu madre me odia —declaró Iris con tristeza.

Se estaba quedando atrás, y Drew tuvo que caminar más despacio para que se mantuvieran a la par. El taxi los había dejado en la esquina de Gansevoort, a una cuadra del departamento, ubicado en un quinto piso, sin ascensor que en el *Times* se publicó como "encantador estudio en edificio histórico, con ubicación ideal en el Village". En otras palabras, una basura. Pero era su basura y cuanto Drew más pensaba en la posibilidad de abandonarlo para alquilar algo más grande que pudiera compartir con Iris, menos le gustaba la idea. Sobre todo en momentos como ése, cuando algo agitaba a Iris.

"Todo mejorará —se dijo—. Tiene que mejorar."

Respiró hondo. La humedad que durante una semana reinó en la ciudad empezaba a aflojar. Le pareció percibir el primer atisbo de otoño en el aire... ¿o sería sólo su imaginación? El día siguiente sería el último en que trabajaría en el negocio de computadoras, donde pasó el verano vendiendo laptops a chicos que ingresaban al secundario, lo cual le hacía sentir que sus propios días de secundario habían pasado muchos años antes y sonreía con nostalgia. "Soy un hombre comprometido —pensó—. Estoy comprometido para casarme." Por más que lo repetía no conseguía verse así. Era como si hubiera doblado una esquina hacia una calle desconocida y si lo que veía en ese momento era una indicación de lo que le esperaba, Drew no estaba nada seguro de avanzar en la dirección indicada.

"Una vez que comiencen las clases, estaré demasiado ocupado para notarlo", se dijo.

En pocas semanas más, estaría sumergido en conferencias y laboratorios, donde su única preocupación sería mantener la cabeza fuera del agua. E Iris estaría en Parsons y todas sus pequeñas preocupaciones, que tendían a crecer como hongos en terreno húmedo hasta convertirse en preocupaciones enormes, se perderían en una tormenta de papeles de diseño, en carbonillas y en pinturas. "Pronto —pensó—, este verano nos parecerá uno de esos sueños de los que uno despierta transpirando y sin aliento, sólo para olvidar, un instante después, todo lo que se refiere a él."

—Mamá no te odia —aseguró Drew, apretando la mano de Iris—. Está preocupada, nada más.

—Porque cree que yo soy una especie de sicópata, ¿no es verdad? —Lo dijo sin resentimiento, sólo con una especie de dolorida desesperanza.

—¡Dios mío, Iris! —suspiró Drew. Cuando ella se ponía así no sabía qué decir, cómo consolarla. —Nadie piensa que eres una psicópata. Míralo desde el punto de vista de mi madre: recién hace un año que murió papá y su hijo mayor ya está comprometido para casarse. Además, debes confesar que entre nosotros no todo ha sido corazones y rosas.

Sonrió con la esperanza de conseguir que ella también lo hiciera. Pero Iris no sonreía. Lo miró con seriedad, y a la luz dura del farol de la calle, sus ojos quedaron cubiertos de sombras.

—No, más bien ha sido como calabozos y dragones —se quejó sin un solo dejo de ironía. Drew no recordaba haberla visto tan triste en mucho tiempo. Desde...

El recuerdo todavía fresco volvió a surgir. Iris sentada en el reborde de la terraza, su espalda desnuda expuesta por el vestido iluminada por la luz que surgía de un par de cortinas entreabiertas. Una ventana por la que podía mirar, pero nunca traspasar.

Sintió miedo en la garganta.

No, no pensaría en esa noche. Ni en esa otra vez en la escuela secundaria. “Las cosas nunca volverán a ser tan trágicas”, se dijo. Iris hacía terapia y tomaba su medicación dos veces por día, de acuerdo con las prescripciones. Drew la vigilaba, para estar seguro. Le resultaba odioso tener que chequearla así, ¿pero qué remedio le quedaba? No podía arriesgarse a enfrentar otro episodio como ésos; el último lo volvió loco de miedo.

Pero aún así, los estados de ánimo de Iris tendían a desencadenarse sin previo aviso. Era como si no tuviera el menor control sobre ellos. ¡Por amor de Dios! Cuando se ponía así, ni siquiera era Iris. Por lo menos no esa Iris que tanto lo apoyó y consoló cuando murió su padre, y que se hizo cargo esa vez que una anciana tropezó en la escalera del subterráneo delante de ellos. Ese día ella le arrancó el teléfono celular a una persona que pasaba y marcó el 911. Cuando Iris se angustiaba, cuando realmente se angustiaba, algo le sucedía. Era como si un automóvil patinara en un camino cubierto de hielo.

Drew sintió la urgente necesidad de controlar la situación antes de que fuera demasiado tarde.

Tranquilo, se dijo. Era una de las expresiones favoritas de su padre, y que él se descubría usando cada vez con más frecuencia.

—Ha sido un verano muy extraño —dijo, con cuidado de no hablar con condescendencia, porque Iris era demasiado inteligente para soportar algo así—. Supongo que tampoco nos ayuda que nuestras madres estén disgustadas y ni siquiera se hablen.

Iris lanzó una risa forzada.

—Sin duda. Después de nuestra fiesta, cuando papá volvió de acompañar a tu madre hasta su casa, ¿sabes?, hasta con la puerta de mi cuarto cerrada oí que mamá lo atacaba. Creo que está celosa.

—¡Eso es una tontería! —Drew rió, no porque la idea fuese demasiado desatinada, después de todo su madre y Brian estuvieron enamorados a pesar de que desde entonces había pasado mucho tiempo, sino porque presintió que a Iris le hacía falta que la tranquilizara—. Entre tú y yo, dudo que tu madre tenga de qué preocuparse.

Iris se detuvo y se volvió a mirarlo con una expresión atemorizante.

—¿No lo comprendes? Nosotros somos el motivo por el que están furiosas. Tu madre considera que nuestro compromiso es un error enorme... y mi madre piensa que es la respuesta a sus oraciones.

—¿Sabes una cosa? Las dos se equivocan. —Drew tomó el rostro ansioso de Iris entre sus manos. —Éste es un asunto entre nosotros y nadie más. Porque nos amamos.

—¿Tú me amas? ¡Oh, Drew! Necesito que me lo digas. —Levantó la cabeza como para impedir que las lágrimas le corrieran por las mejillas.

—¡Por supuesto que te quiero, chiquita! —La envolvió con sus brazos y la acercó a sí. Alcanzaba a percibir los latidos de su corazón y recordó a un pajarito pequeño que una vez levantó del piso: no pesaba nada, absolutamente nada, pero su terror tembloroso le pareció más de lo que podía contener. Iris temblaba así en ese momento, hasta el punto de que al principio creyó que lloraba. Pero no hacía ningún sonido, sólo un pequeño grito en el fondo de la garganta cuando enterró el rostro contra su hombro.

Mientras permanecían así abrazados, Drew tuvo súbita conciencia de que la vereda estaba casi desierta. Si no se movían serían los blancos ideales para...

¿Ladrones?

Descartó ese pensamiento. Pero su vaga sensación de peligro no desaparecía. Miró a su alrededor en la calle apenas iluminada. Hasta los paragolpes de los automóviles sobre la calle empedrada estaban alejados unos de otros.

Una voz fría y razonadora resonó dentro de su mente. Hombre, ¿no comprendes? No se trata de lo que hay ALLÁ AFUERA. Ésa se parecía a una de esas escenas de horror en que la víctima corre por la casa cerrando puertas y ventanas, sólo para descubrir que, desde el principio, el monstruo estaba ADENTRO.

Sólo sabía una cosa con claridad: amaba a Iris. En su vida nunca hubo nadie más que ella. De chiquitos dormían lado a lado en sus respectivas bolsas de dormir en la alfombra frente a la chimenea de la cabaña que sus padres alquilaban en el Lago George. Recordaba con claridad a Iris, de siete años, en piyama, con el pelo cubriendo la almohada y le hacía cosquillas en la mejilla. Hasta sabía algo de Iris que ella misma ignoraba: Iris la delicada, que le quitaba la costra al pan de sus sándwiches y se negaba a vadear descalza el agua del río, roncaba como un marinero.

Drew recordaba la primera vez que hicieron el amor, cuando él tenía quince años. Una noche estaban mirando televisión en el dormitorio de los padres de Iris; un día en que tanto Brian como Rachel trabajaban hasta tarde. Empezaron a hacerse cosquillas y, antes de que Drew supiera lo que pasaba, respiraba agitado y el cierre de su pantalón estaba por reventar. Se sintió avergonzado, repugnado; y entonces allí estaba Iris que lo miraba tranquila, con su sonrisa de Mona Lisa, de alguna manera muy femenina, invitándolo a acostarse con ella. Él la besó, no con uno de esos besos tentativos y pequeños de otras veces, sino que fueron besos profundos y desvergonzados. Y ella se los devolvió, abriendo la boca, envolviendo la lengua alrededor de la suya y apretándole la nuca con una mano. Se le ofrecía con una confianza que era a la vez inocente y, sí, un poco atemorizante.

Él estaba tan excitado que eyaculó antes de penetrarla. Pero Iris no se angustió ni se desilusionó. Sólo lo acarició hasta que él estuvo listo de nuevo. Después se aferró a él con tanta fuerza que la forma de su cuerpo pareció quedar impresa en el suyo durante días, y ella también tuvo un orgasmo.

Sí, Iris era imprevisible y eso era en parte lo que la hacía tan distinta al resto de las chicas, tan imposible de definir. Como la electricidad estática o un color demasiado vívido para poder captarlo en una tela. Iris era luz, energía, movimiento, todo al mismo tiempo.

En la universidad, durante la exposición de fin de año, hasta sus cuadros se destacaban: delicadas pinturas que expresaban un estado de ánimo o un momento del día con la mera sugerencia de una línea o un trazo. Y sin embargo parecía no darse cuenta de lo talentosa que era. Como si, para ella, pintar no significara más esfuerzo que tararear una melodía o contar un sueño en voz alta.

¿Tendría idea de lo excepcional que era? ¿Y de lo hermosa? Como en esos libros románticos de los que Iris se reía pero que le gustaba leer, lograba que a Drew le doliera el corazón de sólo mirarla.

Mientras la abrazaba con fuerza, Drew prometió que la mantendría a salvo. Para protegerla lo mejor posible. Costara lo que costase.

—¡Te quiero tanto! —murmuró Iris. Él percibió que las palabras se le ahogaban en la garganta. —Si alguna vez me dejaras...

—No te pienso dejar. —Drew la apretó y luego dio un paso atrás. —Oye, tengo una idea. ¿Por qué no nos vamos a alguna parte el fin de semana del Día del Trabajo? Es el último fin de semana largo antes de que empecemos la universidad, y tendremos tres días. Podríamos ir en auto a Vermont.

Aun antes de que ella le contestara, Drew percibió su rápida sonrisa.

—Me gustaría... sólo que tenía la esperanza de que pudiéramos dedicar esos días a buscar departamento. Sería un buen momento, cuando todo el mundo sale de la ciudad. Y si llegáramos a ver algo que nos guste no habrá docenas de personas haciendo cola delante nuestro.

Drew sintió una poco razonable desilusión. No, más que eso... era como si acabara de recibir un disparo. ¡Qué tontería! Después de todo no habían hecho planes anticipados. Aun así, vaciló un poco antes de contestar:

—Podríamos hacerlo.

Iris enseguida se encerró dentro de sí misma, bajó los hombros y se abrazó el estómago con los brazos.

—No pareces demasiado entusiasmado. —Siguió caminando con la cabeza gacha. —Te digo en serio Drew, que si prefieres no hacerlo, no me importaría.

—¿La búsqueda de departamento no puede esperar? —preguntó él.

—Supongo que sí...

—Me refiero a que no se trata de que mi contrato venza mañana ni nada por el estilo.

En la entrada del edificio, Drew buscó sus llaves con torpeza mientras alcanzaba a ver a Iris por el rabillo del ojo. Parecía tensa y enojada.

—Creí que la idea era que nosotros tuviéramos un lugar propio —dijo en voz baja y dolorida—. Pero ni soñaría con obligarte a mudarte. Si prefieres seguir viviendo aquí, que sea como quieras.

Drew suspiró y luchó por contener su impaciencia.

—Iris, si no quisiera estar contigo, en nombre de Dios ¿por qué te habría pedido que te casaras conmigo?

—¿Quieres que te conteste con toda honestidad? A veces lo ignoro.

—¡Oh, Dios! ¡Ya empezamos de nuevo! —Metió la llave en la cerradura y empujó la puerta con tanta fuerza para abrirla, que Iris se encogió. Esa vez él no se molestó en tranquilizarla, ni la esperó para subir la escalera.

Subir cuatro pisos en su estado de hartazgo fue como trepar una montaña, y cuando llegó estaba transpirado y sin aliento. Al entrar en el departamento, Drew tuvo el sorprendente impulso de cerrar la puerta y dejar afuera a Iris. ¿Cuándo fue la última vez que él pudo respirar, sin que ella le saltara a la garganta?

Se contuvo, sacudido por su inesperada furia. Se apoyó contra el marco de la puerta y se obligó a respirar con lentitud mientras esperaba que ella subiera el último tramo de la escalera. Observó entrar a Iris quien enseguida se arrojó sobre la cama. Esa cama había sido cómoda cuando él era el único que dormía en ella, pero ahora que Iris se quedaba casi todas las noches, le resultaba chica. Además, al mirar disgustado a su alrededor, notó que el departamento estaba inmundo. Los platos sucios se apilaban sobre la mesada de la cocina, el piso estaba cubierto de diarios y revistas. De las perillas de las puertas colgaban perchas de alambre, casi todas con ropa de Iris, y percibió el olor característico de la basura podrida. Pensándolo bien, Iris pasaba más tiempo allí que en su casa, entonces, ¿por qué no limpiaba?

—Lo siento —se disculpó ella como si se marchitara—. Supongo que reaccioné con exageración. A veces me asusto, eso es todo. —Empezó a mordisquear la uña de su dedo pulgar y bajo el poster que colgaba de la pared parecía una criatura. El poster de Pearl Jam en la vieja fábrica. Sólo habían pasado tres años desde ese concierto, recordó. ¡Dios! ¿Qué no daría por liberarse como lo hizo esa noche? Gritar, bailar, dejarse llevar por la música. Un viejo, en eso se estaba convirtiendo. Viejo y clavado. Como si se hiciera eco de sus pensamientos, Iris agregó con tono plañidero: —No quiero que nunca... te sientas responsable de mí.

—¿Sí? Bueno, aun si ése fuese el caso, ¿quién me eligió salvador del mundo? —Se dio cuenta de que estaba gritando. No se trataba sólo de Iris. Desde la muerte de su padre también se sentía responsable de su madre. Para no mencionar a su hermano.

—¡Oh, Drew, ya sé que no ha sido fácil! —en ese momento hablaba como una persona cuerda y sensata. Como la Iris a quien él quería.

Drew sintió que su tensión se evaporaba y esa vez habló con suavidad.

—Eso no significa que te considere una especie de carga. —Se encaminó a la zona de la cocina, que no era más grande que un placard, con sus dos armarios y una mesada del tamaño de una tabla de picar carne. Abrió la canilla y se salpicó la cara con agua.

—Yo sólo... no sabría qué hacer si alguna vez me dejaras. —Su voz resonaba por sobre el agua que corría, así que lo que más percibió Drew fue su tono, agudo y ansioso.

—Iris. No pienso ir a ninguna parte.

—Ya me dejaste una vez.

—¡Bárbaro! ¡Simplemente bárbaro! —Drew giró sobre sí mismo y golpeó la mesada con el puño. —¿Quieres seguir así hasta que rompamos en serio? ¿Es eso lo que buscas?

Iris levantó la cabeza, la cara fruncida y convertida en algo que le recordó el rostro de un bebé viejo, que lo único que necesitaba era chupar y hacer escándalo. Permaneció algunos instantes sentada mirándolo con esos ojos doloridos, como si él acabara de pegarle. Después, sin pronunciar una sola palabra, se levantó y se dirigió al baño. Cerró la puerta tras ella.

Transcurrió un minuto, luego dos. Drew escuchó esperando oír el correr del agua del inodoro o el sonido de alguna canilla abierta. Nada. Esperó un rato más antes de golpear.

—Iris. ¿Estás bien? —preguntó golpeando con suavidad la puerta vieja y pesada.

Silencio.

Volvió a golpear, esta vez con más fuerza.

—Escucha Iris, ya sé que estás alterada. Tal vez no haya sido una buena idea ir a comer a casa de mi madre. Tienes razón, ella estaba bastante tensa. —Al ver que Iris no contestaba, comenzó a preocuparse de veras. Le resultó difícil hablar con tono tranquilo. —No es necesario que salgas, sólo que me digas que estás bien. ¡Iris!

Apoyó una oreja contra la puerta pero no oyó nada. Ni siquiera el "clic" de la puerta del botiquín. ¡Dios! ¿Qué estaría haciendo allí dentro? Se descubrió haciendo un inventario mental de lo que contenía el botiquín. Cepillo de dientes. Crema de afeitar. Aspirinas. Un viejo frasco de Seldane para su alergia. Un paquete de hojas de afeitar...

Se detuvo. ¡No haría eso! De nuevo, no.

Drew sintió que su preocupación se convertía en pánico.

—¡Iris! ¡Abre la puerta! —gritó.

El único sonido era un leve ruido de pasos en el piso de arriba, la anciana señora Casey del 6-F, quien poco antes le confió que, el año anterior, después de caerse y romperse la cadera, transcurrieron veinticuatro horas antes de que alguien la encontrara y la condujera al hospital.

Una imagen se formó en la mente de Drew: Iris tendida en el baño en medio de un charco de sangre. Lo inundó el terror, y lo recorrió una oleada de frío que casi lo hizo caer de rodillas.

Golpeó varias veces la puerta. Lo hizo con fuerza suficiente para lastimarse los nudillos y sentir que lo recorrían puntadas de dolor por los brazos.

—¡Iris! ¡Si no abres esta puerta te juro por Dios que la tiraré a patadas! —Esperó un instante, mirando con el ceño fruncido la perilla de porcelana, deseando que se moviera. Pero permanecía inmóvil. Iris no debía haberlo oído o bien no le importaba.

Drew retrocedió un paso y después de lanzar un gruñido clavó el taco de su bota en el panel central de la puerta, un esfuerzo con el que sólo logró que lo recorriera un fuerte dolor hasta el hueso y que se desprendieran de la puerta una serie de trozos de pintura.

Respirando fuerte y con la pierna dolorida, se pasó un brazo por la frente de la que caían gruesas gotas de sudor. ¿Y ahora qué? Se apoyó contra el marco de la puerta y cerró los ojos con fuerza.

—Iris... ¡por amor de Dios! —jadeó.

El silencio de la muchacha fue como una burla. ¡Maldita sea! ¿Estaría haciendo eso para castigarlo?

Su mirada cayó sobre la barra con pesas que asomaba bajo la cama: una reliquia de la época en que tenía tiempo para entrenarse. La sacó y cargó los veinticinco kilos sobre un hombro.

—¡Iris! —Gritó con tanta fuerza que le dolieron los pulmones.

No obtuvo respuesta. Sólo el ruido de la sangre que le corría por los oídos y el sonido lejano de una bocina abajo, en la calle.

Con las manos transpiradas, aferró la barra de hierro, sintió que su peso se le clavaba en el hombro y una vez más atacó la puerta. Sintió que algo cedía y luego oyó un fuerte crujido. Miró fijo el panel central de la puerta: estaba rajado.

Con un gruñido salvaje, volvió a cargar, incrustando el hierro en la rajadura. Entonces, de repente, la puerta se abrió y golpeó contra la pared del baño con fuerza suficiente para que volara al piso el vaso del cepillo de dientes.

Encontró a Iris sobre el piso, en el rincón entre el lavatorio y el inodoro, las piernas apretadas con fuerza contra el pecho, los brazos alrededor de ellas, la cabeza apoyada sobre las rodillas. No había sangre. ¡Oh, gracias a Dios!

Drew se sintió débil, le latía como loco el corazón, transpiraba a mares. Rodeó los trozos de vidrio del vaso, se arrodilló y tocó el brazo de Iris.

—¿Iris?

La mano que tomó entre las suyas estaba flácida y transpirada. La apretó con fuerza. Al principio no obtuvo respuesta, luego sintió una leve y veloz presión de sus dedos. Por fin, Iris levantó la cabeza con esfuerzo.

Drew debió respirar hondo para ocultar el impacto que sintió al verla. Tenía un aspecto espantoso. Los ojos hundidos y colorados en un rostro blanco como la cera. El pelo era un verdadero enriedo. El fuerte olor a orina le asaltó las fosas nasales y al bajar la vista notó que ella se había mojado.

¡Dios! ¿Qué había sucedido? ¿La habría empujado demasiado? ¿O sería esto una señal de que le esperaban cosas peores?

La tomó en sus brazos con suavidad. Le dolía el hombro pero casi no se daba cuenta de ello a causa del alivio que le corría por el cuerpo como agua helada. Estaba bien. No era nada... bueno, irreversible. Los únicos daños eran una puerta destrozada y un dueño de casa que armaría un escándalo.

—¿Chiquita, estás bien? ¡Por favor dime que estás bien! —Drew se ahogó al apretar una mejilla mojada contra el pelo de Iris. A pesar de todo lo sucedido todavía tenía olor al champú que ella usaba. —¡Oh, Dios, Iris! ¡No sabes lo asustado que estaba!

Un insoportable silencio siguió a sus palabras. Por fin, cuando él también se sentía a punto de perder la cordura, Drew sintió que ella se movía en sus brazos.

—No se lo digas a nadie —susurró en una voz parecida a la de una niña—. Prométeme que no lo dirás.

—¿A quién quieres que se lo diga? ¿De qué tienes miedo? —Drew tenía una casi frenética necesidad de saberlo; de abrir de alguna manera esa tumba sellada que era el pasado de Iris.

Pero ella sólo sacudió la cabeza con violencia, cerró los ojos con fuerza y lloriqueó.

—Fósforos. Tiene fósforos. También algo agudo con que la pincha. —Apretaba a Drew con tanta fuerza que casi le impedía respirar. Comenzó a sollozar con una angustia que parecía amenazar con arrancarla de sus brazos, como una hoja suelta en medio del viento.

—¿Quién? —preguntó Drew angustiado y esa vez casi a los gritos.

—Mi madre —contestó ella. Esa vez no lo dijo con su voz infantil y Drew supo enseguida que no se refería a Rachel.

También comprendió que lo que ella luchaba por recordar se remontaba a mucho tiempo antes de que él la conociera y que sin duda era más de lo que Iris misma podía expresar. Su expresión de horror era la de alguien que acababa de desenterrar un trozo de recuerdo que hubiera estado mejor si siguiera enterrado.

Septiembre

—Adiós —dijo el zorro—. Éste es mi secreto. Es muy simple: sólo se ve bien con el corazón. Lo esencial es invisible a los ojos.

Antoine de Saint-Exupery, *El Principito*

Capítulo 10

Rachel miró con asombro a la monja diminuta sentada frente a ella ante un enorme escritorio de roble, que por contraste con la figura casi infantil de la mujer, parecía absurdamente grande. No se trataba del monstruo que respiraba fuego a quien esperaba encontrar, sino que más bien se parecía al personaje de una tira cómica. La pequeña Lulú se encuentra con el Mister Magoo. Luchó contra la necesidad de espiar bajo el escritorio para comprobar si los pies de la hermana Alice alcanzaban a tocar el piso.

En lugar de ello mantuvo la mirada fija en la anciana directora de los Santos Ángeles. Una banda blanca muy almidonada enmarcaba una cara redonda en la que la pequeña boca rosada formaba un profundo hoyuelo. Bastante inofensiva, con excepción de los ojos de un celeste pálido que miraban a Rachel con una expresión tranquila y sin pestañear que era realmente horripilante. ¿Sería posible que la hermana Alice no lo supiera?

"Debe saberlo —pensó Rachel—. Porque en caso contrario no habría aceptado verme." Con el principio de las clases de otoño, la Hermana Alice debía estar muy ocupada. En circunstancias ordinarias, sólo el peligro de muerte de una de sus alumnas habría obligado al viejo murciélago a permitir que Rachel, su enemiga jurada, entrara en su santuario.

—Tome asiento, doctora Rosenthal —ofreció con suavidad, señalando dos macizas sillas de roble ubicadas frente a su escritorio—. Tengo algunos minutos antes de que suene la campana que marca el final de las clases; después debo estar en la capilla para conducir las oraciones de la tarde.

—No la demoraré.

Rachel también tenía una montaña de trabajo en la clínica que dejó de lado para visitar a la monja, con la esperanza de que... ¿qué? ¿Que la hermana Alice adhiriera a su punto de vista? "Eso sucederá cuando el Papa se declare a favor del control de la natalidad", pensó. Pero a la luz de la llamada desesperada recibida por Rachel la noche anterior de la madre de una de sus pacientes que era alumna de los Santos Ángeles, ¿sería mucho pedir que la hermana Angela mostrara por lo menos un poco de sentido de responsabilidad por lo sucedido? ¿Que por lo menos aceptara dejar de circular su petitorio, aunque no aprobara la educación sexual?

Rachel se dejó caer muy tiesa sobre la silla más cercana y contempló la oscura oficina. No tenía más adornos que el crucifijo de madera que colgaba de la pared y un óleo de poca calidad que representaba lo que parecía ser la Resurrección. En la biblioteca se alineaban libros oscurecidos por el tiempo, sin duda una cura segura para el más pertinaz de los insomnios. Y sobre el escritorio sólo había una jarra con agua que a regañadientes reflejaba la poca luz del sol que se colaba por un par de ventanas altas y reforzadas,

"No cabe duda de que cuando Dios dijo: 'Hágase la luz', no debe haber tenido en la mente esta triste habitación", pensó Rachel. No. Allí la que dirigía el espectáculo era la hermana Alice.

Al no ver ni rastros de una calidez que podría haber reforzado con frases intranscendentes, Rachel tomó el toro por las astas con su habitual franqueza.

—No he venido a hablar de nuestras diferencias —empezó diciendo—. En todo caso no creo que haciéndolo lográramos mucho. Pero esta situación... bueno... es seria.

La hermana Alice asintió.

—¿Qué puede ser más serio que los asuntos del Señor? —agregó en un tono de voz que sugería asma o tal vez el principio de un enfisema—. Aquí, en los Santos Ángeles, nos hemos comprometido a inculcar a nuestras chicas las divinas enseñanzas de la fe.

Rachel se puso tiesa.

—Tal como yo lo veo, la enseñanza religiosa debería educar a las niñas para que supieran cómo no convertirse en madres —respondió con aspereza.

La hermana Alice meneó la cabeza.

—La fe en Dios es lo que impide que nuestras chicas abandonen el buen camino. Y no —agregó con énfasis— llenarles la cabeza con una serie de ideas que de otro modo ni se les ocurrirían.

Por increíble que fuera, de repente la reprendida era Rachel, como si fuese una alumna poco dócil que debió presentarse ante la directora. En su interior surgió una enorme sensación de ultraje.

—Dígaselo a Elvie Rodríguez. Es decir, cuando haya salido de Terapia Intensiva. —Rachel temblaba debido al esfuerzo que hacía para no gritar: "¡Vieja mojigata!".

Se contuvo, sorprendida por lo que le costó no perder el control. ¿Qué le sucedía? Por cierto que la hermana Alice era una amenaza, pero...

"No se trata de la hermana Alice. Se trata de TI", le gritó una voz interior. Hacía semanas que estaba con los nervios de punta, sin dormir, casi sin comer, desde que Brian...

No, no pensaría en eso. Era demasiado doloroso. Demasiado atemorizante. Era mejor concentrarse en un enemigo a quien podía ver.

Respiró hondo y alzó la mirada hacia el Cristo Resucitado que colgaba de la pared, una figura calzada con sandalias y cubierta por ropajes blancos que parecía levitar algunos centímetros por encima del piso donde una multitud fascinada se había reunido para mirarlo. Pero la imagen que no conseguía sacarse de la cabeza era la de Elvie, la tímida alumna de octavo grado, con trenzas, que hacía algunas semanas había llegado al Centro con la esperanza de que se produjera alguna clase de milagro, sólo para que le dieran la mala, pero nada inesperada, noticia de que estaba embarazada. Ella asintió y aceptó una tarjeta en la que figuraba la fecha de su próxima visita. Y ésa fue la última vez que la vieron. Hasta el día anterior.

Por la tarde Rachel estaba sentada frente a su escritorio cuando recibió el llamado; la madre de Elvie hablaba como enloquecida en castellano diciendo algo acerca de que había que trasladar enseguida a su hija al hospital. ¿La señora doctora le haría el favor de ir a verla?

Rachel abandonó todo lo que estaba haciendo para trasladarse a St. Bart. Algo en la voz de la señora Rodríguez, un pánico que sólo otra madre que estuvo a punto de perder a su hija podía reconocer. Un miedo recordado que siguió a Rachel mientras subía en el ascensor hasta el piso de Terapia Intensiva donde la pequeña de catorce años estaba tendida, casi inconsciente en medio de tubos y de parpadeantes monitores.

Rachel tomó la mano de la pequeña que estaba floja como la de una muñeca de papel.

—Está bien. Todo estará bien, Elvie. Perdiste mucha sangre, pero saldrás a flote —dijo Rachel en forma mecánica, repitiendo lo que le acababa de informar un médico residente y orando para que fuera así.

Pero Elvie sólo meneó la cabeza mientras las lágrimas le corrían por las mejillas y manchaban la funda de la almohada.

—No. Hice una cosa mala. Cometí un pecado mortal. Se me castigará con el infierno, tal como dijo mi maestra.

Rachel tuvo que esforzarse por no llorar ella también. Ante lo mezquino de una mente pequeña. Ante la pérdida de la inocencia. En su mente no podía menos que ver a Iris en el hospital a los catorce años: pálida por la pérdida de sangre, con enorme ojeras. Las circunstancias eran distintas, ¿pero no habían sido las dos chicas víctimas de su propia desesperación? Simples niñas acorraladas, una de ellas por sus propios demonios y la otra por personas que se autoproclamaban voceras de Dios. Pero ninguna de las dos encontró otro camino de salida.

Iris. Desde la fiesta, Rachel apenas había visto a su hija, a menos que fuese de pasada. Iris siempre estaba en lo de Drew o buscando departamento. Y a decir verdad, Rachel estaba tan preocupada que ni siquiera se había dado cuenta. Y así pudo pensar más en Brian.

Esa noche que le hizo el amor, cualquier tonta se hubiera dado cuenta de que a quien realmente deseaba era a Rose. ¡Dios! Era más que humillante. Era...

Excitante. Admítelo. Te calentó.

El recuerdo puso tan colorada a Rachel que ni siquiera la penumbra de la oficina de la hermana Alice lo pudo disimular. ¿Había caído tan bajo? ¿Tenía tanto miedo de perder a su marido? El hecho de haber disfrutado esa ocasión la hacía sentir más degradada. No porque hubiera nada de malo en lo que hicieron, sino porque ella supo, ¡oh, sí!, desde el principio supo que era a Rose a quien él besaba, no a ella. Rose, quien estaba en su mente cuando la hizo suya.

Rose cuando era joven.

¿Cómo podía Rachel competir con un recuerdo con destellos dorados, como el de un libro de cuentos? Sin el cansancio de un verdadero matrimonio. Sin ninguna de esas peleas tontas acerca de a quién le tocaba sacar la basura. Ninguna explosión porque alguien había olvidado de dar entrada a un cheque. Ninguna ansiedad compartida junto a una criatura enferma.

Rachel misma se sentía enferma. Y furiosa, además. Tenía ganas de arrojar algo contra la pared, de hacer cualquier cosa para liberarse de la espantosa sospecha de que ella misma había transigido, no sólo con su marido sino también en un sentido profesional. Dirigirse hacia allí para enfrentar a la hermana Alice, en lugar de llamarla simplemente por teléfono, cuando la persona con quien en realidad quería enfrentarse era Rose.

Parpadeó con fuerza y se obligó a prestar atención a la hermana Alice cuya frente lisa y blanca estaba fruncida de preocupación.

—Elvie, sí, pobre chiquita —dijo apoyando la cabeza sobre las manos—. Esta mañana llamó la madre para contarnos lo sucedido. Una de nuestras madres más devotas, la señora Rodríguez estaba muy angustiada.

"¿Porque su hija estuvo a punto de morir por haberse provocado un aborto o porque su iglesia lo considera pecado?", se preguntó Rachel y tuvo que hacer un esfuerzo para no pegar un puñetazo sobre el escritorio.

En lugar de ello, miró a la hermana Alice con enorme frialdad.

—La señora Rodríguez tiene todo el derecho del mundo en estar en estado de shock. Elvie confió en su maestra y le dijo que estaba embarazada. Esa mujer, que depende de usted, la llamó pecadora y le dijo que debía confesarse o iría al infierno.

La anciana monja sacudió la cabeza con tristeza, como si se esforzara por enseñarle la verdad a alguien tan ignorante como Rachel. —La salvación consiste en buscar el perdón de Dios —contestó, levantando las manos en un gesto de humildad—. Le pediré al padre que durante la misa del domingo rece un rosario por Elvie y su familia.

El enojo de Rachel se desbordó.

—Ya que está en eso, pídale también que rece un rosario por las almas hipócritas y de criterio cerrado —retrucó.

Notó que la hermana Alice entrecerraba un poco los ojos y pensó en una expresión que Kay utilizaba muchas veces: "Mantén siempre la mirada atenta para descubrir al zorro disfrazado de oveja". Ese zorro acababa de mostrarse por fin en el brillo frío y acerado de los ojos de la vieja monja.

—No dudo de que usted y su clínica cumplen una función muy útil dentro de nuestra comunidad —contestó en tono gélido—. Pero sobrepasan los límites cuando intervienen en cosas que no son de su incumbencia. Es usted, doctora Rosenthal, quien significa una amenaza para la juventud de nuestra comunidad. Al alentar a chicas como Elvie a practicar el control de la natalidad, implican que aprueban sus conductas inmorales.

—En el caso de Elvie llegamos tarde —contestó Rachel—. Cuando la examinamos, ya llevaba doce semanas de embarazo.

Por primera vez, la hermana Alice pareció preocupada.

—No comprendo —dijo, meneando la cabeza—. ¡Era una chica tan buena!

Rachel se indignó ante el uso del pasado. Como si Elvie Rodríguez estuviera muerta, o como si tal vez fuese mejor que así fuera.

—Tal vez sea alguna propiedad del agua bendita —no pudo menos que decir.

El rostro de la hermana Alice no demostró la menor emoción, pero en la voz no logró contener la furia que sentía.

—No olvide, doctora Rosenthal... que la Iglesia... tiene miles de años de existencia. —Se llevó una mano al pecho agitado. —Las cruzadas equivocadas como la suya... no son más que pequeñas olas... en el océano. Suficientes para hamacar el barco... pero nunca para hundirlo.

Una campana resonó afuera. La hermana Alice se puso de pie y rodeó el escritorio. Su respiración parecía más tranquila, como si haber dicho lo que pensaba la hubiera calmado. Pero no se produciría ningún milagro, comprobó Rachel. Si había ido allí a tratar de conseguir un cambio de opinión, lo que había recibido era una dosis de piedad. Aún en el momento de extenderle a Rachel la mano, un rayo de luz logró que la frente de la hermana Alice brillara como la de un santo de plástico.

—Me temo que debe excusarme. —La pena de su voz fue el golpe final: lamentaba perder esa oportunidad de seguir educando a Rachel. Hasta tuvo la amabilidad de agregar: —Gracias por encargarse de que Elvie esté en buenas manos en St. Bartholomew. Su madre está muy agradecida. Nosotros también la incluiremos en nuestras oraciones, doctora Rosenthal.

Con un murmullo de gabardina, un hábito modernizado que sólo le llegaba a los tobillos a la diminuta monja, la hermana Alice guió a Rachel hasta el corredor. A partir de allí siguió su camino sin volverse a mirarla ni una sola vez.

Rachel, con la cabeza latiéndole de furia contenida, pasó frente a la oficina de la secretaria y salió a la calle. Al detenerse en los escalones de entrada, su mirada se detuvo en el edificio contiguo que debía ser la capilla. Jovencitas de uniforme azul marino cruzaban el patio que la separaba del edificio del colegio, casi todas ellas de pelo negro y piel de tono ámbar, las hijas de obreros de origen hispano.

Al verlas desaparecer por la entrada lateral de la capilla, a Rachel le impresionó comprobar cuántas de las más jovencitas, de nueve o diez años, ya habían comenzado a desarrollarse. No pasaría mucho tiempo antes de que practicaran el sexo. Y después...

¿Y cómo evitar que la siguiente Elvie Rodríguez se dejara llevar por el pánico e hiciera algo igualmente equivocado?

Rachel se sintió indefensa, sólo una administradora más, no demasiado diferente a la hermana Alice, que daba consejos en lugar de proporcionar una ayuda verdadera. ¿Dónde estaba ella cuando Elvie Rodríguez abortó a su hijo con una aguja de crochet? Ese día en la clínica, si se hubiera sentado a conversar con ella, si se hubiera tomado el tiempo necesario para hacerla confiar en ella, para escuchar sus temores, tal vez los resultados hubieran sido diferentes.

Eso fue lo que nunca pudo explicarle del todo a Brian. Lo crítica que era la situación de las niñas y las mujeres que entraban por las puertas de East Side cuando no tenían ningún otro lugar adonde ir. Qué tenue era su existencia y su confianza. Y hasta qué punto una oportunidad perdida podía significar la diferencia entre la vida y la muerte.

A veces, lo único que hacía falta era dedicarles un minuto más.

El problema era que todos esos minutos se sumaban.

Rachel inició el camino hacia la clínica con la cabeza gacha, los hombros hundidos, sintiéndose más triste y tensa que cuando salió a encontrarse con la hermana Alice.

Cuando llegó a la esquina de la Catorce y la Segunda, donde se alzaba el edificio de cuatro pisos del Centro de Salud Femenina del Lado Este como un faro sólido y tranquilizador entre los conventillos que lo rodeaban, la presión de su cabeza ya era insoportable. ¡Oh, qué no daría por tener cinco minutos para estirarse en alguna camilla! En lugar de ello tendría que conformarse con un par de aspirinas bebidas con agua tibia de la canilla. Eso y tal vez poder levantar las piernas durante medio minuto en su oficina.

Cuando Rachel entró en la sala de recepción atestada de pacientes que se agolpaban a la espera de ser atendidos, lo último que esperaba era encontrarse con Kay, su socia, que se dirigía hacia ella con una criatura berreante en brazos.

—¿Te importa tenerlo alzado un momento? La madre está con Mary Ann, haciéndose la ecografía, y todos los demás están ocupados. No consigo que deje de llorar. —Kay le entregó la criatura de cara colorada. —Tú eres madre. Debes saber qué hacer.

—Pero tú tienes más práctica con bebés que yo —protestó Rachel, lanzando una cansada carcajada por haber pensado en la utopía de dedicarse un minuto a sí misma. Trató de balancear al pequeño sobre su cadera, pero el chico se retorcía tanto que corría el riesgo de caerse. No podía tener más de dos años, con una mata de pelo oscuro, rizos y enormes pestañas que veinte años después destrozarían los corazones de infinidad de mujeres de todas partes de la ciudad. Suspiró. —No me pases llamadas, Monique —le indicó a la telefonista por sobre el hombro.

Mientras Rachel llevaba a la criatura a su oficina, los aullidos del chiquito se convirtieron en hipo. Con los ojos muy grandes, observó a Carlene, una de las enfermeras parteras, que conducía a una mujer sin duda con dolores de parto, en una silla de ruedas. "Gracias a Dios que St. Bartholomew sólo queda a una cuadra de distancia", pensó Rachel. En la clínica no tenían el equipo necesario para realizar partos, pero muchas veces los bebés tenían ideas diferentes.

Sintió una punzada de anhelo. ¡Dios cómo extrañaba la emoción de traer una nueva vida al mundo! El maravilloso temor reverente que acompañaba cada nacimiento, en los que su propio papel parecía casi inconsecuente. La salvaje explosión de alegría que estallaba cuando cada dedo de las manos y los pies del bebé habían sido estudiados.

Debía recordarse, una y otra vez, todo lo que ella y Kay habían logrado con esa clínica y los motivos por los que ella era más eficaz como administradora que como médica. Debido a que la clínica recién abrió sus puertas a principios de la década de los 70, con un permiso escrito a mano y pegado en la ventana, habían logrado establecer una enorme diferencia para esa comunidad. La mortalidad infantil disminuyó un 15 por ciento. Los abortos también disminuyeron. Y el programa de divulgación del sida que ofrecían, así como la entrega gratuita de preservativos, habían sido adoptados por lo menos por una docena de colegios.

Habían superado el recorte de los recursos federales, los problemas de los años ochenta, dos grandes renovaciones y la Coalición Cristiana. En algún sentido sobrevivían también a la hermana Alice.

En la oficina que compartía con Kay, Rachel colocó al pequeño sobre la alfombra junto con una canasta de juguetes que guardaba para esas emergencias. De inmediato el pequeño se empeñó en golpear un granero con un camión de juguete.

—¿Has visto? Te dije que es una especie de magia sólo reservada a las madres. —Kay se instaló sobre el gastado brazo de un sillón, donado años antes por un paciente y que nunca se decidieron a reemplazar. Siempre existía algún otro gasto más urgente: equipo médico que era necesario reparar, computadoras que debían modernizar, un nuevo fax o una fotocopiadora. Para no mencionar lo que costaba borrar los graffiti que aparecían sobre las paredes del edificio con tanta regularidad como la basura que cubría la vereda.

—¿Magia? Ojalá tuviera una varita mágica que pudiera bambolear encima de la hermana Alice que por lo menos le impidiera seguir haciendo circular peticiones —murmuró Rachel—. Eso o una muñeca vudú. —Se inclinó para ayudar al pequeño a colocar aros plásticos alrededor de un poste. —Deberías haberla visto. ¡Fue increíble! No gané nada con ir a verla. En todo caso, empeoré la situación.

Distraída, Kay se pasó la mano por el blazer arrugado.

—Por suerte, yo no estaba allí. Tengo normas estrictas para tratar a las monjas.

—Sí, hasta yo estuve a punto de pegarle. —Bajó la voz. —¿Sabes lo que dijo? Que nosotras somos responsables de lo que le pasó a Elvie.

En los ojos pardos de Kay, rodeados de arrugas que no se esforzaba por disimular con maquillaje, a Rachel le dolió ver una expresión de desilusión en lugar del fuego que antes los iluminaba.

—No me sorprende —bufó Kay—. Lo único que me gustaría saber es lo que las hermanas Alice de este mundo esperan que hagamos nosotras con todos esos bebés que nadie quiere.

—Supongo que espera que parejas como Brian y yo los adopten. —Pensó en sus propios fuegos que se iban convirtiendo en cenizas mientras permanecía allí estrujándose las manos por los males del mundo. Y por primera vez se sintió tan desilusionada que no supo hacia dónde dirigirse. —¡Oh, Kay! Con franqueza no sé qué podemos hacer.

Kay la miró pensativa.

—¿Seguimos hablando de la hermana Alice?

Rachel quedó en silencio. Kay era su amiga más antigua; fueron compañeras de cuarto en la Universidad. Lucharon lado a lado en Vietnam. ¿En quién más podía confiar?

—Las cosas tampoco andan muy bien en casa —confesó.

—¿Por qué será que eso no me sorprende? —Kay cruzó los brazos sobre el pecho y miró a Rachel. —¿Iris?

—No se trata sólo de Iris. —De repente, Rachel se enfrascó en la tarea de arreglar bloques para que formaran palabras. Escribió G-A-T-O y N-A-D-A.

—Brian, ¿eh?

Rachel asintió, manteniendo la cabeza gacha para que Kay no le viera los ojos llenos de lágrimas. No le había contado toda la historia a su amiga, sólo la parte que le resultaba soportable: su pelea con Rose y que Brian la dejó sola para llevar a Rose hasta su casa.

—Desde la fiesta casi ni nos dirigimos la palabra —dijo—. Mañana parte para Michigan. Una conferencia de escritores. Lo invitan todos los años, pero éste es el primero que ha aceptado la invitación. No hace falta ser un genio para adivinar por qué.

Kay le dirigió una mirada curiosamente poco comprensiva.

—¿Y qué esperabas? Si tuviera que elegir entre sábanas frías y tiempo frío, yo hubiera hecho lo mismo.

—No es tan simple como eso.

—¿Qué? ¿Crees que nací ayer? Nada nunca es tan simple. Sobre todo cuando se trata de dos personas que hace tanto tiempo que están casadas como tú y Brian. Pero alguien tiene que romper el hielo y podrías hacerlo tú.

Rachel pensó en el jardín de su madre, y que ella estaba allí todos los días, entre sus rosas, arrancando yuyos, podando. "Un jardín tolera cualquier cosa menos el descuido —decía siempre Sylvie—. Dale la espalda y muere o adopta una vida propia."

—No sabría por donde empezar —confesó.

—¡Tonterías! —Kay se puso de pie de un salto y sobresaltó al chico que jugaba a sus pies, quien estuvo a punto de volver a llorar. Pero antes de que lo hiciera, Rachel lo alzó y lo tranquilizó.

Eso no detuvo a Kay. Mientras se paseaba por la angosta alfombra que separaba los escritorios de ambas, dijo:

—Rachel, juro que es increíble que a veces seas tan pesada. Ese tipo está loco por ti. Si tú no alcanzas a verlo, por esta guerra fría o como lo quieras llamar, entonces renuncia. No mereces a Brian.

Rachel se puso tensa.

—Ya que tú eres una experta, ¿por qué no me indicas lo que debería hacer y que no hago?

Kay levantó las manos y resopló, con una respiración exagerada. Pero su exabrupto terminó con la misma rapidez con que se había producido y se hundió en su sillón.

—Mira, yo no tengo todas las respuestas. Lo único que sé es que nada que se haya roto se arregla con colocarlo sobre un estante. ¿Por qué no empiezas por preguntarte por qué motivo un marido que te quiere elige acompañar a su vieja amiga hasta su casa cuando podría haberla puesto en un taxi?

Rachel hizo una mueca y pensó: si sólo lo supiera.

No pensaba largarle todo ese fardo a Kay. Sin embargo recordó que cuando Kay y Simon se separaron, Kay lloró muchas veces sobre su hombro. ¿Quién podía estar mejor equipada que su más antigua amiga para aconsejarle lo que debía hacer si creía que su marido estaba engañándola?

Rachel lanzó un suspiro y confesó:

—¡Oh, Dios! Me resulta tan difícil decirte esto... pero creo... tengo miedo de que esté sucediendo algo entre Rose y Brian... o, si todavía no ha sucedido nada, creo que él quiere que suceda.

De repente, Kay fue todo oídos y se inclinó con expresión preocupada.

—¿Has hablado con Brian del asunto?

Rachel asintió.

—Él lo niega, por supuesto, pero...

En ese punto Rachel se interrumpió. Le resultaba imposible confiarle a Kay lo que sucedió después que conversaron. Se sentía demasiado avergonzada. Contárselo a Kay habría aumentado su dolor.

—¿Pero qué? ¿Crees que miente? —insistió Kay.

—Si mintiera, se estaría mintiendo a sí mismo —contestó Rachel haciendo un esfuerzo por ser justa—. Llegado este punto, no estoy segura de que sepa lo que quiere.

—Bueno, eso es bastante obvio, ¿no te parece? —dijo Kay—. Por lo que me has dicho, nada de esto sucedería si ustedes dos estuvieran más tiempo juntos.

—Sí, y si los deseos fueran caballos, los mendigos podrían montar. —Rachel meneó la cabeza. —Con toda honestidad, yo deseo la misma cosa. Pero cada vez que adelanto un par de pasos, me vuelvo a empantanar.

—La pregunta es: ¿qué piensas hacer al respecto?

—Para alguien que considera que todo problema tiene una solución, me siento bastante tonta al tener que admitir que no tengo la menor idea. —Rachel trató de lanzar una risita, pero no le dio resultado. —Algunos días, Kay, te juro que lo único que querría sería salir por esa puerta. Dejar este lugar para que se dirigiera solo y que cada uno se ocupara de sí mismo.

—¿Y por qué no lo haces?

—¿No comprendes? A la semana estaría trepándome por las paredes.

—¿Y si te tomaras unas vacaciones? —Y enseguida Kay agregó: —A menos que no confíes en mí para que me ocupe de todo hasta tu regreso. El pensamiento resplandeció en la mente de Rachel tan falso como un espejismo. Por más que deseara creer que existía una cura rápida y evidente para los problemas de su matrimonio, sabía que no era así.

—No sé si en este momento esa sería una buena idea —contestó—. Pero cuando el barco está por hundirse, uno no sale a navegar en él al mar.

—Una comida tranquila entonces —Kay no estaba dispuesta a darse por vencida—. Un restaurante donde se puedan sentar como dos personas civilizadas y conversar.

—Por tratarse de alguien que solucionó sus problemas divorciándose, no cabe duda de que conoces todas las respuestas —observó Rachel con sequedad.

—¿Sí? Bueno tal vez la experiencia me haya enseñado algo —dijo Kay, con expresión pensativa. A pesar de la dureza con que a veces hablaba y de la cantidad de callos con que había rodeado su corazón, en realidad había amado a su marido. —Mira, en el caso de Simon y yo... no había mucho que ninguno de los dos pudiera haber hecho para solucionar el problema. Pero sucede que pienso que vale la pena luchar por lo que tú tienes.

—Yo también lo creo. —Esbozó una sonrisa renuente que hasta la sorprendió a ella misma. Miró a Kay con una mezcla de admiración y de cariñosa exasperación. —¿Alguna vez te he dicho que me recuerdas a mi madre?

—Prácticamente todos los días, desde que estábamos en la universidad. Sólo que ahora empiezo a pensar que hasta me parezco a tu madre. —Con una sonrisa se pasó una mano por el pelo canoso que cada día Rachel encontraba más parecido a las plumas de una lechuza. —Tal vez sea por eso que no he sentido nada serio por nadie, después de Simon. —Kay meneó la cabeza. —¿Y cómo está tu madre?

—Más o menos lo mismo. —Rachel suspiró. —Insiste en que está satisfecha con el doctor Choundry. Pero yo me sentiría mejor si pidiera una segunda opinión.

—¿Y qué me dices de ti misma? —sugirió Kay—. Ya sé que la cardiología no es precisamente tu especialidad, ¿pero cuándo fue la última vez que la visitaste y comprobaste personalmente cómo estaba?

Rachel sintió una punzada de culpa.

—Hace algunas semanas. —Al hablar comprendió que parte de su problema residía en no querer enfrentar la realidad de que su madre podía no estar tan bien como ella misma afirmaba.

—Ve a verla. Pero antes, encuéntrate con tu marido. —El tono brusco de Kay no daba lugar a discusiones. Se arrodilló frente al niño que se estaba quedando dormido sobre la falda de Rachel. —Oye, hombrecito, ¿estás listo para volver al regazo de tu mamá? —lo tomó en sus brazos.

Ya casi había llegado a la puerta cuando Rachel, todavía sentada de piernas cruzadas en el piso y sintiéndose un poco tonta, dijo con suavidad:

—¿Kay? Gracias.

Kay le dirigió una sonrisa por sobre los negros rizos del chiquito.

—Sé que todavía no lo crees del todo, pero la situación mejorará. No te arrepentirás de seguir mi consejo.

Al observarla salir, Rachel se preguntó si siquiera la querida y sabia Kay podía saber lo arrepentida que ella ya estaba. La mataba no poder levantar el teléfono y llamar a Brian. Compartir con él todo lo que la preocupaba, como lo hacía antes.

Pero cuando la persona que uno más necesita que la consuele es la que nos causa dolor, ¿entonces qué? Cuando el amor que a uno le hace falta ya no está allí ¿es porque uno mismo permitió que se marchitara?

De repente se sintió mareada y por primera vez en más de veinte años de ser directora del Centro, Rachel se permitió tenderse en la alfombra y cerrar los ojos.

El restaurante sólo quedaba a cuatro cuadras de su departamento, pero en lo que a Rachel se refería, bien podría haber sido un viaje hasta el lado oscuro de la luna. Durante el trayecto, ella y Brian apenas cambiaron un par de palabras. Caminando a su lado con las manos metidas en los bolsillos de su blazer más viejo, Brian parecía distraído y nada arrepentido de lo sucedido la otra noche. Y a pesar de todas sus buenas intenciones, con cada paso que daban, Rachel se sentía más y más ultrajada.

Y en todo caso, ¿quién era la parte herida? ¿Quién había sido abandonada la noche de la fiesta del compromiso de Iris? ¡Cómo se atrevía Brian a actuar como si todo fuese culpa suya!

En el Gotham, esperaron hasta poder sentarse en su mesa predilecta, en una zona más tranquila y reservada donde se podía conversar. En cuanto el mozo tomó los pedidos de bebidas de ambos, Rachel se inclinó hacia adelante y dijo con tranquilo énfasis:

—Veo que ésta no va a ser la noche romántica de nuestros sueños. Pero por lo menos tenía la esperanza de que pudiéramos conversar.

—Te escucho. —Brian se inclinó hacia la vela del centro de mesa y sus ojos grises, que a Rachel siempre le parecieron maravillosos y pensativos, en ese momento eran simplemente remotos.

Ella quería seguir estando furiosa, ¡maldito sea! Estar furiosa le impedía tener que enfrentar la verdad: que buena parte del enojo que sentía hacia su marido era porque sabía que ella misma había creado la situación. Sin embargo suplicó.

—No hagas eso, Brian. No me conviertas en la malvada de la historia.

Alcanzó a ver un parpadeo en los vidrios de sus anteojos, un reflejo de la luz de la vela que la hizo pensar en ese tipo de hielo que se forma sobre el pavimento cuando la temperatura baja enseguida de una tormenta.

Entonces él tendió una mano por sobre la mesa y Rachel tuvo que contener un estremecimiento de placer ante la calidez de su roce. Apretó la mano de su marido y retiró la suya. No quería que él creyera que le daba demasiada importancia.

—¿En serio quieres hablar del asunto? —preguntó—. ¿Sin acusaciones?

—Sí —contestó ella—. Pero ante todo necesito saber la verdad. Acerca de Rose y tú.

Ahí estaba de nuevo. El rostro de Brian se cerró como para dejarla afuera.

—Ya te lo dije.

—No me has dicho nada.

—Porque no hay nada que decir.

Rachel sintió que le hervía la sangre y que se le subía a la cabeza. Susurró furiosa:

—¿Cómo puedes decir eso? Después... después de la manera en que tú... esa noche. Después de la forma en que me hiciste el amor.

Brian apartó la mirada. Si hubiera dicho algo cruel, no le habría dolido más. No cabía duda de que acababa de tocar un tema candente.

—No sucedió nada —insistió Brian con suavidad, pero evitando mirarla a los ojos—. Pero no te voy a mentir. No simularé que una parte de mi ser no quiso volver atrás el reloj.

Rachel se tapó la boca con una mano. "Tal como el personaje de una mala obra de teatro", pensó a pesar suyo. Dejó caer la cabeza cubriéndose ahora la boca con ambas manos y apretándolas con fuerza para no comenzar a reír histéricamente. Se le llenaron los ojos de lágrimas.

—¿Rachel, estás bien? —oyó que le preguntaba Brian, preocupado.

Levantó la cabeza y en ese instante las palabras surgieron sin que le costara pronunciarlas.

—No. No estoy bien. ¿Cómo quieres que lo esté?

—No es lo que estás pensando. —Su rostro se suavizó y una vez más le tomó la mano. —Rachel, yo...

Ella apartó la mano de un tirón.

—¿Estás enamorado de ella? —Bueno. Acababa de escupir las palabras.

Al ver que Brian se echaba atrás, Rachel se sintió repentinamente perpleja.

—Eso lo haría más fácil para ti, ¿no es cierto? Tener a alguien a quien echarle la culpa. Alguien que te impida ver el verdadero problema.

—Comprendo. Quieres decir que es todo culpa mía. Todo.

—No dije eso.

—No fue necesario que lo dijeras.

Cuando volvió a hablar, la voz de su marido indicaba que se sentía vencido.

—Mira, yo también tengo parte de la culpa, ¿de acuerdo? En un matrimonio no hay nada, ni bueno ni malo, que suceda en el vacío. Lo único que sé es que Rose me necesitaba. Como amigo —agregó con rapidez—. Y fue agradable que me necesitaran, para variar.

—Yo te necesito —Rachel no se animaba a levantar la voz y hablaba en un susurro. Si no lo hiciera estallaría en llanto.

—No... no me necesitas. —Brian movió la cabeza, entristecido. —No necesitas a nadie. Es al revés, tú tratas de sostener al mundo sobre tus hombros.

—Mira, si te refieres a la clínica...

—Ni siquiera quiero oír hablar de la clínica —interrumpió él con tono hiriente. Pero enseguida su voz se dulcificó. —La muerte de Max también cambió algunas cosas para mí —explicó—. Miro a Rose y pienso: ¡Maldición, qué corta es la vida! Y no quiero vivirla solo. Sí, ya sé... siempre se produce alguna crisis y tú tienes que salir corriendo, por lo general a cien kilómetros por hora. Lo que quiero saber es ¿cuándo se detendrá ese tren?

—Eso no es justo. Tú tampoco te quedas muy quieto.

—No es lo mismo —contestó Brian—. Y lo sabes.

Sí, lo sabía. A menos que estuviera haciendo una gira o apresurándose para entregar un libro en la fecha prevista, Brian siempre estaba allí, no sólo para ella sino también para la hija de ambos. Sin embargo, por algún motivo, eso la hizo ponerse a la defensiva.

—Tienes razón, no es lo mismo —retrucó—. La diferencia está en que cuando tú escribes de una manera más espaciada, el libro igual termina siendo escrito. Y aun si no fuera así, nadie moriría a causa de ello.

Brian le ofreció la sonrisa que la había hecho enamorarse de él tantos años antes. Sólo que ahora era un recuerdo atesorado que en cierto modo había perdido o regalado.

—Enfrentémoslo, Rachel. Si tú no te dedicaras en cuerpo y alma a lo que haces, yo no estaría aquí. Me habrían mandado de vuelta de Vietnam envuelto en una bolsa de plástico. Pero —los ángulos de su rostro parecieron agudizarse— la guerra ya terminó. Hace rato que terminó.

Rachel miró el resto de las mesas, alrededor de cada vela sin duda se desarrollaba un pequeño drama. Maridos, esposas, amantes, amigos, socios, todos luchando por mantener lo que consideraban sus derechos inalienables.

¿Ella también creyó alguna vez que su matrimonio era inviolable?

—Estás diciendo... —Se detuvo, incapaz de pronunciar las palabras. Divorcio. ¿Querría divorciarse Brian? Tragó con fuerza. —Mira: ya sé que hay cosas en las que debemos trabajar.

Esperó en silencio la respuesta de Brian.

—Para trabajar algunas cosas hay que estar presente —le recordó él con suavidad.

Rachel tomó el vaso de vino que el mozo había colocado delante de ella, lo aferró con ambas manos como para recuperar el equilibrio.

—No siempre será como ahora —dijo—. Ya he hablado con Kay acerca de la posibilidad de tomarme algún tiempo libre. Dentro de más o menos un mes, cuando la situación mejore.

Brian sonrió y meneó la cabeza.

—¿Sabes cuántas veces he oído eso, Rachel? ¿Cuántas veces reservamos pasajes de avión que después tuvimos que cancelar? Yo hablo de ahora. De ahora mismo. No puedo esperar que se presente un tiempo libre en tu calendario de trabajo. E Iris tampoco.

—¿Qué tiene que ver Iris con esto?

—Tal vez no lo hayas notado, pero es como si se ocultara de nosotros.

—¡Eso es ridículo! Está en lo de Drew.

—¿Entonces por qué nos cuesta tanto ponernos en contacto con ella? Y cuando contesta el teléfono es como hablar con una desconocida. No ve la hora de cortar. Y Drew también. Es como si cualquier cosa que no sea hablar del tiempo fuese información clasificada.

—Lo noté. —Rachel suspiró aliviada de que fuera una preocupación que ambos podían compartir. —Supongo que debe haber estado ocupada. Ya sabes, van a empezar las clases en la universidad, deben encontrar un departamento. ¡Oh, Brian! Supongo que he estado preocupada. No me detuve a pensar que tal vez... —Se detuvo de repente, demasiado supersticiosa para expresar en palabras lo que estaba pensando por miedo a que se convirtiera en realidad, que tal vez Iris estuviera volviendo a caer en ese lugar oscuro donde estaba fuera del alcance de ambos.

Miró por sobre la mesa a un marido con quien tanto había compartido durante años: la agonía de aceptar que no podrían tener hijos, la repentina celebridad de Brian, pero, sobre todo, las crisis con Iris que habían conseguido superar aferrándose las manos con fuerza.

—Sólo hay una cosa que tendemos a olvidar —la voz de ricas texturas de Brian con su dejo de acento de Brooklyn era como un tónico, cicatrizante, y que al mismo tiempo la tentaba con crueldad con la ilusión de que podrían llegar a un acuerdo fácil que sencillamente era imposible. —Iris es más fuerte de lo que nadie supone. Ha sobrevivido hasta ahora, ¿no es cierto?

—Es cierto —reconoció Rachel pese a que a veces no estaba tan segura—. Nosotros también de algún modo somos sobrevivientes.

Él asintió, pensativo.

—Lo somos.

—¿Sabes? —dijo ella con suavidad—. Hay una cosa que siempre les he envidiado a ti y a Rose: que no hayan envejecido juntos. Ustedes nunca tuvieron que discutir acerca de quién gastaba más dinero. O cuál de los dos hacía más trabajos domésticos. Nunca tuvieron que turnarse durante la noche para cuidar a una criatura enferma. Cuando lo miras retrospectivamente, todo debe parecer perfecto y hermoso... como una flor apretada entre las páginas de un libro. —Lanzó un suspiro tembloroso. —Eso es lo que convierte a los recuerdos en algo tan precioso. Si uno no los trata con cuidado, se deshacen.

—Los únicos que se están deshaciendo somos nosotros —Brian meneó la cabeza y esa vez el brillo de sus ojos no fue un reflejo.

Era como si se hubieran encontrado cerca del final de un viaje por mar y enfrentaran todavía otra tempestad. El instinto de Rachel fue tomar la mano de su marido. La apretó con fuerza. No sabía qué más hacer.

—¡Oh, Brian! ¿Qué puedo decir? —consiguió susurrar en una voz ahogada.

—Nada —contestó él, con firmeza pero con bondad—. Ya hemos hablado bastante. Las cosas tienen que cambiar, Rachel. Eso es todo. Alguien debe ceder. Y no seré yo. Yo ya he cumplido con mi parte.

Era algo que ella no podía discutir. Pero lo que él no le había dicho era cómo cambiar. Cómo separar las hebras de su vida, hebras que de alguna forma se habían convertido en un enorme nudo.

Rachel no conocía otra manera que la de tirar con fuerza, pero con ello sólo empeoraría la situación. Tenía que haber una manera de entrelazar esas hebras en un tapiz que contuviera lo que tanto ella como Brian querían, tanto para sí mismos como para el otro; algo que fuera hermoso y a la vez útil.

Como de la nada, se acordó de su madre. ¿Por qué no se habría casado con Nikos? Aparte de su habitual respuesta de que ella estaba demasiado acostumbrada a su manera de vivir, jamás le ofreció una explicación auténtica. ¿Tendría miedo que la comprometiera? ¿Que volver a casarse cortaría, en cierto modo, la independencia que a lo largo de los años tanto cultivó?

Al día siguiente le pediría consejo a su madre. Vería qué palabras de sabiduría, si alguna, podía ofrecerle.

"Es irónico", pensó Rachel. Tenía intención de visitarla simplemente para ver cómo estaba. Una hija preocupada que visitaba a su madre ya anciana. Pero ahora era ella quien necesitaba el solaz, la que deseaba sentir la mano fresca de su madre contra su frente, y que ella le aconsejara con sensatez lo que debía hacer.

Capítulo 11

Sylvie dormitaba en su cama, apoyada sobre un montón de almohadas cuando tuvo conciencia de un zumbido. En su estado de somnolencia imaginó que debía tratarse de una abeja atrapada contra el vidrio de la ventana. Cuando era chica, siempre capturaba a esos pobres insectos en un jarro y los ponía luego afuera, en libertad. De lo contrario, seguían zumbando hasta que morían. "La gente no es mucho más inteligente —pensó—, sólo cree serlo."

Bzzzttt.

No, no es un insecto, decidió Sylvie, sino que parecía provenir del intercomunicador.

Abrió los ojos y murmuró con voz gangosa:

—¿Qué?

No obtuvo respuesta. Estaba sola, tendida en su cama matrimonial, con la mirada fija en el cielo raso, que con su centro y sus molduras siempre le había recordado a una torta de bodas colocada boca abajo. Ni siquiera tenía la espalda ancha y fuerte de Nikos para confortarla. ¡Dios Santo! ¿Habría dormido toda la mañana?

A juzgar por el sol que entraba por la ventana, debía ser la hora del almuerzo. ¡Tan tarde! Pero últimamente el tiempo tenía la extraña costumbre de engañarla. A veces estaba afuera, en el patio, disfrutando de una taza de té o leyendo, y cerraba los ojos, sólo por un minuto para descansarlos y luego despertaba sobresaltada y descubría que, de alguna manera, acababa de dormir una hora entera. "Soy vieja —se dijo con impaciencia—. Una anciana que pierde la vida durmiendo."

No sólo vieja sino débil. Día a día iba perdiendo sus fuerzas como si se tratara de agua que se escapaba de un jarro rajado. Acostarse era la única forma de que no quedara destrozada del todo. Y por otra parte nada le parecía suficiente. Podía dormir todo el día y despertar sin sentirse más descansada que si hubiera pasado la noche leyendo o mirando televisión. Subir hasta el primer piso la dejaba tan extenuada como haber trepado hasta la terraza del Empire State. Y por profundas que fuesen sus respiraciones, a sus pulmones siempre les faltaba el aire.

En su última consulta, el doctor Choudry aseguró radiografías de su pecho a una pantalla iluminada y le señaló las zonas oscuras donde tenía líquido acumulado. En su inglés poco fluido y con un acento extranjero que le recordaba al de Nikos cuando se conocieron, el cardiólogo le advirtió que corría el riesgo de contraer una neumonía. Le explicó que los antibióticos sólo prolongarían lo inevitable mientras la miraba con sus suaves ojos castaños, con una gravedad que la hacía tener ganas de sonreír. ¡Qué extrañamente formal era ese hombre! Parecía un novio victoriano que reunía fuerzas para pedir su mano en matrimonio. Pero Sylvie no sonreía porque tenía los ojos llenos de lágrimas. Y entonces él decía que había llegado la hora de que hablaran de un transplante.

—No, gracias —interrumpió ella con amable firmeza como si él tratara de que se suscribiera a una revista que a ella no le interesaba—. No quiero pasar el tiempo que me quede en una lista de espera, con la esperanza de recibir un corazón saludable que deberían adjudicar a una persona joven con toda la vida por delante.

En ese momento, al oír voces que subían por la escalera, se preguntó si Nikos tendría invitados. Durante las últimas semanas insistió en quedarse en la casa para vigilarla. Pero eso sólo significaba que ahora él no iba al trabajo sino que el trabajo iba a él. Joe Dangelo, el principal capataz de Anteros, pasaba dos veces por día por la casa. El escritorio estaba ahora lleno de planos, listas, dibujos de interiores, para no mencionar los interminables jarros de café y los ceniceros rebosantes de colillas que hacían murmurar en voz baja a la mucama de la casa.

¡Pobre Nikos! La situación era dura también para él. De vez en cuando lo sorprendía con la guardia baja, mirándola con expresión aprensiva, como si ella fuera un valioso jarrón que se balanceaba sobre el borde de un estante angosto. Sylvie deseaba calmar sus temores, ¿pero cómo? No tenía manera de asegurarle a Nikos que lo que ella misma sospechaba era cierto: que su hora todavía no había llegado. Algún día, tal vez no muy lejano, estaría tendida en el cajón en lugar de estarlo en esa cama. Pero antes debía solucionar asuntos importantes. Asuntos de familia.

Y hasta haberse ocupado de eso no estaba dispuesta a abandonar este mundo sin luchar.

Era necesario hacer algo con respecto a Iris. Sylvie tenía ese pensamiento clavado en la mente desde la tarde anterior, cuando inesperadamente pasó por allí su nieta.

La muchacha que se sentó frente a la mesa de su cocina no se parecía en nada a la jubilosa jovencita que celebró su compromiso pocas semanas antes. Iris parecía... bueno, triste. Además había perdido peso; los jeans le colgaban.

Angustiada al verla tan deprimida, Sylvie insistió en prepararle un sándwich tostado de queso. Pero Iris sólo lo picoteó y deshizo los bordes en migas que quedaron sembradas en su plato.

—¿Preferirías un plato de sopa tal vez? —preguntó Sylvie—. Puedo calentarte un poco. Lo haré en un segundo. —Se sentía tonta, inútil; sólo las imbéciles y las viejas creían que la comida era la cura para cualquier preocupación. ¿Pero qué otra cosa podía hacer?

Iris meneó la cabeza. Parecía pequeña y perdida, sentada ante la pesada mesa de pino que estaba en esa cocina desde que Sylvie llegó a la casa como recién casada. Era la mesa donde por primera vez entrevistó a Nikos para tomarlo como muchacho para todo servicio, hacía más de medio siglo, sin imaginar que terminarían pasando la vida juntos. Y donde Rachel, cuando era chiquita, se paraba sobre una silla con un delantal alrededor del cuello para amasar trozos de masa.

De pequeña a Iris le encantaba jugar bajo esa mesa, simulando que era su fuerte secreto. Por más que amara la casa de sus padres, ésa casa siempre fue un refugio para ella. Sylvie la recordaba subir corriendo los escalones, con los brazos muy abiertos. Conocía cada ropero y cada armario, cada rincón en el que podía enroscarse para leer.

Pero su lugar preferido era el altillo. Muchas veces, cuando Rachel o Brian llegaban a buscarla, debían recorrer la casa de arriba abajo, llamándola. Cuando por fin la encontraban, por lo general era en el altillo. La pequeña estaba revolviendo alguno de los viejos baúles, o jugando con los muebles infantiles que en una época habían sido de Rachel. La que más le gustaba era la canasta de paja que pasó de generación en generación partiendo de la abuela de Sylvie; se pasaba horas meciendo allí a sus muñecas para que se durmieran.

Como una nube que cubre el sol, una sombra cruzó sobre esos felices recuerdos. Sylvie recordó la vez que encontró a su nieta de siete años jugando con fósforos en el altillo. No, no estaba jugando. Iris sostenía un fósforo encendido contra una de sus muñecas, mirando, como en un trance, la manera en que la llama hacía burbujear el brazo de plástico del juguete que enseguida comenzó a derretirse. Sólo cuando Sylvie lanzó un grito de alarma que la sobresaltó, Iris salió de ese extraño hechizo que había hecho presa de ella...

—Lo siento abuela —dijo en ese momento, alejando el plato—. Supongo que no tengo tanta hambre como creía.

—¿Quieres beber algo, tal vez? —preguntó Sylvie poniéndose de pie. Pero Iris impidió que se levantara.

—En serio, abuela, no necesito nada. Sólo vine a verte.

Sylvie volvió a dejarse caer en la silla. Los dedos de su nieta parecían extrañamente livianos, como si tuviera los huesos huecos, como los de un ave. Más estremecida de lo que se animó a demostrar, Sylvie replicó con calidez:

—Bueno, entonces quédate sentada y hazme una visita. Estaba un poco deprimida y tú eres justamente el remedio que me hacía falta. —Acarició apenas el cuello de su nieta. —¿Cómo está mi *shainenke?*

—Bien, muy bien —contestó Iris, mirando por la ventana sin ver. En voz baja y como desconectada, agregó: —Drew y yo hemos estado buscando departamento. Pero los que están dentro de nuestro presupuesto son demasiado chicos o muy oscuros.

Sylvie sólo vaciló un instante, porque no quería parecer demasiado ansiosa.

—¿Te hace falta dinero, querida? Si quieres, yo te puedo prestar un poco. Me lo devolverás cuando puedas... o nunca. Lo único que me importa es que seas feliz.

Las lágrimas inundaron los ojos de Iris haciéndolos parecer enormes y luminosos.

—¡Oh, abuela! —Su voz temblaba de una manera que destrozaba el corazón. Como si deseara con desesperación que pudiera ser tan sencillo. —¡Siempre has sido tan generosa! Demasiado generosa. Pero no quiero tu dinero.

—Bueno, entonces, estoy segura de que encontrarán algo que les convenga —dijo Sylvie con firmeza y tono alegre—. Mientras tanto supongo que estarás muy ocupada con tus estudios. ¿Te gustan hasta ahora tus clases?

—¿Clases? —Iris parpadeó como si acabara de despertar de una siesta, y se volvió a mirar a Sylvie. En una voz opaca agregó: —Bueno... Lo que pasa es que dejé las clases... por ahora. Le pregunté al decano si podía retomar el próximo semestre. Si quieres que te sea franca, no sé si tendré ganas de volver a estudiar. Puedo pintar por mi cuenta, ¿no te parece? —Se encogió de hombros pero tenía una expresión de desconfianza en los ojos. —No se lo dirás a mis padres, ¿verdad?

—Estoy segura de que si les explicas ellos comprenderán. —Sylvie hizo un esfuerzo para que su alarma no se le notara en la voz. No sabía qué era peor, que Iris dejara los estudios o que le ocultara a sus padres lo sucedido. Desde que ella recordaba, Iris siempre quiso ser pintora. Ya desde que estaba en el jardín de infantes sus dibujos eran más coloridos e imaginativos que los del resto de sus compañeros. Pero Sylvie sospechaba que el cambio de opinión de la joven no era el verdadero problema.

—Yo se los voy a decir. Pronto. —Iris sonrió y las comisuras de su boca cayeron hacia abajo en una expresión que Sylvie no encontró nada tranquilizadora. —Ya sabes cómo es mamá. Se preocupa si no asisto a una entrevista con el médico. —Bajó la voz—. Y, entre tú y yo, las cosas no andan demasiado bien en casa. Ése es otro de los motivos por los que me mantengo alejada.

—¿Quieres hablar del asunto? —preguntó Sylvie aunque no estaba demasiado segura de querer oír la respuesta.

Iris se movió inquieta en la silla y tomó un mechón de pelo que comenzó a estrujar, una costumbre infantil a la que volvía cada vez que estaba ansiosa.

—Creo que hace mucho tiempo que sucede —confió—. Todo lo que pasó entre Drew y yo durante el verano no hizo más que agitar las llamas. Ahora mamá está furiosa con Rose. Cree que papá y Rose tal vez estén viviendo una aventura.

Sylvie se echó atrás en la silla.

—¡Oh, Dios!

"Igual que antes", pensó. Durante los primeros años del matrimonio de Rachel, cuando se angustiaba porque no podía tener hijos y utilizaba a Rose como chivo expiatorio. Imaginaba que Brian todavía la amaba y que quería volver a ella.

Y ahora, décadas después, Sylvie se preguntó si habría habido algo de verdad en los celos de Rachel. Si Brian todavía seguía estando un poco enamorado de Rose. Sin duda, sobre la base de lo observado por ella, Rachel nunca hizo nada para impedir que él se fuera alejando.

—¿Y tú qué crees? —le preguntó a la nieta.

Iris se encogió de hombros, pero Sylvie notó que estaba preocupada.

—Yo no creo que haya sucedido nada, pero mamá... —Dejó la frase inconclusa. —A veces me gustaría que dejara de preocuparse por todos los demás y pensara un poco en sí misma.

"Bien dicho", pensó Sylvie.

—Estoy segura de que tus padres solucionarán esa situación —dijo, con más confianza de la que en verdad sentía—. Con franqueza, lo que me preocupa eres tú. Iris, querida, perdóname que te lo diga, pero no tienes buen aspecto.

Iris se alejó de ella y comenzó a morderse el labio inferior en silencio. Por fin dijo:

—Drew cree que deberíamos esperar antes de mudarnos a vivir juntos. Hasta que las cosas estén más tranquilas.

"Esto la afecta más que el hecho de no encontrar departamento", pensó Sylvie. La expresión del rostro de Iris contaba una historia mucho más profunda y oscura.

—Cuéntame —urgió Sylvie con suavidad—. ¿Qué pasa? ¿Por qué estás tan triste?

—Drew me dice a cada rato que me quiere —empezó a decir Iris, la cabeza gacha—. Pero nunca se lo creo. Al rato empiezo a pensar que tal vez lo dice para hacerme sentir mejor. Y antes de darme cuenta, me estoy peleando con él. Lo acuso de cosas. Y... bueno... supongo que podrás imaginar el resto. —Levantó la vista con las pestañas empapadas en lágrimas.

Sylvie estaba cansada, tan cansada que podría haber apoyado la cabeza en ese mismo instante y allí mismo. Pero debía permanecer alerta, encontrar una manera de ayudar. Preguntó con cautela:

—¿Has hablado con alguien acerca de esto?

—Sólo con el doctor Eisenger. Él dice que cuando tengo un pensamiento negativo, debo preguntarme: "¿Esto es verdad o sólo estoy buscando una excusa para sentirme mal?". Pero a veces es difícil saberlo. —Apoyó los codos sobre la mesa y el mentón sobre las manos. —Con Drew me aferro a él con tanta fuerza que termino por ahogarlo, pero es como si no pudiera detenerme. —En ese momento lloraba sin disimulo pero no enjugaba sus lágrimas, como si estuviera tan acostumbrada a llorar que ni siquiera se diera cuenta de que lo estaba haciendo. —Abuela, ¿alguna vez has querido tanto algo que hubieras muerto con tal de no perderlo?

Con suavidad, Sylvie contestó:

—Sé lo que es perder a alguien a quien uno ama.

El pensamiento de Rose surgió bajo las capas de su vergüenza. Durante todos los años en los que creyó que el tiempo cicatriza las heridas, no hizo más que engañarse. Rose nunca la perdonaría. ¿Y por qué la iba a perdonar? Sylvie misma no podía perdonarse.

Notó que Iris la miraba con preocupación. Sylvie se irguió y agregó:

—Lo importante es recordar que a una la quieren. No sólo te quiere Drew. Tu padre y tu madre harían cualquier cosa por ti. Y supongo que no será necesario que te diga lo que yo siento.

Iris dejó caer la cabeza entre las manos. La voz ahogada que surgió de entre sus dedos estremeció a Sylvie. Era una voz tan hueca y desesperada como la de un prisionero detrás de un puerta cerrada.

—Tú eres la única con quien puedo hablar, abuela, la única que comprende. Rose me odia. Y papá y mamá... actúan como si haberme comprometido fuese la respuesta a sus oraciones. No puedo desilusionarlos.

—¡Tonterías! —Sylvie estiró ambas manos y levantó la cabeza de su nieta. —Lo único que realmente importa es saber si tú eres feliz. Y ahora comencemos por el principio. Cuéntamelo todo.

Iris respiró hondo, temblorosa.

—De vez en cuando tengo esas extrañas pérdidas de conocimiento. Por lo general me sucede cuando me olvido de tomar los remedios. Pero no siempre puedo predecir cuando sucederán. —Tenía el rostro blanco como el papel y Sylvie notó que le temblaba todo el cuerpo como si tuviera fiebre. —Una noche me encerré bajo llave en el baño de Drew y sencillamente quedé como en blanco. Lo único que recuerdo era que había un olor como si algo se estuviera quemando. Pero no había fuego. Después de haber echado abajo la puerta, Drew me dijo que eran sólo imaginaciones mías. Pero yo no vi la hoja de afeitar. No sabía que estaba allí, sobre el piso del baño, hasta que Drew me la mostró. ¡Oh, abuela! —susurró mientras le castañeteaban los dientes y se envolvía el cuerpo con los brazos—. ¿Qué me pasa?

Sylvie sintió que su alarma se convertía en pánico. Era como si el rompecabezas con que luchaba, ese rompecabezas que era Iris, de repente hubiera revelado que era más complicado que lo que ella o cualquier otro podía resolver. Todos se aferraban a la idea de que el terapeuta sabía lo que hacía. Que con el tiempo y gracias a una adecuada medicación, Iris podría llegar a vivir una existencia normal. Aun en el caso de que el amor de Drew no lograra salvarla. Pero en ese momento, Sylvie supo que no era así.

La confesión de su nieta la impactó profundamente. Pero lo que la impactaba aún más era que durante todo ese tiempo, mientras Iris poco a poco se iba desintegrando ante los ojos de su familia, nadie hizo nada por impedirlo. Y ella menos que nadie.

"Debí haber hecho lo que Rose me pidió —pensó angustiada—. Debí haber hablado."

Al mantenerse callada, no sólo le falló a Iris sino también a sus dos hijas. Iris estaba enferma. No cabía duda de que había llegado el momento de tomar medidas drásticas.

"Reuniré a toda la familia para realizar una reunión cumbre", decidió Sylvie en ese momento. Incluyendo a Drew y a Rose. Juntos decidirían lo que convenía hacer.

Pero cuando Iris se fue, Sylvie estaba demasiado extenuada para tomar el teléfono. Apenas alcanzó a arrastrarse hasta la cama.

Y ahora, después de haber dormido una noche completa y medio día más, no se sentía menos cansada. Que Dios tuviera misericordia de ella. ¿Cómo lograría reunir la energía suficiente para poner en campaña a toda la familia?

Al oír pasos en la escalera, se sintió más alentada. Nikos. Él la ayudaría. Aunque sólo fuera alentándola y tranquilizándola. En otros tiempos vacilaba y prefería no apoyarse en él, pero ahora, de sólo pensar en sus hombros fuertes se le llenaban los ojos de lágrimas de alivio.

En respuesta al suave llamado a la puerta, Sylvie dijo:

—Entra, querido. Estoy despierta.

La puerta se abrió... pero no era Nikos el que entró en el dormitorio. Sylvie no reconoció enseguida la silueta que emergía del oscuro pasillo y entraba en el cuarto lleno de sol.

Entonces la figura entró en foco y se materializó en una mujer de mediana edad, de pelo castaño claro, con algunas canas, que vestía un elegante traje sastre con botones dorados que resplandecían a la luz del sol.

Rachel.

Sylvie sonrió ya más animosa.

—Justo la persona a quien quería ver.

—¿Te desperté? —Rachel se acercó a la cama como lo hubiera hecho cualquier médico, con rapidez y una sensación de autoridad, pero sus ojos azules estaban suaves y con expresión preocupada.

—No, querida... pero debiste haber llamado —dijo Sylvie con suavidad—. De haber sabido que vendrías, estaría levantada y vestida. Y aquí me tienes, indulgente conmigo misma como un viejo gato perezoso. —Palmeó el colchón a su lado. —Ven, siéntate a mi lado. Y no me sigas mirando como si tuvieras miedo de que me haga pedazos si me respiras encima.

Rachel no parecía convencida por la exhibición de alegría de su madre, pero no discutió. Sylvie notó que algo preocupaba a su hija. Y por desgracia, porque en muchos sentidos Sylvie sentía que la ignorancia era una bendición, tenía una idea bastante clara de lo que debía ser.

Se dio cuenta de que el corazón le latía de una manera realmente atemorizante. Pensó en la posibilidad de pedirle a Rachel que le alcanzara un remedio del botiquín, pero decidió esperar. "Lo más probable es que no sea nada —se dijo—. Además, no quiero preocuparla." Así que alisó la colcha que la cubría.

"No puedo protegerla", pensó enseguida Sylvie. Al comprenderlo, supuso que demasiado tarde, la recorrió una oleada de amargura.

Rachel se sentó sobre la cama que, cuando era chica, imaginaba era un barco de madera que la llevaría a tierras lejanas. Miró de cerca a Sylvie y comentó con su habitual franqueza.

—No me gusta tu color, mamá.

"Cómo la voy a engañar —pensó Sylvie—. Es médica. Reconoce a un enfermo en cuanto lo ve."

—No he podido estar afuera tanto como me gustaría —confesó Sylvie con ligereza—. Pero supongo que no habrás venido hasta aquí a quejarte.

—¿Cuándo viste al doctor Choudry por última vez? —preguntó Rachel, cruzando los brazos sobre el pecho y decidida a no dejarse engañar.

—El jueves pasado —le informó Sylvie—. Así que, como verás, no tienes por qué preocuparte. Me examinó de la cabeza a los pies. No encontró nada nuevo, salvo que él y yo nos hemos hecho bastante amigos. ¿Sabías que en Inglaterra, donde él cursó sus estudios universitarios, Tinoo Choudry tenía un ranking nacional como campeón de polo? Yo lo encuentro fascinante. Pensar que un hombre tan atlético se haya decidido por la medicina. Me comentó que...

—Mamá... estás cambiando de tema —Rachel trataba de adoptar una actitud severa, pero no pudo menos que sonreír. —Si tú no me dices la verdad, no me quedará más remedio que llamar yo misma a este famoso doctor Choudry.

Sylvie supo, sin necesidad de preguntarlo, que Rachel ya lo había hecho. También sabía que Rachel no podía haberse enterado de mucho. El doctor Choudry era un hombre de palabra, y honraría su promesa de no revelarle a la familia lo grave que estaba.

—Sólo trato de tranquilizarte —aclaró—. No tengo nada que un poco de descanso no pueda curar.

—Yo no he venido a examinarte.

—Eres una hija maravillosa —Sylvie meneó la cabeza—, pero una mala mentirosa.

Rachel le devolvió la sonrisa.

—Está bien. Pero ése no es el único motivo de mi visita.

—Me parece bastante justo.

—Mamá... necesito hablar contigo acerca de algo. —Al cubrir la mano de su hija con la suya, Sylvie notó que Rachel estaba pálida y parecía cansada. —Brian y yo estamos teniendo algunos problemas...

—Lo sé —la interrumpió Sylvie antes de que pudiera continuar—. Ayer estuvo Iris por acá. Ella me lo contó.

Los ojos de Rachel se abrieron muy grandes. Estaba alarmada.

—¿Iris?

—Parece creer que tiene algo que ver con Rose —aclaró Sylvie con delicadeza.

Rachel se puso tan colorada que Sylvie recordó los días en que tuvo sarampión durante su infancia.

—No quería que ella oyera nada. ¡Oh, Dios! ¡Todo esto me avergüenza tanto!

¿Qué la avergonzaba? Sylvie se impacientó. Desde chica Rachel siempre fue así, le quitaba importancia a las cosas cuando debía estar gritando.

Sylvie alzó una ceja.

—Yo diría que sospechar que tu marido tiene una aventura debería resultarte más doloroso que vergonzoso.

Al ver que la cara de Rachel reflejaba un dolor demasiado profundo para expresarlo en palabras, Sylvie enseguida deseó haberse guardado sus pensamientos. La lucha de Rachel por contener sus emociones era tan visible y enorme que de sólo verla Sylvie se sintió extenuada.

Por fin Rachel dijo:

—Nunca creí que pudiera suceder algo como esto. Sobre todo ahora, después de tantos años. Eso es lo peor de todo. ¡Me siento tan imbécil!

Por la mente de Sylvie pasó la imagen de Gerald el día en que la sorprendió subiendo desde la habitación de Nikos en el sótano.

—No sigas —le aconsejó con más severidad de la que quería—. Sea lo que fuere que haya sucedido. Sea lo que fuere que imagines, créeme que no es algo que hubieras podido impedir.

—Ése no es el punto de vista de Brian. —El enojo parecía prestarle un bienvenido refugio a su miedo inmenso e informe, pero demostró ser un refugio temporario. Con los hombros temblorosos, Rachel aferró la cabecera de la cama. —¡Oh, mamá! Tengo miedo de que me pida el divorcio.

Sylvie lanzó un jadeo a pesar suyo.

—¿Y qué sentido tendría que hiciera algo así?

—Cree que no lo quiero.

—Bueno, ¿y lo quieres?

—¿Cómo es posible que me preguntes eso? —Rachel aferró la cabecera de la cama y se puso de pie, casi tambaleándose. —Mamá, no sé lo que haría si Brian llegara a dejarme.

Sylvie decidió mostrarse más comprensiva. En ese momento Rachel necesitaba todo el cariño y la comprensión de su madre.

—Bueno, entonces, ¡por amor de Dios! ¿por qué esperar hasta entonces? ¿Qué te impide hacer algo ya mismo para solucionar el problema?

Rachel la miró como si no supiera qué hacer con esa madre nueva de lengua filosa.

—Pareces enojada, mamá. ¿Estás bien?

—Ojalá la gente dejara de preguntarme cosas así. No sabes lo cansada que estoy de tener que tranquilizar constantemente a todos. —De repente Sylvie estaba enojada. "Me alegro", pensó. Demostraba que todavía le quedaba un poco de nafta en el tanque.

Rachel meneó la cabeza con una indefensión que estaba fuera de carácter.

—Quiero cambiar las cosas. Pero no sé cómo. Es como si estuviera montada sobre una inmensa rueda como ésas que tienen las jaulas de los hamsters, y cuanto más esfuerzos hago por bajarme, más rápido gira.

—Entonces no lo has intentado con suficiente fuerza.

A Sylvie le dolía ser tan dura, pero era esencial que hiciera llegar su mensaje. No sólo por el bien de Rachel y de Brian, sino de una manera indirecta, también por Iris. Rachel debía fijar su atención en algo aún más urgente que su matrimonio. Lo mismo que intentaba hacer Sylvie, tenía que encontrar la manera de ayudar a su hija.

Con enorme dificultad, Sylvie respiró hondo.

—Hay otra cosa que deberías saber —dijo—. Iris no pasó por aquí sólo para conversar. Estaba terriblemente angustiada. Y no sólo por ti y por Brian.

Como si acabara de sonar una alarma, Rachel pegó un respingo e instantáneamente se puso alerta.

—¿Dijo por qué?

—Siéntate, querida. —La urgió Sylvie con suavidad. —Te diré todo lo que sé. Pero antes debes comprender lo que está en juego. Iris está... está más allá de lo que puede manejar el terapeuta en esa reunión semanal. Con franqueza, ni siquiera sé si ese doctor sabe lo que hace.

El corazón de Sylvie latía como desaforado y de repente se sintió mareada.

—Mamá... Mamá... —Alcanzaba a oír que Rachel la llamaba, pero todo le llegaba como en medio de una tormenta y la nieve y el viento ahogaban la voz de su hija.

Sylvie cerró los ojos con fuerza. Sentía el pecho apretado, como si se estuviera ahogando, y como si tuviera los pulmones llenos de agua. Trató de respirar pero el aire no le llegaba.

Sintió un dolor agudo en el pecho que se le expandió hacia abajo. Aferró el frente de su camisón y lo tironeó, como si así pudiera calmar eso que la quemaba. Abrió la boca y luego la cerró de repente. El rostro de Rachel se le hizo impreciso, luego volvió a distinguirlo. La cama que había compartido con Nikos durante más de veinte años, y antes de ello con Gerald, su marido, se inclinaba hacia un costado convirtiéndose en el barco imaginario que en una época comandaba Rachel, y que en ese momento amenazaba con hundirse...

La habitación se puso gris, luego negra y Sylvie sintió que se disolvía en millares de puntitos brillantes, como estrellas de una distante galaxia, más allá del alcance humano.

Sylvie luchó con denuedo, nadando para traspasar la oscuridad hacia la superficie apenas iluminada que tenía sobre la cabeza. Oyó voces, pero estaban distorsionadas, como si se tratara de un viejo disco tocado a la velocidad que no correspondía. Formas acuosas se materializaron con lentitud en rostros. Rachel, después Nikos.

Rachel estaba pálida como la cera. Pero también es médica, comprendió Sylvie en algún rincón de su cerebro. Rachel se encargaría de arreglar lo que estuviera mal. Sabría lo que había que hacer.

—Mamá... ¿puedes decirme dónde te duele? —Una mano fría se apoyó sobre el pecho de Sylvie donde tenía el camisón desabrochado. —Yo te puedo ayudar, pero tú también debes ayudarme. ¿Puedes hablar?

Sylvie volvió la cabeza hacia Nikos, arrodillado a su lado con la cara brillante de lágrimas. Con lentitud, casi con reverencia, tomó una de las manos de Sylvie y se la llevó a los labios. La presión cálida de la boca de Nikos contra sus nudillos logró que el dolor de su pecho disminuyera algo.

—Sylvie, te pondrás bien —murmuró él—. ¿Me oyes?

Sylvie graznó, un sonido que quería decir "sí" a través de una boca tan insensible, como cuando el dentista la anestesiaba. De alguna manera, en medio del dolor rugiente, tuvo conciencia de que su corazón latía con debilidad. Sentía un extraño hormigueo en los brazos y las piernas, y, debajo de su cuerpo, la cama parecía húmeda.

—Llama a una ambulancia —oyó que decía Rachel.

Fue como si le hubiesen echado un balde de agua fría. De alguna parte obtuvo la fuerza suficiente para aferrar el brazo de Rachel.

—¡Por favor!... No.

—¡No seas ridícula! —dijo Rachel, alzando la voz—. Mamá, si no te llevamos enseguida a un hospital, es posible que... —Se interrumpió y dirigió una mirada a Nikos.

Pero en lugar de correr hacia el teléfono, él permaneció arrodillado junto a la cama, con los anchos hombros inclinados como si orara. Sólo cuando Rachel comenzó a ponerse de pie, él se levantó y la tomó del hombro con suavidad.

—No —dijo con su voz profunda—. Déjala estar. Es lo que ella quiere. —Las lágrimas habían encontrado su camino en las profundas arrugas de su rostro.

—¡Es una locura! —exclamó Rachel, mirándolo con incredulidad—. ¡Morirá!

—Quiero... morir...—jadeó Sylvie—, en mi propia cama.

Rachel meneó la cabeza con violencia. Sylvie sabía que su pedido iba en contra de todo lo que ella creía. También sabía que, en definitiva, Rachel haría lo que su madre le pedía. Porque su hija además de inteligente era valiente, lo suficientemente valiente como para dar lo que se le pedía en lugar de insistir en lo que ella creía necesario.

"La eduqué bien", pensó Sylvie.

Pero ¿y su otra hija? ¿Y Rose?

"Iré a la tumba sin dejarle más que un legado de mentiras", pensó.

De repente comprendió que Iris no era el único motivo que la impulsó a aferrarse hasta entonces a la vida. También lo hizo por Rose. No podía dejar esta tierra sin soltar la carga que llevó tantos años en su corazón... el secreto tan profundamente enterrado que le parecía imposible de desenterrar.

Había tiempo. El solo hecho de pensarlo era como tratar de abrir una canilla herrumbrada por falta de uso, pero ella sabía que si lo intentaba con fuerza, lograría abrirla. Debía hacerlo. Ésa era su última oportunidad. La última oportunidad para Rose.

¿Le harías eso a Rachel? preguntó una voz interior, en son de protesta.

La resolución de Sylvie vaciló. Después recordó que nunca había un buen momento para revelar un secreto oculto durante largo tiempo. Y si vacilaba podía llegar a ser demasiado tarde.

Rachel era fuerte. Sobreviviría. Y en cuanto a Iris, que Dios se apiadara de ella, su problema era tan profundo que nada de lo que Sylvie hiciera tendría el poder de alterarlo, de una o de otra manera. En ese momento debía pensar en Rose.

Rose, a quien le ocultó la verdadera medida de su amor...

En medio de una neblina, Sylvie miró a Nikos. En su rostro tan querido, y en ese momento tan angustiado, encontró la fuerza necesaria para avanzar, para hacer lo correcto...

Sintió una especie de liviandad gracias a la que disminuyó un poco el dolor, lo suficiente para permitirle hablar con claridad.

—Rose —susurró—. Por favor. Pídanle que venga. Necesito decirle algo...

Capítulo 12

La habitación mal ventilada y con las paredes cubiertas de paneles de madera estaba abarrotada de gente. En un extremo, cuatro integrantes del abogado opositor se congregaban como jugadores de un equipo de fútbol estudiantil. Rose, acompañada por Christina Overby, abogada de la compañía aseguradora, permanecía preparada junto a la puerta de vidrio opaco que daba a uno de los laberínticos corredores que cruzaban el cuarto piso de los Tribunales del Condado de Nueva York.

"Que alguien arroje de una vez la maldita pelota", se dijo Rose en su interior mientras golpeaba impaciente el piso con el pie.

El juicio de *Esposito v/ St. Bartholomew* ya hacía exactamente una semana que se estaba llevando a cabo. El jurado había escuchado el testimonio médico de una serie de profesionales, desde el médico que atendió a la enferma hasta el enfermero asignado al quirófano el día de la cirugía de la señora Esposito. Fueron llevados paso a paso por todo el procedimiento quirúrgico que se alegaba había dejado parcialmente paralizada a la anciana. Hasta escucharon el testimonio de expertos con testimonios del alto promedio de aneurismas cerebrales en personas que durante largo tiempo fueron fumadoras.

Rose presentó radiografías y tomografías anteriores y posteriores a la cirugía. También presentó declaraciones juradas que aclaraban los hábitos de gastos de la enferma que ascendieron de manera sorpresiva durante los meses en que, supuestamente, estuvo confinada a la cama e incapacitada. Rose hasta encontró un testigo, un ex yerno de la señora Esposito, que refutó la declaración de ésta que aseguraba haberse hallado en perfecto estado de salud antes de sufrir el derrame cerebral.

El jurado, que en un principio demostraba simpatía por la anciana obligada a permanecer en silla de ruedas, poco a poco se inclinaba hacia los razonamientos de Rose. Ella lo percibía. No por nada concreto: un gesto extraño aquí y allá, el pequeño movimiento de cabeza de desaprobación, la negativa de los jurados a mirar a la querellante a los ojos.

Por una parte, cuando la señora de Esposito ocupó el sillón de los testigos, parecía cualquier cosa menos inútil: ahuyentó al alguacil cuando éste trató de empujar su silla de ruedas al frente de la sala, contestó de mal modo y a la defensiva cuando Rose la interrogó acerca de ciertas inconsistencias existentes entre su testimonio y su declaración.

Para no hablar del escaso número de evidencias verdaderas y que ahora, en el segundo día de la presentación del abogado de la parte demandante, empezaba a resultarle evidente también al jurado.

Sin duda, la enorme cifra de compensación para la señora Esposito que parecía definida, rápidamente temblequeaba. Y ahora Mark Cannizzaro estaba dispuesto a conversar sobre un arreglo.

Sin embargo, Rose sabía que sería un error asumir una actitud demasiado pedante. Después de todo, ya se había equivocado una vez. ¿Quién hubiera predicho la decisión del jurado en *Maxwell v/ Industrias Core Tech?* El demandante declaraba haber sufrido severos daños por exposición al asbesto, pero sólo sufría de lo que se describió como "dolores de cabeza debilitantes". El jurado le concedió reparación de daños por ocho millones.

"Un juicio no ha terminado hasta que ha terminado", le parecía oírle decir a Max. Rose sintió que transpiraba bajo los brazos y apoyó su portafolios contra una cadera.

Observó que Mark se alejaba de sus asociados con la frente perlada de sudor.

—Un millón doscientos —le gruñó a Rose.

¿Sería un engaño de su imaginación o el hombre se habría encogido en los últimos días? O tal vez, pensó, simplemente vuelve a sus raíces de simio, un diagrama al revés de esos que enseñan la evolución sufrida por el hombre desde los monos.

Rose se preparó antes de poner pie en un terreno que podría llegar a ser de arenas movedizas.

—Cuatrocientos cincuenta —retrucó—. Y además, usted retira sus cargos contra Diagnósticos. —Diagnósticos Inc, que era el accionista más fuerte de su cliente, St. Bart y el laboratorio independiente que había realizado los tests de la enferma, erróneos según los abogados de Esposito.

Mark le hizo una mueca.

—Eso es un robo a mano armada, y usted lo sabe. Novecientos cincuenta es el mínimo que aceptaré. Considérelo barato.

—¿Robo? Mark, ¿puedo recordarle que mi cliente no amenaza a nadie con una pistola? —dijo Rose.

A su lado, Rose percibió que su abogada asociada, Christina, se ponía tensa. De una manera accidental pero perfectamente calculada, Rose le dio un codazo para que Christina no fuera a decir nada que estropeara la negociación. Christina, de poco más de treinta años y sin embargo prematuramente canosa desde la adolescencia, muchas veces era considerada mayor que Rose, algo que no agradecía. Y en ese momento no estaba dispuesta a permanecer en segundo plano y dejar que Rose manejara el espectáculo.

—Señor Cannizzaro, creo que usted no aprecia en su totalidad el impacto negativo de los que... —empezó a decir, alzando el mentón y el pecho y redondeando mucho las vocales. Una jovencita egresada de una universidad privada de pies a cabeza.

—Quinientos —la interrumpió Rose.

Ella comprendía a los Mark Cannizzaro del mundo. Creció con ellos en la Avenida K, los veía practicando deportes en shorts raídos y remeras sin planchar. Había aprendido a negociar con ellos mucho antes de ingresar a la Facultad de Derecho; los ayudaba con sus deberes a cambio de un cannoli casero; los obligaba a entregarle el dinero que tenían para su almuerzo a cambio de una copia mimeografiada de la lista de libros prohibidos por la Iglesia que la hermana Perpetua guardaba en su oficina.

¿Las reglas del juego? Uno podía robarles hasta dejarlos ciegos, y hasta podía hacerles trampa. Pero nunca, jamás, hacerlos quedar como tontos.

Cannizzaro lanzó una áspera carcajada.

—No es fácil llegar a un acuerdo con usted, Griffin. Setecientos cincuenta y nos olvidamos de Diagnósticos. Es mi oferta final. Juro sobre la tumba de mi madre que no puedo bajar más.

Rose le dirigió una mirada que decía: "Somos paisanos, no me puede hacer caer en esa porquería".

—Enfréntelo —dijo en cambio—. El jurado no les cree. Seiscientos cincuenta. Tómelo o déjelo. Este ofrecimiento expira exactamente dentro de un minuto.

Christina volvió a comenzar a abrir la boca mientras los muchachos de Cannizzaro los miraban fijo.

Mark Cannizzaro pasó el peso del cuerpo de un mocasín al otro antes de gruñir:

—Hágalo setecientos y trato hecho.

Rose meneó la cabeza y cruzó los brazos sobre el pecho.

—Seiscientos cincuenta ni siquiera cubrirían mis gastos —protestó Cannizzaro.

—Ése es su problema. —Tal vez no le gustara, pero la respetaría por mantener una postura dura.

—¡Vamos, Griffin...!

—Es eso o nada —contestó Rose—. Le aseguro que con lo que ese jurado le va a conceder a su cliente ni siquiera podrá pagarse un lustre de zapatos.

—Apelaremos.

—Como quiera. ¿Conoce el porcentaje de decisiones modificadas en casos presididos por el juez Delehanty? Menos de dos... y me refiero a los últimos diez años.

Después de lo que le pareció una eternidad, Mark agachó los hombros y dijo:

—Lo consultaré con mi cliente.

Traducción: "Haré que lo acepte, de un modo o de otro".

Rose se permitió esbozar una pequeña sonrisa de triunfo. Todavía no podía cantar victoria; Mark podía cambiar de idea o su cliente negarse a aceptar. Pero Rose dudaba de que alguna de esas cosas pudiera suceder. En la corte uno corría sus riesgos y reducía sus pérdidas. Todo el mundo lo sabía.

Cuarenta minutos después, Rose recorría el pórtico de columnas corintias de los Tribunales y bajaba los amplios escalones de mármol con un ofrecimiento *bona fide* aceptado en la mano. Al jurado le dieron las gracias y lo despacharon. Aunque todavía quedaba un millón de detalles por negociar, el asunto de *Esposito v/ St. Bartholomew* desde todo punto de vista estaba terminado.

Rose no deseaba otra cosa que estar en la cama en ese mismo momento.

Eran apenas las once y media y tenía la sensación de haber trabajado un día entero de doce horas. Estaba tensa, los pensamientos corrían por su mente. Tenía el cuello y los hombros tan endurecidos que hubieran puesto en marcha un detector de metales.

Tomó un taxi en la calle Worth, le dio al chofer la dirección de la oficina y se hundió en el asiento. Se encontraría con Eric a la una, pero antes podría dar curso a algunas de las cosas que tenía sobre el escritorio.

Rose cerró los ojos y se refregó el puente de la nariz entre el índice y el pulgar. Sabía que debía sentirse triunfante. Pero en cambio se sentía inquieta, con una inquietud que sospechaba no tenía ninguna relación con el juicio.

Eric. No podía dejar de pensar en él: en las conversaciones que mantuvieron, en su tono de voz algo áspero de la noche anterior cuando hablaron por teléfono, en la leve presión de su mano contra su espalda cuando la dirigía a través de una puerta o cuando se inclinaba para besarla.

En la cama, también. La punta de la lengua de Eric que le rodeaba el ombligo, los movimientos de sus manos entre las piernas de ella. Y al hacer el amor ¡Dios Santo! su capacidad casi sobrenatural de contenerse, minuto a minuto, hasta que ella hubiese acabado.

Pero aún más que todo eso, las cosas que ella deseaba y al mismo tiempo temía, se habían hecho realidad.

Estaba enamorada.

¿Cuándo descubrió que era así, sin la sombra de una duda? Extrañamente no fue en la cama de Eric, ni siquiera estando en sus brazos. La revelación la tuvo un día, dos semanas antes, cuando ya no sabía qué hacer con Jay. Su hijo menor estaba de mal humor porque ella volvía a salir, por tercera vez en una semana, y cuando Eric llegó a buscarla para llevarla a un concierto para el que tenía entradas, ella temió que su presencia en la casa sólo empeorara la situación.

Pero después de correr a la cocina en busca de bebidas frías, al volver encontró a Eric y a Jay enfrascados en una conversación sobre artistas de blues. Resultó que ambos eran grandes admiradores de B. B. King y de Muddy Waters. Estaban conversando acerca de los momentos más importantes de varios discos, con las cabezas inclinadas sobre una serie de CD de la colección de Jay. De inmediato, Rose sintió el impacto del cuadro que ambos formaban. En ese momento, con la guardia baja y muy cómodos uno con el otro, podrían haber sido padre e hijo.

Entonces Rose sintió que el nudo duro que se había formado en su interior comenzaba a disolverse y se disolvió más aún cuando Eric sugirió que Jay los acompañara. En la puerta del teatro conseguiría otra entrada, aseguró; y además, agregó con un guiño, tal vez fuera hora de que Jay aumentara su repertorio hasta incluir un poco de Beethoven y de Brahms.

Nada de fuegos artificiales. Nada de campanas. Pero con ese solo gesto Rose vio un sendero que, presentía, la llevaría hacia algo maravilloso.

Aún así, continuó frenándose en algunos sentidos y manteniendo ciertos límites. Por ejemplo: todavía debía pasar una noche entera con Eric.

La excusa oficial para no haberlo hecho era Jay, pero su hijo menor no era el único motivo. En lo profundo de su ser temía que fuera demasiado riesgoso. No estaba preparada para ese nivel de intimidad. Se parecería demasiado a...

... estar casados. Y de alguna manera eso sería hacer trampa. Porque ella ya estaba casada. Con Max.

¡Al diablo con lo que aconsejaban los terapeutas y los libros sobre la manera de enfrentar las pérdidas! A Rose no le importaba que tal vez se estuviera aferrando al dolor mucho después de la fecha de expiación. Lo único que sabía era que, en esos primeros momentos, cuando despertaba por la mañana, a quien necesitaba era a Max.

Su marido. Ahora y siempre.

No podía renunciar a eso por nada ni por nadie. Ni siquiera por Eric.

En el fondo de su mente, una pequeña voz le susurraba: "Admítelo, Rose Santini Griffin, tienes miedo. No sólo de hacer a un lado a Max. Tienes miedo de que tal vez el amor con Eric no dure. Que quizá lo pierdas también a él. Y que la próxima vez tal vez no logres sobrevivir a eso..."

Con el tiempo ese calor se enfriaría un poco, ¿verdad? No se sentiría todo el tiempo húmeda entre las piernas, ni deseando a Eric a los pocos minutos de haberse despedido de él con un beso.

Era una mujer sensata, de mediana edad. Madre de hijos grandes. Socia gerente de su propio estudio. Sin duda debía ser capaz de manejar un asunto amoroso sin permitir que la dominara el corazón.

Sin embargo, al llegar a su destino, Rose seguía tan preocupada que tuvo que contar dos veces el dinero del viaje antes de tener la cifra exacta.

Minutos después, acosada por su secretaria mientras se dirigía a su oficina, Rose sintió que había sido emboscada. Tuvo que parpadear para que su secretaria entrara en foco. Mallory lucía un jumper y un par de calzas negras, y tenía el pelo peinado en un estilo y teñido de un color que sólo podía definirse como Madonna Platino.

—Lockwood quiere conversar unas palabras con usted. Está en su oficina —informó a Rose *sotto voce*—. Le dije que tal vez demorara un poco, pero me contestó que no le importaba esperar. Parecía... —se mordió el labio inferior—. Parecía muy angustiado.

¿Hayden Lockwood? ¿En su oficina? ¿Angustiado? Rose sintió que su mente retornaba al surco cavado por años de lidiar con una crisis tras otra. Hayden era el más nuevo de los asociados y sin duda el más inteligente. Si tenía un problema era mejor que lo enfrentara enseguida.

Lo encontró sentado en el sillón junto a la ventana, un hombre negro, alto, de pelo muy corto que, fuera como fuese que acomodara sus largas piernas, siempre le hacía acordar a un padre joven, sentado frente al escritorio de su hijo.

—Lamento haberme impuesto así a usted —se disculpó, poniéndose de pie—. ¿Tiene un momento? —Hablaba el inglés educado de los alumnos de Harvard que Rose sospechaba que acentuaba a propósito para que la gente se diera cuenta de que no era un muchachito cualquiera. Tanto su padre como su madre eran profesores universitarios y su hermana mayor era la principal consejera del Comité Democrático Nacional. En ese momento, Hayden parecía preocupado y, detrás de sus anteojos convencionales de marco de carey, sus ojos negros tenían una expresión pensativa. Y Rose no tuvo necesidad de adivinar por qué. Mandy, pensó mientras se le hundía el corazón.

Hayden había sido asignado al departamento de Mandy. Sería el primero en enterarse si ella tenía una recaída.

"Justo lo que no necesito en este momento", pensó Rose.

Le indicó que se sentara, se instaló en el sillón frente a él en lugar de hacerlo en la silla detrás del escritorio.

—He oído muchas ponderaciones con respecto a usted —empezó diciendo, para ponerlo más cómodo—. Mandy me ha dicho que nunca ha visto a nadie trabajar tantas horas. Aparte de ella misma —agregó con una sonrisa—. Y ese trabajo detectivesco que hizo en el asunto del divorcio de los Anderson fue brillante.

Él sonrió con timidez y bajó la cabeza.

—Gracias, le agradezco que lo diga, pero no fue más que una dosis de sentido común junto con algunas averiguaciones. ¿Cuántas veces se puede tener recibos de restaurantes y hoteles de las Islas Caimán a menos que, de alguna manera, estén relacionadas con fondos ocultos?

—Bueno, pero le ha ahorrado mucho dinero a nuestra cliente, además de bastante dolor. —Sonrió y agregó: —La amenaza de soltar a la Superintendencia de Impuestos sobre su marido le dará a la señora Anderson bastante más fuerza en su negociación.

—De eso no cabe duda. —Hayden asintió con entusiasmo, pero parecía incómodo. Se aclaró la garganta como si estuviera por decir algo más, pero luego permaneció en silencio.

Rose preguntó con suavidad:

—¿Le sucede algo, Hayden?

Él se miró las manos enormes, entrelazadas sobre sus rodillas.

—En realidad, sí, hay algo. Se trata... este... de Mandy. —Lo dijo a los tropezones.

Rose sintió que se le contraía el estómago.

—¿Qué pasa con ella?

—Ojalá hubiera otra manera de manejar este asunto —dijo él—. Yo no quería recurrir a usted. Pero tampoco se trata de algo que se puede dejar pasar. —Alzó sus ojos expresivos y ella comprendió lo conflictuado que estaba—. El otro día Mandy se presentó tarde en una reunión, justamente con la señora Anderson, y luego, cuando por fin llegó... —Volvió a aclararse la garganta. —Creo que sería justo decir que estaba algo alcoholizada. O tal vez hubiera bebido mucho la noche anterior. De todos modos, pude percibir el olor a alcohol que tenía. Tampoco se la veía muy segura sobre sus pies. —A pesar de su evidente incomodidad,

Hayden la miraba a los ojos. —Le tengo mucho respeto a Mandy. Es una abogada excelente. Pero verá, yo sé un poco sobre estos asuntos. Tengo un tío que... bueno, digamos sólo que el tío Willie siempre es el último en irse de las fiestas. Por lo general hay que llevarlo alzado.

Rose sintió que empezaba a dolerle la cabeza. ¿Cómo era posible que las cosas se le hubieran ido de las manos con tanta velocidad? Últimamente, Mandy se había portado realmente bien, ni siquiera bebía un vaso de vino con la comida. Y ahora esto. Y no sólo se trataba de un pequeño traspié. ¡Dios Santo, toda la oficina debía estar enterada! —Ésta no es la primera vez. ¿Es eso lo que me está diciendo? —preguntó Rose con la mayor calma posible a pesar de que le palpitaba la cabeza de una manera horrorosa.

—No —contestó él, con tanta suavidad que fue casi un murmullo.

Clavó la mirada en la ventana, con su vista en el arco Helmsley y en el reloj dorado que se parecía a un gigantesco Krugerrand. La expresión tensa de su rostro joven y sincero hizo que Rose pensara en Drew.

Se encogió en su interior. La noche anterior su hijo mayor había pasado por la casa a recoger a su hermano; tenía dos entradas para un partido de los Knicks. Rose preguntó por Iris, creyó que con amabilidad, y de algún modo ella y Drew terminaron discutiendo. Él la acusó no sólo de tratar de dirigirle la vida, sino de hacerlo como si fuera una maldita topadora. Con lo cual despertó en Rose su costado de Brooklyn y estalló:

—¡Bárbaro, simplemente bárbaro! Cava tú el pozo, entonces. ¡Sólo que no esperes que esté allí para sacarte si se pone demasiado hondo!

Y ahora allí estaba, contemplando el pozo que Mandy había cavado para sí misma y preguntándose que demonios haría al respecto. ¿Cómo habría llegado a eso la situación? ¿Desde cuándo ella, Rose Santini Griffin, había sido colocada sobre el trono del Rey Salomón? En ese momento habría canjeado a ese joven tan serio que tenía ante sí, cuya intención era buena y que sólo trataba de cumplir con su deber, por una aspirina fuerte.

Rose respiró hondo.

—Hizo bien en venir a mí —le aseguró—. Lamento que haya tenido que encontrarse en esta posición. Espero que no afecte su opinión del estudio en su integridad. Usted es muy valioso para nosotros, Hayden.

—Gracias —contestó él.

Hayden sonrió agradecido pero su expresión era la de alguien que sabía perfectamente bien que sería contratado en el acto por cualquier otra firma. ¿Cuántos jóvenes, blancos o negros, podían ufanarse de tener un título de Harvard y antecedentes como los suyos?

—Yo me encargaré de este asunto —prometió Rose en un tono de voz que no dejaba dudas acerca de su sinceridad.

Hayden asintió con gravedad y se puso de pie. Sus movimientos torpes, como si todavía no se hubiera acostumbrado a su estatura, hicieron que Rose sonriera a pesar suyo.

Él le estrechó la mano que ella le extendía y la miró con una expresión entre aliviada y resuelta. Acababa de dejar en claro que por más que respetara a Mandy, no estaba dispuesto a comprometer su carrera por una borracha.

"Es lo que es Mandy —pensó Rose, sombría—. Una borracha. Gracias a Dios que a Max le ha sido ahorrado este disgusto."

Pero no tenía por qué ser así, se dijo. Bastaba con mirar a Eric. Él de alguna manera consiguió mantenerse sobrio y volver a encaminar su vida.

El espíritu de Rose se levantó un poco. Sí, eso era. Le preguntaría a Eric qué debía hacer. Tal vez si él hablara con Mandy...

¿Quién sabe? Tal vez Mandy hasta lo escucharía. La noche que Rose los invitó a comer a ambos parecían llevarse bien, aunque Mandy por lo visto no recordaba que él la hubiera llevado a su casa desde la fiesta de compromiso de Drew e Iris.

Rose miró su reloj. ¡Ya eran más de las doce y media! Tendría que apurarse si quería llegar al restaurante a la una. Se dio cuenta de que ni siquiera había mirado la correspondencia que se apilaba sobre su escritorio, ni la prolija pila de llamados telefónicos. Pero de repente nada de eso le pareció importante.

Eric. Dentro de exactamente veintiocho minutos lo vería. Sus ojos, que se iluminaban al verla llegar, como si jamás hubiera visto nada tan hermoso. Su boca maravillosa, que siempre encerraba sorpresas. Sus manos, que lograban que se ruborizara, porque no podía dejar de pensar cómo la habían acariciado en la cama.

Toda la ansiedad que sentía instantes antes, la abandonó. Corrió hacia la puerta, con la cara sonrosada, y el corazón latiéndole aceleradamente como no le latía desde que tenía dieciséis años y se enamoró por primera vez.

"No pensaré en el asunto —se dijo—. Esta clase de amor se evapora con mucha rapidez." Lo que ella y Max construyeron juntos era sólido, capaz de soportar cualquier clase de tormenta. Lo que sintió por Brian fue muy dulce, aunque en ese momento ella no se diera cuenta de que no sería duradero.

Y pronto también desaparecería lo que sentía por Eric: el placer culpable de su aventura de amor; se desvanecería como cualquier otra cosa brillante de su vida, como se desvanece la luna con las primeras luces del amanecer.

• • •

Se encontraron en el restaurante indio de Lexington y la Veintiséis que, según Eric, era una de los secretos mejor guardados de la ciudad. Siempre que uno no tenga paladar de asbesto y no le importe comer con un extinguidor de incendios a mano, agregó.

Lo que a Rose le resultaba aún más atractivo que una comida deliciosa, era la escasa posibilidad de encontrarse allí con alguien conocido. No quería que sus colegas vieran cómo se comportaba con Eric, ruborizándose como una colegiala enamorada. Ninguno de los dos podía pasar cinco minutos sin tomar la mano del otro o darle un rápido beso.

Al bajar del taxi frente a la fachada de estuco, Rose debió mirar de cerca el discreto cartel. Pongal, leyó. ¡Ah sí! Había un elefante azul en la vidriera, tal como Eric le explicó.

Al entrar la envolvieron exóticos aromas. De repente, Rose se sintió famélica. No se trataba de que se hubiera salteado el desayuno, cosa que a menudo le sucedía en su apuro por llegar a la oficina. Era Eric. En cierta forma, la perspectiva de verlo estimulaba todos sus apetitos.

Lo vio enseguida, sentado ante una mesa trasera, pero se detuvo un momento, saboreando la posibilidad de observarlo sin que la viera. Se había puesto lo que ella sabía era su par preferido de jeans, tantas veces lavados que estaban desteñidos a un celeste pálido, y un blazer azul marino sobre una camisa de color claro. Estaba despeinado por el viento y se echaba atrás en su silla para leer una sección doblada del *Times*,

De repente, como presintiendo su presencia, levantó la vista. Ojos que habrían sido igualmente azules si se dirigieran a otra parte, pero que parecían despedir rayos de una intensidad enceguecedora cuando los alzó hacia ella. Sonreía, una pequeña sonrisa dedicada sólo a ella, como si recordara la última vez que estuvieron juntos.

Ella se puso colorada, segura de que lo tenía estampado en la frente como una marca, que todos los presentes se darían cuenta de que era una mujer enamorada.

Entonces Rose vio en su mente una versión mucho más joven de sí misma, arrodillada frente a la imagen de la Virgen María que dominaba el altar de su iglesia, rezando la penitencia por los "pecados" cometidos con Brian. Pecados de la carne que por más padrenuestros y avemarías que rezara no podía evitar volver a cometer.

"Admítelo —pensó— tú nunca te sentiste así con Max." Amó a su marido, lo deseó profundamente y el sexo entre ambos fue cada vez más rico a medida que pasaban los años, pero no recordaba haberse sentido incendiada por Max, ni que el solo olor de la sábana después de que terminaran de hacer el amor la volviera a poner en órbita. Max sabía exactamente cómo proporcionarle placer; era paciente, cariñoso y creativo. Pero nunca, ni siquiera al principio, el recuerdo de lo que habían hecho en la cama la noche anterior la hacía retorcerse en el asiento, incapaz de cruzar las piernas sin sentirse agudamente estimulada.

Cuando Eric se puso de pie para recibirla, Rose se sintió tan furtiva como una adúltera en un encuentro a escondidas con un amante. Para su espanto, eso no hizo más que lograr que lo deseara más. Cuando él se inclinó para besarle los labios, ella volvió la cabeza, presentándole en vez la mejilla. Pero eso no le impidió percibir su aroma, un aroma que no identificaba del todo, pero que de alguna manera le recordaba todos los olores que más le gustaban: libros nuevos, sábanas secadas al sol, hojas recién enceradas por la lluvia.

Como se sentía demasiado acalorada y nerviosa, exageró los gestos de desabrocharse el saco y colocarlo sobre la silla. Eric permaneció de pie, las manos en los bolsillos, mirándola algo divertido, como si supiera todo lo que ella estaba pensando.

—¿Qué miras? —preguntó Rose muy consciente de sí misma.

—Noche de baile de fin de año. Circa 1964. —Sonrió y se sentó. —En este momento no representas más de diecisiete años.

Ella arqueó una ceja.

—¿Con canas y todo?

—Apuesto a que ahora eres más bonita que entonces.

—Nunca estuve en uno de esos bailes —aclaró ella—. Lo más cerca que estuve fue ser confirmada. Se podría decir que es una cita con Jesús. —Lanzó una carcajada con cierto tono irónico. —Mi abuela creía que era necesario acostarse temprano los sábados a la noche para levantarse al amanecer y asistir a la primera misa del domingo.

—Ojalá te hubiera conocido entonces.

—No, es preferible que no me hayas conocido. Estaba hecha un lío. Si no fuera por Brian... —dejó la frase inconclusa y sacudió la cabeza como para aclararla. —Pero ésas ya son noticias viejas. ¿Quieres conocer los titulares del día de hoy? Gané mi caso. Es decir, llegamos a un acuerdo. La parte contraria fue lo suficientemente inteligente como para comprender que más vale pájaro en mano que cien volando.

—¡Bueno! ¡Felicitaciones! —Sonrió y alzó su vaso de agua. —¿Qué los hizo ceder?

—Pruebas insuficientes. Ni siquiera era un caso *prima facie*. En otras palabras, no hicieron sus deberes.

—Eso o tú fuiste más competente. A propósito, ¿cómo te fue con el profesor Highsmith?

—¡Ah, Eric! Nunca te lo podré agradecer bastante. Lo trajimos en avión para que atestiguara. Estuvo bárbaro. Su estudio clínico sobre los efectos del tabaco en el sistema cardiovascular fue increíblemente persuasivo. —Highsmith, un profesor de Stanford, había asistido al juicio por cortesía de Eric, quien lo había entrevistado el año anterior.

—En ese caso podrías pagarme el almuerzo. —Y como si recordara algo, agregó: —Pero escucha, con respecto a Brian... hay algo que tengo curiosidad por saber.

Al pensar en la noche en que ella y Brian se besaron, Rose se ruborizó.

—¿Y qué es?

—El otro día él y yo almorzamos juntos. Para ponernos al día con nuestras vidas, pero de alguna manera siempre terminábamos hablando de ti. Brian quería saber si todavía te seguía viendo, hasta qué punto lo nuestro era serio... esa clase de cosas.

—¿Y qué le dijiste?

—Le contesté que sí, que nos seguíamos viendo. Y eso es todo. Brian es un gran tipo, un buen amigo, pero tuve la extraña impresión de que sus preguntas no eran sólo un tema de conversación. —Eric mismo lo dijo con indiferencia, como si él, lo mismo que Brian, tratara de disimular su interés en todo eso.

—Brian siempre ha sido una especie de hermano mayor para mí. Me... me protege. —Una débil excusa, lo sabía, pero estaba demasiado aturdida para pensar en algo mejor.

Eric no se dejó convencer.

—¿Lo amaste mucho, no es cierto?

—Sí, en un tiempo estuve muy enamorada de él. —Le sorprendió lo fácil que le resultaba hablar del tema. —Era... todo. Creo que debo haber estado enamorada de él desde la época en que empecé a preguntarme si besarse sería una nueva ocasión de pecado. —Bebió un sorbo de agua. —Cuando me gradué de pensamientos impuros a pecados mortales, estaba perdida.

Eric sonrió.

—¿Y después de eso qué pasó?

—Vietnam. —Se encogió de hombros y agregó: —Ya conoces el resto. Fue muy mal herido. Rachel le salvó la vida. Se casaron.

Rose se sintió aliviada cuando llegó el mozo a tomar su pedido. Todo eso era historia antigua, por supuesto, pero aunque estuvieran apagados por el tiempo, los recuerdos aún seguían doliendo. Ni siquiera en ese momento, tantos años después, podía recordar esa etapa de su vida sin sangrar un poco; esas cartas que Brian le escribía y que nunca llegaron a sus manos, porque Nonnie las ocultaba con maldad. Y al no recibir noticias de ella,

Brian supuso que lo había olvidado. Nada más lejos de la verdad; lo único que la mantenía con vida era la esperanza de recibir una carta. Cuando por fin tuvo noticias, él ya estaba casado y Rose quedó deshecha. Lo único que podía haber sido peor hubiera sido enterarse de que había muerto.

Con el tiempo, y gracias al amor de Max, llegó a comprender, a ver que aún en el caso de que ella hubiera seguido escribiéndole, el Brian a quien le escribiera esas cartas, no habría sido el mismo Brian que las leyera. Ya no era el chico con quien ella había crecido, ni siquiera el joven que creyó que era noble luchar por su país, y que le prometió con lágrimas en los ojos que volvería a ella... la chica de la casa de al lado.

Pero en ese tiempo lo único que Rose quería era morir. Cerrar los ojos y no despertar jamás.

—Es extraño —observó Eric pensativo—. Cuando yo le pregunté a Brian acerca de ti y de él, cambió enseguida de tema.

—¿Y qué sentido tendría remover el asunto? En definitiva, todo resultó lo mejor. —Pero aún así, Rose sintió que algo se le anudaba en el estómago. —Si no hubiera sido por Rachel, yo no me habría casado con Max. Dolió, sí, con toda honestidad no creí que lograra sobrevivir, pero con el tiempo comprendí que era lo que debía ser.

Notó que algo brillaba en los ojos de Eric.

—¿Crees en el destino? —preguntó él levantando las cejas con leve ironía.

—Depende.

—¿De qué?

Ella sonrió. Quería mantener la conversación en un tono liviano porque temía que de no ser así, Eric podía llegar a hacerle preguntas que no estaba preparada para contestar.

—De que llegue o no con un premio en el fondo de la caja.

Eric lanzó una suave carcajada. Estaba apoyado sobre los codos, el pelo rubio cayéndole sobre la frente de esa manera tan querible de los hombres y muchachos que pasan el menor tiempo posible frente al espejo. Detrás suyo, sobre la pared, colgaba una hilera de luces halógenas, como pequeños sombreros cónicos suspendidos de un alambre largo, como si fueran luces de un árbol de Navidad.

—No me estaba refiriendo a premios de feria —dijo.

—¿Qué me estás preguntando, Eric?

Él la miró un instante pensativo antes de contestar:

—He oído lo que sentiste por tu marido. Y por Brian. Lo que no sé con tanta seguridad es lo que sientes sobre nosotros.

Rose se echó atrás en la silla, como si se sintiera acorralada.

—¿Sobre nosotros?

—No pongas esa cara de pánico. —Volvió a sonreír, pero esa vez sin humor. —No es necesario que esté escrito en sangre.

—Eric. —Le cubrió una mano con la suya. —Escucha... ¿podemos hablar de este tema en algún otro momento? Ahora me siento aplastada.

Él le sostuvo la mirada durante más tiempo del que ella se sentía físicamente capaz de resistir, más tiempo del que le habría tomado decirle que lo sentía, que no quiso hablar en un tono tan impersonal. ¿No podían irse de allí enseguida y dirigirse a su departamento donde cerrarían las persianas y harían el amor?

—¿Es una manera amable de decirme que preferirías enfriar esto durante un tiempo? —Eric era tan directo como siempre. Era algo que admiraba en él.

—Sólo pensé...

—Yo no estoy en esto para convertir la vida en algo más difícil para ninguno de los dos —la interrumpió Eric. La miró con una intensidad que a ella le resultó incómoda. —Sólo quiero pedirte un favor. Si decides que quieres terminar con el asunto, hazlo en un minuto. Te prometo salir de tu vida antes de que tengas tiempo de volver a respirar.

Rose se echó atrás, sorprendida por la intensidad de Eric.

—No dije que deberíamos dejar de vernos —respondió.

—Entonces ¿qué quieres?

—No lo sé. Ése es el problema. —Frunció el entrecejo mientras jugueteaba nerviosa con su collar, un corazón de rubí que colgaba de una delgada cadena de oro, regalo de Max el día que cumplieron quince años de casados. —Con excepción de mi marido, eres el único hombre con quien me he acostado en los últimos veinte años. Si quieres que te sea franca, no sé como manejarlo. Tengo la sensación de haberme vuelto a convertir en una adolescente.

Él le pasó la mano por la mejilla y le acarició la boca antes de volver a apoyarla sobre sus rodillas.

—¿Eso es bueno o malo?

—Las dos cosas.

—Yo nunca te haré daño.

—¡Oh, Eric! —Suspiró. —No eres tú quien me asusta. Soy yo. Mi familia se está desmoronando y se supone que debo estar en el centro y mantenerlos unidos... sólo que no lo estoy. Estoy en el estudio o corriendo de tu casa a la mía.

—No es necesario que sea así. —Eric le dirigió una mirada fría, pero ella percibió que bajo esa frialdad había un calor que podía llegar a incinerarla si se acercaba demasiado.

Rose bebió un trago de agua que tenía gusto a cobre. En segundo plano se oía una música india interpretada por una cítara. Rose sintió que algo se removía en su interior, no sabía bien qué: el principio de algo que no estaba preparada para enfrentar, o el final de algo que no estaba del todo dispuesta a perder.

¿A quién engañaba? Bueno, lo menos que podía darle a Eric era una respuesta sincera.

—Supongo que no estoy preparada para más que lo que tenemos en este momento.

—A mí no me importa ir despacio.

Ella le sonrió con expresión contrita.

—No me parece justo. Lo único que hago es volcar en ti mis problemas.

—Yo no lo veo así. Pero si hablar te ayuda, no me importa escuchar.

—Has hecho más que escuchar. Sobre todo con Mandy.

—¿Y cómo anda Mandy? —preguntó él con interés.

Rose le contó la conversación que mantuvo con Hayden Lockwood.

—Lo extraño es que no parece una actitud suya —dijo, intrigada—. Hasta ahora nunca permitió que su alcoholismo se interpusiera en su trabajo. Mandy tiene una fuerza de voluntad increíble. En ese sentido se parece a su padre.

—En Alcohólicos Anónimos tenemos un dicho: "Arrancar el fracaso de las garras de la victoria" —dijo Eric—. A veces es necesario perder lo que es casi lo más importante de nuestra vida para poder renunciar a la más importante.

—¿Qué puede ser más importante que su trabajo? ¿Que nosotros, su familia?

Eric le dedicó una sonrisa llena de sabiduría.

—El alcohol —respondió con sencillez—. Para un alcohólico, prácticamente, no hay nada más importante.

El mozo volvió a aparecer con varios bols humeantes, recordándole a Rose el hambre que tenía. Decidió que más tarde verían qué debían hacer con Mandy. En ese momento quería disfrutar del plato que tenía delante de sí.

Los platos sabrosos fueron apareciendo uno detrás del otro y ella lo devoró todo, incluyendo el pan caliente ordenado por Eric. Las especies le llenaron los ojos de lágrimas y le hicieron arder la boca. Toda la comida era una especie de elaborada seducción de los sentidos a la que ella no podía resistir.

Cuando Eric sugirió que fuesen a su casa, a Rose se le ocurrió un millar de excusas, todas ellas válidas. Pero no pudo pensar en ninguna que fuera más urgente que la deliciosa perspectiva de que Eric le hiciera el amor.

Media hora después estaba desnuda delante de Eric en su departamento de Murray Hill, observándolo desvestirse. Lo deseaba tanto que le resultaba casi insoportable. Durante años había oído hablar a los hombres acerca de esas urgencias y siempre se sintió un poco superior a ellos. Las mujeres no somos tan infames, pensaba con orgullo. Sabían avanzar a un paso más civilizado, poner en juego un respeto y un cariño mutuo que llevaba al mutuo deseo, sabiendo lo que era apropiado y lo que no lo era.

"Al diablo con todo —pensó—. Yo necesito esto."

Del estéreo surgía una música de jazz suave, que se extendía sobre ella mientras se estiraba sobre la cama y miraba las paredes cubiertas de estantes. Estaban llenos de libros, CD, fotografías enmarcadas de aviones antiguos, jarros de café promocionales junto con una curiosa serie de guantes juveniles de béisbol tan endurecidos por el tiempo que parecían hechos de madera.

—Stan Getz —le informó Eric—. ¿Prefieres que ponga algo distinto?

—No... me gusta. Pero ven.

Eric lo hizo. Cuando envolvió el cuerpo desnudo alrededor del de ella fue como si se sumergiera en una pileta de aguas templadas. Rose sintió su aliento contra el cuello, paciente y silencioso. "Eric me comprende", pensó. Sabía como por instinto que debía proporcionarle algunos minutos para adaptarse a la sensación que le producía la combinación de los cuerpos de ambos. Hasta que se sentía en condiciones de comenzar a dar brazadas hacia lo profundo.

Eric apoyó las palmas de las manos sobre sus brazos y fue dejando tras de ellas un río de piel en carne de gallina. En la semioscuridad, sus ojos resplandecían bajo pesados párpados.

—¡Eres tan hermosa! —murmuró—. La mujer más hermosa que he tenido el placer de ver desnuda.

—Los halagos te llevarán a todas partes —le susurró ella con la boca apoyada contra su pelo y lanzando una risa ronca mientras le pasaba una mano por la espalda.

Sobre la alfombra, junto a la cama, estaba tirada su ropa interior. Varias semanas antes Rose por fin había sucumbido al catálogo de los Victoria's Secret que le llegaba todos los meses por correo. En lugar de tirarlo al tacho de basura como hacía por lo general, tomó el teléfono, marcó el número de la casa y ordenó doscientos dólares de ropa interior. Desde la muerte de Max no usaba más que la común de algodón. Marie lo llamaba control católico de la natalidad. "¿Qué diferencia hace?", razonaba Rose. Nadie la iba a ver desnuda. Y ahora, de repente, importaba. Hasta en el estudio, bajo los trajes sastre, el contacto de la seda contra la piel la hacía sentir sensual, deseable, la clase de mujer con la que a un hombre le gustaría quedar atrapado dentro de un ascensor.

En ese momento tenía la sensación de estar en un ascensor, subiendo con rapidez. Su estómago flotaba en alguna parte cercana al esternón. Se sentía cubierta de transpiración y le costaba tragar. Lo acarició donde sabía que a él le gustaba que lo acariciaran y se sintió gratificada cuando Eric se estremeció y la tomó de las nalgas para acercarla a su cuerpo.

—Mmm... ¡qué buena eres para esto! —murmuró él.

La brisa que entraba por la ventana abierta hacía ondular la cortina de enrollar, cubriendo el torso desnudo de Eric con delicados dedos de luz y de sombras. Un trozo de piel debajo de su cuello brillaba transpirado.

Ella lo apretó con suavidad y notó que él respiraba tembloroso y que los músculos de su estómago se contraían y se estremecían.

—Lo haces fácil —bromeó ella.

La mano de Eric comenzó a moverse trazando lentos círculos alrededor de su vientre, cada vez más abajo. Sus dedos exploraron el suave vello púbico, y lo partieron como si se tratara de una fruta madura. Sin necesidad de que ella le trazara un plano, Eric conocía cada tributario y cada sendero como si los hubiera recorrido cientos de veces.

—¿Te gusta esto? —preguntó con suavidad hundiendo más profundamente los dedos.

Rose lanzó un quejido. Se sentía drogada de placer, y se solazaba en cada sensación deliciosa: su contacto, su olor, hasta el hecho de verlo.

Eric era musculoso como los hombres que practican natación, con caderas bajas que se prolongaban en piernas llenas de tendones. Lo que lo salvaba de ser insoportablemente perfecto era el rollo de un par de centímetros que le rodeaba la cintura. Y gracias a Dios por ello, pensó Rose, porque en caso contrario le habría dado demasiada vergüenza permitir que él la viera desnuda.

Sintió que la colcha sobre la que estaba tendida le marcaba una hilera de pequeños diamantes a lo largo de la columna vertebral desnuda. Rose jadeó cuando Eric volvió a penetrarla... y enseguida se retiró abruptamente.

—Ése fue un adelanto de atracciones futuras —susurró.

—No sé si puedo esperar. —"Lo maravilloso de tener más de cuarenta años —pensó— es que uno no debe ser tímida."

Pero en lugar de contestarle, Eric se deslizaba hacia abajo. Rose sentía su aliento contra el vientre que le obligaba a contraer los músculos con tanta fuerza que era casi un calambre. Se dio cuenta apenas que alzaba las caderas para encontrarse con la boca de él donde la estaba besando en ese momento.

Se hamacó contra él, gritando con suavidad palabras que no tenían sentido, ni siquiera para ella, como si estuviera escuchando a alguna desconocida que hablaba en sueños. ¿Pero a quién diablos le importaba? Esto es un sueño, decidió. La clase de sueño erótico que la deja a una húmeda y temblorosa, y casi con dolor de estómago de tanto añorar.

Rose se apartó de él y se deslizó hacia abajo en la cama.

—Ahora te toca a ti —susurró.

Lo tomó en la boca.

Un minuto después, él estaba de nuevo encima de ella y Rose lo guiaba para que la penetrara. Esa vez él no se retiró. Mientras ella se tensaba contra él, Eric le aferró las caderas de una manera que, por una vez en la vida, le hizo agradecer sus curvas generosas. Los cuerpos de ambos, resbalosos de sudor hacían suaves sonidos cuando se acercaban y se apartaban. Rose no recordaba haberse sentido jamás tan consumida, tan carente de toda vergüenza, como si fuera un animal en celo.

Cuando le llegó el orgasmo fue como un trueno de verano. Oleadas interminables que le prometían un bendito alivio a su calentura. Entonces Eric también comenzó a terminar; se arqueó contra ella con los ojos cerrados y la boca entreabierta en un grito silencioso. En su interior Rose lo sentía palpitar con rapidez, como si se tratara de un latido acelerado del corazón.

Eric se desmoronó sobre ella.

—¡Dios! —jadeó.

Ella lanzó un suspiro que parecía el último, el acorde final de una sinfonía.

Eric se volvió y su silueta se destacó en la luz débil.

—¿De veras crees que puedes encender y apagar esto? —preguntó en un tono de voz suave y maravillado—. ¿Una mujer como tú? Rose, por lo menos cree esto: no has sido hecha para permanecer sentada en un estante.

—¿Quién habló de estar sentada en un estante? —Se apartó mientras sentía que los pelos pequeños de su pecho y estómago comenzaban a picarle al secarse. —Sólo porque...

—Rose, quiero casarme contigo —interrumpió él hablando con tanta tranquilidad como si estuvieran en la calle conversando sobre el tráfico. —Conozco todos los argumentos: que es demasiado pronto, que en este momento tu vida es demasiado loca. Por eso no te lo pido. Y no lo haré hasta que estés lista. Lo único que quiero es que sepas de dónde vengo y hacia dónde espero que nos estemos encaminando. ¿Te parece justo?

Rose estaba demasiado sorprendida para contestar. Por supuesto. Debió saberlo. Hacia donde los llevaba todo eso. Al mismo tiempo era una locura, una cosa insensata.

—Eric, yo...

Él le apoyó un dedo sobre los labios.

—Espera. Quiero contarte una historia. Acerca de una mujer de quien me enamoré antes de conocerte a ti. —La envolvió con sus brazos y la sostuvo con fuerza como si temiera que de otra manera ella se pudiera escapar. —Eras tú. Sé que esto te va a resultar loco o ridículo. Ni yo mismo lo podía creer. Pero es así. Te vi en mi interior mucho antes de que nos conociéramos. Hasta sabía más o menos cómo serías físicamente. Sólo que eres más hermosa. —Le besó la cabeza en el lugar que la recorría su mechón blanco como la nieve. —Lo único que no conozco todavía es el fin de la historia.

—No es posible que hayas... —Se detuvo para pensar con cuidado cuál era la mejor manera de expresar en palabras los sentimientos atrapados en su interior, que se golpeaban con furia unos contra los otros. En un tono de voz más mesurado, terminó diciendo: —Tal vez hayas tenido a alguien especial en la mente, o tal vez yo haya aparecido en el momento propicio, cuando te cansaste de buscar.

Algo relampagueó en los ojos de Eric. En una voz cortante, casi brusca, contestó:

—Si realmente eso es lo que crees, nos estás dando poco valor a ambos, a ti y a mí.

—Eric, yo... —Se sentía curiosamente entumecida, aunque estuviera temblando dentro del círculo de sus brazos. —No puedo casarme contigo. Nunca podré.

—¿Entonces se trata de un caso cerrado? —Tras su tono liviano ella sintió algo mucho más importante de todo lo que él pudiera expresar en palabras.

—¿Qué me dices de hijos? —arguyó ella—. Dijiste que querías tener una familia.

—Nosotros seríamos una familia. Tú y yo. Rose, quiero que seas mi mujer.

—Eric... no. No puedo. No sería justo. —Se puso tensa y trató de alejarse pero él se lo impidió.

—¿Justo para quién?

—Para ninguno de los dos. Yo he estado casada durante veintiún años. Tengo hijos adultos. ¿La mujer de tus sueños? No era yo. Me confundiste con alguien que todavía no ha llegado a tu vida. —Sintió una punzada de dolor al comprender lo que estaba diciendo: que los mejores años de su vida habían quedado atrás.

—Piénsalo, ¿quieres? Es todo lo que te pido.

Un profundo pesar suavizó la dura resolución de Rose, quien abrió la boca, pero lo que estaba a punto de decir (y ni ella misma sabía lo que era) fue interrumpido por el sonido de la campanilla del teléfono sobre la mesa de luz.

Eric atendió con impaciencia como lo habría hecho en pleno trabajo en su estudio.

—Habla Eric. —Escuchó un instante y su expresión de enojo dio paso a otra de preocupación. Le alcanzó el receptor a Rose diciendo: —Es para ti.

Sobresaltada, Rose lo tomó.

—Mamá, soy Jay. —Le temblaba la voz. —Traté de comunicarme contigo en el estudio, pero Mallory dijo que habías salido. Con Eric. Me alegro de haberte encontrado. —Inhaló aire con fuerza. —Mamá... se trata de Sylvie. Está muy mal. Rachel quiere llevarla al hospital pero ella se niega... Mamá, pregunta por ti...

¿Sylvie? ¿Preguntando por ella? ¿Y no quería que la llevaran al hospital? ¿Hasta qué punto podía ser grave? ¿Sería alguna clase de treta para obligarla a ir hasta allí?

Entonces la golpeó la realidad. Sylvie. Rose estaba segura de que ella nunca la haría ir hasta allí con falsedades. Si no quería que la llevaran al hospital debía ser porque le parecía que no tenía sentido. Ella...

"Quiere morir en su propia cama", pensó Rose.

¡Dios Santo!

Se llevó una mano a la boca.

De pronto, ninguna de las mil y una razones que tenía para estar furiosa con Sylvie tuvo importancia. Tal vez nunca hubieran tenido importancia. Tal vez todo lo que era realmente importante estuviera encerrado en el más sencillo de todos los hechos: Sylvie era su madre. Sylvie había actuado con egoísmo, sí. Pero al exigirle más de lo que ella estaba preparada para dar, Rose misma tiró al canasto algo valioso y rico. ¿Sería demasiado tarde? ¿Sylvie se habría ido antes de que ella tuviera tiempo de llegar, antes de poder darle a su madre lo único que ella retuvo?

El perdón.

La asió una sensación de urgencia desesperada que la hizo saltar de la cama. Sus pies descalzos golpearon contra el piso de madera y tuvo que hacer un esfuerzo por mantener el equilibrio mientras se llevaba una mano al pecho.

—Dile a Rachel que voy para allá —le dijo a Jay antes de colgar.

Capítulo 13

"Así que esto es lo que se siente", pensó Rachel.

En la Facultad de Medicina, durante su práctica de psiquiatría muchas veces se preguntó cómo sería tener un colapso nervioso. Si uno comprendería lo que le estaba sucediendo o si simplemente pensaría que era la gente que la rodeaba la que actuaba de una manera enloquecida.

Ahora lo sabía.

Porque era imposible que lo que estaba oyendo fuese real. Era como si la madre a quien conoció durante toda la vida hubiera sido reemplazada por una perfecta desconocida; una de esas personas conversadoras, locas inofensivas que siempre parecían pegarse a ella en aviones y en ómnibus. Una mujer de mejillas hundidas y labios cenicientos que decía cosas que no tenían el menor sentido.

—Tenía miedo, ¡tanto miedo! Estaba jubilosa y aterrorizada al mismo tiempo. Embarazada después de tantos años de intentarlo, pero... —Los ojos verdes de su madre se llenaron de lágrimas. —Lo único que podía hacer era rezar para que fuese el hijo de Gerald...

Apoyada contra una cantidad de almohadas, Sylvie parecía una vieja muñeca de museo, con el rostro de porcelana surcado por pequeñas rajaduras. Sin embargo, la mano que aferraba la de Rachel era dolorosamente familiar... la mano que la había hecho dormir cuando era chica, y que la guió a lo largo de millares de peligrosas intersecciones.

—Por favor, mamá, no trates de hablar —suplicó Rachel, con la garganta apretada por el esfuerzo de contener las lágrimas.

Sylvie continuó hablando como si no la hubiera oído.

—Yo era joven... demasiado joven... —Tenía la voz tan quebrada que era apenas un susurro. —Casada con un hombre tanto mayor que yo que bien hubiera podido ser mi padre. ¡Oh, lo quería! No lo dudes nunca. En muchos sentidos Gerald fue como un padre para mí. Me amparaba, me mantenía a salvo, me daba todo lo que yo le pedía y más. Pero no podía darme... —Sus ojos llenos de lágrimas resplandecieron con una luz extraña y parecía esforzarse no sólo por respirar sino por encontrar las palabras indicadas— ...pasión —logró decir por fin.

"Y me enamoré, ¿sabes? —continuó diciendo mientras en el rostro se le notaba el esfuerzo que hacía—. De Nikos. —Sylvie parpadeó como intentando que Nikos, sentado en el borde de la cama, entrara en foco. En su mirada había un amor tan desnudo, tan exquisito que Rachel tuvo que volverse como si fuera una luz demasiado brillante. —¿Qué podía haber sido más equivocado? Porque, verás, Nikos trabajaba para nosotros. Pero eso ya lo sabes. Lo que no sabes es que fue entonces cuando nos convertimos en amantes. —Sus labios azulados se separaron en una leve sonrisa. —Es cierto que yo estaba enamorada, pero todas las noches lloraba hasta que me dormía... odiándome por hacerle una cosa así a mi marido. —Cerró los ojos un momento, para permitirse el lujo de una respiración ininterrumpida.

—Mamá, no es necesario que... —Los dedos de su madre le apretaron las muñecas, interrumpiéndola.

—Sí, es necesario —insistió Sylvie—. Por favor... escucha... antes de que sea demasiado tarde. —Hizo una pausa y fijó la mirada en la puerta abierta en un extremo del espacioso dormitorio, como si esperara que en cualquier momento apareciera Rose a pesar de que hacía apenas quince minutos que Rachel había hablado con su hijo.

Rose. ¿Por qué estaría su madre tan ansiosa por verla?

El sol entraba por los viejos paneles de la ventana, dando luz a las superficies de la habitación, un conjunto de delicadas tapicerías, hermosas telas, maderas color manteca. La alfombra que había junto a la cama estaba más gastada de lo que Rachel recordaba, pero seguía siendo hermosa. En cuanto a la cama tallada, allí era donde cuando era chica ella pasaba horas jugando. La misma cama donde...

¿Lo habría hecho? ¿Allí? ¿En esa habitación... con Nikos?

—Te escucho, mamá. —Rachel aunque no podía absorberlo, estaba morbosamente hechizada por la historia de su madre.

Pero Sylvie sólo apretó más la mano de su hija, quemándola.

—¿Viene Rose? ¿Dijo que venía?

—Sí, mamá. Jay dijo que ya estaba en camino. —Rachel mantenía un tono tranquilo pero tenía ganas de gritar. "¿Qué tiene que ver Rose con esto?", pensó.

Sylvie pareció relajarse, y se hundió más profundamente en su trono de almohadas. Parecía muy débil, encogida sobre sí misma como una hoja marchita. Rachel tenía ganas de alzarla, de llevarla cargada hasta el hospital más cercano. Tenía conciencia de la alarma que pulsaba en su interior. ¡Mamá, por favor no mueras! exclamaba en silencio.

—Y entonces, sí, estaba embarazada. Después de tantos años, estaba embarazada. —Sylvie cerró los ojos y comenzó a arrastrar las palabras, como si estuviera por quedarse dormida. Pero la historia continuó surgiendo de sus labios. —Gerald y yo habíamos visto a todos los especialistas, nos habíamos hecho todas las pruebas posibles. Y nunca nos encontraron nada mal... pero aún así, por más que rezaba pidiendo estar equivocada, en mi corazón sabía que el bebé no era suyo. Sin embargo había una leve posibilidad... y eso fue lo que me mantuvo en marcha. —Abrió los ojos y le dirigió una mirada de arrepentimiento a Nikos, quien le palmeó los hombros como para reconfortarla. —Lo siento, mi querido. Pero es la verdad. Yo era una ratita muy tímida, le tenía miedo a mi propia sombra. ¿Te imaginas lo que Gerald habría hecho si hubiera adivinado la verdad?

A Rachel le impactó comprobar que Nikos lloraba. Las lágrimas corrían por su rostro sin que se molestara en enjugarlas. ¿Alguna vez lo había visto llorar? Nunca. Comprendió y sintió un profundo afecto por ese hombre que había sido mucho más que el fiel compañero de su madre; fue para ella un segundo padre, y como un abuelo para Iris.

Lo observó luchar con denuedo para controlar las emociones que amenazaban con destrozarlo. Durante un instante, Rachel olvidó su propia angustia y padeció por Nikos, quien se inclinaba sobre Sylvie y le tomaba con suavidad el rostro entre sus grandes manos. La besó con ternura, primero en una mejilla, luego en la otra.

—No te culpo —dijo con tono tranquilizador—. Hiciste lo que consideraste que debías hacer.

Sylvie lo miró agradecida y en ese instante pareció casi transparente, como si el sol que le iluminaba el rostro lo irradiara una fuente profunda en su interior.

—¡Querido Nikos! —susurró. Luego con lentitud volvió la cabeza hacia Rachel. —Tú fuiste el motivo de que permaneciera en silencio, mi *shainenke*. ¿Recuerdas la historia del incendio? ¿Que la noche en que naciste el hospital quedó destruido por el fuego? Sucedió tal como te lo conté. Pero lo que no sabías, no podías saber —tragó con fuerza—, fue que la criatura a quien rescaté, la que llevé en brazos por la escalera de incendios eras tú, tal como te dije, pero tú no eras mi hija.

De repente, Rachel tuvo la sensación de estar mirando a su madre desde una gran distancia, como si la habitación fuese un telescopio desde el que sólo veía la cara de Sylvie que flotaba como un pétalo en el extremo de un largo túnel. La cama donde ella estaba sentada parecía balancearse y Rachel se aferró a la cabecera para no perder el equilibrio.

—No... no comprendo. —Tenía conciencia de haber movido los labios pero las palabras parecían haber sido pronunciadas por otra persona.

Los ojos de su madre se clavaron en ella, enormes y demasiado brillantes.

—Mi hija era morocha y de pelo negro... igual que su padre —susurró Sylvie—. Después del incendio... —Hizo una mueca y se llevó una mano al pecho. —Tu madre, tu verdadera madre no logró salir a tiempo. Y todo el mundo supuso que eras mi hija...

"Al principio yo no quise dar pie a esa historia. Pero luego comencé a preguntarme si el fuego... y la muerte de tu madre... si todo no habría sucedido por un motivo. Tuve casi la sensación de que Dios... de alguna manera me guiaba. —Una única lágrima corrió por su mejilla desapareciendo en su pelo. —Sólo que ahora sé que no fue obra de Dios.

Rachel se oyó preguntar:

—¿Y el otro bebé? ¿El tuyo? —Ése era todo un sueño, suyo o de su madre, pero no podía ser verdad. ¿O sí?

A sus espaldas, Rachel oyó el leve crujido del viejo piso, amortiguado por la alfombra. Se volvió con lentitud y en su estado de ensoñación, que alguna parte de su cerebro reconoció como de shock profundo, sintió que la habitación giraba en lentas, perezosas revoluciones, como las de una calesita. Con la cabeza vacía, casi mareada, Rachel parpadeó. En la puerta había una figura en sombras, una mujer alta que le resultaba familiar. Pero en ese momento, no conseguía ubicarla.

La figura entró en el dormitorio y Rachel vio que era Rose. Estaba completamente despeinada y tenía las mejillas muy coloradas. Hasta tenía el impermeable mal abrochado; tal vez había estado demasiado apurada para notarlo.

—Rose —suspiró Rachel. Y entonces fue cuando lo supo. Se volvió a mirar a su madre y preguntó con suave incredulidad: —Era Rose, ¿verdad? El bebé que dejaste atrás. Tu verdadera hija. Tuya y de Nikos.

Sylvie permaneció tan quieta que Rachel tuvo el impulso de inclinarse sobre ella para comprobar si todavía respiraba. Pero los ojos de su madre... ¡Oh, Dios! Nada tan torturado podía no estar vivo. Enormes, vívidos, completamente de esta tierra, mantuvieron la mirada de Rose como si trataran con desesperación de transmitirle una verdad que no se podía expresar con simples palabras. Luego, con un suspiro que parecía quebrar el último hilo que la mantenía entera, susurró:

—Sí.

Rachel quedó enseguida como entumecida. Trozos sueltos de recuerdos se entrechocaban en su mente como dados arrojados al azar. Recuerdos que no le habían parecido conectados uno al otro, pero que en ese momento formaban un todo perfecto. Se vio a sí misma, cuando era muy chiquita, llorándole a su madre y diciendo que "no calzaba". Odiaba los vestidos llenos de volados que su madre le compraba y siempre se sintió fuera de lugar en esa gran casa antigua con sus telas delicadas y sus antigüedades. Y después estaba su padre, la forma burlona en que a veces la miraba, como si buscara algo, un parecido que no encontraba.

Y la manera en que también la miraba su madre. Con tristeza, casi como...

"No era a mí a quien veía." Ese pensamiento fue acompañado por un golpe tan fuerte que tuvo que hacer un esfuerzo para no desmoronarse. Durante todo el tiempo su madre se preguntaba por Rose y lamentaba su error.

Sólo que Rose no había sido dada en adopción. Fue abandonada. Quedó en mano de extraños. Y ella, Rachel, fue... bueno... robada.

La golpeó la enormidad de todo. Tenía un fuerte zumbido en los oídos y los bordes de su ángulo de visión estaban negros. Y en medio de todo eso tuvo conciencia del sonido profundo y sano de un corazón que se negaba a creer lo que le gritaba la mente.

"¡Mentiras! Todo lo que se me dijo, todo lo que yo creí no fueron más que mentiras —pensó—. Mi familia ni siquiera lo es. Mi madre en realidad no es mi madre."

Rachel lanzó un gemido y enterró la cara entre las manos. No lo podía soportar. Todos los seres en quienes creía y confiaba parecían alejarse de ella de una manera tan inexorable como la marea cuando se retira. Iris. Brian. Su madre.

Su familia, toda su historia no había sido más que un engaño elaborado.

Un grito ahogado la obligó a levantar la cabeza.

La luz del día que se apagaba iluminaba a Rose como si se tratara de un retrato. Se había detenido a cierta distancia de la cama. Tenía la cara levantada, las manos entrelazadas debajo del pecho, como si estuviera rezando.

—He esperado tanto tiempo oírte decir en voz alta que soy tu hija. No tienes idea. —Sus palabras fueron ahogadas por un ruido que parecía una explosión y que echó a Rose hacia adelante. Tropezó al cubrir la distancia que la separaba de Sylvie.

Sylvie levantó la cabeza de las almohadas sobre las que la apoyaba. Tenía la cara pálida como el papel y ajada por el dolor. No, no por el dolor. Rachel comprendió que lo que sentía era alivio. Un alivio tan profundo que era casi como si la hiciera añicos. Nikos debió percibirlo también. Tembloroso, abrió los brazos para abrazar a la hija a quien por fin podía reclamar como suya, de una manera completa y sin necesidad de disculparse. Desde donde se encontraba en el lado opuesto de la cama, Rachel alcanzó a ver el maravilloso agradecimiento con que pasó una mano enorme y callosa sobre la espalda de su hija.

Como en un sueño, Rachel vio que Rose se desprendía de los brazos de su padre y se hundía en el colchón junto a su madre. Percibió un perfume en el aire en el momento en que Rose se inclinó a besar a su madre que estaba tendida entre ambas. Sin embargo era como si Rachel fuese invisible. Era como si sólo existieran Sylvie y Rose, madre e hija, con las mejillas unidas como una escultura del Renacimiento.

Con una inhalación de aire, Rose comenzó a llorar.

Y como un cuchillo que se le retorcía en el corazón, Rachel oyó que la mujer que toda la vida creyó que era su madre, murmuraba:

—Rose... ¡ah mi preciosa chiquita! ¿Alguna vez podrás perdonarme?

El perdón era algo que Rose Santini Griffin había dejado afuera largo tiempo antes. A los seis años había llegado a la conclusión de que el Dios a quien su abuela rezaba en la iglesia, los domingos y todos los primeros viernes, sólo escuchaba a señoras italianas de labios finos y vestidas de negro. Y también que la palabra "hermosa" no sólo se utilizaba para describir chiquitas rubias y de ojos celestes, sino que también se aplicaba a la manera en que se las trataba. Rose creía que Dios la había hecho tan morocha para castigarla. ¿Por qué? "Tal vez haya nacido siendo mala —pensaba—, como con el Pecado Original. Sólo que mucho peor."

Su única esperanza de redención era que le fuera bien en el colegio y mantener la boca cerrada en lugar de quejarse o llorar sobre la almohada cuando Nonnie la castigaba. Sin embargo fantaseaba con la posibilidad de que se le apareciera la Virgen María, como le sucedió a Bernardita, un milagro que limpiaría por completo su alma.

Sólo que la visión, cuando apareció, no tenía nada que ver con lo que Rose esperaba. La hermosa señora rubia que apareció un día frente a su escuela no estaba descalza ni cubierta por un manto azul. Lucía un tapado de piel y un tul que le caía sobre un ojo. Y aros de rubí en forma de lágrimas, uno de los cuales, sorprendentemente, se quitó de la oreja para arrojárselo a Rose. Aunque sus ojos eran tristes como los de la Virgen, se alejó sin hablar y sin darle una pista del motivo de su llegada.

En ese momento, Rose no lo sabía, pero la extraña señora era su propia madre.

Y ahora, más de cuarenta años después, Rose levantó una mano para tocar el aro de rubí que había usado al estilo de los piratas hasta que un accidente del destino (¿o sería tan sólo el destino?) la volvió a introducir en la órbita de Sylvie, llevándola no sólo hasta el otro aro de rubí, sino a la verdad acerca de su madre.

Al mirar a la débil anciana que yacía en la cama, Rose sintió una serie de emociones que le resultaba difícil ubicar. Ésa era su madre... la mujer que le dio la vida... su carne y su sangre. En definitiva, lo que Sylvie hubiera hecho no tenía importancia, como tampoco la tenía lo que Rose perdió mientras crecía. Lo que importaba era que estaban conectadas, con una conexión que ninguna culpa o resentimiento pudo separar. ¿Por qué? Porque había un Dios. Entonces Rose comprendió por fin, de una manera profunda que no pudo percibir de chica, que Él la había escuchado. Le había proporcionado el amor que tanto necesitaba. Sólo que no de la manera que ella esperaba.

Rose llevó una mano temblorosa a la mejilla de su madre y le impactó lo fría que estaba. Pero sabía que el corazón de Sylvie todavía debía de estar latiendo, porque era capaz de sentir. Lo demostraban las lágrimas que corrían por su rostro.

—Mamá. —Por primera vez Rose se dirigió a Sylvie como quiso hacerlo durante toda su vida de adulta y la palabra fue como un bálsamo dulce que se extendió por todo su cuerpo.

"¡Qué fácil fue!", pensó.

Sylvie esbozó una débil sonrisa.

—Me hubiera... gustado —murmuró esforzándose por respirar—, que todo hubiera sido distinto. Que... yo hubiera podido decir la verdad antes. —Miró a Rachel con sus ojos brillantes y notó que ella tenía la expresión sobresaltada e incrédula de quien ha sido sorprendido en su propia casa por un intruso. —Tuve miedo. Por ti, Rachel querida. Miedo de lo que te haría. Pero ahora comprendo que lo que más temía era lastimarme yo misma. Ya había perdido a una hija. No soportaba la posibilidad de perder otra.

—A mí no me perdiste —dijo Rose, enjugando sus lágrimas con la palma de la mano —. Siempre he estado cerca de ti.

Sylvie le hizo señas de que se acercara y murmuró con voz ronca:

—En el cajón de mi mesa de luz... una llave. —Esperó hasta que Rose abriera el cajón—. ¿La ves? Cuelga de una cadena de plata, junto al remedio para mi corazón. Es la llave del cajón cerrado de mi escritorio de la planta baja. En él hay algo que quiero que tengas.

—¿Qué...?

Sylvie sonrió.

—Lo sabrás cuando lo encuentres.

Rose miró fijo la pequeña llave que tenía en la mano. No imaginaba lo que podría haber en ese cajón cerrado. ¿Una herencia de familia? ¿Una alhaja como el aro de rubí que Sylvie le dio?

—Tus hijos... mis nietos... —Sylvie respiraba jadeante—. Por favor... diles. Que los quiero. Tanto como quiero a Iris. Recuérdales que tendrán a Nikos. Él puede ser un padre para ellos... No como Max... pero es el abuelo. Es necesario que lo sepan.

—Se los diré —Rose sintió que se le rompía algo dentro del pecho.

—Hay otra cosa... —La voz de Sylvie era tan débil que Rose debió inclinarse para oírla. No sabía cuánto más podría soportar. Tenía la sensación de que se estaba destrozando por dentro, que se dividía en pequeños trocitos, lo mismo que cuando tuvo que enfrentar la muerte de Max. —Yo te quería —susurró Sylvie—. Te quise desde el momento en que te tuve por primera vez en mis brazos. A pesar de que estaba asustada por lo que podría suceder... de lo que haría Gerald. Tú eras mía. Si no hubiera sido por ese incendio... —cerró un instante los ojos, mientras su pecho se alzaba y caía en pequeños estertores—, te habría conservado. No habría sido fácil pero hubiera encontrado una manera. Yo... hice mal en hacer lo que hice.

A su lado Rose escuchó un sonido que era en parte un jadeo, en parte un gemido. Rachel. Rose se volvió a mirarla. Por primera vez en todos los años que hacía que la conocía, primero como flamante esposa de Brian, luego, por increíble que fuera, como la hija a quien Sylvie había criado en su lugar, Rose le tuvo verdadera lástima.

Tocó la manga de Rachel, pero ésta no respondió. Sólo permanecía allí sentada, con la cabeza gacha, el pecho temblando con un dolor inarticulado. Y por una vez en la vida, Sylvie que la miraba con los ojos de una madre que deseaba con desesperación no haber tenido que elegir, no hacía nada por consolarla.

¿Y Rose qué podía decir? "Tú la tuviste durante muchos años, no me niegues estos últimos momentos." ¿Cómo iba a comprender Rachel la maravilla del regalo que Rose acababa de recibir?

Pero la compasión la obligó a tomar los dedos helados de Rachel en los suyos. Las diferencias pasadas, y hasta el último encontronazo entre ellas, no eran nada en comparación con lo que estaban viviendo. Rachel sufría y eso era lo único que importaba. Rachel no tenía la culpa de la elección hecha por Sylvie.

"No morirás —le dijo Rose en su interior—. Algunas veces tienes la sensación de que te sucederá y si una sola persona más te llega a decir tómalo de a un día por vez, le pegarás, te aseguro que lo harás porque no puedes adelantarte tanto en el tiempo y no sabes cómo lograrás sobrevivir el minuto siguiente. Pero lo lograrás."

—Ven... —Sylvie extendió los brazos temblorosos—. Quiero estar un momento a solas con Nikos... pero antes quiero abrazarlas. A las dos. Mis chicas...

Hacía por lo menos cien años que nadie las llamaba "chicas". Pero cuando Sylvie con los ojos hechos un fuego en una cara del color de la ceniza las tomó en sus brazos, tanto Rose como Rachel se sintieron exactamente igual que cuando eran chicas... cuando lo que más deseaban ambas era el consuelo de un abrazo materno. Para Rose era un consuelo mucho más dulce porque siempre se le negó; Rachel tuvo una sensación tan fuerte de haber llegado a su casa que debió arrojar un brazo alrededor de Sylvie para no ahogarse. Mientras permanecían con las cabezas apoyadas sobre el pecho, una rubia, la otra morocha, una nube pasó frente al sol sumiendo el dormitorio en las sombras y logrando que la luz que siguió fuese mucho más brillante.

Bajo sus rayos, las tres mujeres se abrazaron y lloraron.

Por casualidad, el verso de un poema que memorizó en la infancia pasó por la cabeza de Sylvie mientras permanecía apoyada contra Nikos, con los ojos cerrados.

"Recuerdo... recuerdo... la casa en que nací."

Había nacido en un conventillo del Bronx, unas piezas del ferrocarril con una cocina tan llena de cosas que la bañadera, ubicada junto a la cocina servía de mesa cuando la cubrían con un biombo como tapa. Sólo estaban las dos, ella y su madre, quien todas las noches, antes de acostarla, regalaba a Sylvie con su voz de fuerte acento extranjero historias del museo donde trabajaba. Le describía obras de arte que sobrevivieron a siglos de guerras, masacres, inundaciones, hambrunas. Vasos egipcios excavados de las tumbas junto con momias cubiertas por vendas podridas, preciosas tallas de Oriente importadas por mercaderes de té y de seda en barcos de madera; retratos de cien años de antigüedad tan perfectos que uno hubiera podido jurar que los sujetos respiraban.

Pero ni siquiera esas historias lograban calentar a Sylvie durante las noches de invierno cuando el dueño de casa bajaba tanto la calefacción que debían dormir apretadas una contra la otra bajo las frazadas para no congelarse. Entonces Sylvie tenía ataques de asma y su madre la sentaba en la cama y le frotaba el pecho con una pomada de eucalipto.

Lo que Sylvie más recordaba de esas noches era lo que tenía que luchar, no sólo para no ahogarse, sino para no dejarse llevar por el pánico. Tendida en la cama y rodeada de cacerolas llenas de agua caliente de las que salía humo. El agudo olor a eucaliptos apenas lograba penetrar la espesa niebla que le cubría los pulmones. Y su madre, su querida madre, le cantaba canciones de cuna vienesas que la hacían llorar a pesar de que calmaban sus temores.

En ese momento se sentía como entonces, como si lo único que la mantenía viva fuese el torso familiar sobre el que se apoyaba, los brazos que la sostenían con fuerza. Su madre ya no estaba, pero tenía a Nikos. Sylvie abrió los ojos y le sonrió. Tenía frío, tanto frío que ni siquiera Nikos lograba calentarla.

Al mismo tiempo se sentía extrañamente ingrávida. La espina que arrancó de su corazón, de algún modo la había liberado. Lamentaba los años de dolor que su silencio le provocó a Rose y la angustia y la confusión que Rachel sufriría durante los años por venir. También lamentaba lo de Iris. Pero nada podía quitarle esa maravillosa ingravidez.

"Mis hijas sobrevivirán", pensó.

¿Rose? De haber sido el momento apropiado le habría aconsejado que no considerara su viudez solitaria como una especie de virtud; la resolución que no se dobla puede convertirse en debilidad, le habría dicho.

¿Rachel? Era necesario que comprendiera que salvar al mundo empezaba por dejar caer sus propias murallas. Iris era la que más la preocupaba. El pensamiento de su nieta angustiaba a Sylvie. Hubiera querido despedirse de ella y rogarle que no se apartara de la familia que tanto la quería.

¡Tan poco tiempo...! ¡Tantas cosas que quedaban sin decir!

Volvió a entrar en pánico. Se ahogaba pero luchaba por permanecer a flote. "Debo luchar contra esto —se dijo—. Aprovechar cada instante que me quede."

Entonces, una voz tan real que hubiera jurado que sentía su aliento contra el oído, susurró: "Te extrañarán, pero seguirán adelante con sus vidas". Era la voz de su madre.

Sí, pensó Sylvie, relajándose un poco. Hasta su jardín sobreviviría sin ella. Nutrido por otras manos, y por Dios. En invierno sus ramas se desnudarían y las raíces se enroscarían sobre sí mismas, pero al llegar la primavera volverían a florecer.

"Recuerdo... recuerdo... las rosas rojas y blancas."

Sylvie luchó por respirar. Ya no sentía las manos ni los pies y eso era una bendición. Casi ni sentía el frío que tenía en cada rincón de su cuerpo. Sabía que todo terminaría pronto. Y comprendió que eso también era una bendición.

Pero antes de soltar la vida había un ser amado de quien debía despedirse.

Levantó el rostro hacia el hombre a quien conoció durante la mitad de su vida, el hombre con quien compartió treinta años de dolores y de alegrías de todas las formas y tamaños.

—Te... extrañaré. —Apenas consiguió pronunciar las palabras. —Yo... nunca te lo... pregunté. ¿Crees en el... cielo?

Nikos asintió.

—Creo en Dios —contestó—. Y si he sido hecho a su imagen, quiere decir que Él, como yo, es un constructor. El cielo debe parecerse mucho a la ciudad de Nueva York. Creo que debe tener muchos rascacielos.

—Te reservaré lugar en él.

—Junto a ti, espero —contestó él en una voz ahogada que resultaba poco familiar—. Un lugar con buena vista.

—Y también con un jardín.

—¡Por supuesto!

Nikos le tomó el rostro entre las manos y lo volvió para que Sylvie apoyara el mentón contra su pecho. No quería que lo viera llorar... y eso estaba bien. Durante todos los años que vivió con Nikos Sylvie no pudo convencerlo de una sola cosa: que llorar era sentir y que sentir era ser fuerte.

"Aunque ahora sea tan pesado, entonces mi espíritu voló alado..."

—Nikos —suspiró ella—. ¿Lamentas... que nunca nos hayamos... casado?

Él permaneció en silencio, respirando pausadamente.

—Tú eres mi esposa —contestó—. En todo lo que cuenta. Antes creía que importaba lo que la gente pensara. Yo creía, igual que mi padre, que sólo cuando una mujer luce una alianza en el dedo, el hombre puede sentir que en realidad le pertenece. —Nikos suspiró. —Pero ahora sé que amar a alguien... para eso no existe ningún pedazo de papel. Y la alianza... está vacía en el medio. Ese vacío sólo puede llenarlo la persona que la use.

Sylvie apoyó una mano sobre la de él.

—Te quiero —susurró. El peso que tenía sobre el pecho pareció aliviarse durante un instante, permitiéndole pronunciar con claridad las palabras que él necesitaba oír. —Tú eres mi marido.

—Cuidaré a nuestra Rose —prometió él.

—Cuida también a Rachel —suplicó ella—. Y a Iris. Encárgate de que reciba... la ayuda que necesita.

—Lo haré.

"Recuerdo... recuerdo... los abetos oscuros y altos; yo solía pensar que sus copas finas llegaban hasta el cielo..."

El cuarto pareció desvanecerse, como una fotografía expuesta a una luz repentina e intensa. Pero ella no tenía miedo. Hasta cuando sus sentidos también comenzaron a desvanecerse sintió que se alzaba, llevada por una invisible corriente de luz.

¡Oh, qué belleza! abrió la boca para decir. Pero de ella no surgieron palabras. Sólo había un sonido parecido al del viento que mueve las copas de los árboles altos, como el murmullo sedoso de las agujas de pino en un bosque demasiado vasto para caber en ningún mapa. Sylvie sentía esa brisa contra la piel, sentía que se deslizaba, cálida, dentro de sus brazos y de sus piernas mientras la alzaban hacia el cielo, lo mismo que cuando era chica y se sentaba en las hamacas cuyas cadenas crujían y rayos de sol que se colaban entre las hojas de los árboles caían sobre su rostro como besos.

"Recuerdo, recuerdo cuando me hamacaba y creía que el aire debía ser así de fresco para las alas de las golondrinas."

El sol ya no entraba con timidez en el dormitorio. Brillaba sobre ella con toda su fuerza, con una fuerza que parecía llamarla hacia su fuente. Sintió que flotaba, como si su miedo infantil de que si se hamacaba demasiado alto sería lanzada hacia el cielo se estuviera haciendo realidad. Sólo que no era atemorizante. En realidad era perfectamente natural.

Al fin, a Sylvie le resultó fácil soltarse. Morir no es difícil, habría dicho de haber podido formar las palabras. Morir era una rosa sin espinas, hermosa sin nada que pinchara. "Lo que nos hace sangrar es la vida", pensó en su último instante de conciencia.

Capítulo 14

El servicio funerario se llevó a cabo en el templo de Emanu-El. Pero aquellos que asistieron para llorarla —y la sinagoga desbordaba de parientes, amigos, ex empleados— estuvieron de acuerdo en que el verdadero tributo a Sylvie vino después, cuando la enterraron en el verde declive bajo la sombra de un arce que recién empezaba a perder las hojas, bajo el cielo de otoño más hermoso de los últimos tiempos.

De acuerdo con su fe, el cajón era de pino y sin adornos de ninguna clase. Nada de flores, eso también estaba prohibido. Exactamente un año después se haría una ceremonia para descubrir la lápida que todavía había que tallar y pequeñas piedras marcarían la presencia de aquellos que habían ido a presentar sus respetos. Pero hasta entonces, Sylvie sólo estaría cubierta de verde, plantas que ella había amado: pasto suave salpicado de dientes de león, hojas caídas que se ofrecían como manos pequeñas.

Rachel observó a Nikos caer de rodillas junto a la tumba abierta. Había llorado en silencio, en privado y el rostro que miraba la tierra cavada, con excepción de los ojos inyectados en sangre, le hacía pensar en una estatua de la Isla del Este, maciza, dura, de alguna manera pagana. Rachel notó que movía los labios, como orando en silencio, pero Rachel no tenía noticias de que Nikos creyera en Dios o perteneciera a alguna Iglesia.

Mientras permanecía allí, con la cabeza en alto y el pelo movido por la brisa suave, se le ocurrió que había muchas cosas que ignoraba y no sólo con respecto a la gente que había en la vida de su madre. Si su madre logró mantener a Rose en secreto durante tantos años, ¿que otra cosa habría ocultado? ¿Qué secretos se habría llevado adonde fuera que estaba?

Aún más preocupante era que ella, que debía estar frenética por explorar cada rincón oscuro, cada giro de la vida de su madre, sólo sentía una débil curiosidad. El golpe que recibió de manera tan inesperada aplanó su existencia toda, dejándola completamente vacía. Era como si el secreto de su madre no sólo le hubiera robado la identidad sino también la capacidad de sentir.

Rachel miró a su alrededor y contempló los rostros doloridos que rodeaban la tumba. Tías, tíos, primos, toda la gente cuya sangre se suponía que ella compartía.

Su mirada se posó en Rose, desafiante y resplandeciente, no de negro sino con un vestido de un colorado opaco. O tal vez ella hubiese comprendido mejor que nadie a su madre, el gusto impecable de Sylvie y su amor por los colores brillantes. Rose estaba pálida y tensa pero, igual que Nikos, tenía los ojos secos.

La flanqueaban sus hijos. Drew y Jay, muy sobrios, de traje, aunque Jay parecía haber crecido como cinco centímetros desde la última vez que se puso el suyo. Parecían más aturdidos que doloridos, pero resultaba emocionante ver lo solícitos que eran con su madre. Drew, musculoso y de pelo oscuro igual que su padre, le rodeaba el hombro con un brazo y Jay estaba de pie a su lado con la seriedad de un guardia. "Esos tres forman una corporación muy cerrada", pensó Rachel. Hasta Eric, de pie unos pasos más atrás, permanecía fuera de ese círculo.

Rachel tuvo que recorrer con la mirada a la multitud para poder encontrar a Iris. A lo largo del servicio funerario, su hija, que estaba destrozada por la muerte de la querida abuela, permaneció obedientemente sentada entre Rachel y Brian, pero desde que llegaron al cementerio se refugió en un segundo plano. Cuando Rachel por fin la vio, casi oculta detrás del cuerpo enorme de Morris Beder, un amigo de la infancia de su madre en el Bronx, Rachel sintió una puntada que le llenó los ojos de lágrimas. ¡Estaba tan delgada! ¿Cómo era posible que en unas pocas semanas hubiera perdido por lo menos cinco kilos? Iris lucía un vestido negro y largo de piqué que le colgaba alrededor de los tobillos y le daba un aspecto espectral.

"Debo hablar con ella a solas, averiguar lo que le pasa", pensó Rachel. Fuera lo que fuese, Sylvie estaba alarmada. Si no hubiera sido por...

Su sensación de urgencia se disolvió con rapidez cuando una repentina ráfaga de viento desprendió una serie de gotas de lluvia del arce, un recuerdo de la tormenta de la noche anterior. "Cuidarme yo misma es un trabajo que requiere todo mi tiempo", pensó Rachel, apagada. Igual que un ventrílocuo, debía estar constantemente consciente de que sus brazos y sus piernas se movieran en concierto, que las palabras que surgían de su boca no fueran galimatías.

Hasta Brian, que estaba de pie a su lado, parecía lejos. Eran como dos personas ubicadas a ambos lados de un muro de vidrio. Ella podía verlo, hasta oírlo, pero si hubiera tratado de tocarlo, estaba segura de que sus dedos se hubieran encontrado con un vidrio frío. Brian también debía sentirlo, porque no la miraba, ni siquiera miraba al rabino que cantaba el *Kaddish*, sino que miraba a Rose.

La mirada de Rose se encontró con la de Brian y la mantuvo, como si ambos compartieran una comunicación privada en la que no hacían falta palabras. Rose, en su vestido colorado oscuro, era la única flor que adornaba la tumba de su madre. Rose, quien durante años guardó silencio por respeto a la madre que Rachel, en muchos sentidos, había dado por sentada.

¿Estaría Brian enterado de lo de su madre? ¿Le habría confiado Rose el secreto muchos años antes? Ese pensamiento, como un avispón que se negaba a alejarse, fue casi suficiente para sacar a Rachel de su letargo. Casi, pero no del todo.

Al observar a su marido, quien con renuencia dejaba de mirar a la mujer con quien se habría casado de no ser por un acto de Dios, Rachel se sacudió mentalmente. "¡Haz algo, siente algo, maldito sea!", pensó.

Pero lo único que sentía era impotencia, lo mismo que alguien en silla de ruedas que desea que sus piernas se muevan. ¿Cómo iba a impedir que su marido, su hija, su vida misma se le apartaran, cuando ella misma estaba destrozada?

Sintió que alguien le tocaba un codo y miró los ojos preocupados de su amiga Kay.

—Se te cayó esto —dijo Kay, alcanzándole un pañuelo arrugado. ¡Querida Kay, que tuvo el suficiente sentido común de ponerse un vestido de un púrpura tan oscuro que era casi negro, aunque le diera el aspecto de una berenjena!

—Gracias. —Rachel lo metió en el bolsillo de su saco . "En los libros de cuentos —pensó— es el caballero el que le devuelve el pañuelo a la dama." Volvió a mirar a Brian para quien ella podía haber sido invisible y la embargó la primera emoción que sentía en muchos días: un dolor que traspasó todas las defensas que ella misma había creado y que le llegó al corazón.

"Tócame una mano, dime que todo estará bien... cualquier cosa", suplicó en silencio.

Aunque sólo fuera para hacerle saber que ella seguía allí. Que seguía siendo importante para él. Pero cuando Brian habló, en el momento en que el cántico gimiente del rabino llegaba a su crescendo, fue sólo para murmurar:

—Peter quiere que nos reunamos después en la casa. Para leer el testamento. ¿Te parece bien? —Se refería a Peter Harbinson el abogado y buen amigo de su madre.

Rachel asintió, incapaz de hablar.

El testamento. Por supuesto. De alguna manera en medio del impacto recibido y de su confusión, olvidó que había un testamento que leer, un importante capital por dividir. Como si las cosas de su madre fueran una torta que debía dividirse en tajadas iguales. Como si la casa de Sylvie, su jardín con las rosas tan bien cuidadas pudieran ser otra cosa que suyas.

"¿Tú también creíste que eras parte de ella, recuerdas? Pero no fue más que una ilusión."

No más real que la mano que deslizó en el brazo de su marido. Porque si eso fuese carne y sangre, ¿no habría sentido algo, cierto calor, la respuesta en forma de una presión por parte de él? En cambio, sólo había una gabardina fría contra sus dedos.

Cuando llegó la hora de alejarse, Rachel se sintió casi agradecida por el suave viento húmedo que le golpeaba los pies mientras recorrían el camino de regreso al coche, porque le recordaba que todavía seguía viva, todavía estaba asentada con firmeza en esta tierra.

Una vez de regreso en la casa, la casa de su madre, la familia se reunió en la biblioteca mientras que los amigos y parientes los esperaban arriba, entre ellos Milagros, el ama de casa filipina de su madre, quien, por una vez, era una invitada en esa casa que siempre cuidó con tanta fidelidad.

Peter Harbinson, flaco como un espantapájaros, con sus piernas que parecían zancos y su cara angosta, se instaló en el sillón giratorio de cuero que en un tiempo soportó el peso más importante del padre de Rachel, o por lo menos del hombre a quien ella creyó su padre. En su traje marrón oscuro, Harbinson le recordaba un largo cigarro.

El abogado se aclaró la garganta y miró a su alrededor. Rachel apenas tuvo una vaga conciencia del resto de los que ocupaban la habitación: Brian e Iris, Rose y sus hijos. Y Nikos, por supuesto. Pero la mirada lúgubre de Harbinson pareció involucrarlos a todos enseguida.

—Ante todo me gustaría que supieran cuánto siento la pérdida que han sufrido —comenzó diciendo—. Hace dos años, cuando le diagnosticaron leucemia a mi esposa, fue Sylvie quien nos buscó el mejor oncólogo de la ciudad, y quien visitó a Margaret casi todos los días en el hospital. Me hago eco de los sentimientos de mi mujer al decir que Sylvie era esa amiga especial, la que está al lado de sus amigos en momentos de necesidad. Su generosidad será largo tiempo recordada. Que es justamente lo que nos reúne hoy aquí. —Volvió a aclararse la garganta y miró el grueso documento que tenía ante sí. —Como ustedes saben, ella... este... era una mujer de importantes medios económicos. Creo justo aclarar que todos los presentes en esta habitación han quedado ampliamente protegidos...

Se puso los pequeños anteojos en la punta de la larga nariz y comenzó a leer el testamento y última voluntad de Sylvie. Rachel se sentó muy tiesa en su silla, haciendo esfuerzos por no sucumbir a la seriedad que sobre ella ejercía la biblioteca de su padre. Los estantes de madera oscura y lustrada llenos de libros y de los libretos de las operas que tanto amó. Las escenas de caza con marcos verdes. La colección de cortapapeles sobre la pequeña mesa junto al sofá de cuero. La habitación hasta olía a él, a tabaco de pipa y a viejos suéteres.

Pero el hombre a quien llamaba papá, todas la noches que la subía alzada las escaleras para acostarla hasta que fue demasiado pesada para que pudiera levantarla, no había sido padre de nadie...

Mentiras. Todas no fueron más que mentiras.

Cuando Rachel oyó que Harbinson enumeraba todas las propiedades de su madre, entre las que se incluía una importante cuenta en un banco, una cartera de inversiones cercana a los seis millones, y varias participaciones en la propiedad de edificios, no se asombró. Aun cuando se enteró de que le habían sido legadas, con excepción de fideicomisos para sus nietos, casi no se alteró su sensación de imparcialidad, de desinterés. Sólo cuando Harbinson llegó a las disposiciones de la casa en sí, Rachel de repente comenzó a prestar atención.

—...Entrego y lego el título de la propiedad situada en Riverside Drive a Rose Santini Griffin, con la seguridad de que mi compañero de toda una vida, Nikos Alexandros, tendrá pleno derecho a ocuparla y usarla durante el resto de su vida.

¿Rose? ¿Esa casa? Rachel tuvo la sensación de ser una sonámbula a quien acababan de despertar de una cachetada. Se volvió a mirar a Rose, quien parecía presa de un impacto idéntico. Rose aferraba con fuerza los brazos del sillón y movía la cabeza con lentitud, como negando lo que acababa de oír.

"Mamá le ha dejado esta casa y ella ni siquiera la quiere", pensó Rachel.

La enormidad de la traición cayó sobre ella. Sintió que caía al vacío, sin tener de dónde agarrarse. "¡Brian... por favor... ayúdame!", pensó. Pero a pesar de estar sentado a su lado, Brian parecía una figura distante. No le tendía una mano; simplemente la miraba con algo de sorpresa mientras ella jadeaba para no ahogarse por falta de aire, abriendo y cerrando la boca. Fue Iris quien quebró el sorprendido silencio. Iris, quien apenas había pronunciado un par de palabras durante toda la tarde. Y en ese momento, de repente, como una llamarada surgida de una brasa que parecía apagada, gritó desde la otomana colocada a los pies de Drew.

—¡No! ¡No es posible! —exclamó—. ¡No me importa lo que hayas sido para abuela! ¡Esta casa no te pertenece!

Al ver que su hija cruzaba la biblioteca a la carrera, Rachel encontró la fuerza necesaria para ponerse de pie y vencer ese entumecimiento que había hecho presa de ella. Se encaminó hacia Iris, con torpeza porque tenía las piernas dormidas por la falta de uso. Pero ya era tarde. Iris había salido de la habitación y el taconeo de sus tacos altos sobre el piso de mosaicos era como un urgente mensaje telegrafiado. Un mensaje que Rachel deseó fervientemente poder descifrar antes de que fuera demasiado tarde.

—¿Cómo están los muchachos? —preguntó Rachel.

—No demasiado mal... considerando las circunstancias —Rose se encogió de hombros.

Estaban de pie lado a lado en un costado del patio, cerca de los escalones que conducían al jardín. Dos mujeres, una alta y morocha, la otra delgada y rubia, cuyas sombras eran como las manecillas de un reloj enorme. El sol de la tarde se encontraba bajo en el cielo, su luz de cuento de hadas iluminaba la pared de ladrillos y el verde glorioso de la hiedra, al que el pimpollo púrpura de una planta trepadora se aferraba desafiante.

Habían transcurrido más de dos semanas desde el funeral. Pero para Rose cada día era como el día anterior: una mirada extrañada a través de un espejo donde nada era lo que parecía. Desconocidos con quienes estaba ahora oficialmente emparentada la llamaban o pasaban a ofrecerle sus condolencias, sencillamente por curiosidad. En el trabajo, Mandy la miraba de una manera rara, como si pensara qué le había dado derecho a Rose a hacer comentarios sobre su vida cuando ella tenía un secreto tan inmenso en la propia. Nikos, ante la mesa de su casa, tratando de explicarles a Drew y a Jay, ambos confusos y algo dolidos, por qué habían demorado tanto en saber la verdad sobre sus abuelos.

Y esa casa también. Rose no se acostumbraba a la idea de que fuera suya. ¡No tenía sentido! El legado de Sylvie no lograría nada, sólo alejarla más de Rachel. Y si no, había que ver los problemas que había provocado ya, como esa espantosa escena con Iris durante la lectura del testamento. De alguna manera, Rose estaba tan sorprendida como ella, se sentía personalmente responsable, como si les robara su legado a Rachel y a su hija. Por eso la semana anterior, cuando Rachel le sugirió que se reunieran para revisar los papeles de la oficina de Sylvie, Rose agradeció que se le presentara la ocasión de estar a solas con ella, para enfrentar esa especie de enorme gorila que ninguna de las dos se animaba a mencionar.

Y sin embargo allí estaban, después de horas de limpiar y de organizar papeles y no se sentían más cómodas que al principio una con la otra.

En el silencio que se produjo, Rose contempló el jardín que hasta hacía poco tiempo había sido el orgullo y la alegría de Sylvie y notó los arbustos cuyas ramas caían y las hojas secas diseminadas por el pasto después del frío de la noche anterior. Pensó: "Deberíamos contratar a un jardinero antes de que empiecen las heladas. Por lo menos para que pode lo que está demasiado crecido".

Al mismo tiempo era una idea que la rebelaba. ¿Un jardinero? Sylvie era la encargada de ese jardín. Cualquier otro que anduviera con esos rosales y esos canteros sería una especie de transgresor.

Tu madre ha muerto, le recordó una voz interior.

Madre. La breve euforia que Rose sintió al principio (¡Oh, poder pronunciar por fin esa palabra!) ya había pasado. La herida más honda estaba cicatrizando. Pero el resentimiento provocado por lo injusto de todo volvía a crecer. ¿Cómo era posible que Sylvie le hubiese hecho eso? ¿Dejar lo más importante para el último minuto de su vida, cuando ya era casi demasiado tarde para que tuviera valor?

Se volvió hacia su antigua amiga, a quien ahora miraba con desconfianza pero no sin afecto. Rose había dejado de lado el resentimiento que pudiera sentir hacia ella. Lo que ahora le resultaba difícil de tolerar era la frialdad con que la trataba Rachel, como si el secreto que Sylvie reveló en su lecho de muerte de alguna manera fuese culpa de Rose, como si la misma Rose no estuviera sufriendo.

En ese momento Rachel miraba algún horizonte distante, perdida en sus pensamientos, con ojos tan azules y vacíos como el cielo que las cubría. Se acababa de levantar una leve brisa que la despeinó y le coloreó las mejillas quitándole años de encima. Casi parecía una adolescente con sus pantalones blancos y la remera demasiado grande.

Rose se sintió invadida por una repentina oleada de ternura. Tocó el hombro de Rachel y sintió que ella se sobresaltaba.

—¿Quieres que dejemos? No es necesario que lo hagamos todo en un día. ¡Hay tanto que hacer! Es como si ella nunca hubiera tirado nada. —La ironía que encerraban sus palabras le provocó una risa hueca. La misma mujer que guardó su secreto con tanto cuidado, también guardaba cada boleta y cada factura.

—¿Dejar? —preguntó Rachel, sacudiendo la cabeza como para aclararla—¡Por supuesto! ¿Por qué no? ¿Qué diferencia puede hacer un día? ¿O un año para el caso? —Se volvió a mirar a Rose con una expresión que ya no era distraída sino con un rostro que era una máscara de ángulos duros. —Yo sólo quiero que todo vuelva a ser como era antes. Y sé que no sucederá. Es gracioso, porque es lo único que puedo saber con seguridad hoy: que mi vida nunca volverá a ser la misma. Ni siquiera soy la misma persona.

—En eso te equivocas —dijo Rose con la seguridad del que sabe—. Tú eres exactamente la que siempre has sido. Lo que no tiene sentido es tu lugar en todo esto.

Rachel volvió a mirar fijo a la distancia. Con suavidad, dijo:

—Siempre sentí que era yo, que el motivo de que sintiera como que no pertenecía a este lugar era porque me pasaba algo a mí.

Rose sonrió con amargura.

—Ya sé lo que es. Yo sentía lo mismo, sólo que era como si no perteneciera a mi propia piel. Pero por lo menos tú tuviste una madre que te quería.

Se miró los pies, como si con eso pudiera impedir que surgieran las lágrimas que le hacían arder los ojos. Empujó una hoja seca con el zapato.

Rachel lanzó un sollozo ahogado.

—¿Qué clase de amor fue ése? ¿Haberme mantenido a oscuras durante todos estos años? ¿Negándome mi propia familia? No me entiendas mal, tus hermanas me gustan bastante. Sobre todo Marie. Pero son tuyas. ¿Qué se supone que debo hacer para limpiar la pizarra y empezar de nuevo?

—No dije que lo que Sylvie hizo estuviera bien. Sólo que te quería.

—¿Y tú cómo lo sabes? —preguntó Rachel, volviéndose a mirarla, enojada.

—Porque si me hubiera querido la mitad de lo que te quiso a ti, habría dicho la verdad mucho antes.

Trató de no hablar con resentimiento, pero fracasó. ¿Rachel se sentía trampeada? ¿Cómo era posible que no se diera cuenta de lo que ganó, simplemente porque le mintieron? El día del casamiento de Rose, no hubo ninguna madre sonriéndole desde el primer banco. En el bautismo de sus hijos, ninguna abuela que los tomara en brazos mientras los rociaban con agua bendita. Aun cuando murió Max, Rose se cuidó de apoyarse demasiado en Sylvie.

¿Entonces, qué le había dado Sylvie?

Esa casa, en la que había sido concebida pero no criada. ¿Sería posible que Sylvie imaginara que con eso repararía todos los años perdidos? ¿Creería, aunque fuese remotamente, que podía comprar el perdón de Rose?

Para complicar aún más las cosas, Nikos insistió en mudarse. Alegó que no podía tolerar la idea de estar allí sin Sylvie. Oía su voz detrás de cada puerta, cada vez que entraba a un cuarto imaginaba que la encontraría esperándolo. De todos modos, en lo que a él se refería, la casa le pertenecía a Rose. El dinero no tenía importancia, Nikos era rico por derecho propio. Una semana después del funeral, alquiló un departamento en uno de los edificios recién construidos por él mismo.

Y ahora la casa y sus jardines estaban vacíos.

Tan vacíos como se sentía Rose en su interior.

Una parte de su ser comprendía que las intenciones de Sylvie habían sido buenas. A su manera, quiso equilibrar las pesas de la balanza. Hacer lo que era justo. Ese lugar debía valer por lo menos varios millones. ¿Pero qué diablos iba a hacer ella con una mansión? Decididamente no podía imaginarse viviendo allí. Y sin embargo, ¿cómo iba a venderla? Le gustara o no, era tan parte de su heredad como lo era de la de Rachel.

—¡Mira! ¡Allí! El árbol de peonias —señaló Rachel—. Recuerdo cuando lo plantó mamá, justo después de que me casé con Brian. En realidad, lo plantó en nuestro honor, por su nombre "Vestido de Novia". —Se ruborizó. —No sabía que las peonias florecían tan tarde.

—No, por lo general no florecen en esta época —informó Rose.

Sin embargo percibió el reflejo de algo blanco como la nieve a través de las ramas del arce japonés: una única flor como un fantasmal recordatorio de Sylvie. Rose miró a Rachel, que sonreía. Era una verdadera sonrisa que suavizaba todo su rostro. Rose también sonrió. Una peonia, nada menos. Supuso que Dios cuidaba los detalles.

—¿Extrañarás este lugar? —preguntó con cautela.

—A la que extraño es a mi madre —contestó Rachel con firmeza.

Rose meneó la cabeza.

—Si hubiera sabido que planeaba dejarme la casa le habría pedido que no lo hiciera. —Se rodeó el cuerpo con los brazos porque de repente tenía frío. —¿Qué diablos se supone que debo hacer con ella?

—Véndela.

Rose miró a Rachel para ver si hablaba en broma. Rachel estaba perfectamente seria. Con sus ojos celestes entrecerrados para protegerlos del sol, miró a Rose de esa manera tan directa y tan suya. —¡No es posible que lo digas en serio! —protestó Rose.

—En realidad, lo digo en serio —contestó Rachel con tono frío y enfático. Rose siempre supuso que esa casa significaba para Rachel tanto como significaba para Iris. Pero, como en tantas otras cosas, se equivocaba. —¿Quieres saber algo? —continuó diciendo Rachel—. Aquí nunca me sentí en mi casa. Siempre andaba en puntas de pie con miedo de romper algo. Hasta me preguntaba si mamá no sentiría lo mismo. Tal vez fuera por eso que pasaba tanto tiempo aquí afuera, en el jardín.

—No sé. —Rose meneó la cabeza. —De alguna manera me parecería mal venderla.

—Ahora es tuya —le recordó Rachel—. Puedes hacer con ella lo que se te dé la gana. —Respiró hondo como para recuperar el equilibrio. Y luego dijo con tranquila amargura: —Has logrado lo que siempre quisiste: a Brian. Tal vez sea lógico que también tengas la casa.

Un instante de culpa hizo que Rose bajara la mirada. Tenía la sensación de estar cruzando una intersección peligrosa. Procede con cautela, le advertían sus instintos.

—Hubo una época en que sin dudar me habría ido con Brian, aunque significara que te dejara a ti. —Rose hizo una pausa, convencida de que debía sopesar bien cada palabra. —No he olvidado lo que lo quise... pero eso fue hace mucho tiempo. Ya no somos ni siquiera las mismas personas.

—Tal vez Brian lo vea de otra manera.

Rose la miró, más aturdida que otra cosa.

—¿Qué estás diciendo, Rachel?

—Dímelo tú.

Rose sintió que se acaloraba a pesar del frío que hacía en el jardín y junto a la vieja casa.

—Se lo estás preguntando a la persona equivocada —dijo.

Rachel se puso colorada y le brillaron los ojos. Enseguida habló en una voz dura y sin inflexiones.

—Ya sé. La noche que te llevó a tu casa no sucedió nada. Brian ya me lo ha dicho. Pero tú y yo sabemos que la verdad tiene más de una cara.

Rose sabía que se refería a Sylvie. Pero era como si el dolor y la confusión que le provocaron la muerte de su madre se hubieran enredado con miedos respecto a su marido.

—Si sabes eso —contestó Rose—, también tendrás que saber que lo que ayer era cierto, no necesariamente debe ser cierto hoy. —Con suavidad, pero no excesiva, agregó: —Te voy a dar un consejo. No andes buscando ropa sucia en sogas vacías.

—¿Qué dices? ¿Que me estoy imaginando cosas? ¿Que ignoro lo que sucede? —Furiosa, Rachel cruzó los brazos sobre el pecho.

—No, tampoco digo eso. Lo único que digo es que no averiguarás cuánto te quiere Brian preguntándomelo a mí.

"Eres la menos indicada para hablar de amor", se burló de ella una voz interior. ¿Qué había hecho respecto de sus sentimientos hacia Eric si no era aplastarlos? Desde el funeral casi no lo había visto... pero no, como le dijo a Eric, porque estaba demasiado ocupada. La verdad era que lo esquivaba. Le había dicho que no podía casarse con él, sí. Pero hasta que pudiera mirarlo a los ojos y decirle con toda honestidad que era porque no lo quería bastante, ¿cómo iba a enfrentarlo? Nunca sucedería, nunca dejaría de amarlo, y sólo agitaría sentimientos que era mejor que permanecieran dormidos.

Los hombros de Rachel se estremecieron y enseguida se tapó la cara con las manos.

—¡Oh, Dios! ¡Extraño tanto a mamá! Ella habría sabido qué hacer. Ella lo habría solucionado todo.

—¿Como lo solucionó con nosotras? —preguntó Rose.

Por entre los dedos de las manos, Rachel le dirigió una mirada herida.

—Ojalá tu infancia y adolescencia hubieran sido mejores, pero eso habría significado que yo no la tuviera a ella por madre.

—No dependía de ninguna de nosotras dos —le recordó Rose—. A nosotros no se nos dio la posibilidad de elegir.

—Todavía no puedo acostumbrarme a la idea. No sólo de que mamá haya muerto sino de que nosotras seamos... —Rachel retrocedió un paso y se apoyó contra el muro. Enseguida se enjugó los ojos con el dorso de una mano, como Rose imaginó lo habría hecho de chica. —¿Qué somos? No somos hermanas, pero una siente que lo somos, ¿no es así?

—Somos... —Rose había empezado a decir "somos amigas". Pero eso tampoco era del todo cierto. Por lo menos por el momento... —Se podría decir que somos sobrevivientes de la misma tormenta —dijo por fin.

—¿Y ahora qué? ¿Adónde vamos de aquí en adelante?

—Haremos lo que siempre hemos hecho. Seguiremos poniendo un pie delante del otro.

Rachel permaneció en silencio. Parecía estar pensando en las palabras de Rose. Fue un minuto que se estiró en muchos otros. Por fin miró su reloj y dijo:

—Es tarde. Debo irme.

—Adelante —la urgió Rose—. Yo me encargaré de cerrar la casa.

No tenía ningún apuro. La verdad era que necesitaba estar un poco sola. Unos instantes a solas en la casa de Sylvie, ahora la suya, para poder pensar.

Hacia dónde se dirigía. Y qué —si algo— podía salvarse de ese lío que Sylvie había dejado tras de sí. ¡Se sentía tan perdida! Y también confusa. ¿No era eso lo que quería? ¿Que el mundo supiera que era hija de Sylvie? Entonces, ¿por qué se sentía tan vacía?

Un instinto hizo que metiera la mano en el bolsillo del saco, el mismo que tenía puesto el día de la muerte de Sylvie. Sus dedos se cerraron sobre algo pequeño y metálico: la llave que Sylvie le dio. En medio de la confusión reinante la había olvidado. Ahora brillaba en la palma de su mano. Recordó que Sylvie mencionó un cajón de su escritorio. Donde había algo que quería que Rose tuviera.

"Lo sabrás cuando lo veas." Las palabras de Sylvie resonaron dentro de su cabeza.

En la oficina pequeña que en 1850, cuando la casa fue construida era una despensa, Rose encontró lo que buscaba. Un cajón cerrado con llave en un hermoso escritorio Chippendale que Sylvie usaba para escribir a sus amigos, pagar cuentas, anotar con meticuloso cuidado todos sus gastos. Introdujo la llave en la cerradura que tenía la forma de un harpa pequeña.

El cajón se abrió con facilidad, como si se usara con frecuencia.

Pero en lugar de encontrar más de lo que había visto hasta ese momento, papeles con cuidadosas columnas, cajas llenas de recibos, cheques cancelados unidos por gomitas, Rose encontró algo completamente distinto: un atado de cartas.

Docenas de cartas que jamás habían sido enviadas. Atadas por una cinta roja desteñida. Todas estaban escritas a mano, con distintos tipos de papel, algunas amarillentas por el paso del tiempo, pero todas con idéntico encabezamiento: "Mi queridísima hija".

Los ojos de Rose se llenaron de lágrimas que corrieron libremente por sus mejillas. Miró las cartas, una tras otra, las había de décadas distintas. Eran cartas que contenían los sentimientos y observaciones que Sylvie, por un motivo o por otro, no pudo compartir con ella.

Agosto 12 de 1977... *Hoy has sido madre. Cuando me enteré de que habías dado a luz, ¡un varón!, quedé sobrecogida. Por tantos sentimientos. Casi todos de alegría, pero algunos tristes también. Sí sólo pudiese ser la abuela del pequeño Drew...*

Y diez años después...

Noviembre 22 de 1986... *Cuando te vi en televisión, y fui testigo de la manera en que te manejabas con todos esos periodistas y con las cámaras que te rodeaban, ¡sentí tanto orgullo! Tenías tanto aplomo... se te veía tan espléndida... allí parada en los escalones de los Tribunales. Mi hija la abogada...*

Rose permanecía sentada e inmóvil y su mano temblorosa parecía ser la única parte de su cuerpo en condiciones de funcionar. Página tras página, algunas quebradizas por el tiempo transcurrido, se le fueron deslizando de la falda a la alfombra, como si fueran hojas de otoño. Era casi demasiado contemplar todo lo que Sylvie había guardado en su interior. Aun después de que se reunieron, Sylvie siguió escribiendo esas cartas en las que compartía sus pensamientos y sentimientos más profundos con una hija que tal vez nunca llegaría a leerlas.

La que más afectó a Rose fue la carta más reciente, escrita pocos meses antes. En ella Sylvie le revelaba que se estaba muriendo y le pedía a Rose, en una especie de último deseo, que si no podía perdonarla, por lo menos comprendiera su imposibilidad de reconocer abiertamente a su verdadera hija.

Pero, al final aceptó a Rose. La valentía de ese acto, junto con el amor que era evidente en cada línea de esas cartas, tocó un rincón del corazón de Rose que ésta siempre creyó cerrado a su madre.

En su tristeza fría se fue abriendo paso un sentimiento trémulo. Un sentimiento que era demasiado nuevo, y tal vez extraño para poder ponerle un nombre, pero que sin embargo la consoló. Sentada en el sillón de Sylvie, con la falda repleta de cartas de su madre, Rose hizo algo que hacía mucho no hacía.

Inclinó la cabeza y rezó.

Rezó por Sylvie. Por Drew e Iris. Por Mandy. Y por Jay, el más joven de todos y a quien de alguna manera le costaba más aceptar la muerte de su padre.

Rezó por Eric, y le pidió a Dios que fuese suave y que cuando llegara el momento en que ella se apartara de él, no sufriera demasiado y que se sintiera libre de encontrar a la mujer de sus sueños, una mujer que ella no podía ser.

Pero, sobre todo, rezó por sí misma.

Eric apretó el botón que parpadeaba, y la voz de quien lo llamaba llenó sus auriculares.

—¿Quiere saber cómo es? Una tiene la sensación de haber recibido un puntapié en la boca del estomago —dijo una mujer mayor que parecía haber estado llorando—. Hoy en día la gente no tiene el menor respeto. Nos tratan como si fuéramos basura.

—Tenemos en línea a Gloria de Hoboken. —Eric se inclinó hacia el micrófono y buscó un lugar entre papeles sueltos, avisos publicitarios y rollos de grabaciones, para poder apoyar un codo. —Gloria, ¿qué pensó cuando después de treinta años la despidieron de su trabajo? Debe haberse angustiado mucho. ¿Qué motivos le dio su jefe para hacerlo?

—Dijo que ya no podía mantenerme a la par con las demás... y que las otras señoras de mi mismo turno se quejaban. Pero ésa es una mentira, porque nunca le di motivos para despedirme —dijo la oyente con tono amargo.

—¿Y usted cuál cree que fue el motivo?

—No creo, lo sé. Es a causa de ese plan de salud del que usted habla. Tendrían que haberme pagado más a causa de los problemas que tengo en la espalda. Deben de haber pensado ¿por qué pagar un centavo más por una vieja que de todos modos se jubilará dentro de algunos años?

—Gloria, ¿usted cómo se gana la vida?

—Querrá decir cómo me ganaba la vida. Trabajaba en una planta de lavado comercial. Usted sabe, sábanas y toallas, esa clase de cosas para hoteles y establecimientos parecidos. Yo era muy buena en mi trabajo. Era gerente de mi turno.

—Entonces quiere decir que en treinta años debe haber visto casos de empleadas enfermas. ¿Su tarea exigía que levantara cosas pesadas?

—Bueno... por supuesto. Teníamos esas grandes prensas. Con algunas de ellas había que luchar.

—Gloria ¿los problemas de su espalda tienen alguna relación con el peso que se veía obligada a levantar?

—Bueno, por supuesto. En ese lugar todo el mundo se quejaba de algo.

—Me parece que en este caso tiene motivos para iniciar un juicio que no sólo sea por despido sin motivo. ¿Ha consultado con un abogado?

—Este... —La mujer hizo una pausa. —¿Con qué se supone que le voy a pagar a un abogado?

—Quédese en línea, Gloria. Los productores del programa tomarán su dirección y le enviarán el nombre de un abogado que maneja casos como el suyo y cobran sólo si ganan.

—¿Cómo?

—Le quiero decir que no tendrá que pagar un centavo, Gloria. Buena suerte con todo... —Apretó el botón para que la comunicación no siguiera saliendo al aire. El llamado sería tomado por Greg, su productor, quien en ese momento le hacía una seña levantando los pulgares desde la cabina detrás de un vidrio de Plexiglass. —Para aquellos de ustedes que acaban de sintonizar esta radio, soy Eric Sandstrom y algunas de las personas a quienes escuchamos hoy se preguntan si su programa de salud no estará haciéndoles más mal que bien...

El resto del programa pasó como en medio de una niebla. Eric se sintió parecido a un piloto automático que apretaba botones, atendía llamados, los que casi todos querían sacar ventaja donde no correspondía. No era que no tuviera compasión por aquellos con quienes se había cometido una injusticia. Era sólo como si el metro que medía su simpatía estuviera por el momento en desuso. Funcionaba bien, hasta se le ocurrían cosas inteligentes para decir, pero era como si sus sentimientos estuvieran envueltos en alfombras y de espuma de goma, lo mismo que el estudio. Cuando llegó la señal, Greg levantaba una mano con dos dedos extendidos para indicar que sólo les quedaban dos minutos de programa, Eric terminó la audición con un comercial grabado en favor de un grupo de médicos de New Rochelle, cosa que pudo ser o no una ironía intencional.

En ese momento se preguntó si todo el mundo no saldría ganando si confiara en médicos indígenas. Desde su punto de vista, lo que la gente necesitaba, además de médicos, era un toque de magia, que los rociaran con polvo de estrellas y un poco de fe. "Es mejor dejar algunas cosas sin explicación", pensó.

¿No fue eso lo que anduvo mal con Rose? No sólo le exigió demasiado y demasiado pronto, sino que intentó convertir lo irracional en sensato, conseguir que ella viera algo que sólo existía en su imaginación. ¿Qué diablos esperaba? A Rose debió parecerle una locura. Las locas imaginaciones de alguien cuya mente estaba disminuida por el alcohol. Y sin embargo...

¿Alguna vez era lógico enamorarse? ¿Cuándo existía un momento preciso? Comprendía que ella estuviera asustada. Ya en dos oportunidades tuvo el amor que él le ofrecía y se lo arrancaron. Y no existían garantías de que no volviera a suceder. Cualquiera de los dos podía enfermar o morir. Lo único que él podía prometer era que nunca la dejaría por su propia voluntad. Pero para Rose, ¡maldito sea!, eso no bastaba.

Durante las pasadas semanas fue como si vivieran en distintas zonas de tiempo. Desde el funeral él casi no la volvió a ver. Y las conversaciones telefónicas que mantenían eran tan cortas y tensas como si se encontraran a muchos kilómetros de distancia.

"Debí haber esperado. Todavía no estaba preparada", pensó Eric.

Fue demasiado impaciente. Y ahora, a pesar de tener el corazón lleno de amor, lo único que podía hacer era sentarse... y no perder las esperanzas.

La situación poco a poco lo estaba matando.

"Para un alcohólico recobrado —pensó— la paciencia no es una virtud, es una disciplina." Algo que uno se ponía todas las mañanas al levantarse de la cama. Una alarma calibrada para reaccionar al menor temblor, y que lo armaba a uno contra sus propios impulsos. Cada día, cada nuevo desafío era un pasadizo angosto, suspendido en lo alto y que requería el equilibrio y los nervios de un combatiente.

En un arranque de temeridad, Eric pensó: "¿No quieres lo que te ofrezco? ¿No te parece que va con garantías? Bueno, entonces joróbate, señora..."

Con la misma rapidez con que acababa de surgir, su furia desapareció. Ese estudio tan chiquito le ponía los nervios de punta. Hacía horas que estaba allí encerrado. Tenía necesidad de salir, de estirar las piernas. Porque de lo contrario se volvería loco.

Veinte minutos después, habiendo repasado el programa del día siguiente con Greg, una entrevista con un senador republicano del ala derecha y un ex doble de Hollywood, Eric caminaba a paso vivo por West Broadway. Después de algunas cuadras, empezó a aclarársele la cabeza. Una vez más le veía sentido a todo; la luz en el extremo del túnel. Vería a Rose...

Siguiendo un impulso, se detuvo en una cabina telefónica. Marcó de memoria el número de la oficina de Rose, sólo para que la secretaria le informara que Rose se había tomado el día libre. Pero él ya había calado a Mallory como una romántica incurable, una de las que religiosamente veían el programa *Melrose Place* y devoraban libros románticos. No le costó mucho convencerla de que le dijera que Rose estaba en casa de Sylvie, ayudando a Rachel a revisar los papeles de su madre.

Eric marcó el número de lo de Sylvie que Mallory acababa de darle, pero una voz de computadora le informó que había sido desconectado. ¡Maldición!

Miró su reloj. Las cinco menos cuarto. Mallory le había informado que Rose estaría en lo de Sylvie hasta eso de las cinco. Existía la remota posibilidad de que si tomaba el subterráneo todavía pudiera alcanzarla. Además tenía curiosidad. Todavía no conocía ese mausoleo heredado por Rose.

Lo mismo que todos los demás, incluyendo la misma familia de Rose, por lo visto todo el mundo quedó estupefacto al descubrir la relación entre Rose y Sylvie. Sin embargo, Eric se daba cuenta de que tenía sentido. No porque pudiera imaginar una circunstancia que lo llevara a a abandonar a su propia hija, y luego obligarla a vivir en un lugar sombrío de mentiras y de verdades a medias. Pero en cambio comprendía lo que era ocultar un secreto grave. ¿No había él conservado durante años el secreto de su alcoholismo? Y también sabía que esos secretos revelaban mucho acerca de quiénes los guardaban. Aunque su reacción inicial fue de orgullo herido, ¿por qué no confió Rose en él? Eric percibió un mensaje más profundo en el silencio de Rose: su compromiso con una promesa no conocía límites.

Y tal vez ése también fuera el mensaje en su negativa a casarse con él. La misma capacidad de amor y de lealtad que evidenciaba en su relación con la madre, fue una fuerza poderosa en el casamiento de Rose y en la tenacidad con que se aferraba a la memoria de su marido.

"Si sólo existiera una manera de que yo fuese el destinatario de ese exceso de amor", pensó Eric, angustiado.

Debía verla. Hablar con ella. Ya mismo.

Pero si Rose estuviera en casa de Sylvie, ¿qué le diría?

Ya había dicho todo lo que se podía decir. Lo único que quedaba era tener fe... Rose debía creer en lo que su corazón le decía.

¿Y si en definitiva lo rechazaba?

Sobreviviría. De alguna manera.

Pero sabía mejor que sobrevivir era muy distinto a vivir.

En la estación de Broadway y Lafayette, impulsado por una descarga de adrenalina más fuerte que ningún estado de ánimo que había tenido desde que dejó de beber, Eric bajó a la carrera los escalones con la esperanza de alcanzar el tren que oía acercarse a la estación.

Rose se preparaba para salir cuando oyó el timbre de la puerta de calle. ¿Sería Rachel que volvía en busca de algo olvidado? Pero Rachel tiene su propia llave, recordó Rose.

Con cansancio, pensó: "Sea quien fuere, que por favor se vaya". Posiblemente se tratara de alguno de los amigos o vecinos de Sylvie, algún ser bien intencionado que le ofrecería su ayuda, pero eso la obligaría a perder tiempo conversando con esa persona, un tiempo precioso durante el que podría estar en su casa.

Rose bajó la escalera curva, apoyada en el pasamanos. En la planta baja, junto a una de las paredes del vestíbulo había una mesa Biedermeier, sobre la que colgaba un espejo ovalado. Alcanzó a verse en él de reojo y en ese momento le impactó lo parecida a Sylvie que era, algo que hasta entonces nunca había notado. Algo en su porte, en la actitud de una mujer que soporta una carga pesada.

Al llegar a la puerta tomó el picaporte, sin preocuparse por preguntar quién era por el portero eléctrico. Pero resultó que el visitante no era un vecino, ni un amigo de la familia de quien podía deshacerse con amabilidad y rapidez. En el umbral había un hombre alto y rubio, con los hombros inclinados en actitud nerviosa, los ojos azules algo entrecerrados como si la luz del día fuese demasiado fuerte.

El corazón de Rose voló a su garganta.

—¡Eric! ¿Qué haces aquí?

Lo que la impactó fue la expresión de necesidad que vio en los ojos de Eric.

"Maldición —pensó Rose—. ¡Maldición! ¡Maldición!"

—Pasaba por aquí —dijo Eric en tono liviano y de broma, lo cual resultaba desconcertante en contraste con la intensa emoción que se pintaba en su rostro. —¿Tienes ganas de un poco de compañía?

—Por supuesto —contestó ella, decidiendo seguirle la corriente. Era más fácil que las millares de cosas que tenía ganas de decirle. —Sólo que ni siquiera puedo ofrecerte una taza de café. Los armarios de la cocina están bastante vacíos. Ahora Milagros sólo viene una vez por semana a limpiar un poco.

Retrocedió para dejarlo pasar y de repente tuvo conciencia de lo que debía ser su aspecto. Se había puesto su jean más viejo y una camisa de Max anudada a la cintura. Después de horas de revisar papeles y de levantar cajas debía estar hecha un desastre.

—Estás maravillosa —dijo él.

Rose se sintió complacida a pesar suyo.

—Mientes como un beduino —dijo riendo—. Pero gracias de todos modos.

Él le besó la mejilla. Con el contacto de sus labios, Rose sintió que todas sus partes más íntimas que Eric había explorado con tanto amor, entraban en una zona roja. Percibió el perfume familiar de su pelo y trató de no respirarlo, por miedo a recordar demasiado.

—Yo me conformaría con una rápida visita guiada, si tienes tiempo. —Eric miró a su alrededor y frunció los labios en un silencioso silbido de admiración. —¡Esta casa es una maravilla! Tengo la sensación de que debería depositar mi tarjeta de visita sobre esa bandeja de plata. No te ofendas, pero es difícil imaginar que alguien pueda realmente vivir aquí.

—Una vez Sylvie me dijo que la primera vez que entró tuvo la misma impresión —le confió Rose—. Pero hacía años que la casa era de la familia de su marido así que ni hablar de mudarse. Después creo que le fue tomando el gusto. Es sorprendente como una persona puede acostumbrarse a las cosas, ¿no crees? Vamos, te mostraré el resto.

Le mostró la planta baja. La sala de estar con sus grandes sillones donde Sylvie solía servir el té sobre una bandeja de plata y con las mejores piezas de Limoges. La biblioteca con paredes recubiertas de paneles de nogal que fue el estudio de Gerald Rosenthal. El comedor formal con muebles Chippendale, y la antigua cocina con la despensa al lado. Y por último, pero no por ello menos importante, la pequeña salita de estar llena de sol y que daba al jardín, donde a Rose le parecía ver a Sylvie en su mecedora de paja, cubierta con una abrigada manta y leyendo novelas inglesas o revistas de jardinería.

Al recitar la procedencia de varias antigüedades y cuadros, a Rose le sorprendió no sólo lo que había retenido de las historias narradas por

Sylvie a lo largo de los años, sino de lo tranquila que parecía. Nadie hubiera dicho que su corazón latía desordenadamente y que tenía la garganta tan seca que debía detenerse varias veces en medio de una frase para respirar.

Por su parte, Eric no dijo nada hasta que llegaron a los ventanales que daban al patio. A diferencia de otros visitantes que lanzaban constantes exclamaciones de admiración, él no parecía demasiado impresionado por el lujoso decorado. Pero tal vez fuera porque mientras ella lo guiaba a través de la casa, él nunca le había quitado los ojos de encima. "¡Ay, Eric, no me estás facilitando las cosas!", pensó Rose con un nudo en la garganta.

—No está mal... siempre que te guste vivir en el pasado —comentó él con sequedad—. De alguna manera me cuesta imaginarte a ti en esta casa.

—¿Y quién te dijo que pienso vivir aquí?

—Tú no lo dijiste. No sé si te has dado cuenta de que últimamente no hemos hablado demasiado. —Había un dejo de pena en su voz, ¿o sería una acusación? De cualquier forma, Rose apartó la mirada con incomodidad.

Eric se acercó al ventanal para ver mejor el jardín ya en sombras porque el sol se ponía, pero en sus movimientos fáciles ella percibió una corriente que era cualquier cosa menos ligera.

Rose endureció sus emociones, que amenazaban con surgir.

—Para contestar a tu pregunta —dijo—, la respuesta es no. No pienso mudarme a esta casa. Yo no pertenezco a este lugar. Además la casa sólo me recordaría cosas que prefiero olvidar. —De repente sintió las piernas flojas y se dejó caer en la otomana sobre la que todavía estaba la manta de Sylvie, prolijamente doblada.

Eric inclinó la cabeza, con una leve sonrisa en los labios.

—¿Adónde te ves de ahora en adelante?

Ella sintió de repente un anhelo tan fuerte y primario que, antes de poder vencerlo, la tenía asida por la garganta. Eric allí de pie, parecía pertenecer a esa casa donde de algún modo nada parecía pertenecer. ¿Y si le tomara una mano y como en las películas donde el héroe y la heroína huyen de sus perseguidores con pocos segundos de tiempo y sólo se internan en la noche? ¿Y si ella echara a la basura todas sus racionalizaciones perfectamente válidas y su comprensible cautela? ¡Ah, qué maravilla! Era como si Rose sintiera el placer físico de viajar por caminos abiertos con la capota baja y el viento en el pelo.

"Pero ésta no es una película —se dijo—. En la vida real, la gente decente no huye." Y la primera responsabilidad de Rose, que venía aún antes que su profesión, antes que su familia, era hacia sí misma. Debía mantener el volante con mano firme y la vista fija en el camino... o volcaría. Porque estaba segura de que la vez siguiente no sobreviviría al choque.

¿Qué garantía podía ofrecerle Eric de que algún acto de Dios no los separaría? Ninguna. Le creía cuando decía que él nunca la dejaría. Pero quién mejor que ella para conocer las vueltas inesperadas de la vida que no figuraban en ningún mapa. Las tormentas repentinas que se desencadenan sin previo aviso.

La muerte de su madre la había afectado profundamente en distintos niveles. Noche a noche despertaba sobresaltada, bañada en sudor y con el corazón palpitante, después de alguna pesadilla en la que soñaba que trataba de alcanzar una ambulancia o de encontrar su camino en medio de un laberinto de corredores de hospital... para llegar hasta Max antes de que fuera tarde. Pero, por supuesto, ya era demasiado tarde. Max se había ido. Lo único que le quedaba por hacer, lo único sobre lo que tenía un mínimo de control era apartarse para impedir que eso le volviera a suceder.

Sin embargo, su corazón no le permitía volverse con tanta facilidad. La urgencia de apoderarse ya mismo de lo que era bueno y satisfactorio era tan fuerte que Rose estuvo a punto de ceder.

—Eric... —Tragó con fuerza. —Debes creer que he estado evitándote. ¿Quieres que te diga la verdad? No es sólo que he estado muy ocupada. La verdad es que te tengo un poco de miedo.

Eric se sorprendió.

—¿A mí?

—Sí, a ti. —Se obligó a seguir adelante. —Cuando te dije que no podía casarme contigo, omití lo más importante: te quiero. Ya sé que tú no me debes creer. Pero te quiero... y eso es lo que me asusta. —Rose bajó la vista para mirar la alfombra.

—Rose, mírame. ¡Mírame! —dijo Eric con tono severo y no volvió a hablar hasta que ella lo miró—. Para mí nada ha cambiado. Te deseo. En mi cama. En mi vida. Para todos los días venideros. Pero no soy ningún tonto. Yo sabía en lo que me metía. Estoy dispuesto a esperar todo el tiempo que quieras. Hasta que tú estés lista. Lo único que me niego a hacer es simular que nos dirigimos hacia alguna parte si no hay ninguna posibilidad de que lleguemos. Di que me quieres bastante como para intentarlo. Te pido que por lo menos me des eso.

Rose sintió que el nudo que tenía en la garganta se expandía. Las lágrimas le hacían arder los ojos.

—¿Quieres la verdad? —preguntó en voz baja y ahogada—. Por la noche no puedo dormir pensando en ti. Te deseo todo el tiempo. Vuelvo a vivir una y otra vez en el recuerdo de las cosas que nos hemos dicho. Las cosas que hemos hecho. —Se apoyó sobre las manos para ponerse de pie. —Pero no estoy preparada para asumir un compromiso... con nadie. Ni siquiera contigo. Y no puedo prometer que alguna vez lo estaré.

Eric se le acercó y la asió por los hombros, hundiéndole los dedos en la carne y lastimándola de una manera que ella, con perversidad, agradeció.

—Rose, lo comprendo. Es un riesgo enorme que llega en un momento en que tú debes sentir que otra pérdida terminaría por destrozarte. ¿Pero cuándo permitiste que algo que temías te detuviera?

Ella lanzó una carcajada llena de amargura.

—Nunca. Pero por lo visto hasta a los perros viejos se les pueden enseñar nuevos trucos.

—No tiene por qué ser así.

—Lo sé. Ése es el asunto. Toda la vida he dependido de otros para que me hicieran feliz. Y casi siempre, con excepción de Max, me han fallado. Y ahora, por primera vez, dependo absolutamente de mí. ¿No comprendes? Debo saber si soy capaz de pararme sobre mis propios pies.

Él la estudió, como tratando de entender.

—No puedo imaginar por qué puedes tener dudas de eso. Decididamente no es como yo te veo.

Rose meneó la cabeza y su mirada se detuvo en una fotografía con marco de plata que había sobre una mesa ratona junto al sofá. Una imagen en blanco y negro de una Sylvie mucho más joven que posaba junto a una chiquita que debía ser Rachel. Rose pensó: "Debí ser yo la que estaba sobre su falda en esa foto". Pero era imposible que reescribiera su historia, así como no podía alterar el hecho de que Eric hubiera aparecido en su vida demasiado pronto después de la muerte de Max.

—Lo que necesito en este momento es... tiempo —dijo con suavidad—. Tiempo para comprender yo misma las cosas. Y hacerlo por mí misma. —Le tomó el rostro entre las manos, saboreando por última vez la suavidad de su mentón bajo la barba casi invisible.

En un gesto repentino, Eric la tomó en sus brazos. La acercó a sí, rodeándole la cintura con un brazo mientras con el otro le cubría la nuca, con ternura pero también con firmeza, de la misma manera que Rose había sostenido a sus hijos. Sintió que Eric temblaba por el esfuerzo de no pedirle más de lo que ella ya le había dado; para no demostrarle con su cuerpo lo que perdería si se alejaba de él. Rose, sin importarle ya si lloraba o la debilidad que podría demostrar, echó atrás la cabeza para mirarlo.

Una lágrima se deslizó por su mejilla cuando cerró los ojos y le ofreció los labios. Y en ese momento no existió pasado ni presente, ni dolor recordado o imaginado, ni siquiera una esperanza de futuro. Sólo existía eso: los labios de Eric sobre los suyos, su aliento suave, su aroma que la llenaba. El beso la elevó y la transportó durante varios minutos a un lugar donde los recuerdos no tenían ningún significado y donde hasta los ángeles se animaban a entrar.

Entonces Eric se echó atrás y le dirigió una mirada que era a la vez de deseo y de tristeza. En un tono de voz que la pena suavizaba, dijo:

—Eres todo lo que imaginé que serías. Fuerte. Hermosa. Apasionada. Sólo hay una diferencia: la mujer de mis sueños estaba dispuesta a encontrarse conmigo a mitad camino. Rose, te quiero más de lo que jamás podrás comenzar a imaginar, pero sería un tonto si me conformara con menos.

Mientras lo observaba encaminarse hacia la puerta, Rose sintió que se destrozaba. Una parte de su ser quería correr tras él y la otra temía que fuera un error y se decía que si aguantaba unos minutos más, estaría a salvo. Aun después de oír el distante "clic" de la puerta de calle, tuvo que luchar contra la urgencia de correr tras él, de ver si todavía podía alcanzarlo. Pero en lugar de moverse permaneció como clavada en el piso. No podía moverse. Apenas podía respirar. La única parte de su ser que no se sentía muerta era su corazón: su pobre corazón remendado que, a pesar de todas sus precauciones, de alguna manera volvía a romperse.

Octubre

Mi casa ocultaba un secreto en la profundidad de su corazón...

El Principito

Capítulo 15

Mandy tenía la sensación de estar colgando por las uñas de los dedos y que si hacía algún movimiento, por leve que fuera, la enviaría volando por sobre el borde.

Era el primer lunes de octubre, un mes después de su conversación con Rose sobre lo que Mandy llamaba "El incidente Anderson", un mal momento sin duda, pero que provocó una reacción desproporcionada en el santurrón de Hayden Lockwood, quien sin duda buscaba un aumento de sueldo. Sin embargo, ella tenía aguda conciencia del angosto margen que existía entre su lujosa oficina en el estudio de su padre y la posibilidad de que se quedara en la calle. Mientras permanecía sentada frente al estrado en la sala 452 de los Tribunales de Centre Street, luchando por mantener la mente en los procedimientos de esa mañana, el tercer y último día (Dios mediante) en la audiencia del divorcio que parecía interminable caratulado *Epstein v/ Epstein*, su sistema nervioso zumbaba como un circuito recargado que en cualquier momento podía reventar.

Habían transcurrido semanas desde su último "mal paso". Seiscientas sesenta y ocho horas, para ser precisa. Y necesitaba un trago. Lo necesitaba con desesperación. Se había portado bien, dedicándose a ese caso, estudiando informes bancarios y declaraciones actuariales la noche anterior, en preparación para la sesión de ese día. ¿No merecía una recompensa? ¿Sólo una pequeña copa? ¿Un vaso de vino para tranquilizar sus nervios? ¿Qué mal podía hacerle?

"¿Pero y si no te detienes en un solo vaso?", le preguntó una voz interior. ¿Entonces qué? Recordaba la firmeza y la resolución de Rose cuando le advirtió que si se producía otro incidente como el de los Anderson, Mandy quedaría en la calle.

Y en ese momento revivió todo el desagradable episodio. Su recuerdo más claro consistía en haber tenido que caminar por el corredor hasta su oficina, deteniéndose ante cada puerta y aferrando los pestillos para recuperar el equilibrio. Con la cabeza palpitante, la boca seca, la transpiración debajo de los brazos con olor al whisky bebido la noche anterior. Por increíble que fuera, parecía haber olvidado su entrevista de las once con Rob y Gillian Anderson. Cuando lo recordó ya eran cerca de las once, pero a pesar de haberse dado una rápida ducha y de haber corrido hacia el estudio llegó casi con una hora de retraso.

Entonces, como una bendición, vio la puerta con la chapa que ostentaba su nombre. Pero algo andaba mal. Hayden salió de su oficina, ubicada junto a la de ella y parecía angustiado, no era el hombre tranquilo y seguro que ella conocía. Trató de detenerla, pero Mandy se abrió paso de un empujón. Furiosa. Gritando. ¿Qué mierda sucede? Y entonces allí estaba Gillian Anderson quien la miraba con la boca abierta, horrorizada. El rostro de Mandy era un círculo blanco contra el frío empapelado gris de las paredes, elegido por su efecto tranquilizante. Y de pie, junto a la ventana, con los brazos cruzados sobre el pecho y expresión ultrajada, se encontraba el marido de Gillian, acompañado por su abogado Al Gottlieb, cuyos ojos brillaron ante el inesperado espectáculo.

Mandy luchó con denuedo por recuperar el terreno perdido; se disculpó profusamente, y hasta hizo una broma diciendo que la noche anterior había bebido de más en una fiesta, pero no sirvió de nada. Por la expresión de disgusto de las personas reunidas en su oficina comprendió, a pesar de la neblina en que la hundía su resaca, que ella misma se había vendido. Nadie creía, ni por un instante, que hubiera habido una fiesta la noche anterior. A menos que se tratara de una fiesta para una sola persona.

¡Ah... y la humillación! En cuanto los Anderson se fueron, llevándose consigo como mil horas de trabajo que podrían haberse cobrado, Mandy huyó hacia el ascensor. A su casa. La imagen parpadeó dentro de su cabeza como la luz verde de un semáforo, borrando cualquier otro pensamiento. Tenía que llegar a su casa donde estaría a salvo. Donde lograría arreglar todo lo que estuviera mal.

Esa vez un vaso de whisky no le bastó. Tuvo que beber un cuarto de botella para amortiguar su pánico.

La muerte de Sylvie, por triste que fuera, le había proporcionado un poco de tiempo. Pero pocos días después del funeral, Rose la llamó a su oficina y le dijo todo lo que pensaba. Agregó que si se producía un sólo episodio más, quedaría en la calle. No pensaba darle una segunda oportunidad.

Desde el ultimátum de Rose, Mandy se mantuvo seca como un papel secante. No volvería a ceder. Estaba decidida. Esa vez tendría que portarse realmente bien. ¡Oh, pero lo que daría por un trago, un simple trago!

¿Estás dispuesta a correr ese riesgo?

No... por el momento era mejor que mantuviera un perfil bajo. Entonces, cuando hubiera transcurrido bastante tiempo, cuando todos en la oficina hubieran dejado de actuar como si ella fuese una especie de proyecto científico fracasado, cuando les hubiera demostrado que era tan controlada como todos los demás, de vez en cuando se podría dar el gusto de beber un ocasional vaso de vino y nadie se daría cuenta de ello.

Mandy se esforzó por dejar de pensar en la debacle de los Anderson y se obligó a escuchar el cacareo nasal de la abogada del señor Epstein. Janet Braithwaite, una mujer de alrededor de treinta años, morocha, bastante atractiva, aunque debía pesar alrededor de veinte kilos más de lo que le convenía. Tenía una voz chirriante, que era como pasar las uñas por un pizarrón y, como siempre, no sabía de qué mierda estaba hablando. Un minuto después, Mandy se puso de pie.

—Su señoría, me gustaría recordarle a la Corte que mi cliente, la señora Epstein, participaba activamente en la empresa de su marido antes de que ellos se casaran. Por lo tanto, creemos que tiene derecho a compartir las ganancias prematrimoniales, tal como lo hemos solicitado.

Por el rabillo del ojo alcanzaba a ver a su cliente llevándose a la nariz un pañuelo arrugado. La señora Epstein estaba aprovechando sus alergias para recordar a todos los que estaban reunidos en la sala, quién era la víctima. "La cosa pinta bien", pensó Mandy. La mujer, con sus labios finos y sus ojos demasiado juntos, era sincera, pero parecía bizca y astuta y por lo tanto le hacía falta toda la ayuda que pudiera conseguir.

Janet se puso de pie de un salto.

—¡Era la secretaria de mi cliente, Su Señoría!

Janet lucía un traje color borravino, pero por cara que fuese la ropa que se pusiera siempre parecía desbordarla.

—¿Qué quiere implicar, señorita Braithwaite? —preguntó el juez Kornfeld, un hombre prolijo y canoso cuyo perfil fuerte le recordaba a Mandy el águila del dólar de plata.

Janet frunció el entrecejo y de repente se dejó caer en su silla dando golpecitos con el lápiz sobre el bloc que tenía sobre la mesa. Se aclaró la garganta y comenzó a decir en un tono de voz amplificado por una falsa fanfarronería:

—Quiero decir que en su calidad de empleada asalariada era... que la señora Epstein era adecuadamente... este... recompensada en ese tiempo. En todo caso, fuera cual fuere su contribución, no parece haber tenido un impacto duradero. Su Señoría, como puede comprobar por las cifras que tiene ante sí, la cadena de ferreterías del señor Epstein ha sufrido una pérdida constante a lo largo de los últimos ocho años.

—¿Es así? —Kornfeld frunció los labios y examinó el documento. —Bueno, por algún motivo no veo esas cifras, señorita Braithwaite. Parecen faltar en su propuesta.

Janet se pasó una mano por el pelo y sin quererlo despeinó sus cuidadosas ondas, convirtiéndolas en un verdadero enredo.

—Debe haber un informe del contador por separado. Estoy absolutamente convencida de haberlo incluido. Tal vez se haya extraviado... —Paseó la mirada por la sala, como si esperara que el ujier o alguno de los jurados produjera el documento perdido. Cuando resultó evidente que nadie acudiría en su ayuda, pidió con tono sumiso:—Su Señoría, ¿puedo acercarme al estrado?

Al ver que Janet avanzaba hacia el frente de la sala, Mandy se sintió algo triunfante. Para variar, no era ella la que estaba sobre carbones encendidos, ni a quien se le susurraba en voz baja. Nadie la miraba con desprecio por haberle fallado a su cliente en un asunto grave.

Eso lograba que casi valiera la pena su abstinencia, que le resultaba tan larga y penosa como un recorrido por el Sahara. Días de apenas poder atender el teléfono sin gritar, de tener ganas de abofetear a sus clientes cuando discutían por tener que dividir alguna colección de porcelana, o el tiempo que les tocaba veranear en el tiempo compartido del Poconos. Noches que pasaba en su casa, tan nerviosa que apenas podía permanecer sentada, pero sin siquiera animarse a salir a caminar por miedo a que la salida la condujera a un bar. Noches de permanecer tendida y despierta en la cama, con la boca seca de pánico, preguntándose si eso alguna vez terminaría. ¿Alguna vez volvería a sentirse normal? ¿Llegaría el momento en que, con toda honestidad, cuando le ofrecieran una copa pudiera contestar: "No, gracias, no tengo ganas"?

Pero cumplió con su palabra. Eso demostraba que no era una alcohólica. En el límite, tal vez, pero no una alcohólica declarada. Porque, si no, no habría podido dejar así de tomar. Era el tiempo más largo que había podido pasar sin beber una gota.

La semana de su última borrachera estaba cubierta por una niebla. Su recuerdo era una especie de crepúsculo alcohólico que parecía envolverse en forma interminable alrededor de sí mismo, como si se encontrara en un vuelo intercontinental donde el horario de cada zona se derretía en el siguiente. Aunque, a juzgar por la manera en que la miraban en la oficina, debía de haber estado más ausente de lo que creía. Porque de lo contrario, ¿qué sentido tenía que Hayden hubiera hablado con Rose a sus espaldas?

Y Robert. Él también se había enfriado. No porque ella hubiera hecho algo que lo avergonzara, ¡gracias a Dios! ¿Pero cuántas veces puede una negarse a salir con un tipo como Robert? Después de la cadena de excusas que ella le ofreció, él dejó de preguntarle cuándo saldrían y hasta cesaron sus llamados amistosos.

Mandy sacó un arrugado pañuelo de papel del bolsillo de su blazer y se enjugó furtivamente la frente transpirada. Se sentía como un balde oxidado que perdía agua por una docena de lugares, y tampoco sabía en qué momento podía estallar en llanto. Era como si todo hubiera comenzado a irse abajo con la muerte de Sylvie, lo cual era extraño porque ella no era muy unida con la anciana. En parte fue el impacto de enterarse de que Sylvie era la madre biológica de Rose. Cosa que Rose sabía y mantuvo en secreto durante años. Pero sobre todo se trataba de la misma Rose. Su madrastra con quien Mandy siempre fue muy unida y a quien durante la infancia prácticamente adoró, ahora parecía una persona distinta. Más dura. Como si la experiencia hubiera endurecido en muchos sentidos sus resoluciones. Mandy no tenía la menor duda de que Rose cumpliría su amenaza de echarla del estudio si la volvía a pescar bebiendo.

De manera que era necesario que se portara bien. Sencillamente no le quedaba otro camino. Y ahora allí estaba, no sólo sobria, sino reivindicada por lo menos ante sus propios ojos. Por poca cosa que se sintiera, era bueno saber que era capaz de pasar un día entero sin siquiera pensar en beber.

Mientras tanto, tocó madera, todavía conservaba su trabajo y los negocios eran buenos. "Los divorcios —pensó— siempre son una excelente fuente de ganancias."

El Juez Kornfeld la sacó de sus recuerdos al gruñir con tono severo:

—Señorita Baithwaite, no tenemos todo el día. ¿Puede o no presentar ese informe perdido o mítico?

Janet se puso colorada.

—Yo... no sé cómo pudo haber sucedido —tartamudeó mientras volvía a revisar con frenesí los papeles que había retirado del estrado—. De alguna manera se debe haber deslizado por ahí. —Miró al juez con expresión implorante. —Se lo haré llegar a su despacho esta tarde sin falta.

Para Mandy fue un alivio que los procedimientos de la mañana quedaran cerrados cuando el juez golpeó su mazo. Concedía un cuarto intermedio hasta el día siguiente. Con amabilidad, rechazó el ofrecimiento de la señora Epstein de invitarla a almorzar y prefirió comer un sándwich camino a la oficina. Sabía que en ese momento de su vida los restaurantes no eran lugares seguros; la tentación de ordenar una copa era demasiado grande. Además, se encontraría con Drew en casa de éste alrededor de las seis y tendría que trabajar sin descanso para lograr limpiar de papeles su escritorio antes de esa hora. La noche anterior, cuando la llamó, su hermano parecía muy nervioso. Dijo que tenía necesidad de conversar con ella, que era importante. No quería llegar tarde ni hacerlo esperar.

Mandy picoteaba su sándwich de pollo mientras tomaba notas en el tercer borrador de un acuerdo de separación, cuando sonó su intercomunicador. La secretaria anunció que tenía a la señora Griffin en la línea dos, la señora Bernice Griffin. Y a juzgar por el tono de Lori, era evidente que en menos de un minuto y desde su seguro refugio de Boca Ratón, la madre de Mandy ya había logrado ofender a su secretaria. "¡Dios! Esto es lo único que me faltaba en este momento", pensó Mandy. Levantó el receptor con cuidado, como si se tratara de una víbora que pudiera morderla.

—Mandy, ¿eres tú? ¡Dios mío! Tu secretaria me hizo esperar tanto que creí que me había olvidado. —Bernice lanzó una carcajada que encerraba una acusación como si, de alguna manera, la falta de rapidez de Lori fuese culpa de Mandy.

—Lo siento mamá, he estado toda la mañana en la corte. Entré recién al estudio. —¿Por qué se disculpaba? Era como si durante toda su vida se viera obligada a reparar los pecados contra su madre que no tenía conciencia de haber cometido. Pecados que, sin embargo, Bernice tenía cuidadosamente anotados y archivados. —¿Sucede algo? No es común que me llames a la oficina. ¿Está todo bien?

Su madre lanzó un suspiro interminable. Después dijo:

—Te estaba por hacer la misma pregunta. Cuando el domingo no me llamaste, pensé que tal vez tuvieras algún problema, o que hubieras tenido un accidente. Estuve enferma de preocupación.

—¿Por qué pensaste algo así? —Mandy trató de pensar a toda velocidad. ¿Qué tuvo de especial el domingo? ¿Fue el cumpleaños de mi madre? No... Cumplía años en abril... y Mandy se acordó de enviarle flores. Rosas, que su madre le agradeció mientras le recordaba que su jardín de Boca Ratón estaba tan lleno de flores, que el jardinero debía cortarlas y tirarlas.

—Si no era bastante importante para que lo recordaras, no tiene sentido que yo te lo diga —contestó la madre con el tono sufrido de la mujer acostumbrada a que se ignoren sus necesidades.

El calambre que Mandy tenía en el cuello aumentó y se le clavó como si fuera un alambre de púas.

—¡Mamá, no me hagas esto! Por supuesto que quiero saber. Lo que pasa es que he estado muy ocupada aquí, en la oficina. Sea lo que fuere, se me debe de haber olvidado.

—Tengo plena conciencia de lo ocupada que estás. ¿Crees que te llamé para quejarme? Estaba preocupada, eso es todo. —Mandy oyó el "clic" del encendedor de su madre seguido por una inhalación. —¿Cómo anda el negocio de los divorcios? ¿Muy bien, como siempre?

—Por lo menos me permite pagar el alquiler. —Mandy cerró los ojos con fuerza. —Escucha mamá, si tienes algo en mente, me encantaría que me lo dijeras. ¿O sólo llamaste para hacerme sentir culpable?

—Bueno, si ésa es la actitud que vas a adoptar, lamento haberme molestado —retrucó su madre—. Perdón si he ocupado demasiado de tu precioso tiempo. —A Mandy le parecía ver a su madre, en un tiempo una pelirroja natural y en la actualidad teñida de un color vívido y tan cubierto de fijador que su pelo quedaba duro y con aspecto de una cacerola dada vuelta. Debía estar junto a la pileta, en el patio trasero, el teléfono inalámbrico en una mano, un cigarrillo en la otra. En Hacienda Harbour, la comunidad a la que se había mudado seis años antes (que el panfleto que su madre le envió describía como "ideal para la naturaleza de un adulto activo") era una de las residentes más jóvenes, un hecho que la alentaba a destacar el interés que demostraban por ella los hombres de la comunidad.

—Lo siento mamá. No fue mi intención decirlo así. —Mandy suspiró. —Sucede que últimamente he estado muy estresada.

Su madre exhaló humo con fuerza, cosa que por teléfono sonó como un bufido. Mandy imaginó que debía estar con los ojos entrecerrados para evitar el humo del cigarrillo. Le pareció oír el leve zumbido de un regador en segundo plano y casi pudo oler el pasto mojado.

—No me sorprende —dijo Bernice.

Mandy se puso enseguida a la defensiva.

—¿Qué quieres decir?

—¿Necesitas que te lo diga con todas las letras? Cualquier tonto se daría cuenta. Esa mujer, tu madrastra, te hace trabajar como una esclava. Desde la muerte de tu padre, que Dios se apiade de su alma, no has sido la misma.

—Mamá... esto no tiene nada que ver con Rose. —De alguna manera tenía que ver con ella. Pero Mandy habría preferido caminar desnuda por una vereda llena de gente antes de explicarle a su madre su problema con el alcohol.

—¿Y qué me dices de ese joven con quien sales? Últimamente no lo has mencionado. —De repente hubo una serie de ruidos de estática y la voz de su madre se oyó muy lejos. Mandy la imaginó caminando hasta el otro extremo de la pileta donde la señal telefónica era menos clara.

—¿Te refieres a Robert? Nos vemos cada vez que podemos. Estamos los dos muy ocupados. —Sin pensarlo cruzó los dedos detrás de la espalda, como lo hacía de chica cada vez que mentía. —No te preocupes. Si alguna vez decido casarme, te lo avisaré con el tiempo necesario para que puedas comprarte un vestido.

—No es necesario que seas insolente. Sólo te lo preguntaba. Pero ya que has sacado el tema, debo recordarte que no estás cada día más joven. A tu edad yo ya tenía marido y una hija.

—Sí, mamá, lo sé. —Un marido y una hija a los que enloqueciste con tus continuos reproches.

—Y no creas que no sé cuál es el problema.

—¿Quién dijo que yo tenía un problema? —El alambre de púas que rodeaba el cuello de Mandy se apretó. La frente se le cubrió de traspiración. Era como estar en un baño turco.

Su madre siguió hablando como si no la hubiese oído.

—Leo libros. Veo televisión. No soy tonta.

—Mamá, ¿de qué demonios estás hablando?

—Del divorcio, de eso hablo. Tú tenías doce años cuando tu padre nos abandonó, y no me digas que eso no te dejó cicatrices.

—No veo...

—¡Por supuesto que no ves! Eras demasiado chica para comprender lo que sucedía. Fue esa mujer. Le había echado el ojo a tu padre. Debí haberme dado cuenta. ¡Fui tan ciega! Allí estaba, yendo todos los días a la oficina y sin sospechar nada... hasta que ella decidió atacar.

—Han pasado veintidós años. —Mandy luchó por contener el grito que montaba en su interior. Hacía años que oía la misma historia y conocía de memoria cada amarga acusación y cada invento. —¿De qué sirve seguir hablando y hablando del asunto? Papá ha muerto. Y Rose no está aquí para poder defenderse.

—Tú siempre la defendiste. Desde el primer día. Debe ser por eso que olvidaste el aniversario el domingo. Tu padre y yo habríamos estado casados cuarenta y dos años. ¿Pero a quién le interesa?

Mandy hizo una mueca. El alambre de púas ya la estaba ahorcando. No se animaba a moverse ni un centímetro para que no la matara.

"¡Maldición! Debí recordarlo."

¿Pero qué sentido tenía? Todos los años, cuando llamaba a su madre por esa fecha o le mandaba una tarjeta se odiaba por ceder, por alentar los engaños de su madre. "Tal vez por eso lo olvidé", pensó Mandy. Además de la pila de mentiras que amenazaban con ahogarla, ya era demasiado.

—Feliz aniversario —felicitó a su madre con una voz tan hueca como el agujero que tenía en el estómago. —Te enviaré una tarjeta.

—No te molestes... De todos modos ya es tarde. ¡Ah! Alguien llama a la puerta. —Mandy alcanzó a oír el timbre y luego unos pasos. —Es el hombre que se encarga de la pileta. Algo que se relaciona con el filtro.

Me prometió que pasaría por aquí. Pero de eso hace dos semanas, ¿puedes creerlo? Cuando lo volví a llamar para recordárselo, actuó como si me estuviera haciendo un favor. ¡Como si no le pagara bastante todos los meses!

—Este fin de semana te llamaré en algún momento —prometió Mandy bendiciendo para sus adentros al encargado de la pileta.

Al cortar la comunicación quedó pensando en su padre. ¡Dios cómo lo extrañaba! Su risa resonante, y su costumbre de pasar por su oficina a horas extrañas del día, sólo para preguntarle cómo estaba o para darle un rápido abrazo. Extrañaba su enorme sentido del humor, los chistes tontos que contaba con tan buen gusto que uno no tenía más remedio que reír. Y cuando estaban solos la llamaba por su sobrenombre infantil "Monito" y la despeinaba como cuando era chica. "Eras un verdadero monito que se trepaba a los árboles antes de que uno pudiera decir una sola palabra."

En ese momento lo único que Mandy quería era apoyar la cabeza sobre el escritorio y aullar como un bebé.

Porque no podía tener lo que en realidad quería.

Su madre tenía razón en una cosa. Con cada día que pasaba ella no rejuvenecía. ¿Y Robert? Ya no se acordaba cuándo fue la última vez que la llamó. ¿El día anterior o el anterior a ése? No... fue la semana pasada. Ella estaba mirando televisión y el llamado interrumpió un aviso de cerveza Budweiser.

Le dijo que tenía entradas para ese sábado en el Carnegie Hall y le preguntó si le gustaría ir. Mandy tuvo que morderse los labios para no decirle la verdad: que le encantaría pero que le daba miedo que él la viera en el estado en que estaba. En vez, le dijo que esa noche tenía que comer con su hermano, lo cual era en parte cierto. Jay le había dicho que cualquiera de las dos noches, el viernes o el sábado le convenía.

"Está bien —pensó Mandy— así que Robert no me ha vuelto a llamar desde entonces. ¿Y qué esperabas? Es un tipo inteligente y sabe interpretar las indirectas. Si todavía lo quieres, ¿por qué demonios no lo has llamado tú?"

Antes de arrepentirse, tomó el teléfono y marcó el número de la oficina de Robert.

—Habla Mandy Griffin para el señor Greene —le anunció a la secretaria, con la esperanza de que no fuese evidente que le temblaba la voz.

La mujer vaciló antes de contestar con amabilidad:

—Veré si el señor Greene está en su oficina.

Mandy esperó lo que le pareció una eternidad antes de que la secretaria retomara la línea.

—Lo siento señorita Griffin, el señor Green está en una reunión. ¿Quiere dejar algún mensaje?

Algo en la voz de la mujer le indicó a Mandy que mentía. ¿Cómo se llamaba esa secretaria? No lo podía recordar. Pero últimamente eran muchas las cosas que parecía haber olvidado. Sólo una cosa era clara, una terrible certeza que palpitaba en la cabeza de Mandy: la situación se había dado vuelta. Ahora era Robert quien la evitaba a ella.

—No, gracias... volveré a llamar más tarde —murmuró.

Cortó y durante varios minutos se quedó mirando los papeles que tenía sobre el escritorio, tratando de interesarse por problemas domésticos que no fueran los suyos, pero era inútil. No podía dejar de pensar en la última vez que ella y Robert hicieron el amor, la expresión de dolor de él cuando ella con suavidad le sugirió que se fuera. Debió parecerle un rechazo esa excusa que ella murmuró acerca de tener que levantarse temprano a la mañana siguiente para asistir a la corte. Lo que Robert ignoraba era que ella quería que se quedara. Y que se odió por tener necesidad de estar sola. Sola para beber.

Ahora ya no importaba.

No le importaba a Robert.

Esa vez Mandy no pudo contener su desesperanza, así como no hubiera podido detener la sangre de una arteria cortada. Sólo logró sofocar con las manos el grito que no pudo menos que lanzar.

Por mal que se sintiera Mandy, el aspecto de Drew era peor. Pálido, sin afeitar, con ojeras de ansiedad. En el pequeño estudio del que ella se burló cuando él se mudó, diciendo que estaba bien si uno era petiso y no coleccionaba nada más grande que estampillas, su hermano estaba sentado con aspecto de vencido en el sofá, inclinado hacia adelante y con los codos apoyados sobre las rodillas.

La última vez que Mandy lo había visto fue en el funeral de Sylvie. Ese día parecía triste, aunque no sacudido ni agitado. Pero ahora era evidente que le sucedía algo grave. Mandy miró a su alrededor, contempló ese cuarto por lo general tan prolijo y notó que la pileta de la cocina estaba llena de platos sucios y que la ropa sin lavar se amontonaba en un rincón.

"El departamento no está desprolijo —pensó— sino completamente descuidado." Y eso era tan extraño en Drew. De chico siempre insistió en tener jaulas con hamsters, recipientes con peces, pero había cierto orden en todo. En cambio eso era... bueno un desastre.

—¿Qué te pasa, Drew? ¿Estás enfermo? —Y por un momento la preocupación hizo que Mandy olvidara sus propios problemas.

Su hermano meneó la cabeza y levantó el rostro apuesto, que era tan parecido al de su padre que siempre impresionaba a Mandy.

—No se trata de mí. Es Iris. No sé dónde está. Anoche llamó desde una cabina telefónica para decir que venía para acá. Pero nunca apareció. Ninguno de los amigos comunes a quienes he llamado han tenido noticias de ella. Tampoco está en casa de sus padres.

—¡Dios! ¿Se pelearon?

La sonrisa que él le dirigió fue tan triste que Mandy tuvo que apartar la mirada.

—Nosotros no peleamos... como las parejas normales. —Hablaba con voz ronca por el cansancio. —Si te contara algunas de las cosas que nos han sucedido, no las creerías.

—Ponme a prueba.

Drew permaneció un instante pensativo y extendió las manos en un gesto de indefensión, como si fuera inútil que tratara de explicar.

—Es como... si nos lleváramos bien —comenzó a decir, vacilante—, y de repente ella estalla por algo que... bueno, que no tiene sentido. Es como si tuviera la cabeza llena de pequeñas habitaciones y uno nunca supiera qué va a surgir de alguna de ellas.

El pelo castaño oscuro de Drew estaba parado, y Mandy recordó que, cuando eran chicos, no existía fijador suficiente para mantenerlo chato. En esa época lo volvía loco, pero ahora ni parecía darse cuenta. Lo observó pasarse una mano por la parte superior de la cabeza, distraído. Notó que tenía las uñas terriblemente mordidas.

—Y esas habitaciones, ¿cómo son? —Mandy tenía la sensación de estar en medio de una de los misterios de Nancy Drew que devoraba cuando era chica, como si estuviera subiendo una escalera oscura sólo con una linterna. Y no estaba segura de querer saber lo que había más adelante.

Drew le dirigió una mirada larga, como estudiándola.

—¿Me prometes que no se lo dirás a nadie? A nadie. Me hizo jurar que no lo contaría.

Mandy se estremeció, muerta de ganas de echarse atrás. Ella debía subir su propia escalera, tan inclinada como traicionera. Era la última persona a quien Drew debía recurrir en busca de ayuda. Pero Drew era parte de su familia. En cierto sentido, el hecho de llevarle tantos años la hacía sentir más cerca de él que si hubieran crecido juntos. Cuando él nació, ella tenía trece años. Recordaba en todo detalle lo que era él de recién nacido. Cómo se le fruncía la carita cuando bostezaba. Cuando lo tenía en brazos imaginaba que era su hijo, y lo prefería a cualquier muñeca o mascota.

¿Cómo se iba a negar a ayudarlo en ese momento?

—Te lo prometo —dijo.

Drew respiró hondo, como para reunir fuerzas.

—Hace un par de meses, Iris realmente perdió la noción de todo. Me refiero a un tiempo largo. Posiblemente debí habérselo dicho a alguien entonces, pero me hizo prometer que no lo haría. Me juró que lo conversaría con su psiquiatra y que haría lo que él considerara mejor.

—¿Fue muy terrible?

Drew señaló el baño, y entonces Mandy notó que la puerta colgaba un poco torcida y que la madera rajada estaba arreglada con masilla. La voz ronca de Drew era como un eco que subía de un profundo abismo.

—Yo no hacía más que pedirle que abriera la puerta... o que por lo menos dijera algo. Pero si no hubiera echado abajo la puerta...

Su expresión se puso tensa y, una vez más, lo que Mandy vio fue la cara de su padre, la mirada decidida y confiada en una emergencia. Sólo que en Drew no había nada de heroico, parecía joven, demasiado joven para tener que enfrentar cosas tan terribles. En voz baja, ronca por la extenuación, le confió:

—Tenía una hoja de afeitar. Estaba sobre el piso, al lado de ella. Se habría cortado si yo no hubiera llegado a tiempo. —Comenzó a llorar, grandes sollozos jadeantes que dejaron a Mandy destrozada entre la necesidad de echarle los brazos al cuello y las ganas de alejarse de allí en puntas de pie para no ser una intrusa en algo tan privado.

Suicidio. ¡Dios! Mandy ni siquiera imaginaba la posibilidad de tanta desesperanza. A pesar de lo bajo que había llegado con la bebida, nunca se le ocurrió apuntarse la cabeza con un arma. Siempre había otra salida, aunque a veces la posibilidad de huir pareciera terriblemente estrecha. Más angustiada de lo que se animaba a demostrar, meneó la cabeza.

—Con razón tenía tan mal aspecto en el funeral, como si estuviera enferma o algo así. —Tomó las manos de su hermano que estaban húmedas e inertes. —Drew, Iris está enferma. Nada de esto es culpa tuya. Debes creerlo.

Drew se enderezó; le temblaba la boca.

—Lo que yo sienta no tiene importancia. ¿No comprendes? Ella puede morir. No sé lo que le sucede, pero mientras nos quedamos sentados tratando de comprenderlo, tal vez Iris muera. Escucha, yo todavía no soy médico, pero sé lo suficiente como para estar aterrorizado.

—Entonces ¿por qué no se lo has dicho a los padres de Iris?

—No sé. —Se encogió de hombros y se golpeó con fuerza la nariz. —Supongo que yo tenía tantas ganas de creerlo como ellos, me refiero a ese mito del bien que yo podía hacerle. El caballero al rescate. —Lanzó una carcajada ronca. —El asunto es que la quiero. Nada de esto lo modifica. —La expresión de su hermano hizo que a Mandy se le llenaran los ojos de lágrimas. —Mandy, necesito tu ayuda. Por favor, ayúdame a encontrarla.

Mandy respiró hondo. Tenía la sensación de que se estaba ahogando, y ahora le pedían que ayudara a otro. ¡Era demasiado!

Sin embargo, al mirar los ojos de su hermano, tampoco pudo negarse. ¿Y si llegara a suceder algo terrible porque ella no ayudaba? Nunca se lo perdonaría. ¿Y no era bastante su vergüenza por vivir como vivía, para aumentarla aún más?

Contra todos sus instintos, todo su egoísmo que le gritaba que se ayudara a sí misma antes de tenderle una mano a su hermano, Mandy contestó:

—Lo intentaré.

"Dios querido, haz que todos salgamos de esto sin destrozarnos."

Minutos después Mandy bajaba a la carrera las escaleras en dirección al supermercado de la esquina. Drew le acababa de confesar que no comía desde el día anterior, y después de revisar su heladera con rapidez, ella no dudó. Insistió en que ambos debían comer algo antes de embarcarse en lo que podía llegar a ser una aventura alocada e infructuosa.

Pero una vez en el supermercado pakistaní, al abrir la heladera no sólo se encontró frente a cartones de leche y jugos de naranja. Lo que de inmediato atrajo su atención fueron los vinos que se estaban enfriando, una hilera de altas botellas. Pensó en lo que sentiría si tomara una de esas botellas en sus manos, el frío del vidrio contra las palmas de sus manos. Hasta la marca parecía agradable e inofensiva. ¿Qué daño le podía hacer una sola botella? Ese vino no era mucho más fuerte que la soda, no contenía bastante alcohol para hacerle mal a nadie.

Comenzó a temblar. Tragó con fuerza. Sentía la garganta seca. No recordaba haber necesitado algo tanto en toda su vida.

Cerró los ojos y trató de alejar la imagen de sí misma llevándose una de esas botellas a la boca, la cabeza echada hacia atrás, los labios abiertos. Pero no le sirvió de nada. No podía borrar esa imagen. Y cada instante su necesidad era mayor.

Se vio estirar la mano para tomar una botella que la atraía como un imán.

"Nada más que una. Lo prometo..."

¿Pero a quién trataba de engañar? No se detendría en una sola. Nunca lo hacía.

Con el resto de fuerza de voluntad que le quedaba, echó atrás el brazo y en ese instante experimentó la sensación casi física de algo que se rompía, como si esa separación de lo que más quería fuese algo así como que le arrancaran el cuero cabelludo. Se apoyó contra el vidrio frío de la heladera comercial y se secó la frente sudorosa con una manga. No se sentía virtuosa sino carenciada.

Tomó una de las canastas de plástico amontonadas junto a la puerta y comenzó a arrojar comestibles adentro. Pan. Queso. Tajadas de pavo asado. Un frasco de mayonesa y otro de mostaza. Sólo cuando apoyó el canasto junto a la caja registradora, recordó la leche. ¿Convendría que volviera a buscarla? ¿Arriesgarse a sucumbir a la tentación?

Como en un trance, Mandy volvió a acercarse a la heladera. La hilera de botellas con sus etiquetas parecía guiñarle. Casi rió de sus temores. ¿Cómo era posible que algo tan alegre, tan benigno, le provocara tanta preocupación?

Antes de que su conciencia pudiera prevalecer sobre su necesidad, Mandy tomó una botella, y en lugar de una tomó dos. Una para brindar por su salud y la otra... bueno, ¡que diablos! porque tenía ganas.

Al llegar a la caja registradora, mientras el dueño del local marcaba los precios de la compra con expresión aburrida, ella sacó la billetera de su cartera. Al hacerlo, un papel voló al piso. Se inclinó para levantarla. Era una tarjeta. Frunció el entrecejo y la examinó. *Eric Sandstrom, radio WQNA*. En la parte de atrás, Eric había anotado su teléfono particular.

Todo descendió sobre ella como una carretilla que vuelca de repente su contenido; la noche que fue a comer a lo de Rose. Eric que la arrinconó en la cocina. Ese hombre a quien apenas conocía, un desconocido en realidad, que la miraba como si la comprendiera de una manera que ni siquiera su familia lograba comprenderla. "Llámame a cualquier hora", le había dicho. Irían juntos a una reunión de Alcohólicos Anónimos.

"¡Qué tipo prepotente! —pensó Mandy—. ¿Sólo porque la había llevado una noche a su casa se sentía con derecho a reprenderla?"

Sintió que un cepillo le pasaba por la pierna y pegó un salto mientras el corazón se le subía a la garganta. Pero era sólo el gato del supermercado, un gatito amarillo que salió corriendo como si ella le hubiera pisado la cola. El dueño del local también la miraba con una expresión extraña. Mandy quedó petrificada al mirar la bolsa de plástico llena de comestibles que había junto a la caja. "¿Qué estás esperando? —se dijo—. ¡Paga lo que has comprado y vete de aquí de una buena vez!" Pero al mirar hacia la puerta, anticipando su salida presurosa, vio algo que no había notado al entrar: un teléfono público.

“Llama a Eric ya mismo. En este mismo instante”, creyó oír que le decía una voz que hacía tiempo que no escuchaba. La voz de su padre.

Sintió que le ardían los ojos.

Al mismo tiempo vaciló. ¡Qué tontería!, se dijo. De todos modos no podía irse y dejar esos comestibles. El dueño del supermercado ya la miraba como si fuera una loca. Y sin duda Drew ya se estaría preguntando por qué tardaba tanto.

“Y no olvidemos esa heladera llena de vino...”

Mandy abrió el monedero de la billetera con torpeza. Si no tenía las monedas necesarias ésa sería una señal, ¿verdad? Una señal de que no debía llamar a Eric. Pero por otra parte...

Abrió el cierre del monedero, desde cuyas profundidades la miraron una serie de monedas más que suficientes. Las sacó con dedos temblorosos.

¡Maldición!

Cerró el puño y se clavó las monedas en la palma de la mano. Apenas tuvo conciencia de la música que propalaba una radio. Y de la expresión impaciente del dueño del negocio que esperaba con la caja registradora abierta.

Lo ignoró, lanzó un suspiro de derrota que, extrañamente pareció levantarla y le resultó más fácil poner un pie delante del otro para dirigirse al teléfono público y dejar caer las monedas en las ranuras.

Capítulo 16

—¿Te acordaste de empacar el forro de tu impermeable? Hará frío en Cincinnati. —Rachel observó a su marido llevar el equipaje hasta la puerta y apoyarlo en el piso. La vieja bolsa de lona que por lo menos debía haber viajado dos mil quinientos kilómetros y la caja de la máquina fotográfica que él usaba como portafolios.

—No te preocupes, estaré bien. Empaqué un suéter de más. —Brian miró su reloj. Eran poco más de las cinco, una hora pico, y luego miró a su mujer.

La perspectiva de que él se fuera preocupaba a Rachel de una manera que no alcanzaba a comprender. No es más que un viaje de negocios, se dijo. Dos noches y un día para hacer arreglos con un librero mayorista. Lo mismo que tantos viajes por publicidad. Con excepción de una cosa: la actitud fría y comercial que Brian tenía con ella, como si fuera sólo otro aspecto de su itinerario.

¿Y por qué estaban hablando del estado del tiempo en Cincinnati, por amor de Dios, cuando la temperatura del cuarto donde estaban era casi gélida? Por supuesto, las parejas se enojaban, gritaban, peleaban, pero lo que les pasaba a ellos era peor. "Somos como desconocidos —pensó—. Como compañeros de asiento de un avión que se saludan con amables inclinaciones de cabeza pero en su interior les aterroriza la posibilidad de tener que iniciar una conversación." Cuidadosos, ¡oh, tan cuidadosos! hasta cuando dormitaban, para que sus brazos no se rozaran y cada uno con la cabeza vuelta para el lado contrario.

¿Si Brian decidía abandonarla para siempre, sería así? ¿Sin ruido ni líos? ¡Dios, qué terrible! Rachel sintió que su ansiedad comenzaba a crecer como el mercurio de un termómetro y recordó la frase con que Mandy describía un caso particularmente fácil: "divorcio de bajo impacto". En su momento, a Rachel la definición le hizo gracia. Ahora se preguntaba si en realidad existiría tal cosa. Lo que podía parecer que dos seres adultos manejaban una situación de una manera madura, ¿no sería el resultado de emociones tan explosivas que debían moverse en puntas de pie y hablar en susurros para evitar que todo se derrumbara?

—¿Me dejaste una copia de tu itinerario? —preguntó.

—La dejé sobre tu escritorio. —Con gesto distraído señaló en dirección a la biblioteca mientras revisaba el sobre que contenía sus pasajes y reservas de hotel. Con sus pantalones color caqui y su campera naval, con sus anteojos que se le deslizaban por la nariz, le hizo recordar a un arqueólogo que se dirigía a una excavación en alguna parte remota del mundo.

—No te llamaré a menos que se trate de una emergencia —dijo Rachel—. Sé que estarás muy ocupado.

Brian levantó la mirada. Ambos sabían que ésa no era la actitud habitual de Rachel. Antes ella hubiera esperado que él la llamara en cuanto se instalara en el hotel. Y más tarde lo habría llamado para darle las buenas noches. En varias oportunidades, y sin que tuvieran ningún motivo especial, conversaron durante varias horas.

Y en ese momento ella esperaba, contra toda esperanza, que Brian rompiera el hielo. Que riera, como si ella sólo hubiera hablado en broma y dijera algo agradable como: "Oye, querida, ¿tienes ganas de un poco de sexo telefónico más tarde?". Oh, Brian se mostró maravillosamente comprensivo con respecto a su madre. Estuvo tierno y solícito durante los días siguientes al funeral, y se hizo cargo de la mayoría de los trabajos domésticos mientras Rachel se paseaba en una especie de niebla. De acuerdo con los deseos de Sylvie, Nikos informó a la familia lo de Rose, de modo que, aparte de todo lo demás, hubo que soportar las preguntas curiosas de tíos, tías y primos, preguntas que Rachel no estaba en condiciones de enfrentar. Así que Brian se tomó el trabajo de hacerlo, explicando sólo lo suficiente para satisfacerlos al mismo tiempo que los mantenía alejados de su mujer.

Pero en lo que se refería a una verdadera intimidad entre marido y mujer, sólo hubo abrazos y besos muy breves. Eso era lo que más dolía; Rachel sentía que su marido se iba alejando pero se sentía incapaz de impedirlo. Cada día, el muro de hielo que los separaba era más grueso.

Ni siquiera se trataba de Rose. En realidad no. Fuera lo que fuese que hubiera sucedido entre ella y Brian, fuera lo que fuese que él hubiera deseado que sucediera, Rose no era más que un desencadenante después del viaje tumultuoso de los últimos años. Pero ninguna de las tormentas que Rachel y Brian tuvieron que afrontar fue peor que ésa... ésa...

"Al garete —pensó Rachel—. Así estamos, al garete." Lo que antaño los marineros temían aún más que a las tormentas. Comida y agua limitadas y sin tierra a la vista.

—Estoy seguro de que tú también estarás muy ocupada —dijo Brian, tratando de hablar con indiferencia, pero la frase sonó como una acusación. Con más suavidad, agregó: —Te llamaré en cuanto llegue, sólo para saber si estás bien.

¿Cuándo se había dado vuelta la situación? En una época era Rachel la que se preocupaba. Ahora era Brian el que tomaba conciencia del peligro que podía agazaparse a la vuelta de cada esquina. Sólo que él no se refería a accidentes de aviación o de automóviles. Él también debía haber percibido el abismo que se abría bajo sus pies.

—Voy a la clínica a ponerme al día con algunas cosas. Tal vez llegue tarde a casa —contestó ella, sintiendo una repentina necesidad de protegerse—. ¡Estoy tan atrasada! Ya sabes, con todo lo que ha sucedido... —Dejó la frase inconclusa.

—Por supuesto —dijo Brian, cortante, impaciente.

Tenía una expresión sombría en la postura del mentón, se lo notaba distante como no estaba pocos meses antes. Esa tarde al verlo hacer la valija en la que empacó medias, camisas, corbatas, su lapicera preferida para firmar autógrafos, a Rachel le impactó la eficiencia con que lo hacía. Su... contención. Como si le pudiera resultar igualmente cómodo vivir en otro lado; como si no hiciera diferencia el tiempo durante el que estaría ausente. Un día, una semana, un mes, tal vez fuera lo mismo para un hombre que no tenía nada a qué volver.

¿Pero sería todo culpa de ella? Si los papeles fueran distintos y Brian dirigiera su propia empresa, ¿ella no habría sido más comprensiva? ¿Por qué sería que todas las mujeres exitosas que conocía se sentían siempre tironeadas, cosa que nunca les sucedía a sus maridos?

Rachel experimentó una oleada de resentimiento, que enseguida desapareció.

"El matrimonio —pensó— es más que un tema femenino. Igual que Dios, depende de los detalles, de las pequeñas cortesías, del contacto amoroso al pasar, los recuerdos atentos." Recordaba la época en que, cuando uno de ellos debía levantarse temprano, le dejaba al otro una nota llena de amor junto a la máquina de hacer café. Cuando ella le llevaba a Brian la comida en una bandeja porque sabía que estaba atrasado en su trabajo y no llegaría en la fecha prevista; o si era al revés y ella debía trabajar hasta tarde, él se presentaba en la clínica con una canasta de picnic. Durante las noches de invierno, cuando ella se metía en la cama con los pies helados, Brian le permitía que los calentara contra los suyos lanzando sólo un gruñido de protesta.

La noche de la fiesta de compromiso de Iris fue la última vez que hicieron el amor... si a eso podía llamarse hacer el amor. Desde entonces, dormían dándose la espalda. Aún así, sólo pensar en perder a Brian le provocaba una explosión de pánico. ¿Qué haría sin él? ¿Cómo lograría sobrevivir? ¡Oh, Dios, Dios querido! ¿Quién la amaría?

Con excepción de Iris, no tenía familia. Ya no contaba con una familia verdadera. Sólo el par de hermanas, que de alguna manera había heredado, y que eran poco más que extrañas. Marie, flaca y dura, y la santurrona insufrible de Clare. Por supuesto que había conversado con ellas en lo de Rose, en fechas familiares y fiestas, pero el concepto de que fueran parientas suyas era todavía algo que le resultaba increíble. La semana anterior, cuando Marie con brusquedad la invitó a su casa a tomar un café, ella se apresuró a inventar una excusa. Ignoraba si alguna vez sería capaz de considerar a Marie como otra cosa que la hermana de Rose.

Cuando la limosina de Brian llegó para llevarlo al aeropuerto, Rachel lo besó en la mejilla mientras luchaba por contener las lágrimas. Estaba decidida a ahorrárselas a su marido.

—Cuídate —murmuró, mientras pensaba en lo irónico que era que durante años hubiera imaginado toda clase de catástrofes que podían sucederle a Brian mientras estaba de viaje, cuando la verdadera amenaza a la felicidad de ambos estaba allí mismo, en la casa.

Observó por la ventana mientras Brian salía a la calle donde lo esperaba el automóvil y se preguntó si habría imaginado la mirada penetrante que él le dirigió en la puerta. La manera en que sus ojos grises parecieron descansar en ella, como esperando la respuesta a la pregunta que ninguno de los dos se animaba a formular.

Cuando la limosina se alejó, Rachel apoyó la cara contra el vidrio de la ventana, agradeciendo el frío que tanto bien le hacía a sus mejillas calientes. La entumecía, contenía sus lágrimas y le recordaba que tenía trabajo que hacer.

Horas después, trabajaba en la última de las carpetas que cubrían su escritorio cuando sonó su línea privada de la clínica. Brian, pensó. Al tomar el teléfono miró el reloj que tenía sobre el escritorio y comprobó que todavía no eran las nueve. No. Tal vez el avión de su marido ya hubiera aterrizado pero él no podía haber llegado al hotel.

—Soy Drew —dijo una voz tensa. Parecía angustiado. —No puedo encontrar a Iris. ¿Tú la has visto?

—¿Iris? —repitió Rachel sintiendo que la recorría un frío repentino—. Creí que estaba contigo. Ayer cuando llamé... me dijo que ustedes dos tenían planes para hoy.

—Los teníamos.

—He estado tratando de encontrarme con ella, a almorzar, a tomar un café, lo que fuera, pero siempre me contesta que está demasiado ocupada.

—Aún mientras lo decía, Rachel se sintió culpable por no haber insistido, por estar tan enfrascada en sus propios asuntos que no fue al departamento de Drew para enterarse de lo que en realidad sucedía. —Drew, estoy preocupada por ella. No la veo bien. Sé que está angustiada por la muerte de su abuela, pero... —Rachel respiró hondo. —¿Sucede algo malo, Drew?

Él vaciló demasiado y entonces fue cuando ella lo supo. ¡Oh, Dios! Contaba con Drew para que fuera el cuidador de su hija, ¿pero dónde estaba ella, la madre de Iris?

Con tono un poco culpable, él contestó:

—Yo la esperaba anoche... y no apareció.

—¿Anoche? —Rachel tuvo que contenerse para no gritar. —¿Por qué no me llamaste?

—Iris estaba en casa de una amiga. Supuse que había cambiado de idea y que no vendría. Nosotros... no nos hemos estado llevando demasiado bien últimamente. Además... —Hizo una pausa. —Mira, sé que estuve mal, pero ella me hizo prometer. No quería que ustedes se preocuparan. Por eso te ha estado evitando.

—¿Qué madre no se preocuparía? —Levantó la voz con un dejo de histeria. "Trató de matarse dos veces —pensó—. ¿Eso no es motivo suficiente para preocuparse?"

—Ya sé que debí haber llamado antes —dijo Drew en voz baja y como avergonzado—. Creí que podríamos manejar la situación. Iris hasta habló con su psiquiatra del asunto. Después de eso, y por un tiempo, me pareció que estaba mejor, pero todo ese asunto de Sylvie y de la casa terminaron de desquiciarla.

—¿Qué sucedió, Drew?

—Se encerró bajo llave en el baño —explicó Drew—. Había sacado una hoja de afeitar y... —se le cortó la voz y lanzó un gemido ahogado.

Rachel sintió que la recorría una alarma aguda. "Rose me lo advirtió —pensó—. Y mamá también..."

Cuando confió en poder hablar con normalidad, pidió con tranquila urgencia:

—Dime todo lo que sepas.

Drew se aclaró la garganta y habló con voz más fuerte.

—Está bien, pero no en este momento. Debemos buscarla. Eso es lo que debemos hacer ahora.

Rachel cerró los ojos con fuerza.

—¿Has...? ¿La policía está involucrada? —se obligó a preguntar.

—No se lo he dicho a nadie, con excepción de mi hermana —contestó Drew—. En este momento ella la anda buscando. Con Eric, el amigo de mamá. Él llevará a Mandy a un refugio para chicas que huyen de su casa que él conoce.

—Iris es... —Se detuvo. Estuvo por decir que Iris era demasiado grande para que se la pudiera considerar una chica que huía de su casa, y además, hubiera podido recurrir a la casa de sus padres. Después se acordó de que Iris no era como otras chicas de su edad. Aferró el receptor con tanta fuerza que se le pusieron blancos los nudillos y le dijo a Drew: —Iré enseguida para allá.

Rachel cortó la comunicación, corrió por la oficina, tomó su abrigo y su cartera. No sólo estaba asustada, estaba furiosa. Consigo misma. Por haberle fallado a su hija, por creer que Iris había superado su problema cuando debía haber sabido que no era así.

"Yo soy su madre. Debí haber hecho algo."

Hasta su madre, por equivocada que hubiera estado y por horribles que fueron en definitiva las consecuencias de sus actos, trató de proteger a su hija, a su Rachel, aunque en definitiva fuera Rachel y no Sylvie quien estaba pagando las consecuencias.

Rachel tenía ganas de gritar, de arrojar algo contra la pared. Pero lo único que pudo hacer fue permanecer en la puerta luchando por ponerse el abrigo. En su mente también, todo se había enredado. El viaje de Brian, la huida de Iris, la muerte de su madre.

"Sí, mamá, también estoy furiosa contigo —pensó—. Por haberme quitado a la única madre que conocí, no sólo en un sentido corporal sino también espiritual." Porque la mujer a quien Rachel llamaba mamá era imposible que hubiera abandonado a su propia hija y luego, décadas después, negarle a esa hija sus derechos de nacimiento. Era monstruoso. Cruel. Imperdonable.

De repente Rachel supo a quién debía llamar.

Rose.

Rose, a quien la unía un secreto más fuerte que la sangre, un secreto que destruyó vidas, sin duda, pero que debía tener también algún propósito, algún hilo de redención, por entretejido que estuviera en un tapiz de mentiras y engaños y que en definitiva quizás la condujera hacia su hija.

La oficina estaba silenciosa. Eran más de las nueve y hacía horas que Mallory se había ido. Rose también se preparaba para salir; le había prometido a Jay que se detendría en un video club para alquilar una película que él quería ver. Aun la poco agradable perspectiva de ver a

Stallone, bañado en sangre y sudor, luchando contra los bandidos, no era suficiente para impedir que aprovechara la que tal vez fuera su última oportunidad de arrebujarse en el sofá con su hijo menor, quien, por un instante, parecía haber olvidado que ella era la mala de la película.

Por suerte. Porque en el momento más bien se sentía una observadora inocente que había sido baleada en el corazón.

Hacía menos de cuarenta y ocho horas que Eric había salido de su vida, y ya la idea de no volverlo a ver jamás era para ella como una forma de morir. No creyó que lo extrañaría tanto. Rose no recordaba cuándo se había sentido tan desolada. Perder a Max fue lo peor, casi la mató, pero no hubo a quién culpar y menos que nadie a sí misma. Y siempre, en lo profundo de su tristeza, tuvo la seguridad de que, si se le hubiera ofrecido la posibilidad de elegir, lo habría sacrificado todo con tal de recuperar a su marido.

Con Eric no era necesario que sacrificara nada. Lo único que tenía que hacer era tomar el teléfono.

Rose se encontró recordando un viaje a Montana, realizado mucho antes, un viaje a caballo de tres días por el desierto que Max la convenció que hicieran. Afirmó que a los chicos les resultaría divertido. Como habitantes de la ciudad no sabían nada acerca de vivir casi a la intemperie, y menos aún de caballos. Rose se sobrepuso a su terror y aceptó, y vivió para arrepentirse. Durante el segundo día, cuando marchaban por un camino angosto, su caballo se encabritó. Sin advertencia previa comenzó a retroceder, una especie de danza que enviaba piedritas al precipicio que tenían a pocos centímetros de distancia. Ella tuvo la seguridad de que moriría, de un infarto si no de un cuello quebrado, pero alguien consiguió contener al caballo antes de que ambos se desbarrancaran. Después, cuando estaba demasiado impresionada para caminar y mucho menos para montar, el guía de la excursión dijo: "No existe ningún caballo con garantía. Hasta los más tranquilos pueden encabritarse, sin que nadie sepa por qué".

Rose sabía por qué. Porque el pobre animal estaba aterrorizado.

Y tantos años después, se sentía hermanada con ese caballo. No tenía ningún motivo para haberse echado atrás con Eric, y menos un motivo que pudiera expresar adecuadamente en palabras. Pero la realidad lisa y llana era que estaba aterrorizada.

Sentada frente a su escritorio y observando los automóviles que parecían de juguete y que avanzaban por Park Avenue, Rose se preguntó si tal vez ciertas personas no estarían hechas para no tener suerte en el amor. Si su verdadero legado, más real que cualquier casa, no serían las pérdidas que se alineaban una detrás de la otra, como dominós, comenzando por una madre que la abandonó poco después de su nacimiento.

¡Si sólo pudiera encontrar una manera de dejar de desear tanto a Eric! Si sólo fuera capaz de aceptar su destino y seguir adelante.

"Vete a tu casa —se dijo, disgustada por tanta autocompasión—. Vete al encuentro de tu hijo. Allí es donde debes estar. Él te necesita."

Se puso pesadamente de pie y comenzó a meter papeles en su portafolios. Minutos después, mientras se dirigía a la zona de recepción, pasó junto a la oficina de Mandy que tenía la puerta abierta y le hizo un saludo con la mano a Hayden Lockwood, inclinado sobre una pila de legajos que estaba colocando sobre el escritorio de Mandy. ¿Pero dónde estaba Mandy? Su hijastra por lo general trabajaba hasta tarde, a menos que tuviera otros planes. O que...

Ni siquiera lo pienses, le advirtió una voz interior.

A pesar de todo Rose elevó una oración pidiendo que su hijastra no estuviera emborrachándose en algún bar. Desde el último incidente, hasta donde Rose sabía, Mandy se mantuvo sobria, pero en esos casos uno nunca sabía. ¿Se daría cuenta Mandy de lo preocupada que estaba? ¿Y que la quería como si fuera su propia hija? Rose también se sintió un poco culpable. Era como si Max le hubiera encomendado, no sólo que cuidara de su estudio sino también de su hija y, de algún modo, le estaba fallando.

Al bajar en el ascensor, contuvo el aliento. El descenso le pareció más veloz que de costumbre. Cuando salía al vestíbulo vio a alguien que le resultaba familiar. Rachel... que caminaba con rapidez hacia ella con una expresión de sombría determinación. Tenía el impermeable desabrochado, una punta del cinturón arrastraba por el piso de mármol. Las miradas de ambas se encontraron y Rachel sonrió. Fue una sonrisa sin alegría que desapareció un instante después.

—Te llamé a tu casa —aclaró—. Pero Jay me dijo que pensabas trabajar hasta tarde. Vine enseguida para acá.

—¿Qué sucede? ¿Pasa algo? —Rose se puso alerta de inmediato, otra consecuencia de la muerte de Max: cada vez que se enfrentaba con un rostro pálido o tenso, enseguida pensaba en un desastre.

—Necesito tu ayuda —dijo Rachel en voz baja, llevándola a un lado—. Se trata de Iris. Falta desde ayer y nadie parece saber dónde está. Ni siquiera Drew. Él está preocupado pensando que puede estar —tragó con fuerza—, en alguna clase de problema.

—¿Estás segura de no estar sacando conclusiones apresuradas? —se apuró a preguntar Rose—. Tal vez hayan tenido una discusión.

—No lo creo —contestó Rachel deseando que no fuera más que eso. Su mirada era preocupada, sus labios formaban una línea fina que más bien parecía una cicatriz. —¿Tú sí?

De repente a Rose se le secó la boca.

—No.

Rachel se inclinó hacia adelante y tomó la muñeca de Rose.

—¿Me ayudarás a buscarla?

Algo en el interior de Rose se resistió. ¡Basta! ¿Qué agradecimiento había recibido cuando trató de razonar con Rachel, de hacerle comprender que Iris necesitaba más ayuda de la que Drew podía darle? ¿Y ahora se suponía que debía dejar todo y tomar sobre sus hombros una especie de misión de rescate?

Pero ante la súplica de los ojos azules de Rachel, Rose sintió que no podía negarse. Su explosión de obstinación murió con tanta rapidez como había aparecido. Suspiró.

—¿Por dónde sugieres que empecemos?

Por una vez en la vida, Rachel no estaba en condiciones de dirigir las operaciones. A pesar de su postura, bien erguida como siempre, parecía casi vencida.

—No sé —admitió—. Según Drew ninguno de sus amigos sabe dónde está o adónde puede haber ido. ¿Se te ocurre algo?

—Tal vez haya decidido abandonar la ciudad sin decírselo a nadie. ¿Ha hablado de la posibilidad de hacer un viaje?

Rachel meneó la cabeza.

—Revisé el cajón donde guarda sus documentos. Su pasaporte sigue allí, gracias a Dios.

—Eso sólo indica que no ha salido del país.

—También encontré su chequera con la tarjeta de crédito metida adentro. No parece que haya hecho ningún retiro de dinero durante la última semana. Además... eso no estaría dentro del carácter de Iris. Siempre se ha quedado muy cerca de casa.

—¿Y su terapeuta? Tal vez él sepa algo.

—Lo llamé. Parece que tenía hora con él esta mañana y no se presentó. —Los ojos de Rachel estaban llenos de lágrimas. —¡Oh, Rose! Debí haberte escuchado. Todo lo que dijiste era cierto. Iris necesita ayuda... mucha más ayuda de la que nosotros podemos darle. Ahora lo comprendo.

—Todavía no es demasiado tarde —la tranquilizó Rose—. La encontraremos.

—¿Dónde? —preguntó Rachel en un susurro.

Rose se quedó pensando algunos instantes. No como madre sino como abogada. Muchas veces tenía casos en los que se involucraban testigos potenciales que desaparecían cuando trataba de citarlos, así que Rose se colocó en los zapatos de Iris. ¿Adónde iría? ¿Qué lugar le parecería el más seguro?

¿La casa de una tía o un tío muy queridos? ¿Abuelos?

De repente se le ocurrió: Sylvie.

Sólo que Sylvie ya no existía... y que su casa tan querida estaba desierta.

Sin embargo tal vez Iris tuviera su propia llave.

"Es una locura —pensó Rose—. Yo estuve allí casi todo el día de ayer. Si hubiera estado en la casa, la habría visto."

A menos, por supuesto, que Iris hubiera llegado después de que ella se fue. O permaneciera en silencio en alguno de los cuartos de los pisos superiores. La casa era inmensa. De no ser así, ¿cómo se las habría arreglado Sylvie para vivir una aventura bajo las narices de su marido? Impresionada por la ironía del asunto, Rose estuvo por lanzar una carcajada amarga, si no hubiera sido por todos los rincones ocultos que había en esa casa, ella misma no habría sido concebida.

—Vamos. —Tomó la mano de Rachel; llamaría a Jay por su teléfono celular cuando estuvieran en camino, para avisarle que llegaría tarde a su casa. —Se me ocurre dónde puede estar.

Mientras el taxi avanzaba a toda velocidad por Park Avenue, Rose rezó en silencio un avemaría. Hacía años que no iba a la iglesia, con excepción del funeral de Max. Cuando alguien le preguntaba a qué religión pertenecía siempre contestaba en broma: "Soy una católica en plan de recuperación". Hizo bautizar a sus dos hijos, por supuesto, y asistían en familia a los servicios de Navidad y de Pascua. Pero cada vez que se arrodillaba a rezar, de alguna manera le parecía falso, inútil. Si Dios existía, sabría que ella sólo hacía los gestos y movimientos convencionales. ¿Y por qué la iba a escuchar? Las oraciones no eran más que palabras. El dogma le había sido inculcado en el cerebro por monjas que eran igualmente minuciosas cuando le golpeaban las muñecas con una regla. ¿Qué había hecho Dios alguna vez por ella? ¿Qué le había dado, aparte de mentiras y falsas promesas?

Pero tal vez las oraciones que pronunció al leer las cartas de Sylvie hubieran aflojado alguna canilla oxidada que Rose creía cerrada para siempre. Las palabras tan familiares le surgían ahora con facilidad, tranquilizantes como agua fresca de arroyo. Santa María, Madre de Dios, el Señor es contigo...

"Tal vez no sea necesario que uno en realidad crea en las palabras", pensó. Tal vez lo único que había que hacer era pronunciarlas, envolverse en su cadencia familiar como si se tratara de una vieja manta, suavizada por múltiples lavados. En este mundo de golpes y de heridas, tal vez las oraciones no estaban destinadas a resolver nada, sino que eran una manera sencilla de limar asperezas.

"Señor —se descubrió orando—, sé que no me he mantenido en contacto contigo. Para eso tienes a mi hermana. Por la forma de actuar de Clare se diría que tiene el número de tu línea directa. Pero verás, supuse que te habías dado por vencido con respecto a mí, de modo que ¿qué sentido tenía? Esta vez te pido por favor que me ayudes: haz que Rachel encuentre a su hija. Y ayúdame a hacer lo que sea conveniente para mis propios hijos..."

Rose tenía los ojos muy abiertos, las manos sueltas sobre la falda. Sin embargo, su oración era más sincera que muchas miles que había pronunciado con los dedos entrelazados y en la iglesia. A su manera, eran palabras más sentidas que esos pedidos envueltos en una especie de "me lo debes" con que le rezaba a Dios después de la muerte de Max.

Max. Lo lloró de todo corazón, cada día que transcurría sin él era como la cuenta de un rosario; cada vez que encendía una luz en un cuarto oscuro era como una vela encendida en su recuerdo. ¿Y adónde la llevó? A ninguna parte más que las oraciones que ofreció sólo por cumplir con un deber o por pena por sí misma.

Con Eric tuvo la oportunidad de vivir algo verdadero y nutritivo. Pero lo descartó. Sí, tal vez no estuviera destinada a ser feliz. Tal vez, igual que Iris, hubiera sido dañada de una manera que no era visible a los ojos y que lo que vivió con Max hubiese sido una excepción en lugar de una regla...

"Si me escuchas, Iris, por favor llama a tu casa sólo para que tu familia sepa que estás bien, ¿quieres?"

Rose prestó atención con un pequeño movimiento de la cabeza. La voz que le llegaba desde ninguna parte era la de Eric. ¿La habría conjurado?

Entonces comprendió que surgía de la radio del taxi.

Se volvió hacia Rachel que tenía los ojos desorbitados por la sorpresa.

Compartieron una larga mirada antes de que Rachel, en voz baja y tono agradecido, dijera:

—Drew. Debe haberle pedido a Eric que lo hiciera.

"Eric debe estar reemplazando a alguien más", pensó Rose. Su programa salía al aire más temprano, no cabía duda de que había hecho el esfuerzo de cambiar de horario con alguno de los otros locutores.

"¡Oh, Eric, eres un buen hombre y con excelentes instintos! —pensó Rose—. Tuviste la mala suerte de haberte enamorado de mí."

Miró por la ventanilla los edificios de departamentos anteriores a la guerra que, en la luz púrpura del anochecer de octubre, parecían presidir la avenida como generales con pesadas condecoraciones. "Eric tenía razón en una cosa —pensó—. Merece a una mujer que se encuentre a mitad camino con él. Alguien que no esté demasiado paralizada por el pasado para poder avanzar."

El taxi estaba en la Setenta y Nueve Oeste, acercándose a Riverside Drive, cuando Rose escuchó la primera de las sirenas que se acercaban. El taxi giró hacia el carril del costado en el momento en que un camión de bomberos salió de las sombras y los pasó como un cometa. Rose se echó atrás en el asiento, sobresaltada. Más adelante se alcanzaba a ver una nube gris que cubría los techos que se extendían bajo el cielo del atardecer. Percibió el olor a humo... y algo más ácido que se quemaba, como goma.

No. No puede ser...

Pero cuando el taxi se detuvo cerca de la hilera de barricadas colocadas por la policía que cerraban el acceso a la Setenta y Nueve Oeste, Rose vio con creciente horror que la casa de la esquina que daba a Riverside, la que estaba rodeada de camiones de bomberos y de mangueras era la de Sylvie. ¡Madre de Dios! Como un acto reflejo, se persignó. "Esto no puede estar sucediendo —pensó—. Es una pesadilla. No, peor, es como volver a ver morir a Sylvie."

A su lado Rachel lanzó un grito ahogado.

—¡No! ¡Oh, no! —Aferró el brazo de Rose—. ¿No crees que... ¡Oh, Rose, dime que sólo son suposiciones! ¡Dime que Iris no está allí adentro!

Rose la miró fijo. Un viejo recuerdo flotaba en la superficie. Años y años antes fue citada por la comisaría diecisiete durante una calurosa noche de verano. Su amigo, el teniente O'Neill, la llamó por teléfono para avisarle que acababan de detener a una mujer sospechosa de haber abandonado a su hija de tres años, la chiquita por quien Rose movió los cielos y la tierra de la burocracia para conseguir que fuera ubicada en el hogar de Rachel y de Brian.

Cuando Rose llegó a la comisaría temía lo peor, que la mujer, una madre a pesar de todo, quisiera recuperar a su hija. Después de todo, ¿hasta la misma Sylvie no sufrió esos pesares? Pero en lugar de eso se encontró con una ruina drogadicta, una mujer que en un tiempo debió ser bonita, que tenía poco más de treinta años pero que parecía de sesenta... gastada, desarreglada, sucia. La mayoría de sus delirios no tenía sentido, con excepción de uno que puso de punta los pelos de Rose.

La mujer había sido sacada de su departamento por un incendio. Rose jamás olvidaría la expresión lunática de sus ojos hundidos, la manera en que aferró a Rose y la acercó a sí para decir con voz rasposa: "Mi hija, ella inició el fuego. Y tampoco fue por accidente..."

Por cierto que Rose no le creyó. ¿Cómo era posible que una criatura de tres años iniciara un incendio intencional? Fue por eso que nunca dijo nada. ¿Qué sentido tenía provocar el pánico? Rachel y Brian ya tenían muchas preocupaciones.

Dos semanas después una sobredosis mató a la madre de Iris. Eso era lo único que Brian y Rachel debían saber, decidió Rose. Sólo los hechos. Ya era bastante que la pequeña a quien habían acogido en su casa y en sus corazones tuviera que sobrellevar las cicatrices de la negligencia, ¿era necesario que también se preguntaran si Iris estaría trastornada?

A lo largo de los años, muchas veces Rose se preguntó si no debería haber dicho algo acerca del fuego. Sobre todo cuando comenzó a resultar evidente que las cicatrices emocionales de Iris eran mucho más profundas de lo que ellos creyeron al principio. Pero los daños que Iris se infligió fueron siempre contra sí misma.

Rose nunca cuestionó con seriedad su decisión... hasta ese momento.

¡Dios! ¿Y si esa loca hubiera estado diciendo la verdad?

Con una respiración profunda, colocó una mano sobre el hombro de Rachel, para tranquilizarla.

—No lo sé con seguridad, pero es muy probable que Iris sea responsable de este incendio. No me preguntes por qué lo creo, porque ahora no tengo tiempo de explicártelo. Te prometo que más tarde te lo diré. Sólo te pido que confíes en mí.

Rachel la miró intrigada y luego asintió. Abrió la portezuela del taxi mientras Rose le entregaba una serie de billetes ajados al chofer.

Mientras se abrían paso por entre la pequeña multitud reunida detrás de la barricada, Rose se sintió enferma al comprender que Iris debió incendiar la casa por despecho. Recordó la reacción de la chica al enterarse de que Sylvie se la legaba a ella. Si Iris y su familia no podían tenerla, sin duda quiso asegurarse de que no la pudiera tener nadie.

Rose se sintió presa del pánico. ¿Y si Iris estuviera allí adentro? ¿Atrapada?

Un robusto bombero de amarillo le gritaba a todos que se alejaran. Estacionada en un extremo de la barricada había una ambulancia con alrededor de una docena de policías y algunos paramédicos. A doce metros de distancia una manguera de lona unida a un camión hidrante se retorcía entre las manos de dos bomberos. El silbido de litros de agua que enseguida se convertía en vapor, llenaba el aire. Mientras Rose observaba, petrificada por el espectáculo, una fuerte explosión la obligó a levantar la cabeza. Horrorizada observó la nube de humo negro que surgía de una ventana destrozada del tercer piso de esa casa, una vez hermosa.

Las pertenencias de Sylvie, sus hermosas antigüedades, sus libros, las poco prácticas sábanas y manteles de hilo de Irlanda que Milagros planchaba con fidelidad cada semana. Y también el jardín. Perdido. Todo perdido y para siempre.

Rose oyó que alguien gritaba.

Tuvo la vaga conciencia de que quien gritaba era Rachel, pero transcurrieron algunos instantes antes de que su mente desencajada volviera a estar en su lugar.

Iris. Debía pensar en Iris. Lo demás eran sólo cosas. Observó la escena pesadillezca pero no vio señales de un equipo de rescate, no había escaleras apoyadas contra la fachada ennegrecida de la casa. En lugar de tranquilizarse, eso la asustó aún más. Si Iris estaba allí adentro y no gritó pidiendo auxilio, ¿cómo iban a saber los bomberos que debían rescatarla?

Se volvió hacia Rachel... justo a tiempo para verla agacharse por debajo de la barricada de la policía.

—¡No, Rachel, no! —gritó Rose.

Al ver que Rachel desaparecía en camino hacia la entrada principal, Rose pensó: "¡Dios querido, lo está haciendo! Está decidida a entrar en la casa. Y nadie intenta detenerla".

Rose tenía los ojos húmedos y con la oscuridad creciente, demoró varios instantes en volver a ver a Rachel: una figura delgada, de impermeable, que desaparecía en la negrura del pórtico del que salía agua a raudales.

¡No... Rachel... NO!

Había pasado la verja de hierro forjado de la entrada principal que por lo general permanecía cerrada pero que en ese momento estaba abierta de par en par, cuando de repente una mano cayó sobre su hombro y la obligó a detenerse.

Una voz le gritó:

—¡Eh, señora! ¿Qué cree que está haciendo?

Más preciosos segundos perdidos. Desesperada, hasta demasiado desesperada para volverse y mirar al tipo a los ojos, Rose se liberó de sus manos y corrió a los tropezones por el corto camino, subió los escalones cubiertos de charcos de agua inmunda, y entró por la puerta abierta a una escena que parecía salida del infierno.

Capítulo 17

Rachel no tenía conciencia de nada ni de nadie, sólo del humo espeso que blanqueaba todo lo que tenía a la vista. Tosió y trató de quebrar esa neblina, pero sus brazos volaban en círculos anchos y sin peso. Al mismo tiempo esa nube caliente y gris daba la sensación de algo sólido, como una máscara de anestesia de goma clavada sobre su nariz y su boca, aturdiéndola.

Fue tanteando el camino a lo largo de una pared del vestíbulo de entrada, avanzó casi de memoria y tropezó cayendo en la pequeña sala de estar, a la derecha de la escalera. Aquí y allá, entre ese gris que se movía perezoso, alcanzaba a distinguir el perfil de una mesa, la curva del respaldo de un sofá, un brillo de porcelana. Sin embargo, no había llamas. "El fuego debe haber empezado en uno de los pisos de arriba", pensó. Todavía tenía tiempo, algunos minutos, tal vez más.

"Iris, debo encontrarla. Está aquí adentro... en alguna parte."

Algo oscuro e inmenso saltó hacia ella haciéndola retroceder con un grito estrangulado. Pero era sólo el escritorio estilo Reina Ana del mayordomo, que desde la puerta ella confundió con la entrada del comedor. Detrás de sus paneles de vidrio alcanzó a ver una fila de anotadores, las cuentas de la casa que llevaba Sylvie, prolijamente anotadas con la letra precisa y elegante de su madre. Pero en ese momento, Rachel tuvo otro acceso de tos que la obligó a doblarse sobre sí misma. Tosió hasta que la garganta le quedó en carne viva; el humo se había instalado dentro de sus pulmones.

Escuchaba el agua presurizada que golpeaba contra la parte exterior del edificio y el ruido más leve de la explosión de algún vidrio en los pisos superiores. A la distancia gemían las sirenas y se oían voces. Le pareció que alguien la llamaba pero el sonido de la voz llegaba desde dentro de la casa. Debían ser imaginaciones suyas. Nadie podía ser tan loco como para seguirla a ese infierno.

—¡Iris! —gritó Rachel—. IRIS, ¿DÓNDE ESTÁS?

Lo sentía. Su hija estaba en alguna parte, dentro de la casa. Herida, tal vez inconsciente. "¡Por favor Dios, ayúdame a encontrarla! —oró—. Ella no ha hecho esto a propósito. No es responsable. Yo lo soy."

Rachel corrió como ciega hacia adelante. Algo le golpeó con fuerza la canilla haciéndola trastabillar. Estuvo a punto de caer. Vio que era un banquito y su tapizado con un diseño de una pastorcita que la miraba con expresión idiota la enfureció. Le pegó un puntapié y lo hizo caer sobre la alfombra.

¡Dios! ¡Oh, Dios, querido! ¿Cómo se suponía que iba a encontrar a su hija en medio de tanta locura? La imaginó hecha un montoncito en algún rincón de uno de los cuartos de arriba, indefensa contra el muro de llamas que avanzaba y un pánico tan enorme se apoderó de ella que quedó momentáneamente paralizada. Temblaba de terror y permanecía como petrificada sobre la alfombra, mientras el humo la rodeaba con dedos ambiciosos. Entonces tuvo un pensamiento terrible.

"¿Y si Iris no quiere ser rescatada?"

Se dio un sacudón mental. No, no debía pensar así. Lo único que ganaría sería actuar con más lentitud y ya se sentía débil, como si viviera una de esas pesadillas en las que uno corre como loca pero no consigue avanzar un solo paso. Debía sobreponerse. Ya mismo.

—¡IRIS! —El grito que pareció surgir de alguna parte exterior de su cuerpo fue como un martillo que se estrellaba contra una pared y la dejó en libertad de correr hacia otro cuarto.

Una mesa larga. Sillas. Un trinchante tallado. Estaba en el comedor donde cuando era chica participó de tantas comidas formales. Sin embargo en un extremo brillaba algo entre ráfagas de viento: las manijas de bronce de los ventanales que daban al jardín. Sintió que su pánico disminuía un poco. Si por algún motivo no alcanzaba a llegar a la puerta de entrada a tiempo, siempre podría escapar por atrás.

Pero no sin Iris. Oyó un ruido sobre su cabeza, como de un pesado mueble al ser arrastrado. O pasos frenéticos, quizás. ¿Iris?

¿Dónde estaba todo el mundo? ¿Dónde estaba su madre?

Entonces Rachel recordó que su madre había muerto. Se le hundió el corazón.

"No pienses, no recuerdes, sigue moviéndote."

Una imagen vívida se formó en su mente: su madre, en el cuarto de arriba, acunando en su regazo a Iris de cuatro años. Su boca se movía, pero las palabras eran tragadas por las llamas. Estaba tratando de advertir a Rachel. Algo malo estaba por suceder. Lo mismo que ella intentó antes...

Rachel pasó a los tropezones junto a la chimenea de mármol en la que había un par de leños perfectamente colocados, con papel debajo y todo, listos para ser encendidos. La ironía de ello la impactó y la obligó a lanzar una risita ahogada.

De nuevo le parecía ver sangre. Por todas partes. Salpicada sobre los azulejos, en la bañadera. Convertida en lagos sobre el piso del baño, como un mal chiste. E Iris en medio de todo...

"Dios querido, ¿en qué he estado pensando durante todos estos meses? ¿Cómo pude ignorar las señales?" Había abandonado a su familia.

Otro ruido sordo sobre su cabeza, luego algo que se caía. Calor. ¡Hacía tanto CALOR! Y no podía respirar. El sudor le corría por la cara haciéndole arder los ojos, obligándola a parpadear con fuerza.

Todos sus instintos egoístas le gritaban que se volviera, que corriera a ponerse a salvo, pero no podía dejar morir a su hija.

Las escaleras. Ve. Ahora. Antes de que sea demasiado tarde.

—¿Rachel? ¡Rachel!

La voz de Rose.

—¡Rachel!

Rachel se detuvo antes de llegar a la escalera y se volvió con torpeza. A sólo una docena de pasos detrás de ella oscilaba detrás de un suave muro de humo la figura familiar de Rose, como si se tratara de un fantasma. Estaba de pie cerca de la entrada del living, la boca cubierta con las manos, y movía la cabeza en arcos amplios y hasta cómicos. Tenía la cara manchada, el pelo oscuro convertido en una maza de rizos húmedos. Se le había salido uno de los tacos del zapato y cuando vio a Rachel empezó a renguear hacia ella. Rachel sintió un loco impulso de reír.

—¡No puedes subir! —gritó Rose, señalando la escalera con un dedo—. ¡No lo lograrás! ¡Te matarás!

—Tengo que subir —jadeó Rachel—. Ella está allá arriba. Lo presiento.

—Pero no lo sabes.

—Tú... misma... lo... dijiste.

—Pude haberme equivocado. —Rose tosió. —Y aún si ella provocó este incendio, no se hubiera quedado aquí. Eso sería... —Se interrumpió; el rostro tenso y manchado en medio del humo gris.

—¿Suicidio? —gritó Rachel, que sentía la cabeza vacía. Su voz se alzó con una aguda nota de histeria. —Quizá... ¡pero esta vez haré algo al respecto! —Rachel se adelantó hacia la escalera y aferró el pasamanos.

—¡No! —gritó Rose, corriendo tras ella.

Arriba resonó algo parecido a un trueno. En lo alto de la escalera floreció algo brillante y maligno. Rachel levantó la mirada en el momento en que una enorme nube de humo negro retrocedió hacia atrás por el rellano, revelando las llamas que tenía detrás. Rachel saltó, con el corazón en la boca y por un instante se detuvo. Luego, como en un trance, comenzó a subir la escalera. Mantenía los ojos bajos, no miraba lo que tenía delante. Sólo veía el camino de la escalera sujeto por barras de bronce.

Estaba a mitad camino del rellano cuando sintió que una mano le aferraba el brazo.

Rachel parpadeó y miró hacia abajo: vio los nudillos blancos de Rose y las marcas que le habían dejado sobre el brazo. ¡Maldita sea! Trató de liberarse, pero estaba tosiendo demasiado. Mientras luchaba con debilidad alcanzó a decir:

—¡Sácame... las manos... de... encima!

—¡Estás loca! —gritó Rose manteniéndola clavada contra el pasamanos. Rachel sentía que la curva del pasamanos se le clavaba en la espalda.

—¿Qué mierda te puede importar a ti? ¡Iris no es tu hija! Lo único que querías era librarte de ella. —Y lanzó un enorme sollozo.

Entonces empujó a Rose con toda la fuerza posible, un esfuerzo que la hizo caer de rodillas, pero consiguió liberarse. Asió el pasamanos y consiguió subir dos escalones más, a los tropezones. Algunos metros más arriba, el pasamanos tambaleó envuelto en un mar de calor.

Una mano se cerró sobre el tobillo de Rachel. Dedos muy fuertes que la apretaban más y más cuando ella trataba de liberarse. Rachel perdió el equilibrio y cayó un escalón mientras una punzada de dolor le recorría la cadera. Lanzó un grito de furia y se volvió a mirar fijo a Rose quien, agazapada a sus pies, con ojos enloquecidos, la aferraba como si en ello le fuera la vida. Rachel comenzó a pegarle puntapiés, furiosa.

—¡Suéltame! ¡Maldita seas!

—No. No permitiré que mueras.

—¿Y qué te... puede... importar? —jadeó Rachel.

—Tal vez no me importe —gruñó Rose entre los dientes apretados—. Pero nuestra madre no te crió, ni yo crecí sin ella, para que tú arrojaras tu vida al tacho de basura. ¡Maldito sea, Rachel! Eso tiene que importar algo.

Sólo dos palabras se clavaron en el caleidoscopio enloquecido que era la cabeza de Rachel. "Nuestra madre."

Como enceguecida empezó a clavarle las uñas a Rose. La mano que le aferraba el tobillo se aflojó. Luego Rachel le pegó a Rose un fuerte puntapié en la boca del estómago y la oyó gruñir de dolor.

Algo explotó contra la mejilla de Rachel. Su cabeza golpeó contra la pared y el dolor pareció taladrarle el cerebro. Una lluvia roja cayó detrás de sus párpados cerrados. Rachel pensó con sorpresa: Me pegó.

Fue su último pensamiento antes de perder el conocimiento.

"¡Dios Santo! ¿Y ahora qué?", pensó Rose.

No quiso lastimar a Rachel, su única intención era impedir que hiciera algo tonto. Y ahora estaba inconsciente. Quedó tendida de espaldas como una muñeca de trapo, con un brazo abierto, en una postura que era casi ridícula. "No, no parece una muñeca —pensó Rose con una tranquilidad insólita cuando se encontraba en el ojo del huracán—. Si fuera una muñeca, sería fácil alzarla y sacarla de aquí."

Miró la cara floja y blanca, manchada de hollín. Sin su mirada habitual y la postura decidida del mentón, parecía joven, casi demasiado joven, como una criatura que sufre las consecuencias de haber andado jugando cuando se le dijo que no lo hiciera. Su pelo castaño claro estaba anudado y uno de sus aros se había soltado. Colgaba torcido e hizo que a Rose le recordara un teléfono que alguien había dejado colgando de su cordón.

En una especie de ensueño, se le ocurrió a Rose que en determinado momento Sylvie se había encontrado exactamente en la misma posición en que estaba ella ahora. Veía con claridad la escena tantas veces imaginada: el antiguo linóleo del hospital caliente contra los pies descalzos de Sylvie mientras ella corría hacia la nursery, la escalera de incendios que logró bajar con dificultad, con una niñita recién nacida apretada contra el pecho; los rostros que la miraban desde abajo.

Rose sintió que se renovaban sus fuerzas, al tiempo que experimentaba una explosión de claridad.

¿Podía arrastrar a Rachel, no? Rachel quedaría lastimada de la cabeza hasta los pies, pero era mejor que permanecer allí hasta que ambas estuvieran inconscientes. Y por la forma en que Rose se sentía, mareada, con los pulmones y la garganta ardientes, eso no tardaría mucho en suceder. Respiró tan hondo como se animó a hacerlo, tomó a Rachel por los tobillos y tiró con todas sus fuerzas.

Transcurrió un momento antes de que sintiera que el peso muerto del cuerpo de Rachel se movía, luego lo oyó caer de escalón en escalón. Rachel se estremeció apenas pero no recuperó el conocimiento. Rose trató de no pensar en Iris... que en ese mismo momento tal vez se estuviera sofocando arriba. Pero no podía hacer nada más. Ya era demasiado tarde para hacer otra cosa que tratar de salvar a Rachel y salvarse ella misma.

—¡Auxilio! —gritó.

¿Por qué no iba alguien a ayudarlas? ¿Dónde diablos estaban todos esos bomberos que vio en la calle? De eso servía pagar los impuestos. Juró que cuando todo eso hubiera terminado, iría a la alcaldía y exigiría que se hiciera una investigación minuciosa tanto del departamento de bomberos como del de poli...

"¡No sigas con eso! —le indicó una voz interior—. ¡Termina ya mismo de pensar en esas cosas!"

Pegó un fuerte tirón en el que puso toda la fuerza que le quedaba. Le pareció que oía quejarse a Rachel mientras seguía bajando escalones a los golpes... pero con el rugido que Rose tenía en los oídos y el crepitar de las llamas, era difícil estar segura.

Al llegar al pie de la escalera, Rose se volvió a detener, jadeaba por respirar aunque el humo era como un puño que tenía metido dentro de la garganta. Sentía la cabeza liviana y estaba descompuesta del estómago.

Al recordar las clases de primeros auxilios que las alumnas del Sagrado Corazón estaban obligadas a tomar, se tiró de cara al piso y apoyó la mejilla contra la alfombra. Cerca del suelo el humo era menos sofocante, pero no demasiado. Tendría que apurarse.

Le pareció oír voces cerca suyo, pero tal vez le llegaran desde el exterior.

—¡Auxilio! —volvió a gritar.

No obtuvo respuesta. La puerta de entrada, enterrada en esa humareda, no podía estar a más de tres metros de distancia, pero era lo mismo que si estuviera a un millar de kilómetros.

Un estrépito enorme sacudió el piso. Rose levantó la cabeza y vio con horror que una enorme nube de humo explotaba en la sala de estar, un poco a la izquierda de donde ella se encontraba.

Era el estímulo que necesitaba. Apretó más los tobillos de Rachel y empezó a gatear hacia la puerta de entrada. El corazón le golpeaba las costillas. Oscuros espectros bailoteaban ante sus ojos. Tosió y arrojó flemas negras.

¡Dios! Si sólo pudiera ver hacia dónde se encaminaba.

"Hacia allí, no. Estás avanzando hacia la pared." Era la voz de Sylvie que parecía murmurarle al oído. Luego la volvió a oír: "Hacia adelante. Así. Ahora estás exactamente frente a la puerta. Pero debes apurarte..."

Rose se sintió invadida por una extraña tranquilidad. Sabía que era una locura, pero alcanzaba a sentir a Sylvie a su lado, como si su madre la estuviera guiando, empujando, mientras gateaba hacia la puerta arrastrando a Rachel consigo. No se trataba de un ángel como los de esas ilustraciones de los serafines alados que tenía el catecismo, sino de una presencia real, casi sólida que parecía alzarlas a ella y a Rachel.

El tiempo parecía cada vez más lento. Rose tenía una aguda conciencia de cada centímetro del piso de cerámica contra sus rodillas, de cada respiración elaborada. Oyó el tintineo de una araña, seguido por el estrépito de su caída. Ya casi estás ahí. Faltan apenas unos centímetros... Ahí estaba de nuevo la presión casi palpable de manos invisibles sobre sus brazos, que en realidad la empujaban. ¿Lo estaría soñando?

No. La sensación era demasiado real. A pesar del terror que sentía, levantó la mirada, hacia adelante, y vio la puerta.

Lanzó un grito sordo y comenzó a llorar.

"No te preocupes. Estarás a salvo. Yo te cuidaré..."

Las lágrimas que ella ignoraba que estaba conteniendo fluyeron por las mejillas de Rose.

Con un último esfuerzo tironeó a Rachel hacia la puerta... y hacia la bendición del aire limpio del exterior.

Mientras se desmoronaba sobre el escalón mojado, en un momento de claridad cristalina se le ocurrió que, después de todo, el desarrollo de su vida no había sido un error. Todo resultó exactamente como debía resultar. Porque si Sylvie hubiera actuado de otra manera esa noche, largo tiempo atrás, ella, la mujer que el mundo conocía como Rose Santini Griffin, no existiría. A pesar de haber dañado su infancia, a pesar de los difíciles desafíos a los que tuvo que sobreponerse, ellos le dieron forma, la convirtieron en lo que era: una mujer capaz de enfrentar casi cualquier cosa.

¿Y cómo lamentar algo así?

Rose sintió el peso de todo ese conocimiento... Y se levantó el peso tremendo que había cargado durante todos esos años. El mundo se les acercó. Ruido. Gente que gritaba. Una estampida de botas de goma y de empapados impermeables amarillos.

Al mirar el círculo de rostros ennegrecidos por el humo bajo los cascos, Rose logró decir en una voz muy ronca:

—¿Por qué tardaron tanto?

Capítulo 18

La paloma era de un color arcilla poco común, salpicado con pequeñas manchas coloradas, del tono del óxido. Cuando Iris extendió la mano, no voló como las demás. Permaneció allí, sobre el sendero de piedra, junto al banco en el que ella estaba sentada, la cabeza inclinada, mirándola fijo con un extraño ojo color salmón como si se tratara de un oráculo que no era de este mundo. Como si supiera lo que ella estaba haciendo en ese parque no demasiado seguro, en una noche fría, cuando la gente normal estaba a salvo dentro de su casa.

"Me alegro —pensó ella—. Porque me gustaría que me lo dijeras."

Sabía dos cosas: tenía hambre y estaba perdida. El parque en el que había pasado buena parte del día era pequeño; desde donde estaba alcanzaba a ver las calles a los cuatro costados, pero antes, cuando miró, los carteles, ninguno de ellos tenía sentido. Madison Avenue. Calle Veintiséis. Nombres, sólo nombres. Como piezas de un rompecabezas sueltas dentro de una caja.

Sus recuerdos también eran desordenados. Algunos más claros que otros, pero sin formar ningún dibujo que tuviera sentido o que le señalara el camino de regreso a su casa. Drew, por ejemplo. Él estaba allí afuera, en alguna parte. Lo sentía como si se encontrara a su lado... la textura de su piel, su olor, los pelos suaves de su nuca. Pero lo extraño, lo atemorizante, era que no podía reunir los conocimientos necesarios para alcanzarlo.

Un recuerdo de particular claridad subió a la superficie: un verano en el lago George. Un día, ella y Drew volvían caminando de la ciudad cuando se encontraron con una chica más o menos de la misma edad de ellos, la hija adolescente de la pareja que alquilaba una cabaña cerca de la de ellos. Iris sólo recordaba que era bonita y rubia, con un top azul muy corto que dejaba al descubierto la cintura bronceada, y que invitó a Drew, y no a ella, a salir a navegar al día siguiente. Iris enseguida se sintió destrozada. Por supuesto que Drew aceptaría la invitación. ¿Cómo la iba a rechazar?

Cuando Drew con amabilidad contestó que ya tenía otros planes, Iris no lo podía creer. ¿Te has vuelto loco? pensó. Pero cuando se alejaban, Drew le pasó un brazo sobre los hombros y comentó con tono casual:

—¿Conoces ese lugar donde hay bayas, detrás de la casa del viejo Patterson? ¿Qué te parece si mañana nos levantamos bien temprano, antes que todos los demás, y vamos a recoger un puñado para el desayuno? —Y luego de una breve pausa agregó con suavidad: —También te podría haber invitado a ti. ¿Qué le hubiera costado?

Aún después de tantos años, a Iris le parecía sentir el peso del brazo de Drew sobre sus hombros quemados por el sol; alcanzaba a ver el sol de mediodía, alto y brillante en el cielo de un azul desteñido, y las sombras de ambos que los precedían sobre el camino de cemento cubierto por una fina capa de arena.

Sin embargo en ese momento, aunque de ello dependiera su vida, no podría haber encontrado el camino hacia la seguridad. Recordaba perfectamente el edificio del departamento de Drew, hasta recordaba los "graffiti" que había en los ladrillos de la entrada, pero olvidaba en qué calle se encontraba. Y aunque pudiera encontrarlo, no estaba segura de que él quisiera volver a verla.

Sus padres también. Los veía en su mente como la familia en miniatura de la casa de muñecas con la que jugaba cuando era chica: un padre con camisa plisada, pantalones y el pelo pintado de una manera extraña; una madre de pelo rubio y vestido floreado; una chiquita de pollera y blusa de mangas abullonadas. Sólo que Iris nunca parecía poder mantenerlos a todos en un mismo lugar. El padre muñeco faltaba durante semanas, después lo encontraba bajo la cama o dentro del placard. Una vez la madre muñeca apareció en el canasto de la ropa sucia.

Y ahora la niña muñeca estaba perdida.

Iris se estremeció en el viento que sacudía las hojas de los árboles. ¿Cuánto tiempo hacía que estaba allí sentada? ¿Cuándo fue la última vez que comió? Su estómago había dejado de resonar, sólo tenía conciencia de que le latía y que se sentía mareada.

Se arropó dentro de la chaqueta de lona, deseando tener algo más abrigado que ponerse. Pero no recordaba haberse puesto esa chaqueta, ni siquiera hacia donde se dirigía cuando lo hizo.

En el banco frente al que ella ocupaba había un hombre sin hogar con un changuito cargado de latas y bolsas de mercado dobladas; hablaba solo. Su aspecto era bastante poco amenazador. Sin embargo Iris era presa de un miedo salvaje e irracional. ¿Sería igual que ese hombre?

Y de no ser así, ¿qué le sucedía?

El doctor Eisenger tal vez podría habérselo dicho. Pero tampoco sabía cómo llegar hasta él. Aunque lo veía con claridad en su mente. El suéter celeste que se ondulaba sobre su vientre amplio, el pequeño mechón entre sus espesas cejas que tanto la fascinaba... ¿cuántos minutos habría perdido mirando esos pelos y preguntándose por qué no se los cortaba? Lo imaginó quitándose los anteojos de armazón de hueso y limpiándoselos con el gran pañuelo blanco que siempre llevaba en el bolsillo. Los lustraba con lentitud con el pulgar, quitándoles motas de polvo que sólo él alcanzaba a ver.

Lo mismo que trató de lustrarla a ella. Pero cada vez que se acercaba demasiado al hueso, algo la obligaba a alejarse, a cerrarse.

"Podrías recordar si lo quisieras —se dijo con cierta indignación—. Sabes que podrías. Sólo debes intentarlo."

La voz que resonaba dentro de su cabeza de repente cambió y se hizo más dura.

"Deja de llorar —le decía—. ¿Quieres dejar de llorar de una vez? ¿Quién mierda puede pensar con todos esos gemidos?"

Iris se tapó los oídos. Pero no consiguió acallar esa voz furibunda. Y ahora los gritos estaba acompañados por un ruido fuerte y sibilante.

Concentrarse. Debía concentrarse.

Estás en camino a lo de Drew pero antes te detienes en la farmacia para comprar unos Tampax. Al llegar a la caja te das cuenta de que no tienes la billetera. Te la han robado. Recuerdas que una mujer pasó a tu lado y te empujó, la misma que en ese momento sale de la farmacia. Corres detrás de ella, tratando de alcanzarla. Pero la multitud que camina por la vereda la oculta. La mujer dobla por una calle lateral, y entra en un edificio. Entras tras ella, decidida a seguirla, pero es un edificio derruido, atemorizante y oscuro, con las paredes llenas de graffiti. Sin embargo hay en él algo que te resulta familiar. Y está ese tipo que baja por la escalera desvencijada, con los ojos vidriosos y la cara hundida. Una cara que nunca has visto...

De repente el recuerdo se borró. Iris levantó la mirada. Los faroles de la calle iluminaban el sendero que cruzaba el parque. Bajo uno de ellos había una estatua de bronce: un estadista de pie frente a una silla, como si estuviera por pronunciar un discurso. Más atrás, por encima de las copas de los árboles, se alzaba una espiral iluminada por los colores del otoño: verde, naranja y amarillo. Bonito, sí, ¿pero dónde estaba? ¿Y qué la había llevado hasta allí?

Lo sabes, pero no lo quieres saber, porque fue algo malo. Aterrador, ¡tan aterrador! Las imágenes se arremolinaron en su cabeza, igual que en sus pesadillas: un fósforo encendido en una habitación sombría, una mano que lo acercaba a una vela. Y después la cuchara, que brillaba a la luz de la vela. Y luego la aguja... ¡oh, Dios, la aguja!

La escena de pesadilla que tenía dentro de la cabeza se hizo espasmódica, como una vieja película muda. Un brazo pálido contra el que la aguja lanzó destellos. Manos pequeñas, ¿las mías?, tironeando ese brazo, tratando de alejarlo de la aguja... pero en lugar de conseguirlo hizo caer la vela. Una llamarada...

...Estás corriendo de nuevo. Y esta vez sabes hacia dónde te diriges. A la casa de tu abuela. Todavía tienes la llave. Allí estarás a salvo.

Pero la casa no está desierta. Desde la vereda de enfrente alcanzas a ver salir a una mujer por la puerta principal. Rose. Que te odia. Que te quitó la casa de la abuela.

Empiezas a llorar. No sabes en quién confiar, a quién llamar. Esperas hasta que Rose se pierda de vista, después entras por la puerta principal. No te animas a encender ninguna luz porque Rose podría volver y verla.

Vela. Fósforos. ¿Adónde los guardaba abuela?

Allí. El candelero que está sobre la repisa de la chimenea. Con fósforos en una bonita caja junto a él. Subes al ático con la vela. Era donde siempre solías jugar. Allí te sentirás segura.

¡Estás tan cansada! Lo único que quieres es dormir. Y allí, en un rincón del ático hay una cuna que solía ser de mamá. Te metes adentro y te enroscas sobre ti misma. Has llegado a tu casa...

Te despiertas tosiendo. Humo. Hay humo por todas partes y al lado de la vela, de una pila de viejas cortinas, surgen llamaradas.

Tienes que salir. ¡Oh,Dios, es lo mismo que antes! El fuego. ¿Pero qué fuego? No lo puedes recordar. Lo único que sabes es que era un gran fuego. Que borró todo.

Y ahora sabes otra cosa: no quieres morir. Tal vez lo hayas querido esas otras veces, pero ahora, en lo único que puedes pensar es en salir antes de que sea demasiado tarde...

Antes de que...

Iris cerró los ojos con fuerza corriendo también una pesada cortina dentro de su cabeza, una treta que hacía años utilizaba para borrar las imágenes desagradables. Tenía mucho miedo. Quería estar con mamá, con papá, y también con abuela. Las lágrimas rodaban por sus mejillas. Pero lo que más quería era que alguien le quitara ese dolor. Un dolor que era hasta más profundo que su hambre, un dolor que se enroscaba en las profundidades de su estómago como un capullo gordo. Esperando... esperando. ¿Qué? Nacer.

El fuerte sonido de una radio la sacó de sus pensamientos. Miró a un adolescente de jeans bolsudos y zapatillas, sentado en un banco cercano, con una radio sobre las rodillas. El volumen de la música era muy fuerte, insistente. Pero en ese momento el chico movió el dial, buscando otra estación. Se oyó una voz, una voz que Iris conocía.

—Iris, si me estás escuchando...

Se puso de pie de un salto. No. No era posible. Ahora oía voces por la radio, voces que le hablaban directamente a ella. ¡Dios, oh, Dios! En verdad se estaba convirtiendo en uno de esos locos como el tipo sentado en el banco de enfrente.

—...sólo te pedimos que hagas un llamado telefónico. Tu familia está muy preocupada por ti.

Era real, no lo estaba imaginando. Y conocía esa voz, era la de Eric, el amigo de su papá, el tipo por quien Rose estaba tan loca. Le estaba suplicando que llamara a su casa. ¿Pero cómo? No tenía dinero. Y tampoco había un teléfono.

¿Cómo les iba a dar la dirección? Y aún si pudiera, ¿qué sentido tenía? Sus padres estaban mejor sin ella. Y Drew... él estaría...

Furioso. Tan furioso que esa vez en realidad iba a dejarla.

No. No podía correr ese riesgo.

El hombre sin hogar, sentado frente a ella se puso de pie, alto como una sombra sobre la pared. A la luz del arco de sodio, su cara sucia y barbuda se parecía a la de un monstruo del cine. Iris, se achicó, sollozando en voz baja. Nunca se había sentido tan pequeña, tan asustada.

"Y ahora mira lo que has hecho, pedazo de chiquilina. Te juro que en cuanto pueda ponerte las manos encima..." creyó que le diría.

—Tú, chica, ¿tienes hambre? ¿Quieres un poco de mi sándwich? —El barbudo desarrapado le arrojó algo, un pan envuelto en papel encerado. Iris estuvo por lanzar una carcajada de alivio. El hombre no trataba de dañarla, era simplemente bondadoso.

Pero en lugar de reír empezó a llorar, lágrimas silenciosas que le corrían por las mejillas. Sacudió la cabeza, pero de alguna manera encontró el coraje suficiente para preguntar con mansedumbre:

—No, gracias, pero me vendría muy bien una moneda de veinticinco. ¿Usted no tendría alguna por casualidad?

El hombre sonrió, revelando que le faltaban bastantes dientes. Una risa retumbó en su garganta. Reía como si fuera lo más gracioso que hubiera oído en toda su vida. Hasta Iris, a pesar de lo mal que se sentía, no pudo menos que sonreír.

—¡Maldición! Ahora ya no me falta oír nada. Casi me hace desear poder ayudarte. —El hombre señaló al adolescente de la radio y bajó la voz para hablar en un susurro conspirador. —Pero él, si se lo pide una jovencita agradable y bonita como tú, te dará todo lo que quieras.

Iris se puso de pie sobre piernas temblorosas. Después de haber hablado, era como si algo enorme que parecía mantenerla clavada en su sitio se hubiese levantado. De alguna manera se sentía más controlada. Como alguien con una voz, que podía pedir lo que necesitaba. Pero aún así el corazón le palpitaba con fuerza cuando se acercó al muchachito del otro banco. Tragó para aliviar la sequedad de su garganta y dijo:

—Tengo que hacer un llamado telefónico. Es muy importante. ¿Me podrías dar una moneda de veinticinco?

El chico la miró con una enorme sonrisa, como para hacerle comprender que no creía en la excusa que ella le estaba dando, pero que era lo suficientemente bonita como para salirse con la suya. Después se encogió de hombros y metió una mano en el bolsillo.

Iris cerró los dedos sobre el puñado de monedas que él le puso en la palma de la mano, le agradeció y se alejó presurosa antes de que el chico cambiara de idea y le pidiera que se las devolviera. ¿Y ahora qué?

Mientras vagaba por el parque desconocido, con el piso cubierto de hojas secas, sintió una oleada de ansiedad tan grande que creyó que las piernas no la sostendrían. La perspectiva de encontrar un teléfono público y luego de recordar los números que debía marcar era sobrecogedora. Como trepar una montaña. ¿Y si Drew no quería hablar con ella? ¿Y si su padre y su madre estaban tan hartos de ella que decidían enviarla lejos?

Después volvió a oírlo. La voz de Eric que le llegaba por sobre las hojas marchitas y el murmullo de las palomas.

—...cuando uno huye, no se puede contar con muchas cosas, pero créeme, tu familia es...

De alguna manera Iris encontró la fuerza necesaria para seguir caminando. Ignoraba si se dirigía hacia el peligro o la seguridad. Lo único que sabía sin lugar a dudas era que por lo menos estaba lo suficientemente cuerda como para querer averiguarlo.

Eric cerró la audición de la tarde que había cambiado con Miles Joseph, quien por lo general estaba en el aire de ocho a diez, y lanzó un profundo suspiro mientras se quitaba los auriculares. ¿Quién podía saber qué efecto, si es que alguno, tendría un llamado por la radio? En todo caso era una leve posibilidad. Cuando alguien como Iris desaparecía, por lo general era para siempre.

Él debía saberlo. En todas las reuniones de Alcohólicos Anónimos se corría el riesgo de que la persona sentada junto a uno terminara en la morgue. "A los normales no les sucede", pensó. Para la mayoría de la gente, el suicidio sencillamente no era una opción. No podían ni imaginar que existiera una vida tan atormentada que exigía una fuerza de voluntad de hierro para levantarse todas las mañanas de la cama. Pero para los que estaban enfermos o muy deprimidos, hasta atarse los zapatos podía ser un esfuerzo demasiado grande.

Fue por eso que, en lugar de enviar a Mandy a su casa, le dio una lista de refugios que debía revisar. Lo más probable era que no encontrara a Iris en ninguno de ellos, pero por el momento la mantendría ocupada. ¿Y quién sabe? Tal vez tuviera suerte. Debía reconocer que alguien que apenas podía mantenerse en pie, tuvo que ser muy valiente para tomar sobre sus hombros el problema del hermano. Después de esa noche, cuando todo hubiera terminado, Eric le sugeriría que se reunieran a tomar un café o a comer algo. Si todavía no estaba preparada para Alcohólicos Anónimos, por lo menos conversarían.

Una de las cosas que Eric sabía hacer era conversar. Esbozó una sonrisa amarga. ¿Con Rose no habló tanto que terminó saliendo expulsado por la puerta? Tal vez si hubiera mantenido la boca cerrada y los sentimientos ocultos, al fin de un día difícil sería Rose quien lo esperaría, en lugar de otra reunión o de un tipo borracho que necesitaba ayuda.

—¿Eric? Oye, esto acaba de llegar de la sala de prensa. —El ingeniero nocturno, un hombre de edad llamado Danny Wilkinson, se asomó por la puerta. Sostenía un informe de UPI en la mano. —Fuego en la Setenta y Nueve Oeste y Riverside, un par de heridos pero ninguno grave —informó. —Uno de los nombres me pareció conocido. Rose Griffin. ¿No es la mujer con quien estuviste saliendo?

El corazón de Eric se estrelló contra sus costillas. Quedó un instante demasiado sorprendido para poder decir nada y enseguida le arrancó el informe a Wilkinson. ¿Rose? ¡Dios Todopoderoso! Durante todo ese tiempo él estuvo allí, tratando de llegar hasta Iris, rogando que la chica estuviera bien y Rose era la que estaba en peligro. Rose, que a pesar de lo que decía ese maldito informe, tal vez estuviera mal herida.

Lo recorrió una descarga de adrenalina. Tenía que verla, averiguarlo por sí mismo. Rose. Su Rose. Volvió a leer el informe de tres líneas. Beth Israel. La habían llevado a Beth Israel junto con la segunda víctima, Rachel Rosenthal. ¡Dios Santo! ¿Rachel también?

Mientras salía corriendo del estudio, Eric pensó en lo irónico que era todo: él que quería brindar solaz a una mujer que puso término a la relación entre ambos por creer que terminaría provocándole dolor. Rose había dejado en claro que no lo quería en su vida, por lo menos en una forma permanente. ¿Por qué iba a modificar la situación ese acontecimiento?

"Tal vez no la modifique —pensó—. Pero debo asegurarme de que está bien. Debo hacer algo."

Veinte minutos después, luego de un viaje en taxi, Eric empujaba las puertas de la sala de emergencias. Gracias a los Alcohólicos Anónimos conocía todos los hospitales de la ciudad como la palma de su mano. ¿A cuántos compañeros había visitado allí y en el resto de las Salas de Emergencias? Borrachos demasiado perdidos para darse cuenta de que se habían roto las entrañas o destrozado la cabeza. Tipos que recibían conferencias de los así llamados profesionales que no sabían de lo que estaban hablando.

No se molestó con ninguna de las dos recepcionistas que tenían las manos llenas con una familia reunida delante del escritorio, cuyos integrantes hablaban en castellano. Tampoco se molestó en detenerse junto a la enfermera que asistía a un niño que sangraba. Pasó junto a las hileras de pacientes de ojos vidriosos sentados en sillas de plástico, que se sostenían una muñeca o un codo o una gasa sobre un ojo en el que tenían una herida que era necesario coser. En años de experiencia, Eric había aprendido que si uno parecía saber con exactitud hacia dónde iba, se convertía virtualmente en invisible.

A la vuelta de la esquina, frente a la primera puerta de la izquierda, encontró lo que buscaba, un residente que no cuestionó su autoridad cuando él le preguntó dónde estaba la señora Griffin. El joven, que habría sido buen mozo si no tuviera la cara cubierta de acné, simplemente señaló una sala de tratamientos del corredor, antes de apresurarse hacia otra, que sin duda albergaba enfermos más graves. Eric, con la cabeza palpitante por una mezcla de aprensión y de alivio, caminó con lentitud hacia el lugar indicado. "En cualquier minuto estarán aquí los hijos de Rose —pensó— y tal vez también su hermana Marie." Estaba bastante seguro de que ninguno de ellos lo haría sentir inoportuno. Pero él sabría con exactitud dónde estaba parado. Se vería como lo veían ellos: un espectador horrorizado.

Y tal vez, en definitiva no fuera más que eso. Alguien que apareció en un mal momento en la vida de Rose. Un extranjero bondadoso que le dio un empujón para que pudiera seguir adelante.

Eric abrió la puerta. Rose estaba dormida sobre una camilla. Aparte de un grueso vendaje que le cubría la muñeca, no parecía tener ninguna otra herida. Respiraba con ayuda de una máscara de oxígeno, pero Eric supuso que el daño causado por el humo que debía haber inhalado no sería permanente.

Lo que más deseaba era arrodillarse a su lado, como en una de esas series románticas de la televisión. Tomarle la mano, esa mano tan capaz y de huesos pronunciados, que estrechaba las de los demás con firmeza, y apretarla contra su corazón. Un corazón que le latía con tanta fuerza como para que se alegrara de estar en un lugar donde sabrían qué hacer con él si llegaba a fallarle.

Pero sólo permaneció al lado de Rose, mirándola fijo. Hasta sonrió un poquito al pensar en lo avergonzada que ella estaría si supiera que la estaba observando. En determinado momento, cuando ella abrió los ojos, él se sobresaltó. Pero Rose no lo veía y lo que en ese momento murmuraba no eran más que palabras pronunciadas en el sueño. Sabía que ella se enojaría con él por haber estado escuchando.

Era como si, aún dormida, Rose lo mantuviera a distancia y le advirtiera sin palabras que no se le acercara. "Querer es demasiado duro —le pareció oírla decir—. Aun cuando a uno también la quieran, ese amor nos puede ser arrancado en cualquier momento."

"¡No tiene por qué ser así!", exclamó él en una silenciosa protesta. ¿Quién podía saberlo mejor que él, un alcohólico recuperado que aprendió de la manera más difícil que, en definitiva, tomar las cosas de a un día por vez, no era sólo una manera de hacer frente a un problema, sino la realidad de la vida? No había un recipiente lleno de oro en el extremo de un arco iris mítico; la felicidad que uno tenía frente a sí era lo que lograba llevarse en los bolsillos.

Rose se movió inquieta y volvió a abrir los ojos. Y esa vez lo vio, Eric lo hubiera jurado, porque un breve parpadeo de reconocimiento lo cortó como si se tratara de un escalpelo. La amaba. Y seguiría amándola. Siempre. Pero tal vez esa inscripción del cementerio de París que él llevaba grabada en la mente desde hacía tantos años hubiese sido profética: "Todo mi amor. Siempre". Sin embargo, quizá debió tomar en cuenta que había sido grabada en una piedra por un hombre que lloraba a su amada ya perdida.

Eric se volvió y salió de la habitación en el mayor silencio posible. Un grupo de médicos y de enfermeras conversaba en el vestíbulo. Uno de ellos, de pelo canoso, parecía estar impartiendo órdenes a los demás. Ni siquiera lo miraron cuando él pasó junto a ellos. En realidad podría haber sido realmente invisible.

Rose despertó sobresaltada, sorprendida de no estar en la cama cómoda de su casa, sino en un cuarto de hospital. Un sol débil entraba por la ventana que daba al este y bañaba una cama tan blanca que parecía pasteurizada. Le latía la cabeza y tenía la sensación de que le habían arrancado los brazos. Durante un instante consideró, desorientada, qué podía estar haciendo allí, pero enseguida lo recordó todo. El fuego.

Haber arrastrado a Rachel escaleras abajo. Que la sacaron de allí en una ambulancia.

—Creí que se suponía que yo debía ser la que durmiera para sacarme de encima el estrés.

Rose miró la cama vecina y no le sorprendió ver en ella a Rachel. Su aspecto era terrible, parecía la víctima de la pelea en un bar, tenía el costado izquierdo de la cara lastimado, un ojo tan hinchado que estaba casi cerrado. Pero no había perdido su sentido del humor. Rose hizo una mueca y se llevó una mano a su propia mejilla.

—Lo siento, no debí haberte pegado tan fuerte.

—Está bien, me lo merecía. —Rachel consiguió sonreír, lo cual debió haberle dolido a juzgar por la mueca que hizo. —Si quieres que te diga la verdad, no recuerdo mucho lo sucedido. Pero me dijeron que me salvaste la vida. De modo que supongo que soy yo quien te debe una disculpa.

—Digamos que se trata de un empate, ¿quieres? —Rose descubrió que le dolía hablar. Le ardía la garganta y sentía los pulmones deshechos. Y había algo más, algo que la acechaba en la parte posterior de la cabeza.

Le dolió con la fuerza de un golpe: Iris. ¿Qué habría pasado con Iris?

Debió demostrar su consternación en el rostro, porque Rachel enseguida lo notó. Sacudió la cabeza haciéndola rodar de un lado para el otro sobre la almohada.

—No estaba dentro de la casa —dijo con voz ronca.

—¿Cómo lo sabes?

—Ese pobre bombero.... Un minuto yo estaba desmayada y al siguiente lo tenía aferrado por el cuello y me negué a soltarlo hasta que me aseguró que habían revisado toda la parte superior de la casa y que no había nadie. Le debo haber dado un miedo terrible. —Consiguió esbozar una pequeña sonrisa. —Supongo que debería sentirme aliviada. Pero todavía ignoro dónde está. —Una lágrima se deslizó por el costado de su ojo sano.

—Tu casa... —Rose sintió que también los suyos se llenaban de lágrimas.

—No, tu casa —la corrigió Rachel—. Pero de todos modos, no era más que una casa. Es terrible... pero no es lo mismo que perder a una persona.

—Pero...

—No. —La voz de Rachel era severa. —Debemos poner fin a esto, Rose. Dejar de pensar en lo que hemos perdido y empezar a concentrarnos en lo que todavía nos queda. No sé dónde está mi hija. Pero cuando la encontremos... —Se detuvo y tragó con fuerza.

Entonces Rose pensó en Eric. No podía evitar la sensación de que lo había visto esa noche, allí, en el hospital.

Rose se sintió inundada por una aguda sensación de pérdida. No extrañaría la casa de Sylvie, pero extrañaría a Eric. Extrañaría su rostro tan interesante y lleno de facetas. Extrañaría su voz murmurándole al oído durante la noche, y su inteligencia. Y también extrañaría el sexo. Pero sobre todo extrañaría ser amada por lo que era ella, Rose Santini Griffin.

Pero en ese momento no se animaba a pensar en Eric. ¿Y Drew? ¿Y Jay? ¿Dónde estaban sus hijos? ¿Alguien los habría llamado? ¡Dios Santo! Jay debió aterrorizarse cuando ella no volvió a su casa la noche anterior.

La puerta de la habitación se abrió dando paso a una figura delgada que entró silenciosa como un gato. Marie. Rose se sintió aliviada. Si su hermana estaba allí, sus hijos no debían estar lejos.

Marie se detuvo entre las dos camas, indecisa con respecto a cuál de ellas dirigirse. Miró con desconfianza a Rachel quien la observaba con franca curiosidad. Después Marie se acercó a Rose y le apretó la mano. Rose notó que tenía las uñas completamente comidas, pero el apretón que le dio era tan tranquilo como siempre.

—¡Hola vieja! —Marie, con su habitual falta de atención a las estaciones, se había puesto jeans y un top que dejaba al aire su estómago chato. Sobre los hombros llevaba un suéter rosado. —Bueno, ¡lo lograste! Por fin conseguiste hacerme temblar de miedo, y ya sabes que no me asusto con facilidad. Drew y Jay están afuera. Les pedí que me dejaran entrar un minuto. Vinimos a verte anoche pero estabas completamente dormida o inconsciente, no lo sé.

De repente, Rose tuvo sueño y se permitió cerrar los ojos.

—¿Los chicos están bien?

—Sí, muy bien, pero un poco impresionados.

Cuando Rose abrió los ojos, notó que la mirada de Marie había vuelto a clavarse en Rachel.

—¡Bueno! ¿Cuántos rounds aguantaste? —bromeó.

—Me tiraron a la lona en el tercero —contestó Rachel con una risa débil.

Marie sonrió.

—Sí, ahora lo veo. En tus ojos. Tienes los ojos de papá. —Volvió a mirar a Rose. —No como ésta. Yo siempre creí que Rose era una especie de involución. Demasiado fea para conservarla y demasiado grande para dejarla tirada por ahí. —Su sonrisa se amplió.

—Habla por ti misma —retrucó Rose—. A propósito, ¿le has dicho a Clare lo que sucedió?

—La llamé anoche —informó Marie con la expresión de alguien que acaba de morder un limón. Su pelo renegrido, atado en una cola de caballo le daba el aspecto de una persona mayor de lo que era y más amarga.

—Clare me pidió que te avisara que le pediría al padre que rezara una misa por... bueno, por lo que sea. Si quieres que te diga la verdad, es una gran cosa que viva demasiado lejos para visitarnos. Si la que estuviera tendida en esa cama fuese yo, un llamado de Nuestra Señora de la Humildad terminaría con mi vida.

—Ahora estoy segura de que estamos emparentadas —dijo Rachel con una carcajada. Observó de cerca a Marie, como un jugador de ajedrez que estudia su próxima jugada. Luego dijo: —Eres bonita, ¿sabes? Hasta ahora no lo había notado, pero lo eres.

Marie se ruborizó.

—¡No digas pavadas! —Lo dijo muy poco convencida pero Rose se dio cuenta de que le agradaba el cumplido. —Sigo esperando —agregó con expresión torva—. Se suponía que me avisarías cuándo sería un buen momento para que nos reuniéramos.

—Lo haré. En cuanto salga de aquí. En cuanto... —De repente Rachel jadeó y su mirada se apartó de Marie.

Era Drew que entraba en el cuarto un poco más adelante de alguien a quien al principio Rose no reconoció, una figura sucia que le pareció sólo vagamente familiar. Una muchacha que le recordaba un poco a...

—¡Iris! —Rachel se llevó una mano a la boca y lanzó un sollozo. Rose la observó tratar de levantarse, pero todavía estaba muy débil y cayó hacia atrás lanzando un grito ahogado. Era Iris, la pobre Iris, que tenía el aspecto de que la hubieran sacado del río East y que luego la hubieran dejado secar en la entrada del subterráneo. La muchacha cruzó corriendo la habitación y se arrojó a los brazos abiertos de su madre.

Capítulo 19

"Viene en todos los tamaños", pensó Rachel. Como en los supermercados, todos esos cereales para el desayuno, detergentes para lavar, remedios para el dolor de cabeza, que prometen mejor gusto, blancos más blancos, alivio más rápido. Cuando uno por fin se permite sentir lo que durante mucho tiempo ha intentado no sentir, ningún paquete lo contiene todo.

En los días y las semanas siguientes al regreso de Iris, Rachel vertió más lágrimas de las que hubiera creído posible. En el hospital, mientras abrazaba a su hija, lloró de alivio y de renovadas esperanzas. De tristeza también, por su madre y por la casa que nunca sintió que fuese del todo su hogar, reducida ahora a cenizas y escombros. Le dolía llorar porque, entre otras cosas, se había quebrado una costilla, pero también le hacía bien. De alguna manera la cicatrizaba. Aunque en muchos sentidos comprendía que el viaje recién acababa de empezar.

Iris no estaba herida, como Rachel temía. Pero estaba lejos de encontrarse bien. Sin embargo, a lo que Rachel no estaba preparada era a sentir que de alguna manera ella ya no era responsable por su hija. Por lo visto, Drew se había hecho cargo, con el consentimiento de Iris, mientras que Rachel, madre, salvadora, curadora, se había convertido apenas en una pieza más del juego. Por sugerencia de Eric, Drew se puso en contacto con The Meadows, un lugar residencial de Arizona que le dijeron era famoso por tratar a personas como Iris, traumatizadas durante la infancia. Él e Iris lo conversaron. E Iris estuvo de acuerdo en que, en ese momento, era lo mejor para ella.

Cuando Brian que abordó el primer avión de Cincinnati llegó a su casa, Rachel hasta se permitió desmoronarse... un poquito. Él la abrazó, la acarició, murmuró las palabras adecuadas. Formaron un frente unido, trabajando juntos para hacer todo lo que fuese necesario. Llenar formularios del seguro de salud. Hacer los arreglos necesarios para el viaje. Realizar largas conferencias telefónicas tanto con el doctor Eisenger como con el psiquiatra de Meadows que evaluaría a Iris.

En definitiva, que su hija partiera hacia Arizona fue menos devastador de lo que Rachel creía. Drew e Iris decidieron juntos que él la acompañaría.

Y aunque Rachel argumentó que debían ir ella y Brian, los padres de Iris, y lloró en el aeropuerto al verla partir, sin embargo se sintió orgullosa de su hija por haber tomado una decisión, por pequeña que fuera, con respecto a su futuro.

"Tal vez yo haya hecho demasiado por ella —pensó Rachel—. Tal vez en eso estribe parte del problema."

Sabía, por haberlo conversado con Drew, que él había llegado a la misma conclusión; que el hecho de que la protegiera tanto, que todo el tiempo tratara de reconstruir a Iris, en definitiva le hizo más mal que bien a la muchacha. Drew la quería y deseaba lo mejor para ella, pero también tenía su propia vida. Tal vez algún día se casaran. Tendrían que esperar y ver...

"Tiene sentido", pensó Rachel con cansancio. En la vida había aprendido que no existía eso de la felicidad perpetua. Y como prueba, bastaba con mirarlos a Brian y a ella. Habían declarado una tregua pero nada estaba resuelto.

Y ahora dos cortas semanas después de la partida de su hija, volvían a andar en puntas de pie uno alrededor del otro. Amables. Cuidadosos. Limitando sus conversaciones sobre todo a Iris, el progreso que les aseguraban que hacía, con lo que se encontrarían cuando viajaran hacia allí para la semana familiar. La atmósfera que reinaba en la casa era tan tensa que volver a trabajar le resultó a Rachel un verdadero alivio.

Ya había derramado todas sus lágrimas. Era como un recipiente vacío. Sin embargo, eso no impedía que tuviera un profundo dolor interior, no sólo por lo que había perdido, sino por lo que todavía podía perder.

Brian la dejaría. Pronto. Estaba casi segura de ello. Hasta lo notaba en la manera pensativa en que él revisaba los cajones, como si estuviera catalogando los restos de la vida en común de ambos, y en la suavidad con que le hablaba, como si ya no tuviera sentido levantar la voz ni enojarse.

Rachel creía que toda su capacidad de dolor y de ansiedad habían abordado ese avión que tomó su hija, pero ¡Oh, Dios! todavía dolía. Casi deseaba poder volverse un poco loca, como le sucedió en el horrible incendio, para poder aferrar lo que con tanta claridad se le escapaba. Pero no le serviría más que tratar de aferrar el humo. No había nada de dónde sostenerse. Ya no.

Lo mejor era buscar consuelo donde podía encontrarlo, en su trabajo.

Pero descubrió que eso había perdido su capacidad de ayudarla a olvidar todo lo demás.

Cuando Rachel se inclinaba sobre la pila de carpetas que tenía sobre el escritorio, oía llamar el intercomunicador y suponía que debía ser un llamado que se refería al del sistema de computación que estaban instalando o bien del director del Fondo de Salud de la Comunidad, a quien había llamado ese día más temprano. No podía admitir, ni siquiera ante sí misma, lo desesperadamente que deseaba que fuera su marido. La excusa más tonta serviría, que había que pasar a buscar ropa por la tintorería, que no encontraba un libro o una revista en la casa o que necesitaba un número de teléfono. Si Brian se lo hubiera pedido, Rachel habría dejado todo lo que estaba haciendo para correr a su casa y mostrarle dónde guardaba un rollo extra de tela adhesiva.

Pero cuando apretó el botón que parpadeaba resultó que la llamaba la última persona en el mundo de quien ella esperaba tener noticias.

—Es la hermana Alice —anunció la secretaria en un susurro—. Parece que se trata de algo bastante urgente.

La superiora de los Santos Ángeles, en realidad había sido presa del pánico. Cuando la secretaria de Rachel la comunicó, pasaron varios instantes antes de que la anciana monja pudiera controlar su laboriosa respiración para lograr hablar.

—Una de mis chicas... —jadeó—. La llama a usted... no permite que se le acerque nadie más...

—¿Qué le sucede? —para enmascarar su sorpresa, Rachel habló con más dureza que lo habitual.

—Creo... que... está por tener familia...

Rachel de inmediato recuperó sus antiguas fuerzas, tomó su maletín médico y salió corriendo. Cuando llegó a los Santos Ángeles, el edificio entero parecía zumbar: grupos de chicas de uniforme hablaban en susurros en los pasillos; monjas de aspecto preocupado trataban, sin demasiada convicción y sin éxito, de arrearlas a la capilla; la secretaria que Rachel recordaba de su visita anterior se apretaba las manos, nerviosa.

La hermana Alice, que recorrió el corredor para recibirla, fue la sorpresa más grande de todas. Parecía haberse encogido desde la última vez que la vio, sus pequeñas proporciones ya no le recordaban la imagen de un santo de plástico, sino a una especie de gnomo. Tenía la cara hundida y sólo sus ojos azules estaban tan alerta como siempre. En los labios apretados de la hermana Alice, Rachel comprendió que no le hacía ninguna gracia haberse visto obligada a llamarla y que jamás lo habría hecho si no se hubiera sentido obligada por las circunstancias.

—Gracias por venir con tanta rapidez, doctora Rosenthal. Acompáñeme, por favor. —Le indicó a Rachel con un gesto que la siguiera.

El viejo linóleo de un color verde parecido al dentífrico crujía apenas bajo los zapatos de Rachel mientras ésta seguía a la monja bajo las duras luces fluorescentes del cielo raso. En un extremo del corredor, la puerta de una de las aulas estaba abierta. Rachel entró y miró a su alrededor. Allí no había nada fuera de lo común, hileras de bancos unidos a pequeños escritorios, un pizarrón en el que se habían escrito ecuaciones matemáticas, en un rincón un terrario en el que, por lo que se alcanzaba a ver, sólo se habían cultivado algas.

Entonces lo oyó. Desde el guardarropas del fondo llegaba el sonido de alguien que gemía de dolor. Una vez que entró en el estrecho lugar, que olía a lana húmeda y a cajas de almuerzos, Rachel debió parpadear varias veces para que sus ojos se acostumbraran a la penumbra. Mientras a sus espaldas la hermana Alice tomaba la cadena con que se encendía la bombita de luz, Rachel se arrodilló junto a la asustada muchachita que yacía hecha un montoncito en un rincón.

No podía tener más de trece, catorce años. Pero a diferencia de Elvie Rodríguez, esa chica corpulenta había podido enmascarar su embarazo hasta llegar al último mes. Ahora ya no había esperanzas de ocultarlo. Estaba tendida de costado, aferrándose el vientre y con la cara cubierta de transpiración.

Rachel le tocó un hombro y preguntó:

—¿Cuándo empezaron los dolores?

La chica meneó la cabeza, incapaz de hablar. Era de una belleza poco común, con piel de porcelana y enormes ojos pardos. Rachel estaba segura de no haberla visto antes, porque en ese caso sin duda la recordaría. ¿Y entonces por qué esa perfecta desconocida exigió que ella fuera a atenderla al colegio?

Tal vez la hermana Alice percibió su confusión, porque explicó:

—Se llama Dolores Loyola. Está en octavo grado.

—No tengas miedo, Dolores. Estoy aquí para ayudarte. —Rachel palpó el vientre redondeado de Dolores. La chica pareció relajarse un poco, pero los sonidos que emitía su garganta eran los que hacían casi todas las mujeres con dolores de parto. Significaba que no habría tiempo de llevarla al hospital. El bebé nacería allí mismo, en el guardarropas.

Rachel sintió que sus años de entrenamiento y de experiencia la ponían en marcha. Tomó su maletín mientras ordenaba por sobre el hombro:

—Necesito que me traigan toallas limpias. Una hoja de papel blanco me bastará, si es que lo tienen. ¡Apresúrese!

La hermana Alice no se acobardó. Cuando volvió con un rollo de papel y un puñado de toallas, Rachel había colocado a Dolores de espaldas, le había quitado la ropa interior y envolvió un saco para que le sirviera de almohada. Resultó que la bolsa de agua de la chica ya se había roto hacía rato. Pero la pobre criatura tuvo demasiado miedo para decírselo a alguien.

Minutos después, antes de que Rachel hubiera alcanzado a ponerse los guantes quirúrgicos, Dolores comenzó a empujar. Entre sus piernas temblorosas apareció la cabeza de la criatura, una mata de pelo negro manchado de sangre y de vernix. En tanto Rachel urgía a Dolores para que siguiera empujando mientras con suavidad hacía girar la cabeza del bebé para colocarlo en posición, una descarga de adrenalina casi la levantó del piso. ¡Oh, cómo había extrañado eso! Por tosco que fuese el lugar donde se realizaba el parto, por mal que estuviera que a una muchacha tan joven como ésa se le arrancara la inocencia de repente y con tanta violencia, no se podía negar el milagro que era una nueva vida. En ese momento Rachel guiaba con las manos los hombros del pequeño para que pudiera salir por la angosta abertura y fue presa de una sensación de maravilla tan fuerte que casi la mareó.

—Te estás portando muy bien, Dolores. Así, querida. Sólo te falta pujar un poquito más —la alentó, asombrada por la facilidad de ese parto. Por lo general, las chicas tan jóvenes no tenían la pelvis bastante desarrollada, pero las caderas anchas de Dolores eran una ventaja. —Puedes hacerlo. Te aseguro que esto terminará muy pronto.

Dolores, con la cara contraída y colorada lanzó un fuerte gruñido y el torso y las piernas de la criatura salieron, resbaladizos. Una niña Rachel tuvo que morderse los labios para no lanzar un grito de alegría.

Cuando Rachel se puso de pie, con la pequeña en brazos arropada en una toalla limpia, la anciana monja la sorprendió al tender los brazos y quitársela. Una expresión de enorme ternura cruzaba un rostro sin duda no acostumbrado a tales emociones. Mientras contemplaba la pequeña carita rosada observó en una voz extraña y entrecortada:

—Jesús nació en un establo.

Rachel, que había asistido a un colegio hebreo y que a la edad de Dolores celebró su Bat Mitzvah, asintió con aire solemne. Ella y la hermana Alice intercambiaron una larga mirada y, justo antes de arrodillarse para atender a su paciente, en los ojos azules de la anciana monja, Rachel notó una expresión de admiración.

Después, cuando pensaba en esa tarde, en ella permanecía una sensación maravillada como el resplandor que queda en una luz recién extinguida. Junto con el bebé que llegó de una manera tan inesperada y poco ceremoniosa, en ese oscuro guardarropas, Rachel sintió que algo más acababa de volver a la vida: su profunda conexión con lo que más quería, con lo que estaba entrenada para hacer: practicar la medicina. Con el corazón lleno de agradecimiento por el regalo que había recibido y también había podido otorgar, miró el rostro tenso de la chica tendida en un colchón de toallas y de abrigos. Le retiró de la frente traspirada los mechones de pelo negro que tenía pegados y la tranquilizó.

—Fuiste muy valiente. Y tu bebita es perfecta. Pero, querida, ¿por qué yo? ¿Por qué insististe en que viniera yo?

Dolores sonrió y levantó sus expresivos ojos pardos para mirar a Rachel. En una voz pequeña y temblorosa, respondió:

—Mi madre me habló de usted. La buena señora doctora. Mami dice que cuando yo nací fue usted quien me trajo al mundo.

Esa noche Rachel sirvió una comida cocinada por ella misma. Pechugas de pollo marinadas en vino blanco, arroz integral y una ensalada verde. Sabía que no ganaría ningún premio culinario, pero era comida echa en casa y le mantuvo las manos ocupadas mientras los pensamientos se sucedían dentro de su cabeza.

Había llegado a una decisión, un cambio de vida tan vital para ella, y tan crucial para ella y Brian, que si la reacción de su marido no era la que esperaba, moriría. Por eso no se lo dijo antes, de ella dependían muchas cosas. Si no lo decía bien, con las palabras exactas, si él no estaba en el estado de ánimo indicado para escucharla, o si estaba demasiado harto de ella para que le importara...

"Se lo diré después de comer —pensó— demasiado nerviosa para disfrutar de la comida."

Observó a Brian sentado frente a ella. No llegaba a darse cuenta si le gustaba o no la comida, aunque comía en un respetuoso silencio y notó que se había cambiado los jeans y la camisa de franela. Tampoco pudo dejar de notar lo amable que era con ella. Como si fuera un invitado.

—Cuando llegué al postre se me acabaron las ideas —se disculpó Rachel mientras retiraba los platos—. Sin embargo, creo que hay helados en el freezer —dijo, con la esperanza de tentarlo a permanecer un rato más sentado con ella.

Brian partía al día siguiente, esa vez a Minneápolis, para encontrarse con un importante librero independiente. Y ella tenía la sensación de que si no decía algo, si no hacía algo ya mismo, cuando él volviera sería tarde.

—No, gracias. Lo que realmente me gustaría... —Brian se puso de pie, le quitó con suavidad los platos de las manos y volvió a apoyarlos sobre la mesa— es saber lo que está sucediendo. Durante toda la tarde has estado actuando como un tigre encerrado en una jaula. ¿Tiene algo que ver con Iris?

Rachel no sabía cómo empezar. ¿Cuando se lo dijera, Brian reaccionaría como ella esperaba que lo hiciera?

—No se trata de Iris. Hoy hablé con su consejero. Doug dice que está progresando. Sabremos más cuando vayamos a verla durante la semana para la familia. —De repente se sintió tímida, pero se obligó a mirar los ojos grises de Brian que estaba esperando que continuara. "Despacio y tranquila —pensó—. Respira hondo. Así me gusta." —Esta tarde mantuve una larga conversación con Kay —empezó diciendo con tranquilidad mientras el corazón le latía como desaforado dentro del pecho—. Le pedí que se hiciera cargo de la dirección de la clínica. Y me contestó que lo haría. Significará tener que encontrar a alguien que se ocupe de lo que ella hace ahora, pero con el dinero que me dejó mamá, podremos hacerlo.

Salvo por la momentánea expresión de sorpresa que cruzó el rostro de Brian, éste no se inmutó. Preguntó:

—¿Y tú qué harás?

—Practicaré la medicina —contestó ella—. En la clínica, por supuesto. Pero sin obligaciones administrativas.

—Pues me cuesta creerlo. Que te hagas a un lado así...

—Ponme a prueba...

Brian cruzó los brazos sobre el pecho.

—¿A qué se debe esta repentina decisión? —No era, ni cerca, la respuesta alegre que ella esperaba.

Luchando para que no se notara su desilusión, Rachel miró el mantel, un amplio chal mexicano que compró en un mercado al aire libre en Mazatlán, cuando eran recién casados. A lo largo de los años se había desteñido, pero así hasta le gustaba más. El brillo anterior había sido reemplazado por algo aún mejor: ingenio y carácter.

Levantó la vista sintiendo que sus ojos resplandecían con un fuego repentino e imaginó lo que le debía parecer a Brian; una mujer presa del fuego, un fuego que antes lo excitaba. En voz baja, contestó:

—¿Quieres saber la verdad? Fue todo: tú, yo, Iris, mamá. Pero cada decisión importante tiene un catalizador y hoy tuve uno. —Rachel le contó la inesperada llegada del bebé a los Santos Ángeles. Se obligó a sonreír y agregó: —De haber estado en mis zapatos, supongo que la hermana Alice lo habría llamado un milagro.

Brian la escuchó pensativo, pero siguió inexpresivo. "¡Oh, se me va a romper el corazón!", pensó Rachel. Sentía que ya le estaba sucediendo.

—¿Estás segura de que eso es lo que quieres? —preguntó Brian.

Rachel lo miró fijo, muerta de ganas de preguntar: "¿Sigue siendo lo que tú quieres? ¿Una verdadera esposa en lugar de una mujer que está casi siempre tan cansada que sólo hace lo indispensable?". Pero no, había dejado pasar demasiado tiempo. Brian estaba cansado de esperar.

Permaneció esperando que su corazón dejara de latir con tanto frenesí. Al ver que no sucedía, decidió que su única posibilidad era zambullirse por última vez.

—No estoy segura de nada, con excepción de lo que no quiero —dijo con tranquilidad—. Sobre todo, no quiero perderte a ti. No sólo por todo lo que ya he perdido. Sino porque te quiero, Brian. Quiero que volvamos a empezar. No desde el principio... eso es algo que no podríamos hacer. Pero a partir de aquí. Me gustaría que fuéramos a algún lugar caluroso donde nos pudiéramos quedar hasta tarde en la cama, o tendernos en la playa, y hacer el amor siempre que tengamos ganas.

Brian permaneció tanto tiempo en silencio que Rachel creyó que debía estar avergonzado por ella y que estaba reuniendo el coraje necesario para decirle: "Ya es tarde para eso. Ha llegado el momento de que cada uno siga su camino...".

Pero no lo dijo. Siguió mirándola con sus ojos de expresión pensativa, que reflejaban todas las tormentas que capearon, todos los cielos grises que debieron soportar. Y entonces, con una extraña formalidad, se adelantó y le tendió la mano. Cuando Rachel la tomó y se puso de pie para encontrarse con él, notó que Brian tenía los ojos húmedos. Entonces él lanzó un suspiro en el que pareció soltar algo muy duro que tenía enroscado en su interior, la tomó en sus brazos y murmuró con los labios junto a su pelo:

—¿Se te ocurre algún lugar en especial?

Rachel se relajó algo, pero no podía dejar de temblar.

—Estaba pensando en Maui —logró decir con voz débil que no se parecía en nada a la suya—. Podríamos volar hasta allí directamente desde Arizona.

Brian echó atrás la cabeza y lanzó una carcajada.

—Rachel, ¡eres increíble!

—¿Por qué?

—Por la manera en que postergas algo prácticamente para siempre y después te rompes el cuello para tratar de hacerlo todo enseguida. Conociéndote, no me sorprendería que ya hubieras sacado los pasajes.

—Lo único que hice fue chequear qué vuelos hay —informó ella con burlona gazmoñería—. Pero no tienes ninguna obligación de hacer ese viaje.

—¿En serio?

—Tal vez se te ocurra una idea mejor.

—¡No seas tonta, Rachel! —Sin dejar de reír, la levantó del piso y la hizo girar tan abruptamente que ella se golpeó un pie contra la pata de una silla. —Me haría feliz quedarme en casa y comer todas las noches comidas congeladas durante una semana, con tal de que estemos juntos. Pero si has decidido que vayamos a Maui, iremos a Maui.

Entonces la besó y para Rachel fue como volver a casa después de una larga, muy larga ausencia. Se aferró a él tratando de no llorar, pero a pesar de todo lloraba, aunque en ese caso eran lágrimas de felicidad. "A veces —pensó—, aún cuando uno cree que ya nada nos puede salir bien, tenemos suerte."

Una sensación que hacía mucho que no tenía despertaba en su interior. Una sensación que tenía menos que ver con palmeras y brisas tropicales que con los brazos de su marido que la rodeaban, y su aliento cálido que la despeinaba. Le besó una oreja y susurró:

—Por el momento, ¿te conformarías sólo conmigo?

Capítulo 20

—Buenas tardes a todos y bienvenidos al grupo de Alcohólicos Anónimos de Plaza East Midtown. Me llamo Jack y soy alcohólico...

Mandy estudió al hombre que se encontraba en el podio, un tipo buen mozo y joven, de saco y corbata, y pensó: no parece un borracho. Pero, con honestidad, tampoco lo parecía la mayoría de la gente que la rodeaba. En ese sótano de una iglesia, con sus sillas plegadizas, una cafetera industrial y un pizarrón que anunciaba un servicio especial de la Santísima Trinidad, no se sentía nada fuera de lugar. Con excepción de algunos pocos que tenían el aspecto de haber pasado la noche en lugares poco acogedores, casi la totalidad de las casi cincuenta personas presentes eran profesionales, igual que ella y bien vestidos, muchos de ellos con portafolios. Adivinó que la edad promedio debía ser de alrededor de treinta y cinco años.

La recorrió una sensación de sorpresa, junto con una decidida inquietud. Si esa gente era alcohólica, entonces ¿dónde estaba la línea que los separaba de ella? Era evidente que no habían entrado allí por casualidad. La reunión más bien parecía la de una sala de conferencia de ejecutivos. ¿Qué los traía a ese lugar? ¿Un ultimátum de sus jefes? ¿Una familia harta de sus excusas? ¿O tal vez la carga de tener que llevar una doble vida que por fin les resultó demasiado pesada, como le sucedió a ella con Robert?

Robert. Todavía se sentía mal con respecto a él, pero ésa no era la razón principal por la que se encontraba allí esa noche. Ni siquiera lo era el ultimátum de Rose ni la tensión que le destrozaba los nervios de caminar cada día en la cuerda floja. La gota que colmó el vaso fue Drew, pensó Mandy. Drew confió en ella para que lo ayudara en una emergencia, cosa que hizo, haciendo llamados, revisando refugios... pero no sin haber estado muy cerca de la caída, que casi la llevó a volver a beber. ¿Y entonces qué habría hecho Drew? Ella no habría podido vivir sabiendo que le había fallado a su hermano cuando él más la necesitaba.

Mandy miró a Eric de reojo. Estaba sentado a su lado. Le había explicado que esa noche habría una charla y que lo habían elegido a él para que le hablara a ese público tan variado. Mandy pensó que considerando lo que debía hacer, Eric parecía muy relajado. Jeans desteñidos, mocasines, chaqueta deportiva. Era comprensible que su madrastra lo encontrara tan atractivo. Era atractivo e inteligente, por supuesto, pero sobre todo era agradable. Cuando ella lo llamó desde el supermercado, él no la avergonzó como si se tratara de algo fuera de lo común. Tampoco parecía impresionado. Sólo la escuchó.

Al verlo subir al podio, pensó: "Sería un buen hombre para Rose. Papá lo aprobaría".

Eric empezó a hablar en un tono relajado, como si estuviera manteniendo una conversación con un compañero de viaje.

—¡Hola! Me llamo Eric y soy alcohólico. —Pausa. —Hace cinco años me senté aquí en mi primera reunión y había un tipo grandote y robusto, un camionero de larga distancia de Tallahassee, que llevaba encima veinte años de beber mucho. Él y yo no podíamos tener menos en común, pero lo extraño fue que, cuando él habló, estaba contando mi historia...

Mandy escuchaba fascinada y bastante sorprendida por la historia de Eric ante la que, en comparación, la suya parecía algo sin importancia. Lo oyó contar cómo su gusto por la cerveza de sus días de universidad durante los años sesenta, que se deslizaron casi sin que los notara a los permisivos años ochenta, con fines de semana en Cannes y en Laurel Canyon, donde beber mucho era la cosa más natural del mundo. Su gusto por el alcohol le costó no sólo un puesto muy importante, sino que, indirectamente le costó la vida a una de sus colegas.

Mandy pensó en su propio trabajo y en lo cerca que había estado de perderlo. Y en Robert, a quien por lo visto había desairado demasiado. ¿Pero y si le sucediera algo aún peor? ¿Si llegara a morir por su alcoholismo, o a provocar la muerte de algún otro? Se estremeció y cada vez le costaba más mantener esa expresión indiferente que puso al entrar, como una máscara o una defensa.

A decir verdad, el hecho de estar allí no le hacía más fácil la situación. Su necesidad de beber no desaparecía, al contrario, era más fuerte que nunca. De acuerdo, así que los alcohólicos anónimos de ese barrio no eran sencillamente unos perdedores que no tenían ningún otro lugar adonde ir. ¿Pero eso quería decir que estaban todos en el mismo bote? ¿O que debía confiarles sus pensamientos y sentimientos más privados y personales?

A pesar de todo sonrió ante los chistes de Eric y aplaudió junto con los demás cuando él bajó del podio. Después, hasta se presentó a la persona sentada a su lado, como le instaron que hiciera. Se trataba de una mujer mayor, de pelo canoso, con un peinado impecable, que parecía demasiado respetable y digna para haber bebido algo más que una copa de jerez de vez en cuando. Cuando terminó la reunión y los que parecían conocerse se acercaron a la máquina expendedora de café para conversar, Mandy lanzó un subrepticio suspiro de alivio.

Se acercó a la puerta, con el tapado prolijamente doblado sobre un brazo y esperó que Eric terminara de conversar con uno de los asistentes, un joven que vestía un traje que parecía de Armani. Lo probable era que le preguntara qué le había parecido la reunión, de manera que se tomó el trabajo de pensar una frase amable pero que no la comprometiera.

Pero Eric no le hizo ninguna de las preguntas previsibles. En cambio, mientras caminaban hacia Madison Avenue le preguntó sobre su trabajo y su familia. Era fácil conversar con él. Antes de darse cuenta, Mandy se descubrió hablándole de su padre, del hombre maravilloso que era: gracioso, afectuoso, por momentos protector, pero firme cuando era necesario. Se le ocurrió que tal vez Eric se sintiera un poco amenazado, considerando que era el novio de Rose. Pero si le provocaba problemas que Rose hubiera estado casada con alguien tan maravilloso como su padre, Eric no lo dejó entrever. Ésa era otra cosa de él que a Mandy le gustaba. La hacía sentirse relajada; no tenía necesidad de explicarse ni de justificarse. No era necesario que ocultara nada ni que se avergonzara de nada.

De todos modos era bastante extraño que no le estuviera haciendo una prédica sobre Alcohólicos Anónimos. ¿No era ése el sentido de que hubiera asistido a la reunión? En todo caso, era Eric el que parecía necesitar alivio. Más allá de su manera de hablar tranquila, Mandy presintió que era un hombre que estaba frente a una encrucijada de alguna especie. ¿Se habrían peleado él y Rose? Si lo pensaba bien, no lo vio cuando fue a visitarla a ella al hospital.

Antes de darse cuenta de lo que hacía, Mandy se descubrió diciendo con candidez:

—¿Te invito con un café?

Se detuvieron en un café en la esquina, pidieron un café cada uno. Les trajeron un par de jarros blancos gruesos. Eric casi no la miraba, a pesar de que ella estaba sentada frente a él. "No sé en qué estará pensando —razonó Mandy—, pero sin duda no se trata de que quiera saber si planeo o no asistir a la siguiente reunión de Alcohólicos Anónimos."

Le tocó el codo.

—¿Quieres hablar del asunto? —preguntó.

—No tengo mucho que decir. —Miró a Mandy y los bordes de sus ojos, esos ojos azules como los jeans desteñidos o como el cielo desierto, se arrugaron en una sonrisa sobre el borde de su jarro. Después, esbozó una sonrisa más amplia. —Este café es un espanto, ¿no es cierto? Es tan espeso que deberían venderlo por tajadas como si se tratara de pan de carne.

—Estuviste realmente brillante en la reunión —dijo ella.

Eric se encogió de hombros y volvió a mirar por la ventana.

—No traté de impresionar a nadie. No se trata de eso.

"¡Ah, ah! —pensó ella—. Aquí viene." Pero Eric siguió enfrascado en sus pensamientos. Casi desesperada, Mandy se encontró diciendo:

—No fue lo que yo esperaba. No sé lo que pensé que sería la gente. Más fácil de catalogar, supongo. Pero eso no necesariamente quiere decir que piense volver. Yo... ¡mierda, no sé lo que te quiero decir! —Alejó de una manera repentina su jarro de café, y parte del líquido se volcó sobre la tapa de la mesa de fórmica.

—¿Todavía no lo comprendes, verdad? —Eric la estudió con cuidado. Parecía casi irritado con ella. —No se trata sólo de ti, Mandy. Sino también de mí. Y del tipo que estaba sentado delante tuyo, y el que estaba detrás. Y de la mujer que se puso de pie al final, para compartir lo que decíamos. ¿Notaste que nadie llegó tarde? ¿No te pareció un poco extraño que la reunión haya empezado con tanta puntualidad? Piénsalo. Piensa en todas las veces que nos emborrachamos y llegamos tarde o no nos presentamos en alguna parte. Cualquier cosa que nos recuerde esa época, por leve que sea, nos resulta incómoda, hasta atemorizante. Eso es lo que nos lleva a las reuniones. Nuestra experiencia compartida. Nuestros mutuos temores. Saber que no se trata de una elección sino de una cuestión de supervivencia.

—¿Cómo? ¿Cómo puede ayudar compartir todos esos recuerdos con gente a quien ni siquiera conocemos? —preguntó ella en voz baja. De alguna manera se sentía atacada, aunque, de una manera racional supiera que él no lo había hecho

—¿Entonces para qué fuiste? —Preguntó Eric, no con grosería sino con una franqueza que a ella le resultó desconcertante.

Mandy miró la mesa, la servilleta empapada de café que ella había arrojado sobre la fórmica, una mancha marrón que le hizo sentir algo de náuseas.

—Yo... no estoy demasiado segura. Mi hermano, tal vez. Me asustó comprender lo cerca que estuve de fallarle.

—Pero no lo hiciste.

—Gracias a ti.

—Créeme que todo lo que hice, lo hice tanto por mí mismo como por ti —contestó Eric—. Si puedo ayudar, eso mismo me ayuda a mí. Es tan simple como eso. No tiene nada de santo. Ni siquiera te puedo explicar cómo se produce. Pero se produce.

—En este momento no pareces demasiado feliz —dijo Mandy.

—¿Quién dijo que la felicidad formara parte del asunto? —Eric lanzó una carcajada baja y quebrada. Bajo las luces fluorescentes del bar, parecía cansado: los párpados pesados, los hombros gachos como si estuviera soportando un peso enorme.

—Ustedes dos se pelearon, ¿verdad? Y ahora extrañas a Rose. —Mandy inclinó la cabeza y lo miró con cierta envidia. Se preguntó cómo sería querer tanto a alguien, hasta el punto de que extrañar a esa persona fuese aún más importante que no poder beber.

Eric asintió. Observaba a un par de robustos policías que se acababan de acercar a la barra y conversaban con la encargada, una mujer con mala piel y un trasero a prueba de balas. Pero la suya no era una mirada animada; bien podía estar mirando un muro de piedra.

Por fin Eric se encogió de hombros y confesó:

—Bueno, la extraño.

—¿Entonces por qué no la llamas?

Él sonrió, fue una sonrisa genuina, aunque triste.

—Porque no ganaría nada con eso.

Mandy meneó la cabeza con franca compasión.

—Ya sé que puede llegar a ser bastante cabeza dura.

—No se trata sólo de eso. Extraña a tu padre... mucho más de lo que me extrañará a mí.

—Yo también lo extraño. Pero eso no nos lo devolverá, ¿verdad?

—Mira, la pelota está en la cancha de ella. Yo ya no puedo hacer nada más.

Ella le cubrió la mano con la suya.

—¿No quieres hablar del asunto? Aunque sea te desahogarás y te sentirás mejor.

Eric vaciló, luego asintió con lentitud.

Le contó a Mandy que desde el momento en que vio a Rose, supo que era la mujer que había esperado durante toda la vida. Parece absurdo, pero es cierto, agregó con el tono de un hombre que ni él mismo lo hubiera creído si no lo hubiera experimentado. Aun así, al principio ni siquiera esperó que ella sintiera lo mismo. Lo que esperaba era que, con el tiempo, Rose comprendiera que las segundas oportunidades podían significar un esfuerzo, no un regalo, y que, a veces, el premio valía el esfuerzo. Pero resultó que Rose tenía otras ideas. Le dijo que no quería volver a casarse. Y que no tenía la menor intención de arriesgarse a que se le volviera a romper el corazón. Nunca.

Mandy escuchaba sin mover un músculo. Pensaba en Robert. ¿Sería posible que él hubiera sentido eso por ella? Si no lo hubiera ahuyentado, ¿le habría pedido que se casara con él? Ya nunca lo sabría y eso le molestaba. Le molestaba mucho.

—¿No estás enojado? —preguntó.

Eric lo pensó un instante antes de contestar.

—Sí... pero no con ella.

—Creo que comprendo lo que quieres decir. —Observó al anciano sentado frente al mostrador que comía con lentitud un plato de sopa, como si quisiera hacerla durar todo lo posible. ¿No tendría una familia con quien estar? ¿Una esposa o por lo menos un hijo o hija adulto? ¿Por qué le resultaba preferible estar en ese lugar a calentar una sopa en lata en su propia casa? —Es lo que yo siento con respecto a mi necesidad de beber —dijo, inexplicablemente al borde de las lágrimas. —Estoy desengañada. Y sin poder culpar a nadie más que a mí misma.

—Yo no pongo exactamente a Rose en la misma categoría, pero... sí. —Su rostro se relajó pero sin alegrarse. —¿Y qué me dices de ti? ¿No oí hablar de un novio?

—Ex —contestó ella, con la esperanza de que su respuesta la ayudara a liberarse de ese anzuelo que acababa de instalarse en su estómago.

Es así como le estaba dando resultado. Se sentía... si no exactamente mejor... por lo menos un poco más suelta. Como si después de tanto fingir pudiera por fin sentirse un poco más cómoda dentro de su propia piel. No habría sabido decir por qué. Su vida no era menos complicada que hacía una hora. Pero por primera vez sentía que tal vez le resultara posible perdonarse por ser menos que perfecta.

Se le ocurrió que mientras escuchaba a Eric contándole sus problemas, su propio corazón sintió un descanso muy necesario.

—¿Quieres hablar del asunto? —preguntó Eric, sonriente, devolviéndole la pelota.

—No puedo —contestó ella, mirando su reloj—. Ya me tengo que ir. —No era mentira. De una manera sorprendente, como si se acabara de levantar una nube, quería hablar del asunto. Pero no con Eric. El que necesitaba conocer la historia era el mismo Robert.

Una hora después, Mandy lo llamaba desde su departamento. Había esperado hasta estar casi segura de que Robert estaría en su casa, pero su llamado no obtuvo respuesta. Tampoco estaba puesto el contestador telefónico. Con cada llamado, su corazón se le estrellaba contra las costillas. Probablemente hubiera salido con otra. Cansado de las excusas que ella le daba, sin duda se dedicaba a alguien que devolvía su interés. ¿Y cómo culparlo?

Ya estaba por cortar, cuando oyó la voz de Robert. Se sobresaltó tanto que casi dejó caer el tubo. Robert parecía sin aliento, como si hubiera corrido para contestar.

—Soy yo, Mandy. ¿Acabas de llegar?

—Estaba en la ducha —contestó él, y agregó con un suspiro: —Fue un día largo. Alguna vez te lo contaré.

—¿Y si comiéramos juntos mañana a la noche? —Cerró los ojos.

Hubo una pausa durante la que ella lo oyó respirar con suavidad. "Lo sabía —pensó con desesperación—. Está saliendo con otra mujer. Yo sólo estoy haciendo el papel de tonta." Pero en lo profundo, ¿no había sido ése el propósito de ese ejercicio de humillación? ¿No era justo la excusa que necesitaba para servirse un buen whisky con soda?

"No —se dijo con firmeza—. No fue por eso que lo llamé." No lo hizo por Robert o por la mujer a quien podía estar viendo. Era por ella misma. Tenía que ser honesta con él, aclararle por qué lo evitaba. Y aún en el caso de que él la despreciara un poco por ello, se sentiría mejor consigo misma.

Mandy se sentó en el sofá, entre las páginas desparramadas del diario de la mañana, una taza de café que no había tenido tiempo de enjuagar todavía en la mesa ratona delante de ella; en cierto modo se trataba de un desorden bienvenido, un desorden que podía mirar sin sentir una vaga sensación de vergüenza, preguntándose cómo habría llegado hasta allí.

—¿Robert? —repitió.

—Sigo estando aquí —contestó él—. Sólo que un poco sorprendido. Creí que te habías enfriado conmigo.

—¡Oh, Robert! —Levantó los pies y los apoyó sobre la mesa ratona, recordando que era una de las cosas que se suponía que uno hacía cuando estaba tranquila. —Lo siento. Debí habértelo contado antes. No tenía nada que ver contigo.

—¿Entonces de qué se trata?

—Es una larga historia. —Suspiró. —¿Estás preparado para escucharla?

—Por supuesto.

Mandy apoyó la cabeza contra el respaldo del sofá y, con los ojos cerrados, sonrió. Más estupefacta que aliviada. Pero segura de estar haciendo lo correcto. No sabía si su historia tendría o no un final feliz, pero aunque Robert se alejara de ella para siempre, merecía oírla.

Arregló que se encontrarían a las siete y media en un restaurante cerca del estudio. Robert anotó la dirección y dijo con tono liviano:

—Si llego antes que tú, ¿qué quieres que pida, vino tinto o blanco?

—Para mí, ninguno de los dos —contestó ella en el tono más indiferente posible, con la esperanza de que su voz temblorosa no revelara su resolución por lo que en realidad era: un susurro todavía al borde de convertirse en un grito. —Yo no beberé vino.

Capítulo 21

Fue lo primero que Rose notó al salir de los restos carbonizados de la casa a la fría luz del sol de la parte trasera. El jardín empezaba a dar señales de vida, a pesar de que estaba cubierto de deshechos y de que, durante las últimas semanas, desde el incendio, había sido pisoteado por una larga serie de inspectores, investigadores, funcionarios de la ciudad y entrometidos que iban desde los curiosos hasta los maliciosos. En varias partes, inmune a la época del año, empezaba a brotar el pasto. Y en las escasas ramas que le quedaban al álamo blanco, revoloteaban brillantes hojas amarillas, como la valiente y raída bandera de un ejército derrotado.

Era allí, en ese lugar, decidió Rose, donde les haría colocar la placa de bronce en honor a Sylvie. Cuando la casa hubiera sido demolida y erigieran el nuevo edificio sobre los viejos cimientos, harían una ceremonia de dedicatoria. "Es algo que a Sylvie le habría gustado", pensó. Tal vez se le hubiera ocurrido hacer lo que acababa de hacer Rose, donar el terreno a una obra de caridad, pero Rose estaba segura de que la comprendería. ¿Qué más justo que la usufructuara la Casa de la Fe, una agencia de adopción sin fines de lucro y que también funcionara como refugio temporario para criaturas no deseadas? Pero a pesar de todo era triste ver la casa así. Saber que lo que les esperaba en el futuro era más que un nuevo capítulo, era un libro nuevo completo. Por un tiempo ella no volvería a ese lugar. Pero sintió necesidad de verlo por última vez.

A su lado, Jay, inusitadamente silencioso aún tratándose de él, por fin habló.

—¿Por qué no nos vamos, mamá? Este lugar es horripilante. Además, está lleno de vidrios rotos y si los llegas a pisar te lastimarás y no tendrás a quién hacerle juicio por tus heridas.

Ella lo miró de soslayo.

—Muy divertido.

—Hablo en serio. —Jay metió las manos en los bolsillos y observó con los ojos entrecerrados lo que quedaba de las paredes del jardín, que ya eran casi todas montones de ladrillos ennegrecidos. Su hijo parecía haber crecido un par de centímetros más durante el último mes, pero quizás fuesen sólo ideas suyas. Pero de una u otra manera, Jay había crecido. Era como si todo lo sucedido en sus vidas lo hubiera hecho madurar. Para empezar, ya no se resistía a ella. No era que se le hubieran acabado las quejas o los motivos para criticarla, pero también encontraban muchas cosas de qué reírse juntos. Rose ahora tenía una sensación que no sentía el año anterior: que Jay estaba de su lado.

—Me pregunto qué hubiera opinado papá —dijo el chico con tranquilidad. En su jeans apretado y campera de nylon, con el viento que le apartaba el pelo oscuro de la cara, podría haber tenido la edad de Drew.

—¿Te refieres al fuego?

—No sólo a eso. A todo lo que ha sucedido.

Rose lo pensó un instante antes de responder con firmeza:

—Habría dicho que ha llegado el momento de seguir viviendo.

—A veces es difícil. Todavía lo extraño.

—Yo también —contestó Rose.

Se abstuvo de aclarar que Max no era el único a quien extrañaba. Tal vez Jay no lo entendiera; tal vez le resultara incomprensible que uno llorara por una persona y que al mismo tiempo añorara a otra. Hacía un mes que no veía a Eric ni hablaba con él. Eric mantuvo su palabra y no la volvió a llamar. Pero no era lo mismo que le sucedía con respecto a Max. Sabía exactamente cómo ponerse en contacto con Eric... y muchas veces lo hacía sin que él lo supiera.

Era su pequeño secreto culpable, uno que no había confesado a un alma; todos los días, en algún momento entre las once de la mañana y las dos de la tarde, cerraba con llave la puerta de su oficina y, durante más o menos media hora, escuchaba con su Walkman la audición de Eric Sandstrom.

Era excelente en su trabajo. Sabía hacer hablar a la gente, lograba que se abrieran sin presionarlos. Daba la impresión de que le importaban de una manera genuina y Rose sabía que no era simulado. Hasta los actores y los políticos a quienes entrevistaba quedaban desarmados.

No era lo mismo que hablar con él, por supuesto. Pero eso sería demasiado riesgoso, como invitarlo a una fiesta que no pensaba ofrecer. Los dos se sentirían muy desgraciados.

Con la punta del zapato, Rose movió un trozo de metal doblado hasta el punto de que resultaba imposible saber lo que había sido.

—Tienes razón, es horripilante. Vamos. No debemos llegar tarde.

Se iban a encontrar con Drew y Mandy en el Cementerio de San José de Long Island. Hacía más de un año que ella no iba, desde que permaneció de pie junto a la tumba recién cavada de Max y observó cómo bajaban el cajón. Desde entonces nunca volvió. No creía en eso de hacer peregrinajes a lugares funerarios. ¿Qué era una lápida de piedra en comparación con una almohada que todavía conservaba el olor del marido a quien uno amaba?

Pero ese día, el último domingo de octubre, Max habría cumplido setenta años. A Rose le pareció importante que su familia marcara la fecha con alguna clase de ritual. Y había algo en la dignidad solemne de un cementerio que atraía a su educación católica. No habría encendido una vela por Max en la iglesia, ni se hubiera arrodillado a rezar, pero podía permanecer de pie junto a su tumba y recordar los buenos tiempos.

—¿Puedo conducir yo? —preguntó Jay.

Había sacado su registro el mes anterior, pero a Rose todavía le costaba confiarle a su hijo menor el manejo del Volvo.

—¡Por supuesto! —dijo con forzada tranquilidad, pero no pudo menos que agregar: —Siempre que me prometas tener cuidado.

—Míralo de esta manera: si nos matamos en un accidente, por lo menos estaremos cerca de un cementerio. —Jay le dirigió una sonrisa malévola y Rose no pudo menos que reír. Tal vez hubiera heredado los ojos y la facilidad para las matemáticas de su padre, pero su sentido del humor venía directamente de ella.

El tráfico de la ruta era peor de lo que suponían. A pesar del tiempo frío había una cantidad de gente a quien le tentaba pasar el fin de semana de otoño en playas casi desiertas y con estacionamientos vacíos. La misma Rose sentía un saludable respeto por las estaciones. Pensaba que a pesar de lo que sucediera en la vida, se podía contar con que por lo menos ellas fuesen constantes. Y cada una de ellas tenía sus placeres, placeres que nadie recibía con mayor abundancia que los demás. Las estaciones hasta le proporcionaban a uno la excusa de hacer cosas que de otra manera habría dejado de lado, como una limpieza a fondo de la casa en primavera y disfrutar de la chimenea en invierno, para no mencionar la necesidad de adelgazar cuando se acercaba el verano.

Cuando el Volvo por fin entró en el cementerio, con sus verjas de hierro forjado y su estatua de mármol de tamaño natural que parecía más bien un maestro de ceremonias que un San José, a Rose no le sorprendió comprobar que Drew y Mandy habían llegado antes que ellos. Mandy lucía un tapado colorado y tenía un ramo de flores en la mano. De alguna manera parecía más alegre, como si, igual que el jardín de Sylvie, todos los colores que se habían desteñido empezaran a revivir. Rose se había enterado por Drew de que asistía con regularidad a las reuniones de

Alcohólicos Anónimos, aunque Mandy no habló con ella del tema ni Rose le hizo preguntas. En ese momento, cuando Mandy la besó y dejó tras de sí un leve rastro de perfume y nada más, Rose supo todo lo que necesitaba saber.

Por otra parte, Drew parecía cansado. Y también más delgado. Sin embargo ya no tenía esa expresión obsesionada en los ojos y se lo notaba más resuelto. Era como si estuviera más seguro de sí mismo y supiera hacia dónde se dirigía. Quedaba por ver si Iris, que seguía en Arizona, formaría o no parte de su futuro, pero de cualquier manera él se había enfrascado en el estudio de su primer año de medicina.

Juntos, los cuatro recorrieron los caminos de grava, con un plano en el que el lote donde descansaba Max estaba marcado con un círculo amarillo. Hasta tenía un número, C-125. Por algún motivo eso deprimió a Rose aún más que las tumbas graves de aspecto estéril con sus patéticas inscripciones.

—Aquí es —dijo Mandy, quien acababa de salir del camino para cruzar el pasto hacia un lugar donde la lápida parecía recién colocada.

Sí, Rose notó que era la encargada por ella. Mármol negro pulido en la que sólo figuraba el nombre de Max y sus fechas de nacimiento y de muerte. Se resistió a la tentación de incluir alguna frase acerca de su carácter de marido devoto y de padre muy querido por sus hijos. Todos sabían con exactitud lo que Max significaba para ellos, de manera que no habría tenido sentido.

Después de un instante de reflexión, Drew comentó:

—De alguna manera no es lo que yo esperaba.

—Ya sé que es sencilla —contestó Rose—. A tu padre no le habría gustado otra cosa.

Él la miró y se apartó un mechón de pelo oscuro de la frente.

—No fue eso lo que quise decir. No estaba pensando que la lápida debía ser más lujosa. Es sólo que... no parece tener nada que ver con papá.

Rose pensó en todas las frases cliché, con que se hubiera podido defender y explicar. Como "está en nuestro corazón" o "ya sé que nunca hemos sido una familia demasiado religiosa". Pero no las dijo. Sólo contestó:

—Ya sé.

Drew tenía razón. Fuera donde fuese que estaba Max en ese momento, no era allí. De haber estado allí, ese lugar tendría más color, un aire festivo en lugar de tanta tristeza. Max habría sonreído al ver a toda su familia reunida alrededor de su tumba, cada uno de ellos tratando de encontrar una frase que no pareciera salida de una mala película. Los habría retado y enviado de vuelta a sus casas. O a la playa. "Si no por otra cosa —pensó Rose—, porque el agua helada hace que uno se sienta vivo."

Entonces volvió a pensar en Eric. Lo sorprendente es que no se sintió culpable por hacerlo. Max habría comprendido. No hubiera querido que ella enterrara sus sentimientos, así como no habría querido verla muerta.

"Pero no se trata de una elección", se recordó. No estaba eligiendo entre dos hombres a quienes amaba. Jamás habría llegado a eso si Max siguiera vivo. Para empezar, en ese caso nunca se habría enamorado de Eric.

"¿Entonces qué estás esperando? ¿Que yo te dé permiso? —sintió que preguntaba Max con voz burlona dentro de su cabeza—. Rosie, jamás en la vida pediste permiso para hacer algo que en realidad querías. ¿Ahora qué te detiene?"

Rose parpadeó con fuerza. Sentía la garganta apretada y le ardían los ojos como cuando miraba fijo una luz demasiado intensa. Pero el cielo estaba nublado y de repente notó que el pasto no estaba tan verde como le pareció un rato antes. Parches marrones se veían aquí y allá en el parque y muchos de los árboles ya habían perdido sus hojas. El invierno estaba a la vuelta de la esquina. Hasta las ardillas parecían más atrevidas que de costumbre.

Como desde una gran distancia oyó que Mandy decía:

—Me parece que sería lindo que rezáramos alguna oración.

Rose tragó con fuerza y asintió. Antes de que tuviera conciencia de ello, las palabras empezaron a surgir de su boca, con tanta naturalidad como si desde el principio hubiera pensado pronunciarlas. —Padre nuestro, que estás en los cielos...

Recién cuando estaba en el auto, camino de regreso a su casa, comenzó a llorar. Y lloró con tanta fuerza que tuvo que sacar el automóvil a la banquina y entregarle el volante a Jay, a pesar de que había insistido en que a la vuelta le tocaba manejar a ella. Sin embargo, esa vez, no se puso nerviosa porque manejaba su hijo. "En realidad, Jay ha madurado mucho —pensó—. Así es como uno se da cuenta. No porque deje de quedarles chica la ropa o porque no sigan contestando mal. Es evidente cuando empiezan a cuidarnos, como los cuidamos nosotros cuando eran chicos."

Al llegar a su casa de inmediato se quitó los zapatos y puso la pava al fuego para preparar té, ignorando al señor Chips que chillaba desde la jaula para llamarle la atención. Jay pensaba asistir a un partido de fútbol con su amigo Curtis, pero se preocupó por preguntarle si estaría bien quedándose sola. Emocionada, pero sin querer avergonzarlo, Rose hizo una mueca y lo empujó con suavidad hacia la puerta. Después apagó la hornalla bajo la pava, se desvistió y se metió en la cama. No estaba cansada. Ni siquiera estaba demasiado deprimida. Era sólo que le parecía que pensaba mejor cuando estaba acostada.

Tal vez ése fuese su problema: había estado pensando demasiado, intelectualizando lo que sólo debió sentir. Durante toda su vida fue famosa por su impulsividad. ¿Dónde estaba su temeridad ahora que la necesitaba más que nunca?

Tomó el teléfono que tenía junto a la cama. Esa vez no analizaría a muerte. No se empantanaría en pesados sentimientos. Ni siquiera se detendría el tiempo suficiente para mirar hacia abajo y comprender que su zambullida sería peligrosa.

Simplemente marcaría el número.

Lo sorprendente fue que él atendió al segundo llamado. En una hermosa tarde de otoño, cuando millares de personas regresaban a sus casas desde el campo o desde el mar y otras hacían cola para presenciar un acontecimiento deportivo, como Jay, o practicaban algún deporte en el parque o en el patio de los colegios, Eric estaba en su casa. Casi como si estuviera esperando su llamado.

—¡Hola! —dijo él.

—Hola.

—Suenas como si estuvieras resfriada.

—He estado llorando.

Hubo una pausa antes de que Eric, en lugar de preguntar por qué como habría hecho la mayoría de la gente, sólo comentó:

—Me alegro de que me lo hayas dicho.

—Acabo de llegar del cementerio, pero no fue por eso que lloraba —dijo ella—. Bueno, en parte, tal vez. No fue tan espantoso como creí que sería. En cierto sentido me sentía como distanciada.

—Fue lo que me sucedió a mí en el entierro de mi padre —confió Eric—. Como si sólo estuviera llevando a cabo los actos necesarios. Lloré más cuando era chico viendo *Lassie*. Y no porque no quisiera a mi padre. Sólo significa que uno sólo es capaz de soportar un cierto grado de dolor por vez.

Como siempre, Eric comprendía lo que sentía sin que ella siquiera tuviera que explicárselo. Sólo había dejado un aspecto de lado.

—Yo no estaba pensando en *Lassie* —confesó con una risita—, sino en ti.

Se hizo un pesado silencio y esa vez Rose supuso que sabía lo que Eric estaba sintiendo y hasta el aspecto que debía tener en ese momento, despeinado por haberse pasado tanto las manos por el pelo y con los ojos azules un poco entrecerrados, como anticipando la trampa oculta que nunca dejaba de buscar.

—Elegiste un buen momento para llamar —dijo con cierta desconfianza—. Estaba por salir.

—No quiero hacerte perder tiempo.

—Puedo esperar.

—Bueno, me alegro. Porque esto no puede esperar. —Respiró muy hondo. —Eric, te he extrañado. No sólo un poco. Me he vuelto loca extrañándote. Después del incendio, tomé el teléfono por lo menos una docena de veces para llamarte. Pero supongo que todavía no estaba lista.

—¿Y ahora lo estás? —Su voz no había perdido toda la desconfianza—. No quiero volver a lo de antes, Rose. Quiero casarme contigo.

—Lo sé.

—¿Estás dispuesta por lo menos a considerarlo?

—Sí —contestó ella, sorprendida por la rapidez de su respuesta.

—Bueno. Entonces está bien. —Eric parecía tan estupefacto como ella. Entonces, de repente comenzó a reír. —Rose, nunca creí que fuera posible que a mí no se me ocurriera qué decir, pero supongo que nada de lo que me suceda contigo debe sorprenderme.

Ella también rió, con la sensación de haber sido atravesada por un rayo. El calor pulsaba a través de su cuerpo como si fuera electricidad.

—Está bien —dijo—. He tenido suficientes sorpresas como para que me duren el resto de mi vida. Me conformaré con lo que tenga adelante.

—¿Quieres que vaya para allá? Podría estar allí en veinte minutos.

—Todavía no —contestó Rose, aferrando el tubo con más fuerza—. No estoy lista para cortar. ¡Tengo tanto que decirte!

—Entonces conversemos.

Ella sonrió, mirando el cielo raso.

—¡Han sucedido tantas cosas en las pocas semanas que no nos vimos! Ni siquiera sé por dónde... —Se detuvo para recordarse que debía respirar. Y volver a respirar. Así estaba mejor. —¿Qué te parece si empiezo por el principio? —terminó diciendo, ya más tranquila y nada confusa. —Es siempre lo mejor.